# 관능의 연인

# 관능의 연인

초판 1쇄 찍은 날 § 2006년 9월 6일
초판 1쇄 펴낸 날 § 2006년 9월 16일

지은이 § 이예린
펴낸이 § 서경석

편집장 § 문혜영
편집책임 § 이종민
편집 § 한지윤

펴낸곳 § 도서출판 청어람
등록번호 § 제1081-1-89호
등록일자 § 1999. 5. 31
어람번호 § 제5-0107호

주소 § 경기도 부천시 원미구 심곡1동 350-1 남성B/D 3F (우) 420-011
전화 § 032-656-4452 팩스 § 032-656-4453
http://www.chungeoram.com
E-mail § eoram99@chollian.net



ISBN 89-251-0304-4 03810

# 관능의 연인

이예린 지음

# 프롤로그

나른한 꽃봄. 고급스럽게 세팅된 테이블 위로 와인 잔 부딪치는 소리. 로맨틱한 분위기를 한층 돋워주는 엘가의 '사랑의 인사'.

눈처럼 휘날리는 벚꽃 세례를 받으며 하객들이 여전히 몰려들고 있는 장소는 미래를 약속한 예비 신랑, 신부를 위한 자리였다. 그러나 하객들의 담소 대부분은 그들에 관한 축사와는 거리가 멀다. 요즘 주식 동향은 어떠한지, 몇 달 전에 출시한 신제품으로 얼마나 많은 흑자를 냈는지, 해외 지사의 성장률이 얼마나 만족스러운 결과를 보이고 있는지…….

손에 쥐어진 와인 잔 대신 서류철을 가져다줘야 하는 건 아닐까 싶을 정도로 지극히 실리적인 태도를 취하고 있다. 벌써 어느 한

구석에는 도장만 찍지 않았을 뿐 모종의 계약이 성사되고 있는 광경도 보인다.

늘 그런 식이었고, 앞으로도 변하지 않을 것이기에 그리 이상하게 눈여겨볼 필요도 없는 광경들…….

그렇다. 이곳은 하객들에게 있어 또 하나의 비즈니스의 장이었다.

"지겹군."

눈살 찌푸리며 내뱉은 한마디가 와인 잔 아래로 내려앉는다.

분주히 서빙하던 웨이터가 흘깃 목소리의 근원을 살핀다. 그리고는 다가와 짧게 목례하며 양해를 구한다.

"접시 치워 드리겠습니다. 다른 것 필요하신 거라도 있으시면 불러주십시오."

"아니, 괜찮습니다."

남자의 건조한 사양에 웨이터는 머뭇대며 물러난다.

남자는 맏형 임건형의 강압에 의해 억지로 약혼식장에 참여한 상태다. 상대는 우진그룹의 회장이자 그의 아버지인 임원재와 오랜 교분을 쌓아온 대원그룹 회장의 차남 박기현, 그리고 약소하긴 하지만 최근 들어 주가를 올리고 있는 효창물산 성현철의 외동딸 성연희가 바로 그들이다. 기업과 기업, 순전히 필요에 의한 결합이었다. 그런 탓이었는지 남자는 그다지 축하하고 싶은 마음이 일지 않았다. 그저 흉하게 파국을 맞지 않기만을 바랄 뿐. 이제 시작하는 그들에게 끝을 우려하는 자신의 생각이 부질없음을 느낀 남자는 작게 실소했다.

아직 식이 거행되려면 이삼십 분 정도 남았다. 숨통을 압박해 오는 식장 내부의 공기가 시계 초침 소리처럼 그의 인내심을 긁어 내린다. 더는 견딜 수 없어 두리번거리다가 겨우 찾은 장소는 식이 거행될 정원에서 조금 떨어진 후문.

남자는 재킷 안주머니에서 담배를 꺼내 조용히 불을 붙였다. 눈끝에 보이는 그의 맏형은 사람들에게 둘러싸여 무언가에 대해 굉장한 열변을 토해내고 있다. 아마도 예상 밖의 커다란 실적을 올린 지난달 수출 전략에 대한 이야기일 것이다. 다행히 그가 자리를 뜬 것은 모르는 눈치다.

"읏차! 이것 좀 받아줄래요?"

난데없이 들려오는 목소리에 남자는 담뱃불을 그대로 옷에 떨어뜨릴 뻔했다.

바깥바람이나 쏘일 참으로 담배를 태우고 있었는데, 이곳에서조차 방해를 받다니. 맏형이 뭐라고 떠들어대든 오지 말았어야 했다는 후회 반, 자그마한 휴식을 방해받은 것에 대한 달갑지 않은 마음 반으로 고개를 돌렸다. 그러나 짜증으로 가늘어졌던 눈매는 돌연 휘둥그레지고 말았다.

웬 여자 하나가 담벼락을 넘어오고 있는 게 아닌가.

남자는 자신의 눈을 믿을 수 없었다. 그 광경에 놀랄 새도 없이 자그마한 핸드백 하나가 담벼락으로 툭, 뒤이어 운동화 한 켤레가 떨어졌다.

"도와줄 거 아니면 비켜주기라도 하세요."

피할 새도 여자가 담벼락에서 뛰어내린다.

그 바람에 남자는 얼떨결에 여자를 안아 들게 되었다. 여자의 무게가 가벼운지 무거운지 감지하기도 전에 프리지어처럼 은은한 꽃향기가 남자를 에워쌌다.

"고마워요. 제가 좀 바빠서 그러는데 내려주시면 안 될까요?"

다급함이 잔뜩 묻어난 목소리다.

나이는 이십대 초반쯤 되어 보이는 얼굴에 화려하다 싶은 연회복 차림, 생크림처럼 새하얀 피부와 대비되는 새까만 머릿결, 한눈에도 고가일 거라 짐작되는 액세서리.

관찰을 마친 남자는 그제야 자신의 품에 있는 이 여자가 오늘 약혼식을 치를 여주인공이라는 사실을 깨달았다. 맙소사! 그렇다면 자신은 지금 여자의 도피 행각을 도와주는 셈이 된다.

재빨리 주변을 살폈다. 여자가 사라진 걸 알아채지 못했는지 경호원들의 움직임은 아직 보이지 않았다. 약혼녀 없이 식이 거행될지도 모르는 식장 내부에는 감미로운 클래식이 울려 퍼지고 있었다. 어쩌다 이런 골치 아픈 일에 휘말리게 되었는지는 몰라도, 여자를 이대로 놓아주어선 안 된다는 생각이 그의 무관심을 일깨웠다.

"이봐요, 성연희 씨. 아무래도 당신이 가야 할 방향은 이곳이 아니라 저 식장 쪽일 것 같은데?"

질끈 깨무는 입술. 여자의 얼굴이 난처함으로 굳어졌다. 그러나 여자는 금세 단호한 표정으로 바꾸며 그를 응시했다.

"저를 알고 있군요."

"당신의 옷차림을 보고도 모를 수 있는 사람이 있을까? 못 본 걸로 할 테니 그만 식장으로 갑시다."

"좋아요. 당신이 나를 못 본 걸로 해주세요. 하지만 내가 가려는 방향은 그쪽이 아니니 막진 말아주세요. 부탁이에요."

그리고는 남자의 대답을 기다리지 않고 연이어 말했다.

이렇게 희생양이 되기는 싫다고. 약혼 후에도, 결혼 후에도 변함없이 사랑하는 연인을 곁에 두겠다는 남자의 반려가 되고 싶은 생각은 추호도 없다고. 마지막으로 자신의 인생은 이보다 훨씬 행복할 가치가 있다며 그를 설득했다.

남자는 말문이 막혔다. 여자가 불쌍하다는 연민보다는, 진로 문제로 인해 늘 아버지와 악순환을 거듭했던 자신의 모습과 겹쳐져 멍한 기분에 사로잡히고 만 것이다. 아버지의 혹독한 반대라는 변명을 들이대 봤자 비겁한 자신의 과거가 달라지는 건 없었다. 아버지는 어디까지나 사진에 대한 그의 열망을 한때 지나가는 방랑벽쯤으로 받아들였고, 당신의 자식이 맏아들과 함께 뒤를 이을 것이라는 믿음을 버리지 않았다.

남자의 얼굴이 쓰디쓰게 일그러진다. 자신의 비겁한 안일함을 돌아보는 기분은 썩 유쾌하지 않았다. 어떻게 보면 자신과 비슷한 상황에 놓인 그녀. 그녀라면 어떻게 할까. 대답을 짐작하는 건 어렵지 않았지만 그래도 직접 확인하고 싶었다.

가족들에 대해 언급하자 그녀는 더욱 확고한 어조로 이렇게 말했다.

"지금이 바로 내 인생에 있어서의 결정적 순간이에요."

이런 때에 앙리 까르띠에 브레송의 말을 인용하다니.

그때부터 남자는 감탄의 눈길로 여자를 다시 바라보기 시작했다.

여자는 얼핏 자태만으로도 무척 곱다고 생각될 정도의 미모를 지니고 있었다. 아니, 어쩌면 그녀는 요즘 시대에 부합하는 전형적인 미인은 아닐지도 몰랐다. 쌍꺼풀없이 커다란 두 눈과 얼굴 위로 연하게 뿌려진 주근깨, 오뚝한 듯하면서도 약간은 낮은 코, 갸름한 얼굴에 비례해 조금 더 도톰한 입술.

그럼에도 그녀는 아름다웠다. 이제까지 그가 카메라에 담아온 어떤 피사체보다도 더!

눈이 아닌 가슴이 그녀의 아름다움에 두근거렸다. 그래서였을까. 그녀를 이대로 보내주고 싶지 않았다. 후에 원숙미까지 더해진다면 더욱 아름다워질 테지만 '지금'을 기억할 수 있을 만한 뭔가를 간직하고 싶었다.

남자는 운동화를 신으며 달아나려는 그녀를 잡아 세워 한 가지 부탁을 했다. 바로 그녀의 결정적 순간을 카메라에 담게 해달라고 말한 것이다.

그녀는 고개를 끄덕이며 흔쾌히 허락했다. 그리고 이렇게 말했다.

"보내줘서 고마워요."

정작 고맙단 인사는 그가 해야 할 판이었지만 시간이 없었다. 아직 식장 내부는 한산했지만 경호원들이 언제 이쪽으로 들이닥칠지 몰랐다. 남자는 서둘러 셔터를 눌러댔다.

찰칵.

경쾌한 소리가 울려 퍼졌다.

"그럼 안녕."

그녀는 짤막한 작별 인사를 건네며 남자의 시야에서 사라졌다.

남자는 그녀가 남겨놓고 간 잔상을 오래도록 지켜보며 못 박힌 듯 서 있었다.

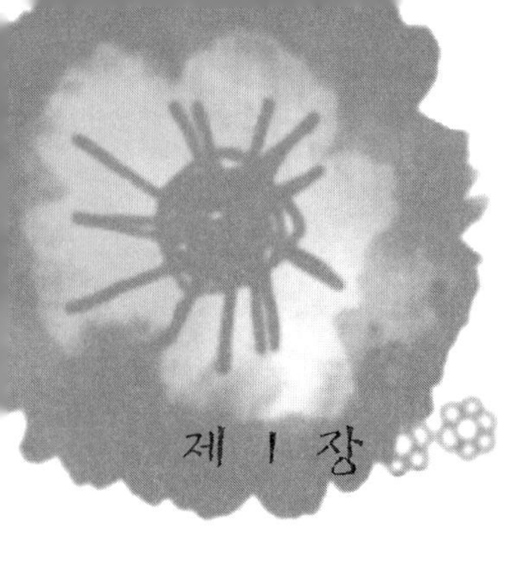

# 제 1 장

이 년 후.

시내 호텔의 방 한가운데. 짙은 어둠이 내린 도시의 야경이 고요해 보인다. 그러나 창가에 비친 야경과는 다르게 호텔의 내부는 전혀 고요하지 않았다. 그곳엔 벼랑 끝에서만 느낄 수 있는 절박함과 기름진 탐욕이 팽팽히 맞서고 있다. 바야흐로 슬슬 사투가 시작되려는 참이다. 빛을 등진 채 남자가 다가왔다.

"시, 싫어요……. 이건 약속이랑 다르잖아요!"

가늘지만 굽히지 않는 목소리가 제법 강단있다. 그럼에도 남자의 그림자는 개의치 않고 다가온다. 보잘것없는 반항이라는 듯, 그의 입가에 비웃음이 서린다.

"하, 요것 봐라? 너 지금 약속이라고 했냐?"

"며칠만, 며칠만 더 기다려주세요……."

연희는 바로 전보다는 누그러진 음성으로 남자에게 사정했다. 개기름이 번들거리는 남자의 얼굴은 역겨웠고, 그녀의 몸을 스치는 손길은 무섭도록 소름 끼쳤다. 음흉스러운 눈빛, 남자가 명백한 의도를 드러낸 눈으로 또 한 걸음 다가온다. 하지만 자신은 더 이상 물러날 곳이 없다. 덜컥, 불안함이 가중된다.

안 돼, 정신 차려! 이제까지 잘 버텨왔잖아. 빠져나갈 방법이 있을 거야.

연희는 얼어붙은 이성을 흔들어 깨웠다. 이 상황에서도 최대한 침착하려 애썼다.

"며칠? 벌써 열흘을 기다렸으면 충분히 봐준 셈인데 뭘 더 기다리란 거야! 자꾸 그러면 열흘 동안의 이자까지 몽땅 올려 버리는 수가 있어. 자, 어서 좋은 말로 할 때 와라."

"그, 그래도 이제껏 이자를 밀린 적은 한 번도 없었잖아요. 저, 그러니…… 아악!"

얼굴을 억세게 내려치는 남자의 힘에 의해 애원은 중단되고 말았다.

짭쪼름한 핏내음이 입 안 가득 번져 온다. 피할 새도 없이 침대에 내팽개쳐진 몸이 자동적으로 튀어 올랐지만 소용없다. 곧바로 남자의 체중이 실린다.

결국 이렇게 되고 마는 걸까.

육중한 체구와 함께 덮쳐 온 공포가 머릿속을 비워놓기 시작한다.

또르르.

눈가에서 덥게 차오르던 눈물방울이 귓구멍으로 흘러들어 간다.

툭. 찌익!

남방 찢어지는 소리가 날카롭게 고막을 자극한다. 가까스로 붙잡고 있던 이성이 위태롭게 휘청거린다. 연희는 두려움에 빠졌다.

설득할 수 있을 거라 여겼는데……. 따로 사무실에서 만날 때까지만 해도 그는 예의를 차릴 줄 아는 남자였다. 그래서 기다리는 장소가 호텔이란 걸 알았을 때에도 아무 일 없을 거란 안일한 생각을 했다. 하지만 그것은 얼마나 바보 같은 착각이었나.

남자가 요구하는 이자액에 비하면 터무니없이 모자란 금액이었지만, 겨우 마련한 십만 원짜리 수표 몇 장을 가방에 넣어 이곳으로 발을 디디는 순간 연희는 깨달았다. 지금껏 알아온 남자의 모습은 철저한 속임수에 지나지 않았다는 것을.

남자는 처음부터 그녀가 이자액을 전부 다 가지고 오지 못할 것을 알고 있었다. 어쩌면 전액을 가져왔어도 상황은 변하지 않았을지도 모른다. 그것은 애초부터 남자가 쳐놓은 덫이었다. 호텔에서 다른 업무를 보고 있으니까 그냥 들르기만 하면 된다는 그럴싸한 핑계를 곧이곧대로 믿어버린 것은 바로 자기 자신이었다. 연희는 자신의 아둔함이 못내 혐오스러웠다.

아버지의 사업이 부도나고, 급격히 기울어 버린 가세. 잇따른 아버지의 죽음. 빚 독촉에 시달린 나머지 어머니가 함부로 가져다 쓴 사채. 그 와중에도 희망을 버리지 않고 틈틈이 입시를 준비해

한 달 뒤면 학교에 다니게 되었건만, 이런 복병이 찾아들 줄은…….

"가만히 있으라니까! 좋으면서 뭘 그래?"

징글맞은 손 두덩이 가슴 위로 기어 다닌다. 소름이 끼친다. 손길이 닿는 곳마다 표피를 벗겨 버리고 싶을 정도로 치욕스럽다. 욕지기가 치밀어 더는 견딜 수 없었다. 방어할 무언가를 찾아 미친 듯이 손을 놀린다. 남자의 타액이 가슴을 적시는 동안 다행스럽게도 어떤 물체가 손에 잡힌다. 연희는 그것을 남자의 머리에 힘껏 내려쳤다.

"악! 이, 이런…… 망할 년!"

갈색의 유리 파편이 튀어 올랐다. 병 안에 반 정도 남아 있던 맥주가 바닥에 쏟아진다. 그 위로 남자의 피가 뚝뚝 떨어져 내린다. 연희는 재빨리 몸을 일으켰다. 침대에서 내려서자 날카로운 통증이 발바닥을 찔러댔다. 그러나 상관없었다. 발바닥이 아니라 그녀의 몸 전체가 난자당한다 해도 좋았다. 저 남자의 손길에서 벗어날 수만 있다면!

"좋아! 이젠 더 이상 안 봐준다. 네년을 찢어발겨서라도 내 밑에 깔아놓고 말지."

남자가 사납게 뇌까린다. 한쪽 이마가 처참히 피로 젖어 몰골은 더욱 끔찍하다.

그 모습에 주춤주춤, 연희는 서둘러 방문을 열고 뛰쳐나간다. 지나가는 복도마다 새빨간 발자국이 지장(指章)처럼 흔적을 새긴다. 악에 받친 남자가 소리를 고래고래 질러대며 무섭게 따라붙는다.

"거기 안 서! 성연희!"

제풀에 지쳐 그녀를 놓아주길 바랐건만 어림없다. 남자는 계속 소리를 질러대며 간격을 좁혀오고 있다. 도리어 지치고 있는 쪽은 그녀였다. 호텔 복도 전체를 뒤흔드는 남자의 굉음에도 누구 한 명 문을 여는 이가 없었다. 절망감이 엄습해 온다. 숨이 턱까지 차오른다. 다리가 후들거린다. 너덜너덜해진 옷을 부여잡을 정신도 없이 연희는 무작정 비상계단으로 올라갔다. 이곳이 호텔의 어디쯤인지, 혹은 어떻게, 어디로 움직여야 하는지에 대한 자각이 아닌, 그저 피해야만 한다는 본능뿐이다.

서서히 무릎에 힘이 빠진다.

'어떡해. 어떡하면 좋아!'

남자가 더욱 가깝게 따라붙었다. 이대로 남자에게 붙잡히면 끝장이다. 제아무리 필사적이라 해도 남자의 체력을 이겨내기란 무리였다. 그렇게 절망에 빠진 동안 구원처럼 마지막 계단이 나타났다. 연희는 급하게 문을 열어젖혔다. 그러나 그녀를 거부하듯 문들은 저마다 굳게 닫혀져 있었다. 되풀이되는 악순환에 한순간이나마 바닥에 주저앉고 싶어졌다.

남자에게 당하느니 차라리 죽는 게 낫다. 하지만 지금은 아니다. 절망에 겨운 설움이 목구멍으로 토해지려는 찰나, 어떤 기척에 연희는 고개를 홱 쳐든다. 복도 맨 끝, 살짝 열린 문틈 사이로 새어나온 가느다란 빛줄기. 그 빛이 동아줄을 내밀며 연희에게 손짓하고 있었다.

"아학! 선우혁, 당신 정말!"

끈적거리는 여자의 신음 소리. 살과 살, 땀이 맞부딪치는 습한 소리.

연희는 촉각을 곤두세웠다. 어둠 속에 뒤엉켜 있는 형체는 분명 사람의 것이다. 질펀한 공기 속에 이어지는 반복적인 동작은 문이 닫히는 소리에도 아랑곳 않고 지속되었다. 연희로서는 천만다행한 일이었지만, 그 안도감은 오래가지 못했다. 차츰 어둠에 익숙해진 동공이 그제야 사태를 파악한 것이다. 맙소사, 하필이면!

두 남녀는 살을 섞기에 여념이 없었다. 아니, 아직 살을 섞지 않았지만 거의 그 상태에 근접해 있었다. 여자의 나신 위로 표범처럼 날렵하게 뻗은 남자의 허리를 시작으로 그 아래 아무것도 입지 않은 엉덩이와 자지러지듯 신음을 내뱉는 여자가 차례대로 시야에 들어왔다. 연희는 두 눈을 질끈 감았다.

이 얼마나 부적절한 타이밍인가.

당장이라도 쳐들어올 것 같은 놈만 아니라면 뛰쳐나가고 싶었다. 하도 기가 차 저도 모르게 한숨이 비어져 나왔다. 아차 싶어 입을 틀어막았지만 소용없었다. 내뱉은 한숨은 이미 저들의 신음이 떠돌아다니는 공기 중에 뒤섞여 버린 뒤였다.

그때, 남자의 어깨가 흠칫 굳어졌다. 여자와의 행위를 마지못해 의무적으로 이어나가려는 듯 보이던 남자가 고개를 돌린 건 바로 그 무렵이었다.

"……!"

연희는 가슴이 철렁 내려앉았다.

이제 끝이구나.

남자가 내쫓기 전에 스스로 여길 박차고 나가는 편이 좋을 것이다. 아니면 비참하더라도 동정을 구걸하며 빌거나.

그런데 발이 떨어지질 않았다. 남자에게 고정되어 버린 시선도 떼어낼 수 없었다. 더 신기한 건 남자 쪽이었다. 뜻밖에 남자는 아무런 행동도 취하지 않고 있었다. 오히려 태연자약 묘한 눈길을 던지기만 했다. 어슴푸레한 남자의 모습에 연희는 스스로도 납득할 수 없는 야릇한 망각에 빠진 채, 마냥 그 자리에 서 있었다. 뭔가에 홀리는 것을 난생처음 경험하는 기분이 이럴까. 어슴푸레한 윤곽 속에서도 남자가 조용히 입을 여는 게 보였다.

여기에 이상한 여자가 침입했어. 어서 호텔에 알리도록 해. 혹은 그나마도 점잖게, 호텔 내부에 알리기 전에 어서 꺼지라고 말할 게 분명했다. 어느 쪽이든 끔찍하긴 매한가지였지만, 예상은 빗나갔다. 남자의 반응은 전혀 달랐다.

"선물이 있다더니 도착했나 보군."

깊으면서도 차디찬 저음.

정사를 앞둔 남자의 목소리치고는 섬뜩할 정도로 흔들림이 없는 목소리였다.

"무슨……?"

남자와는 상반되게 열정적으로 반응하던 여자가 어리둥절한 목소리로 물었다.

"꽤나 흥미로운 선물이야. 당신답군."

초콜릿처럼 중후한 어둠이 드리워진 상태에서 남자나 여자의 자세한 생김새는 구별되지 않았지만 남자는 분명 웃고 있었다. 웃고 있다니……. 연희는 안도해야 할지 불안해야 할지 도무지 감을 잡을 수가 없었다. 단지 하나, 그녀의 심장이 아까 놈에게 겁탈당할 뻔했을 때보다도 훨씬 빠르고, 훨씬 불규칙하게 뛰고 있다는 것만큼은 확실했다.

"선물?"

"대체 어디서 저런 선물을 구한 거야?"

"선물이라니? 아직 올 때가 아닌데."

그제야 그의 말귀를 알아들은 여자가 언성을 높였다. 비로소 그들의 대화를 이해한 연희도 커다랗게 두 눈을 떴다. 고막이 제 기능을 상실했다고 믿으면 모를까, 남자의 말은 너무 어처구니가 없었다. 하지만 제정신이 아닐까 의심하기엔, 지독히 현실적일 것만 같은 남자의 차가운 저음이 그런 여지를 남기지 않았다. 연희는 알 수 없는 두근거림에 가슴을 졸이며 남자의 다음 대답을 기다렸다. 잠시 후, 여전히 연희에게 시선을 고정시킨 채로 남자가 입을 뗐다.

"그렇다면 저 소녀는 이 호텔의 특별 서비스였나?"

"대체 무슨 말이야?"

여자의 고개가 막 연희 쪽으로 돌아가려던 찰나,

"여기밖에 없어. 그 계집, 잡히기만 해봐라! 아주 뼈를 갈아 마시고 말지!"

때맞춰 쾅쾅 문 두드리는 소리가 뜨겁던 정적을 흩뜨려 놓았다. 풀썩, 힘없이 꺾여지고 마는 무릎. 최악의 상황은 이렇게 벌어지고 말았다.

"도, 도와주세요! 제발!"

연희는 필사적으로 울부짖었다. 바깥으로부터 들려오는 고함이 공포를 더욱 부추겼다. 침대에 누워 있던 여자가 새된 비명을 질러대며 몸을 가렸다. 연희는 다시금 처절하게 애원을 했다.

"숨겨만 주신다면 이 은혜는 어떻게 해서든 꼭 갚을게요! 그러니 제발……."

누군가 불을 켰는지 시야가 환해졌다.

"세상에나, 이게 대체 무슨 일……."

연희를 발견한 여자가 경악하여 말을 잇지 못했다. 반면에 남자는 맨엉덩이에 바지를 걸치며 욕실 쪽으로 고갯짓을 했다. 짧은 순간이나마 남자의 상반신 아래에 있는 보기 좋게 균형 잡힌 엉덩이를 우연찮게 봐버린 연희의 귓불이 발개졌다. 그런 모습을 간파한 남자의 눈빛에 반짝임이 감돌고 있다는 건 꿈에도 모른 채.

"잘은 모르겠지만 일단은 저쪽으로 들어가."

"선우혁, 당신! 설마 저 여자를 숨겨주려는 건 아니겠지?"

"그게 아니면?"

남자의 단호함에 아연해진 여자가 눈을 깜빡거렸다.

"저 여자를 숨겨주다가 자칫 피곤한 일이 생길 수도 있어. 그래도 숨겨주겠다구?"

"자, 시간없어, 아가씨. 이곳에 숨으려는 목적으로 들어온 게 맞다면 어서 욕실로 들어가."

선우혁이라 불린 남자는 여자의 칭얼거림 따위는 싹 무시한 채 욕실 문을 가리켰다.

"고마워요."

"감사의 인사는 아직 이른 것 같은데?"

남자의 눈동자가 아까와 같은 반짝임으로 빛났다. 연희는 생면부지의 남자에게 묘한 안도감을 느끼며 욕실로 몸을 숨겼다. 남자의 얼굴이 다시 무표정으로 돌아왔다.

"이봐! 거기 안에 당장 문 열어! 안 그럼 아예 문을 박살내 버릴 테니 빨리 여는 게 좋을 거야."

"뭐야!"

선우혁은 문을 열어젖히며 인상을 구겼다. 고작 바지 하나만, 그것도 후크를 채우지도 못한 상태였지만 그에게서 발산되는 위협은 감히 누구도 흉내 낼 수 없을 정도로 거칠고 무자비했다. 굳이 운동으로 다부진 상반신이 아니더라도, 선우혁이란 남자의 전신에는 강자에게서만 느낄 수 있는 압도적인 힘이 흐르고 있었다. 기세등등, 방금 전까지 하늘을 찌를 듯했던 침입자의 호승심은 금세 그 풀이 꺾였다. 침입자는 언제 그랬냐는 듯, 발 빠르게 계산을 마치며 뒤로 물러났다. 전세가 뒤바뀐 것이다.

"여기에…… 계집이 숨어들어 갔소. 당신한테 볼일없으니 계집만 잡도록 비켜주쇼!"

남자가 방 안으로 들어서려 했다. 선우혁은 즉시 막아섰다.

"어딜 함부로!"

"댁과 싸움 같은 거 하고 싶지 않수다. 그러니 방해하지 말란 말이오!"

남자의 얼굴이 확 일그러졌다. 선우혁의 살벌함이 마음에 걸리긴 했지만 아직 포기가 안 되는 모양이었다.

"지금 방해라고 했나?"

선우혁이 느릿하면서도 나직하게 내뱉었다.

"아니, 나…… 난 단지……."

"여기서 누가 누굴 방해하는 건지 그 눈 뜨고도 모르겠나?"

"뭐, 뭐라구! 이런 젠장할!"

남자가 발끈하여 언성을 높였다. 그의 주먹이 선우혁에게 향한 것과 거의 동시의 일이었다. 선우혁은 가볍게 공격을 막아냈다. 그리곤 날렵하게 주먹을 날려 역습을 취했다. 남자의 턱이 한쪽으로 홱 꺾여졌다. 순식간에 남자는 복도 바닥으로 나동그라지고 말았다.

"컥!"

그때 복도 저만치에서 호텔 직원들이 급히 뛰어오고 있었다.

"시력만 그런 줄 알았더니 실력도 형편없군 그래."

선우혁이 그의 볼을 툭툭 치며 비릿하게 웃었다. 그러나 눈은 전혀 웃고 있지 않았다.

"에잇! 망할!"

남자가 벌떡 일어서서 분함을 이기지 못한 씩씩거림을 토해내더니 무언가를 바지 주머니에서 꺼내 들었다. 잭나이프였다. 다가오던 호텔 직원들이 날카로이 숨을 삼켰다. 그들을 둘러싼 대기가 순식간에 날카로워졌다. 섣불리 잘못 움직였다간 저 작은 금속에 살점이 떨어져 나갈 판이었다.

바짝 약이 오른 남자의 눈가가 바르르 경련을 일으켰다.
"자, 덤벼! 덤벼보라구!"
획획.
칼날이 회전하는 소리가 소름 끼치게 했다. 번뜩이는 서슬에 모두의 시선이 집중되었다. 현란하게 잭나이프를 휘두르던 남자가 씨익 입 끝을 말아 올렸다. 선우혁도 덩달아 씨익 웃어주었다.
"장난감 하나 갖고 너무 맹신하는군."
"건방진 자식! 그래, 다신 그 주둥이를 함부로 놀릴 수 없도록 만들어주마."
남자의 야비한 웃음에 살기가 더해졌다. 갑자기 춤추듯 빙글거리던 칼끝이 예고도 없이 그에게 날아들었다. 막아내기엔 너무 빠른 속도였다. 누구도 끼어들 여지가 없을 만큼 신속했다. 그것이 제아무리 노련한 선우혁이라 해도.
여기저기서 비명과도 같은 탄성이 터져 나왔다. 호텔 직원 중 일부는 견디다 못한 섬뜩함에 질끈 눈을 감았다. 저 칼날이 손님의 살갗 어딘가에 상처를 냈으리란 것이 너무나 자명했기 때문이다.
"아악!"
고통을 호소하는 음성이 거의 동시에 뒤따랐다.
예상을 저버리지 않은 비명 소리에 다들 숨죽이며 선우혁을 살폈다. 하나같이 기적은 고사하더라도 그의 상처가 그리 치명적이지 않길 기대하는 표정이었다. 그러나 다음 순간 그들의 두 눈은 휘둥그레지고 말았다.

"그러게 맹신하지 말라고 했잖나?"

나직이 이죽거리는 이는 선우혁이었다.

그래, 우려대로 그는 다치긴 했다. 칼끝이 스쳐 간 듯 오른쪽 턱에서 피가 배어나오고 있었으니까. 적어도 선우혁, 그 한 명만 놓고 본다면 정말로 그랬다.

"제, 제길. 이 손 놔!"

남자가 괴로움으로 온몸을 비틀어댔다. 잭나이프를 휘두르던 손목은 선우혁에게 붙잡혀 반쯤 꺾여진 상태였고, 칼끝은 선우혁이 아닌 남자의 손바닥에 깊숙이 박혀 있었다. 그 탓에 지혈이 되고 있질 않아 손목을 타고 흐르던 핏줄기가 바닥으로 질퍽하게 떨어졌다. 상대적으로 볼 때 다친 이는 남자 쪽이었다.

"좋아, 놔주도록 하지."

선우혁은 남자의 손목을 놓아줌과 동시에 잭나이프도 빼내었다. 칼끝이 살갗에서 빠져나가는 동안 남자는 또 한 번 처절한 고통을 부르짖었다.

"위험한 장난감이라서."

선우혁은 가볍게 덧붙이면서 잭나이프를 호텔 직원에게 건네주었다. 그것을 받아 쥔 직원이 이제 싸움이 끝났구나 싶어 한숨을 푹 내쉬었다. 그러나 소란은 그걸로 끝이 아니었다. 모두가 방심하고 한시름 놓고 있을 그때, 웅크리고 있던 남자가 뒤에서 달려든 것이다.

"정말 귀찮게 하는군."

그 모습을 지켜보던 선우혁은 남자의 급소를 제외한 곳곳에 빈

틈없는 주먹을 내리꽂았다. 그리고 마지막으로 장식하듯 남자의 복부에 발길질을 가하며 양팔을 뒤로 꺾었다. 남자의 입새로 거친 호흡이 터져 나왔다.

"헉!"

"다시 한 번 날 '방해' 하면 그땐, 이렇게 아쉽게 끝나지 않을 거야. 알아들었나?"

경고를 담아 읊조리는 그의 표정은 목소리만큼이나 냉정했다. 남자는 그의 발치 아래에서 굴욕감으로 이를 갈았다.

"죄송합니다, 손님. 이런 소란을 사전에 막지 못한 저희 직원 측의 과실이 큽니다."

이 호텔의 지배인인 듯 보이는 중년의 남성이 고개를 숙이며 거듭 사과를 했다. 그 옆에 다른 몇몇의 직원들은 바닥에 뻗은 남자를 끌고 엘리베이터로 향하는 중이었다. 그 모습을 지켜보는 선우혁의 얼굴에 서린 냉기가 흐릿해졌지만 걷혀지지는 않았다.

"됐습니다. 찰과상에 필요한 응급약과 소독약을 올려 보내줬으면 합니다만."

그가 별다른 불쾌한 기색 없이 건조하게 말을 건넸다.

"네. 잠시 후에 저희 직원을 통해 전해 드리도록 하지요. 혹여 그밖에 다른 필요한 게 있으시다면 언제든 말씀해 주십시오. 정말 물의를 끼쳐 드려 너무나 죄송합니다."

지배인이 정중히 인사하며 가버렸다. 그러자 지금껏 이 소동을 지켜보고 있던 여자가 다소 신물나는 표정으로 비꼬았다.

"대단해, 당신. 누가 선우혁 아니랄까 봐…… 쳇! 나라면 온갖

수선을 다 떨었을 텐데, 너그럽게 봐주는 척하긴.”

그는 한쪽 눈썹을 치켜 올릴 뿐 아무런 대꾸도 하지 않았다. 여자는 더욱 기고만장해 거드름을 피웠다.

“스튜디오 안에서는 철두철미한 당신이 밖에선 이렇게 물렁해지는 줄 누가 알겠어? 어시들이 이걸 봤어야 했는데. 후, 아깝네. 아님 저 어린 여자애에게 선심을 쓰고 싶어진 이유라도 생긴 거야?”

꼬치꼬치 캐묻는 여자의 태도에도 불구하고 남자는 여전히 못 듣는 척이다.

여자를 지나쳐 욕실로 다가온 그가 문을 열며 말했다.

“그만 나와도 좋아. 이젠 아가씨를 잡아먹을 미친놈 따윈 없으니까.”

“그 사람…… 정말로 갔나요?”

연희는 확인하려는 듯 조심스레 주위를 두리번거렸다. 그러자 연희의 발과 발이 지나간 곳에 묻어난 핏자국에 여자가 기겁하듯 몸서리를 쳤다.

“헉! 이게 다 뭐야? 세상에나, 저 발…….”

“아, 괜찮아요. 크게 다치지도 않은걸요.”

“이쪽으로 와서 앉아.”

그가 나지막이 말했다.

“아니에요. 전 정말로 괜찮아요. 아까 절 숨겨주신 것만으로도 크게 감사한 걸요. 더 이상 폐는 끼치고 싶지 않아요.”

“이봐, 아가씨? 그런 발로 걸어 나가는 게 더 큰 폐를 끼치는 거야. 어서 앉아."

그가 보다 엄중하게 말하자 연희는 난처한 표정으로 자리에 앉았다. 그때 호텔 직원이 구급상자를 가지고 왔다.

"그 발로 호텔 복도를 누볐다니! 꼬마 아가씨, 보기보단 독한 데가 있었네?"

여자는 마치 어린아이 대하듯 가볍게 말을 건네기 시작했다. 아마도 연희가 기껏해야 고등학생 정도일 거라 여겼던 모양이다.

후, 꼬마 아가씨라니……. 올해 나이 스물넷의 성인 여자에게는 썩 달갑지 않은 호칭이었다. 연희의 이마에 보기 싫은 주름이 접히려 했다. 그러나 지금 자신의 꼴이 얼마나 우스울지 짐작됐기에 애써 다친 자존심을 달랬다.

"여기는 어때?"

그가 연희의 발뒤꿈치를 조심스레 건드리며 물었다. 한쪽 무릎을 구부린 그의 자세 때문에 그와 그녀, 서로의 눈높이가 같아졌다. 차디찬 저음에 어울리는 눈빛. 겨울밤처럼 짙은 어둠이 그의 눈 속에 있었다. 아까 호텔을 둘러쌌던 어둠처럼 관능적인 초콜릿 빛도 함께 어우러져 있었다. 원하는 게 있다면 그 눈빛만으로도 상대방을 마음대로 조종할 수 있을 것 같은 남자의 눈동자는 지독히도 그윽해 보였다. 남자의 눈빛은 마약 같았다.

"이봐."

"……네?"

"지금 여기 왼쪽 발목, 괜찮은지 묻고 있는 중이었어."

자신이 뚫어져라 남자를 쳐다보고 있었다는 깨달음에 퍼뜩 정신 차린 연희는 그제야 조그맣게 입을 열었다.

"아, 네. 괘, 괜찮아요."

대답을 담아낸 입술이 살며시 떨렸다. 연희는 스스로에게 변명을 둘러대며 주문을 걸었다. 지금 내가 떨고 있는 건, 저 남자 때문이 아니야. 긴장이 풀려서 그런 것일뿐, 결코 저 남자 때문이 아니야.

"아프면 아프다고 말해. 어때? 정말로 괜찮은 거야?"

"네, 이젠 아프지 않아요."

선우혁은 여자의 눈빛에 잊었던 두근거림이 되살아나는 걸 느꼈다. 그는 아직도 이 상황을 믿을 수가 없었다. 쇼윈도 아래에서 빛을 발하는 새카만 에나멜 구두의 그것처럼 매혹적으로 반짝이고 있는 눈빛.

아, 그래, 저 눈빛이다. 그동안 잊어버리자고 다짐했지만 결국에는 잊어버릴 수 없었던 바로 그 눈빛.

선우혁은 터져 나오려는 탄성을 가까스로 집어 삼켰다. 지난 이년간 그렇게도 찾아 헤맸던 주인공이 이렇게 불시에 모습을 드러내다니. 그것도 그녀를 찾는 걸 포기해 버린 시점에서.

"정말로 괜찮아요. 통증도 많이 가라앉았는걸요."

보다 분명한 어조로 대답하는 여자를 바라보며 선우혁은 발목을 가만히 내려놓았다. 다시 이 년 전으로 되돌아간 느낌이 반갑지 않은 혼란을 불러일으켰다. 그나마도 다행인 건 그녀가 자신을 몰라본다는 사실.

'기억하고 있을 리가 없지.'

다행이라는 안도감과는 거리가 먼 씁쓸함이 그의 입가에 맺혔다 사라졌다.

성연희. 자신이 그녀의 이름을 정확하게 기억하고 있는 이 년이란 세월 동안, 그녀는 하나도 변하지 않았다. 아니, 조금 더 성숙해지고, 조금 더 아름다워졌다. 그때가 스물두 살이었으니 이제 스물넷. 소녀에서 여인으로 분한 연희의 모습이 낯선 한편으로 더할 나위 없이 매력적이다. 이런 식으로 재회하게 된 점만 제외한다면 과거 자신의 예상은 그대로 적중한 셈이었다.

"드레싱 다 끝냈으면 붕대 줄까?"

상념을 뚫고 들려온 목소리는 몇 차례 촬영을 함께해 온 은진의 것이었다. 선우혁은 새하얗게 드러난 연희의 종아리로부터 애써 눈길을 거두며 자리에서 일어났다. 은진의 존재만 아니라면 이대로 천천히 성연희의 상처를 어루만졌을 것이다. 기억보다 아름다운 연희의 몸 곳곳을 핥듯이 보듬었을 것이다. 그랬다간 감당 못할 사단이 벌어지리란 걸 알면서도, 이 년 동안 참아낸 기다림을 하나하나 풀어내고 싶은 욕구를 좀처럼 억누를 수가 없었다. 억누르고 싶지 않기도 했다.

아무래도 제정신이 아닌 모양이다. 하긴 그녀가 그의 벗은 몸을 보며 얼굴을 붉힌 그때부터 선우혁은 이미 제정신이 아니었다. 그렇게 찾으려 했을 땐 코빼기도 내비치지 않더니. 어디에 있다가 이제야 나타난 걸까. 은진의 호기심 가득한 시선만 아니라면 다시는 사라지지 못하게 품 안에 가둬놓고 싶었다.

"당신이 붕대를 감아. 난 붕대 따위 감아본 적이 없어놔서."

"그래? 뭐 좋아."

은진이 의심스러운 투로 묻더니 붕대를 꺼냈다.

어쩌다 하필이면 그런 핑계를 둘러대고 만 것일까? 자주는 아니지만 사진 촬영을 하다보면 종종 작은 사고가 예기치 않게 발생하곤 했다. 그럴 때마다 선우혁은 그 일을 어시들에게 전가하지 않고 자신이 직접 응급처방을 하는 편이었고, 벌써 몇 년째 모델 생활로 이름을 알려온 만큼 은진도 그걸 모르지는 않았다. 다행스럽게도 은진은 별다른 말을 꺼내지 않았지만, 그녀의 얼굴엔 갖가지 추측과 의문들이 떠돌아다니고 있었다. 아마 대답을 들려주지 않는 한은 끊임없이 질문에 시달리게 될 터였다.

"자, 다 됐어. 뭐든 사정이 있겠지만 앞으로 조심해."

은진이 붕대를 가위로 자르며 덧붙였다.

"네. 정말 고마워요."

"고맙긴. 아가씨가 진심으로 고마워해야 할 사람은 저 남자지 내가 아니야."

은진이 어깨를 으쓱거리며 그에게 흘끗 시선을 던졌다.

하지만 선우혁은 고집스레 등을 돌린 채 담배만 태웠다. 그는 지금 성연희를 붙잡아두기 위해 적절한 대안을 찾고 있는 중이었다. 아무리 그녀를 찾는 것을 포기했다손 치더라도 이렇게 눈앞에 나타나 준 이상은 그대로 돌려보낼 순 없었다. 지금 이 순간은 지난 이 년간에 대한 기회요, 보상이었다.

"저…… 이름이나 연락처 같은 걸 알려주시겠어요?"

"연락처?"

연희가 그에게 질문했지만 그는 여전히 묵묵부답이었다. 그러자 은진이 중간에 끼어든 것이다. 은진의 두 눈에 고인 호기심이 어느 때보다 강렬한 빛을 발하고 있었다.

"그건 왜 묻니?"

"저기, 두 분께 식사라도 대접하는 게 예의일 거 같아서요. 크게는 대접하지 못하지만 조촐하게라면……."

"식사라? 이봐, 만약…… 내가 식사 대신 다른 걸 원한다면 어쩔 셈이지?"

갑자기 선우혁은 성큼 다가가 연희의 얼굴에 자신의 얼굴을 들이댔다. 실핏줄까지 그대로 보일 것만 같은 피부결이 만져 보고 싶을 만치 투명했다.

"혹시 돈을 말씀하시는……?"

"우습군. 내가 돈이 부족해 보이나?"

"그럼 뭐를?"

당황한 표정이었다. 그 모습이 꽤나 흥미로워 선우혁은 턱을 문지르며 빤히 그녀를 응시했다. 아까보다 더욱 커다래진 눈망울. 단아한 두 눈 속에 포도알처럼 까맣고 말간 동공이 새삼 신비로웠다.

"글쎄, 뭐가 좋을까?"

"지금 당장 제가 해드릴 수 있는 건가요?"

그는 잠시 멈칫했다.

당장이라고 말해 버리고 싶었지만 호기심 가득한 은진의 시선이 영 거슬렸다.

한 달, 하루도, 한 시간도 기다리고 싶지 않아. 그것이 그의 본심이었다. 그러나 어렵게 찾아온 기적 같은 기회를 성급하게 망가뜨릴 순 없었다. 이제 그녀를 찾았으니, 그녀에게 다가갈 준비만 마치면 된다. 그녀 또한 그에게 다가올 수 있도록.

"지금도 가능하긴 하지만 적어도 일 년 정도 후면 딱 좋겠군."

일 년?

연희는 더욱 알 수 없는 표정이 되었다.

문득 남자가 자신에게 원하는 것이 좀 전의 그 사채업자가 하려던 짓이면 어쩌나 하는 우려에 주춤했지만 즉시 그런 가능성을 털어냈다. 그럴 리가 있겠는가! 남자의 옆에 있는 여자만 보아도 짐작이 가능했지만 자신처럼 초라한, 특히나 군데군데 피까지 엉겨 붙어 한마디로 볼품없는 여자를 안고 싶어할 까닭이 없었다. 게다가 그녀의 눈에 비친 남자는 그런 것을 원할 만큼 비신사적인 사람이 아니었다. 혹 그녀가 원한다 하더라도 말이다.

마지못한 승낙의 뜻으로 고개를 끄덕였다.

"돈이 아니고 일 년 후에나 할 수 있단 말이죠? 좋아요."

"그럼 기대해 보도록 하지."

"일 년 후 어디서, 몇 시에 만나죠?"

"두 시. 이 호텔 정문 앞에서."

"기억해 두죠."

아마도 웃음일 거라 추측되는 곡선이 남자의 입가에 떠올랐다. 그 모습이 어쩐지 낯설지가 않아 연희는 두 눈을 가늘게 떴다. 설마, 저 남자를 보았을 리가 있나. 그저 그와 닮은 누군가를 착각하는 것이 분명했다. 만약에라도 그럴 가능성은 없었지만, 있어서도 안 되는 거였다.

"정말 이대로 가려는 거야?"

연희가 가고 난 뒤 은진은 선우혁을 뒤에서 끌어안으며 말했다. 분위기 쇄신을 위한답시고 다시 한 번 샤워를 한 은진의 몸에서는 그윽한 향이 진동하고 있었다. 그러나 안타깝게도 선우혁의 신경은 온통 한곳으로만 쏠려 있어 은진과 함께 있을 수 없었다. 무사히 잘 갔을까? 다시 놈이 치근대진 않았겠지? 사람을 붙여 연희를 경호하도록 손을 썼지만 그런다고 해서 걱정이 놓이는 건 아니었다.

"미안."

오늘은 유학 후 처음으로 가진 전시회를 성공적으로 끝마친 날. 그런 날을 기념하기 위해 바쁜 스케줄도 비우고 호텔까지 예약한 은진은 이보다 더 나은 대접을 받을 자격이 있는 여자였다. 그간 촬영을 해오면서 그녀가 보내온 관심을 알면서도 모른 체해왔기에 그녀의 제안을 받아들인 것인데…… 결과는 참담했다. 역시나 그러지 말았어야 했다는 뒤늦은 후회가 치밀어 올랐다.

지난 이 년 동안 수확없이 연희를 찾는 것을 그만 포기하고 다른 누군가에게 마음을 열어 보이려 시도한 것 자체가 무리였던 것이다. 연희가 호텔에 나타나기 전부터 은진에게 마음을 열기는커녕 집중조차 하지 못했다. 어쩌면 연희의 등장이 아니었어도 결론은 지금과 같았을 거란 생각이 들었다.

"설마 그 여자 아이 때문은 아니지?"

"……."

선우혁의 표정이 민감하게 굳어졌지만 다행히도 은진은 그의 등허리에 얼굴을 묻고 있었다. 그의 표정을 확인하지 못한 채로 은진이 피씩 웃어버린다.

"훗, 그런 시시한 농담이라니. 내가 한 말이지만 어이가 없네."

"……그래?"

"응. 그 순진한 아이는 당신과 전혀 어울리지 않거든."

그는 다시금 연희의 깊고 깊었던 눈동자를 떠올렸다.

그녀와 어울리지 않다.

그건 이미 이 년 전에 지독하게 깨달아 버린 사실이었다. 더욱 유감스러운 것은 그때나 지금이나 자신이 그녀에게 어울리지 않는다는 것. 어쩌면 약속한 일 년이 흐른 뒤에도 그 사실은 여전할 것이다. 그리고 여전히 그녀에게…… 미쳐 있겠지. 지금껏 그래 왔듯.

"당신도 생각해 봐. 스캔들 메이커인 당신한테는 유희 상대가 필요하겠지만, 아까 그 아인 누군가의 유희물로 썩기엔 너무나 깨끗해. 뭐, 당신이 정말로 스캔들 메이커인지 아닌지 이제 슬슬 의심스러워지고 있지만 말이야."

"후, 유희 상대라……."

은연중에 연희가 자신의 유희물이 되는 상상에 젖어버린 선우혁은 낮게 중얼거렸다. 얼마나 덧없는 상상인지 알면서도 극도로 흥분되는 건 참으로 기묘한 조화였다.

"그런데 나…… 진짜로 궁금해졌거든? 당신, 그 많았던 스캔들 사실은 사실인 거야?"

선우혁은 대답 대신 짧게 웃어버렸다.

포토그래퍼. 사람들의 눈을 많이 타는 연예인들과 함께하는 작업이 대부분인 터라 선우혁 또한 많은 이들의 이목을 주시받았고, 그 과정에서 생겨난 스캔들 역시 무시할 만한 것이 못 되었다. 그래서 그를 아는 극소수의 사람들만 제외하고는 대개가 스캔들 메이커, 혹은 바람둥이라는 기사를 액면 그대로 믿어왔고, 당연히 그렇게 통칭되어 오곤 했다.

그런 탓에 가끔 못 이긴 욕망을 해소할 때면, 그 다음날은 터무니없이 과장된 기사로 스캔들을 앓기 일쑤였다. 화려한 외모와 직업에 기인한 결과였기에 별반 신경 쓰지는 않았다. 그러한 태도가 오히려 떠도는 소문들을 인정한 것이라는 억측에 커다란 힘을 실어주었지만, 일일이 상대하는 것이 귀찮은 그에게는 하룻밤 자고 일어나면 잊혀질 뿐인 그저 그런 일회성 가십 거리에 지나지 않았기 때문이다. 괜스레 가십 기사들에 발끈했다가 웃음거리가 되고 마는 경우만 해도 얼마나 많은가. 그럴 땐 그냥 소문이 가라앉기를 기다리는 편이 가장 이롭다는 것이 그의 지론이었다.

"뭐야, 그 웃음은? 사실이란 거야, 아니란 거야?"

"글쎄, 그건 상상에 맡기도록 하지."

아니라고 대답한들 그의 말을 믿어주기나 할까?

이 년간 굳어버린 스캔들 메이커로서의 이미지는 좀처럼 무너뜨리기 힘든 법이다. 선우혁은 미련을 떨쳐 내며, 갓 세공한 보석처럼 찬란하디찬란한 반짝임을 담고 있던 누군가의 눈빛을 다시금 되새겼다.

그의 맥박은 다가올 일 년 뒤의 오늘을 향해 맹렬히 뛰고 있었다.

# 제 2 장

일 년 후.

〈시크한 멋을 풍기는 스트라이프 셔츠, 보는 이의 시각을 압도하는 훤칠한 키, 동양인치고는 드물게 구레나룻이 잘 어울릴 것 같은 턱 선, 삐딱하게 담배를 빼어 문 옆모습만 보았을 때, 사람들은 그를 모델로 판단해 버리기 쉽다. 분주하기 그지없는 스튜디오 안에서라면 더 더욱 그럴 법하다.

자신을 피사체로 삼을 생각은 없느냐는 기자의 질문에 그는 말없이 한쪽 눈썹을 치켜 올렸다. 그것은 명백한 거절이었고, 우리 스태프진들은 재빨리 농담으로 무마시키며 인터뷰를 진행했다. 그는 매 순간, 매 초마다 귀추가 주목되는 신인 포토그래퍼 선우혁이다.

사실 이제까지 그가 불러일으킨 센세이션만으로 본다면 '신인'이라는 수식어는 그다지 적합하지 않다. 사람들의 인식만 해도 그렇다. 불과 얼마 전까지는 내리막길을 걸었지만 지금은 충무로에서 가장 높은 개런티를 받는 배우 고윤하가 그의 프로젝트를 통해 재탄생되었고, 한때 스캔들로 이미지가 실추되었던 이아경 역시 그와의 작업을 통해 톱모델의 대열에 올라선 일 등은 알 만한 사람들은 이미 다 아는 이야기이지 않은가.

그럼에도 불구하고 그의 프로필은 이렇게 말하고 있다. 아직, 데뷔 경력 사 년차인 신출내기일 뿐이라고. 스물세 살에 도미(渡美)해 RISD(rhode island school of design)을 졸업하고, 전공한 사진을 바탕으로 경험을 쌓는 중인 그는 이제 겨우 서른하나이다.

그렇다면 포토그래퍼로서 중요시 여기는 부분은 무엇인가, 묻는 기자의 질문에 그는 주저없이 '피사체 혹은 피사계와의 정서적인 교감'이라고 대답했다. 때문인지 그의 사진들을 보면 절대 일방적이지 않다. 일방적인 메시지. 그것은 작업에서 가장 기피하는 것 중 하나라고 그는 덧붙였다. 또한…….〉

기사를 읽는 연희의 입가에 쓴웃음이 매달렸다.

이미 두 달이나 지난 일이었다. 무심하게 약속을 정했듯이 그 약속 또한 무관심하게 저버린 잡지 속의 이 남자로 인해 연희는 보기 좋게 바람을 맞았었다. 정의 내릴 수 없는 기대감으로 한껏 차려입은 원피스는 구겨지고, 잘 맞지도 않는 구두로 인해 발은 퉁퉁 부었다. 그것도 모자라 지독한 감기 몸살까지 덤으로 앓아야 했다. 봄철의 싸늘한 추위에 몇 시간이나 노출된 채 바깥을 서성였으니 한편으로 당연한 결과였다.

"그는 오지 않아."

연희가 그와의 약속 장소에 나가기 전, 그녀의 사정을 잘 아는 친구가 그렇게 단정 지었었다. 그냥 아무 뜻 없이 건넨 말일 테니 진짜로 믿지 말라는 충고와 함께.

하지만 연희는 친구의 만류를 뿌리치며 기어이 약속 장소에 나갔다. 약속 시간에서 삼십 분 정도 오버했을 때조차 그가 올 거란 믿음에는 변함이 없었다. 십 분만 더 기다린다는 것이 한 시간이 되고 두 시간이 되어버려, 끝내는 약속 시간으로부터 한참이나 멀어져 버린 시계 초침을 보고 나서야 친구의 말이 사실임을 인정하게 된 것이다. 그런데도 버리지 못한 미련은 그때로부터 두 달이란 시간이 지나는 동안 더 크게 자라나 버렸다.

어쩌면 약속이란 핑계일 뿐, 한 번쯤 그의 눈길을 받아보고 싶다는 허영심은 아니었을까? 그래서 그의 연인에게서 어린아이 취급받은 것에 대해 어떤 보상을 받고 싶었던 거라면?

연희는 종종 자신의 미련스러움에 그런 질문들을 던지며 그에게 향하려는 잡념을 떨쳐 내려 애썼다. 그럴 만도 한 것이 지금 그녀에게는 친구들의 부러움을 한 몸에 받을 만큼 멋진 남자 친구가 있기 때문이었다.

선우혁에게서 바람맞았던 일로 의기소침해 있는 그녀에게 프러포즈를 해온 사람은 다름 아닌 그녀의 후원자, 고윤하였다.

영화배우이자 그녀의 키다리 아저씨인 그는 그녀가 입학을 할 당시부터 고마운 손길을 뻗어온 은인이었다. 학교의 장학재단을 통해 입학금이며, 생활 보조금을 지원해 주는 윤하 덕분에 연희는 걱정했던 학교생활을 그럭저럭 윤택하게 이어올 수 있었다. 빚은 천천히 나누어 갚으며 틈틈이 공부해서 전문대만이라도 다녀야겠다고 생각하고 있었지만, 자신에게 이런 행운이 떨어질 거라곤 엄두도 낼 수 없었기에, 연희는 가끔 돌아가신 아버지께서 보살펴 주고 계신 건 아닌가 하는 엉뚱한 생각마저 들곤 했다.

윤하에 대한 첫인상은 한마디로 정겨운 푸근함이었다.

"호연 장학재단에서 서류 전형으로 추천되어 장학생으로 선발되었습니다."

라면서 등록금을 내려던 그날, 먼저 인사를 청해온 그는 매스컴에서 알아왔던 이미지 그대로 솔직하고 꾸밈없는 모습이었다. 그가 이 학교 출신이며, 그의 외가 쪽에서 장학재단을 운영하고 있다는 사실은 금시초문이었지만 어쨌든 그렇게 해서 그와의 인연은 시작되었다.

처음엔 그저 깍듯하기만 했던 윤하의 태도가 좀 더 친밀한 쪽으로 급선회를 하기 시작한 시기는 작년 가을부터였다. 못해도 한 달에 한두 번씩은 개인적으로 찾아와 그녀를 식사에 초대하고, 한적하고 공기 좋은 곳으로 드라이브를 권하기도 했던 그는 지난달, 정식으로 교제를 신청하면서 그녀에 대한 관심을 직접적으로 드러냈다.

연희는 그의 프러포즈를 받아들여야 하나, 말아야 하나를 두고 꽤 많이 고민했었다. 그에게 어느 정도의 호감을 느끼고 있었던 건 사실이지만, 그 호감의 근원이 어디에서 비롯되었는지 연희 자신도 확실하게 자신할 수 없었기 때문이다. 후원자에 대한 막연한 고마움 때문인지, 차츰 그를 이성으로 느끼기 시작한 건지 도무지 그 경계가 보이질 않았다.

그런 그녀를 보다 못한 윤하는,

"그래도 나한테 호감을 가지고 있는 것만큼은 분명하잖아? 출발은 그것만으로도 만족해. 천천히 서로에 대한 호감을 키워 나간다고 생각했으면 좋겠어."

라고 말하며 보다 강하게 그의 의사를 전달해 왔다.

그래, 어쩌면 그의 말대로 이런 시작도 그렇게 나쁘지만은 않겠다고 결론을 내리며 연희는 그의 프러포즈를 받아들였다. 일순 그녀와의 약속 따위 깡그리 잊어버린 한 남자가 떠오른 까닭은 못난 보복심리 정도였다고 여기면서 말이다. 적어도 자신은 누군가에게 애틋한 기다림의 대상이 될 자격이 있었다. 말뿐인 약속에 그칠 게 아니라.

그렇게 해서 연희는 윤하의 연인이 되었다. 사귄 지 한 달 정도 되었지만 그 기간 동안 자주는 아니지만 그런대로 충실한 연인 노릇을 해온 윤하는 자상하고 배려가 깊은 남자였다.

"뭐 하는 거야, 지금? 한가하게 잡지 볼 시간이 있어?"

갑자기 홱, 하고 낚아채는 소리와 함께 희미하게 미간을 구긴 친구의 얼굴이 시야를 채웠다. 방금 전까지 연희가 빠져 있던 활자들의 세계는 친구의 손안에 구겨져 있었다. 연희는 연애편지를 쓰다 들킨 사람마냥 얼굴을 붉히며 도로 잡지를 뺏으려 했지만 친구는 호락호락하지 않았다.

"조교실에서 널 찾더라. 어서 가봐."

"조교실에서 날?"

연희는 되물으며 고개를 갸웃거렸다.

개강을 앞두고 한창 바빠야 할 조교실에서 그녀를 찾는 이유가 마땅히 떠오르지 않았다. 지난번에 과제 때문에 빌린 대형 카메라 때문이라면 반납한 지가 벌써 사흘이나 지났는데. 혹 문제라도 생긴 걸까? 하지만 꼼꼼하게 확인하고 반납했는데, 이걸 어째……. 이러다 한 학기 동안 기자재 없이 학교생활을 하게 되는 건 아닐까?

대개의 기자재들이 워낙 고가인 탓에 고장을 방지하기 위해 조교실에서 내건 규칙은 꽤나 가혹한 것으로 정평이 나 있다. 작은 버그라도 발견될 시엔 이유 여하를 막론하고 무조건 석 달간 사용이 금지되고, 운이 좋아 경고로 그친다 쳐도 또다시 경고를 받을 시엔 마찬가지로 석 달간 사용 정지였다. 때문에 기대로 들떠 있던 연희의 안색은 어느덧 어둡게 흐려지고 말았다.

순식간에 먹구름이 낀 연희의 얼굴을 친구가 묘한 눈으로 바라보다가 입을 열었다.

"지선이한테 뭐 부탁한 일 있었다며? 오전에 지선이가 조교실에 다녀갔거든."

"아, 그래? 다행이다."

그제야 연희의 안색이 다시 맑게 개였다.

작년에 같은 과인 시각디자인과를 졸업한 선배이자, 동갑내기 친구이기도 한 지선에게 아르바이트를 주선해 달라고 부탁을 넣은 적이 있었다. 그때 지선은 흔쾌히 오케이 사인을 날리며 조만간 연락이 갈 테니 기다려 보란 말을 남겼었다.

'아아, 그럼 일전에 어시를 구한다던 스튜디오에서 오케이 한 모양이구나.'

연희는 귀여운 인상의 지선을 떠올리며 빙긋 웃었다.

"근데 이건 뭐야?"

잠깐 방심하는 사이 친구가 잡지를 펼쳐 들었다.

"흑!"

하고 터지는 신음과 함께 연희는 잡지를 가로챘다. 그러나 친구는 왕성한 호기심만큼이나 꽤 유연한 민첩성을 보였다. 연희의 손이 닿기도 전에 기사에 실린 주인공을 정확히 알아낸 것이다.

"선우혁? 아, 이 사람!"

친구가 눈을 반짝이며 흥분했다. 혹시나 이상한 오해를 할까 걱정한 연희는 동그랗게 눈을 뜨며 되물었다.

"왜?"

"너 아직 못 들은 모양이구나? 선우혁, 어쩌면 우리 과 전임 교수로 부임될지도 모른대. 뭐, 최연소다 뭐다 말이 많아서 시끄럽긴 하지만, 내가 볼 때 게임은 끝났어. 교수진들이 반대한다 해도 이미 총장이 찬성한 마당에 무슨 수로 고집을 꺾어?"

"그래?"

"암튼 베일에 싸인 인물이라니까."

친구는 어깨를 으쓱 들었다 올리며 툭 내뱉었다.

베일에 싸이다니 그건 또 무슨 말이람? 연희가 묻기도 전에 친구는 다시 재잘거리며 말을 이었다.

"못 들었어? 선우혁 이 사람, 재벌급 정도 되는 집안 아들이라는 이야기가 알게 모르게 많이 나돌고 있어. 뭐, 집안 반대도 반대지만 아버지나 집안 후광을 등에 업고 알려지는 게 싫어 필명을 쓰는 거라더라. 딱 보면 귀티가 흐르는 게 없는 소문 만들어낸 것 같진 않고 말야."

이야기가 전혀 예상치 못한 방향으로 흘러간 것에 다행이라는 안도감이 든 건 아주 잠시뿐이었다. 속사포처럼 쏟아내는 친구의 말은, 당장 조교실에 가야 한다는 사실마저 망각할 정도로 연희의 신경을 송두리째 뒤흔들고 있었다.

'후, 그렇단 말이지?'

하긴 내가 그에 대해 알고 있는 사실이 과연 얼마나 될까.

그 잘난 약속마저 바람맞은 주제에.

"여기 있었네? 난 또 하도 안 오길래 어딜 갔나 했지."

지선이 문가에 기대며 손을 흔들고 있었다.

지선의 목소리에 각자의 생각에 빠져 있던 연희와 상미가 고개를 쳐들며 반색했다.

"어, 지선아. 많이 기다리게 해서 미안."

"에잇, 너무 바빠서 조교실에도 못 내려오는가 보다 했더니 한가하잖아? 이거 이렇게 선배를 무작정 기다리게 해도 되는 거야, 응?"

지선은 너스레를 떨며 책상 위에 엉덩이를 걸쳤다.

생기있는 목소리와는 달리 얼굴에는 며칠간의 야간작업으로 지친 기색이 역력했다. 거뭇하게 다크 서클이 내비치는 눈가, 부족한 수면으로 충혈된 눈, 전보다 갸름해진 얼굴선……. 이제 직장생활 일 년 차인 지선의 모습은 연희와 상미에게 있어 멀지 않은 미래였다. 그래서 지선을 향한 상미의 시선이 유달리 걱정스러울 수밖에 없었다.

"이번에 제법 규모가 큰 프로젝트를 진행한다더니 잘돼가?"

"뭐, 그럭저럭."

"얼굴이 반쪽이 됐어. 너무 무리하는 거 아냐?"

두려움 반, 걱정 반으로 물든 상미의 얼굴에 지선의 입가에 엷은 미소가 떠올랐다.

"그러고 보니 상미 너도 광고 쪽에 관심있댔지?"

"응. 처음엔 편집 쪽으로 갈까 하다가 그래도 하고 싶은 걸 하는 게 낫지 싶어서 광고 쪽으로 결정지었어."

"그래, 너야 사전 준비를 꼼꼼히 하는 편이니까 잘할 수 있을 거야. 지금 일, 생각보다 계획에 차질없어서 꽤 순조로운 편이거든."

"아, 그렇구나. 잘됐다."

상미가 부러운 눈으로 응시하며 고개를 끄덕였다. 지선은 다이어리를 뒤척이다가 명함 하나를 꺼내며 연희에게 건넸다.

"연희야, 그때 말한 연락처가 여기야. 날짜랑 시간, 다 잡아놨으니까 약속 칼같이 엄수할 것. 알았지?"

"고마워. 실은 거의 안 될 거란 생각으로 반신반의했거든."

연희가 감격에 겨워 어쩔 줄 몰라 하자 지선은 급하게 도리질을 치며 정정했다.

"아니야, 고맙기는 무슨! 이 일 내가 성사시킨 거라고 착각하는 모양인데, 중간에 다리 놓아준 사람은 따로 있어. 아마 김 조교님일 걸?"

"김 조교라면 작년까지 있었던 그……?"

기억을 더듬느라 미간이 모아진 연희를 보며 지선이 수긍의 뜻을 드러냈다.

"맞아. 신기한 게, 김 조교님 작년엔 그렇게도 건망증이 심해서 학생들도 헷갈려 하더니 연희 너는 잘만 기억하고 있던걸?"

"후훗, 웬일이실까? 김 조교님 그때는 내 이름 기억 못했는데."

학생들 이름뿐만이 아니었다. 더러는 전임 교수들 연락처도 헷갈려 하는 바람에 과에서 주최하는 세미나에 차질이 생긴 경우도 허다했다. 그런 김 조교가 아직까지도 연희를 기억하고 있다니 그야말로 놀랄 노 자였다. 직접 확인을 거친 지선을 제외한 상미와 연희는 도무지 믿을 수 없다는 얼굴이었다.

"뭐, 그건 모르겠고 어쨌든 거기 스튜디오 가보면 알겠지만 일이 장난 아니라는 소문이 파다해. 그러니까 몸 상하지 않게 알아서 잘하도록 해."

지선은 염려 섞인 당부를 끝으로 작별을 고했다. 짧은 순간의 수다가 이어지기가 무섭게 전화벨이 극성을 피우며 울려댔기 때문이다. 폴더를 열어젖힌 지선의 표정이 살짝 긴장으로 굳은 걸 보면 아마도 상사로부터 걸려온 전화가 아닐까 싶었다. 연희는 지선의 인사를 받으며 명함에 음각된 스튜디오 이름을 매만졌다.

〈스튜디오 인디고 Indigo.〉

감각적인 로고와 함께 어우러진 이름이 연희의 가슴을 흥분으로 뛰게 만들었다. 그런 연희의 모습을 힐끔거리던 상미가 낮게 휘파람을 불었다.

"오호, 이제 어시가 된다 이 말씀? 축하해, 네 애인님이야 너와 함께 지낼 시간이 줄어들어 달가워하지 않겠지만 이런 자리가 어디 쉽니? 잘해봐."

"응, 고마워. 잘할 수 있을지 걱정은 되지만 최선을 다해볼 거야."

연희는 상미의 손으로부터 벗어난 잡지에 시선을 고정시키며 대답했다. 곧 전임 교수가 될 남자치고는 지나치게 젊고 잘생긴 얼굴이 바람결에 나부껴 팔랑거리고 있었다. 모델 운운한 기사의 내용처럼 고급스런 슈트 광고에서 막 빠져나온 듯한 체구는 흠잡을 데 없이 훤칠하고 당당했다. 게다가 유능하기까지 하니 교내 여학생들의 전폭적인 지지는 이미 따놓은 당상이나 마찬가지였다. 싫든 좋든 그녀의 의지와는 상관없이 앞으로 그를 전임 교수로 만나게 될 일이 마음에 걸리긴 했지만, 아무렴 어떠랴.

일자리도 구해놨으니 거기에 몰두하다 보면 선우혁 그 남자가 그랬듯, 그녀도 그와의 약속을 무심하게 잊을 수 있는 날이 반드시 올 것이다.

같은 시각, 선우혁은 조금 이르다 싶은 초저녁부터 바(bar)에 앉아 일행을 기다리고 있었다. 그 옆엔 친형제지간이나 다름없는 배우, 고하윤이 술잔을 거들고 있었다. 선우혁과의 작업이 계기가 되어 급부상하게 된 그는 얼마 전 상대 여배우와 옥신각신하며 겨우 찍었던 멜로 영화가 비교적 높은 호응도를 이끌어내고 있는 것에 한껏 만족감이 고취된 상태였다.

"요즘 리뉴얼 작업한다더니 마무리된 거야?"

선우혁은 잔을 비워낸 후에 짤막하게 대꾸했다.

"거의 그런 셈이지."

"그런데 표정이 아까부터 왜 그래, 형?"

무슨 뜻이냐는 듯 선우혁의 한쪽 눈썹이 위로 올라갔다.

"사람 옆에다 두고 묵념하는 건 아닐 테고 오늘따라 과하다 싶게 조용하잖아. 그게 얼마나 고약한 버릇인지 알아?"

"……."

"형이 생각 많아질수록 말수 적어지는 거 하루 이틀 알아온 것도 아니지만, 무슨 일인지 들어보기만이라도 하자. 설마 나한테 말하면 안 된다거나 그런 건 아니잖아."

"녀석 하고는."

답지 않게 보채는 윤하의 모습에 선우혁은 작게 실소를 터뜨렸다.

흥행 실적 저조에 따른 대중과 평론가들의 외면으로 지독한 고배를 맛본 배우치고는 아직도 직설적이고 남의 눈을 잘 의식하지 않았지만, 다혈질적인 성격은 많이 누그러진 편이었다. 그래서 과묵할 정도로 진중한 그와 제멋대로인 고윤하가 친하게 지내는 것에 대해 사람들은 적잖은 놀라움을 드러내곤 했다. 선우혁 자신이 보기에도 둘은 무척 언밸런스했기에 주변의 반응을 어느 정도 수긍하는 편이다.

포토그래퍼와 모델.

그저 처음엔 단순한 업무적 관계에서 시작한 사이가 돈독해지기까지는 '성공'이라는 요소가 꽤 많이 작용했지만 이렇게 다른 두 사람이 이 정도까지 친해질 수 있었던 건, 가족들과 의절을 불사하면서까지 지금의 일을 선택했다는 공통점 때문이 아니었을까. 그나마 윤하의 경우는 각종 매체에 '배우'로서 재조명되면서부터 가족들과 관계를 회복해 가고 있지만 말이다.

"여자…… 문제야?"

조심스레 그의 의중을 떠보는 윤하의 얼굴에 긴장이 스몄다. 동시에 선우혁의 표정도 희미하게 경직되었다.

아주 틀리지는 않았다. 아니, 근본적인 이유의 측면에서 본다면 거의 정확했다. 고윤하와 술잔을 부딪치는 내내 그의 머릿속은 어떤 여자에 대한 생각으로 분주했으니까. 선우혁은 자신의 표정을 감추기 위해 교묘히 술잔 위로 시선을 내리깔았다. 아직은 누구에게도 이런 감정을 눈치 채게 하고 싶지 않다.

그의 의도대로 윤하는 코끝에 주름을 잡으며 고개를 내저었다.

"쿡, 이번에도 내가 헛다리 짚은 모양이군."

선우혁은 말끔히 비워낸 윤하의 술잔에 술을 따랐다. 그리고 윤하가 술잔을 입에 가져가려던 무렵, 나직이 덧붙였다.

"교수직은 어떻겠냐는 제의가 들어왔었어."

"아, 그런 거였어? 난 또 괜히 긴장했잖아."

윤하는 긴장이 풀어진 얼굴로 그에게 잔을 부딪쳐 왔다. 그러면서도 연방 '잘됐네' 라는 말도 잊지 않고 주절거렸다. 선우혁은 가만히 고개를 끄덕이며 축하주를 받아 마셨다. 교수직 제의는 대단할 것도 없는 일이었다. 실상, 작업을 겸하면서 교수직에 몸을 담고 있는 포토그래퍼만 해도 국내에는 꽤 되니까.

"학교가 어딘데?"

선우혁은 잠시 뜸을 들이며 대답했다. 그의 눈빛은 방금 전까지 그의 머릿속을 지배했던 여인에 대한 생각으로 자신도 모르는 새 한층 깊어지고 있었다.

"호연대학."

입가로 잔을 가져가던 윤하의 손길이 허공에서 딱 멎었다.

"사실이야?"

윤하는 도저히 믿을 수 없다는 얼굴이었다.

호연대학. 그곳은 윤하의 외할아버지가 총장으로 재직하고 계신 곳이자, 아버지가 거느리는 장학재단이 있는 곳이기도 했다. 덧붙여 그의 연인이 다니는 학교이기도 했고.

"하! 세상 참 좁다더니……."

"……."

침묵으로 대답을 대신하는 선우혁을 보며 윤하는 그의 말이 사실임을 깨닫게 되었다. 훗, 적어도 제대로 듣긴 한 거로군 그래.

"그럼…… 결정은 내린 거야?"

"아마도."

희미하긴 했지만 선우혁의 입가는 분명 웃음을 그리고 있었다.

아닌 척하고 있지만 그의 눈에 떠오른 것은 기대감. 그것은 바(bar) 안의 어두운 조명으로도 숨길 수 없었다. 그러자 이 일 외에 다른 뭔가가 더 있을 거라는 확신이 윤하의 호기심을 건드렸다. 윤하는 성마르게 선우혁을 재촉하기 시작했다.

"형, 솔직히 말해봐. 나 모르게 무슨 좋은 일 있었던 거 아니야?"

"그래 보이니?"

"응."

"지금은 때가 아닌 것 같으니 기회를 봐서 나중에 말하마."

"알았어. 형이 그렇게 나오니 더는 고집 부리지도 못하겠네. 사실 형 얘기 듣고 나서 나도 하려던 말이 있었는데……."

의문을 담은 선우혁의 눈빛에 윤하는 머리를 긁적이며 너털웃음을 흘렸다.

"하하, 형이 가르치게 될 학생들 중에 내 연인도 포함될 것 같다고 미리 수 쓰는 거야, 지금. 나 연희랑 사귀기로 했거든."

"……!"

찰나였지만 선우혁의 눈빛이 번뜩였다고 느낀 건 순전히 착각이었을까? 윤하는 그럴 리가 없다고 생각했지만 뭔가 석연치 않았다. 술잔을 쥐려는 선우혁의 손마디가 침착하지 않게 헛디디고 있는 것을 보며 더욱 그런 생각을 굳혔다. 하지만 왜? 연희와 자신을 소개해 주다시피 한 장본인이 다름 아닌 형인데.

윤하는 일 년 전 호연 장학재단이라는 이름을 빌려 선우혁 대신 연희를 후원했던 기억이 떠올랐다. 그때, 그는 그저 우연찮은 기회에 알게 된 학생을 도와주고 싶었을 뿐이라고 일축하며 후원 전반에 걸친 모든 일을 자신에게 부탁했었다. 윤하가 이름뿐인 후원자 노릇을 하게 된 계기가 바로 그것이었다. 하지만 등록금을 대신 납부해 주면서 연희를 처음 만나고 나서부터는 선우혁의 부탁에 대해 진지한 의문을 가지게 되었다.

어쩌면 정하와 헤어진 이후 무질서해진 그의 연애 행각을 바로 잡아주기 위해 이런 방식으로나마 여자를 소개시켜 준 건 아닐까, 하는 시답잖은 생각까지 들었던 것이다. 그래서 처음부터 그가 연희를 지켜보는 시선은, '후배' 로서가 아닌 '여자' 였다.

툭 까놓고 말하면 연희는 그가 좋아하는 타입은 절대 아니었다. 그는 '적당히' 즐길 줄 알고, '적당히' 남자를 아는 여자를 선호했다. '적당히' 는커녕 손 한번 탄 것 같지 않아 보이는 청아함은 그저 눈요기로 족했다. 그리고 몇 달간 후원자 노릇을 하며 지켜본 바로는 연희가 바로 그런 타입이었다.

희고 부드러운 피부에 어울리는 청순한 외모. 어려운 가정 형편에도 불구하고 눈길을 끄는 밝음에는 온화한 귀티마저 흐르고 있었다. 그럼에도 전혀 도도하거나 건방지지 않았고 남을 배려할 줄 알았다. 자신이 배우고 싶어하는 사진에 대해 말할 때면 반짝반짝 빛을 내뿜는 그녀는 남의 일에 무신경한 선우혁조차도 도움의 손길을 주고 싶어할 만큼 사람을 끌어당기는 힘이 있었다.

만나는 횟수를 더해갈수록 윤하는 차츰 그녀가 가진 매력에 잊었던 감정이 되살아나는 것을 느꼈다. 옛 연인 정하를 사귀었을 때와 같은 두근거림이랄까.

'이거…… 두 번 감사해야 하려나.'

몇 차례의 만남 끝에 그녀와 사귀어야겠다는 결심이 서는 순간엔 선우혁이 자신에게 연희를 소개시켜 준 게 분명하다는 판단을 내리기까지 했었다. 그 과정 중에 선우혁에게 미처 말하지 못한 부분이 딱 하나 있긴 하지만 골자는 그랬다.

"언제부터 그렇게 된 거지?"

선우혁은 축하한다는 말이 아닌 언제부터였냐는 질문을 먼저 던지고 있었다. 우습게도 추궁받는 듯한 느낌이 들었지만 윤하는 그가 의외의 소식에 당황해서 그런 모양이라며 최대한 그를 이해하려 애썼다.

그래, 그런 것뿐이야. 촬영 끝나고 예민해져서 내가 잘못 생각한 거라구.

"한 달쯤 되었나 그럴 거야. 미안해 형, 좀 더 일찍 말하려고 했는데."

윤하가 겸연쩍은 얼굴로 대답하자, 바로 그 순간에 일행들이 몰려들었다.

"오래 기다리셨죠? 죄송해요, 오는 길에 차가 너무 막히는 바람에……."

스튜디오 스태프 중 하나인 경훈이 장비를 내려놓으며 말했다.

그를 따라 다른 사람들도 저마다 인사를 하며 테이블에 자리를 잡았다. 일행들 중 몇몇은 윤하를 두고 스틸 사진에 대해 의견을 건네기도, 안부를 물어오기도 했다. 그 가운데 선우혁은 묵묵히 일행들의 잔에 술을 따라주고 있었다. 잔이 다 채워지자 매니저인 정미가 기세 좋게 잔을 들어올렸다.

"자, 건배! 내일 고사를 지낼 예정이긴 하지만 리뉴얼된 스튜디오를 위하여!"

"위하여!"

'고윤하와 성연희라…….'

생각 외로 잘 어울려 보이는 두 사람의 모습을 상상하며 선우혁은 어금니를 사려 물었다. 젠장, 이러자고 일 년씩이나 기다린 건 아니었다. 뻔히 그녀가 어디에 있는지 알면서도 찾지 않은 건 어디까지나 적절한 시기를 노린 때문이었지, 또다시 누군가의 여자가 되어 있는 걸 지켜보기 위함이 아니었다.

선우혁은 삼 년 전, 그들이 처음 만난 그 순간부터 성연희를 원했다. 무엇에 얽매이지 않고 오로지 자신의 인생에 대한 기대를 찬란하게 뿜어내며 앙리 까르띠에 브레송의 말을 인용하던 연희에게 그 어떤 불순물도 섞이지 않은 순수한 사랑을 전하고 싶었다. 그것이 바로 그녀를 그토록 찾아 헤맸던 이유였으니 말이다. 그리고 그녀에게 고마움을 전하고도 싶었다.

그때 그녀를 만나지 못했다면, 철저한 약육강식을 바탕으로 차갑게 도사리는 그곳에서 여전히 가족들과 끝나지 않을 사투를 벌이며 그들의 울타리 안에 갇혀 있었을 테니까.

거칠게 얼굴을 한 번 쓸어내린 남자의 눈에 지루할 정도로 오래 된 과거가 떠올랐다.

'선우혁' 이란 이름은 그의 인생에 전환점이 되어버린, 성연희를 만나면서 얻은 이름이었다. 좀 더 솔직하게 말하면 진정으로 몸담고 싶은 사진에 빠졌다는 게 옳았겠지만, '임현우' 라는 이름을 버린 것에 후회는 없었다. 부자지간의 의절을 통해 얻은 자유는 또 다른 이름의 희생이었다.

물론 처음부터 꼭 이름을 바꾸어야겠다고 생각한 건 아니었다. 이제는 자신의 마지막 소신을 보여줄 차례라고 여기며, 아버지를 찾아가 최후통첩을 날렸었다. 이제 그만 당신의 아들이 선택한 길을 이해해 달라고, 지켜봐 달라고 말이다. 그럼에도 아버지는 여전히 인정하려 들지 않았다. 편협한 욕심에 갇혀서는 그의 말을 곧이 들으려 하지 않은 것이다. 가족들도 마찬가지였다. 늘 그래왔듯 냉담한 태도로 그의 뜻을 묵살하는 것으로 의사를 표시했다.

가족과 사진.

선우혁은 결단을 내릴 수밖에 없었다.

성연희 그녀가 말한 결정적 순간이 그에게도 찾아온 것이다. 그래서 선우혁은 필요에 의한 집착만 보이는 가족들로부터 과감히 등을 돌렸다. 스물여덟 해까지 나름대로 풍족했던 생활과 여유를 단호히 버렸다. 그가 임현우로 살아가는 한은, 영원히 그들의 울타리에서 벗어나지 못할 테니까.

그리하여 의절을 선언하는 순간에도 그 결심이 얼마나 가겠느냐며 코웃음을 치는 가족들의 모습은 삼 년 전을 끝으로 더는 마주하지 않게 되었다.

그 길로 개인 암실로 향한 선우혁은 필름을 인화했다. 흑백이었지만 입고 있던 연보랏빛 연회복만큼이나 화사한 미소가 매력적인 그녀의 모습은 다시 보아도 그의 가슴을 두근거리게 만들기에 충분했다. 그는 작업실 한가운데에 그녀의 사진을 붙이며 굳은 결심을 다졌다.

언젠가는 그녀를 만날 것이라고. 그리고 그 순간이 오기 전까지 결정적 순간에 충실한 자신을 만들겠노라고.

그렇게 해서 선우혁이라는 이름이 그와 함께하게 되었다. 그때 당시 선우혁이 포토그래퍼로서의 길을 걸은 지는 고작 일 년 정도밖에 되지 않은 상태였다. 작가라고 하기엔 턱없이 부족한 경력이었다. 게다가 그때 당시 임현우라는 이름은 거의 알려지지 않은 상태였으니 이름을 바꾼다고 해서 크게 차질이 빚어지는 일도 없었다.

그리고 얼마 후, 효창물산의 부도 소식이 세간에 나돌기 시작했다.

그 부도로 말미암아 효창물산의 사장이었던 성현철이 의문사—사람들은 이에 대해 의혹을 드러내며 자살한 게 분명하다고 수군거렸었다—하고, 그의 부인 전혜은 여사는 고혈압으로 중환자실에 입원한 상태라는 소식이 들렸다. 그러나 소식을 접한 선우혁이 성연희의 가족들을 찾았을 때, 성연희는 물론 그들의 행방을 알고 있는 사람은 아무도 없었다. 오히려 감당할 수 없는 빚 때문에 도피하고도 남았을 거라며 그들의 실종을 당연하게 여기는 사람들이 대다수였다.

그녀를 만날 방법은 다시 없는 것일까.

약혼식 날, 성연희와의 만남이 처음이자 마지막 만남이었다고 여기고 싶지 않았다. 허탈하고 막막한 심정에 사로잡힌 그는 모든 수단을 동원해 그들의 행방을 찾았지만 소용없었다. 효창물산이 공중분해가 된 것처럼, 그들의 존재도 허공에 붕 뜬 채로 사라져 버린 것만 같았다. 그렇게 그들은 사람들의 기억에서 점차 소멸되어 가고 있었다.

그러기를 이 년. 선우혁은 더 이상 그녀를 찾는 것을 포기하게 되었다. 하지만 포기해 버린 것도 잠시. 그가 머문 호텔로 성연희가 숨어든 것은 우연이라 비약하기엔 너무도 큰 행운이었다. 그 뒤 사람을 붙여 그녀를 미행하게 한 덕분에 선우혁은 그녀의 소식을 낱낱이 접할 수 있었다. 전문대학 입학을 앞두고 어렵게 가정생활을 이어나가고 있다는 것, 모친인 전혜은 여사는 여전히 병중에 있다는 것, 그리고 급하게 가져다 쓴 사채로 인해 경제적으로 위협을 받고 있다는 것을 알게 되었다.

과거에 그녀가 그에게 결정적 순간을 가져다주었으니, 이번엔 그가 그녀의 결정적 순간을 되찾아주는 일만 남았다.

그가 약속으로 정한 기다림의 시간 일 년은 그녀의 후원자가 되어 그녀가 안정적인 학교생활을 자리 잡아갈 수 있도록 도와주고, 부도가 가져다준 상처와 그늘에서 벗어날 수 있도록 도와주는 시간이었다.

그러나 계획은 생각만큼 수월치가 않았다. 연희의 어머니 전혜은 여사가 끌어다 쓴 사채는 단번에 해결될 수 있는 금액이었지만, 부도의 후유증은 달랐다. 개인도 아닌 기업이 파산한 경우라, 고작 데뷔 삼 년 차인 그가 할 수 있는 경제적 도움의 범위는 턱없이 작았던 것이다.

뉴욕에 대학 동기들의 아지트로 쓸 개인 스튜디오를 마련하기 위해 따로 모아둔 돈을 끌어다 썼음에도 빚의 절반 남짓은 그대로 남은 상태였다. 그래서 선우혁은 평소의 두 배, 세 배에 가까운 스케줄을 짜며 작업량을 늘렸다. 그야말로 불철주야, 육체적으로는 피곤했지만 결과적으로는 그의 경력에도 플러스가 되어 일석이조의 효과를 누릴 수 있었다. 이 년의 시간으로도 부족했을 부도의 후유증이 일 년 안에 해결될 수 있었던 것은, 무엇보다 도맡은 작업이 성공에 성공을 거듭해 업체 쪽이 그에게 제시하는 개런티가 천정부지로 치솟았던 게 가장 큰 비중을 차지했다.

이후 빚을 청산할 때, 다행스럽게도 전혜은 여사가 남편이 죽기 직전에 고문 변호사에게 맡겨둔 유산의 일부라는 말을 곧이곧대로 믿어주어 거의 완벽하게 도움을 줄 수 있었다.

마지막으로 남은 것은 그녀의 학교생활.

그가 돕겠다고 나서면 동정이라 치부하고 거절하고 말 거란 사실은 불 보듯 뻔한 일이었다. 당당히 제 행복을 쟁취하겠다던 예전의 태도로 미루었을 때, 충분히 그러고도 남을 거란 것이 선우혁의 생각이었다. 그런데 마침 그 학교에 고윤하—그 학교는 윤하의 모교이기도 했다—의 외가 측 사람들이 장학재단을 운영하고 있다는 이야기를 듣게 되었다. 그 말을 듣자 연희를 도울 만한 방안이 하나 떠올랐다. 윤하에게 등록금이나 생활 보조금을 장학금의 명목으로 연희에게 전달하도록 부탁하는 방법이었다.

해서 고윤하는 선우혁의 부탁으로 이름뿐인 후원자가 되었고, 연희는 아무 의심 없이 그의 후원을 받아들였다. 듣기로는 학과 수업을 충실히 한 결과, 이번 학기에는 자신의 실력으로 등록금 면제 혜택을 받았다고 했으니 그에게는 더할 나위 없는 기쁜 소식이었다. 그러나 소식에는 늘 양면성이 존재했다.

고윤하와 성연희라니. 어울리지도 않은 키다리 아저씨 노릇을 한 결과가 고작 이거라니. 하하, 정말 웃기지도 않았다.

선우혁은 화장실 거울에 비친 자신의 얼굴을 바라보았다. 낯익은 남자의 얼굴 위로 뒤늦은 후회가 짙게 번져 있었다. 어쩌면 처음부터 윤하에게 맡겨서는 안 되는 일이었는지도 몰랐다. 그때에는 단지 그의 정체를 숨겨줄, 이름을 빌려줄 누군가가 필요하단 생각뿐이었기에 이런 복병이 숨어 있을 줄 상상조차 하지 못했다. 어떻게든 연희를 도울 수 있다면, 그의 이름이 아닌 다른 무엇으로 그녀를 도울 수 있다면 그걸로 족하다고 생각했으니까. 하지만 그것은 그가 저지른 가장 우매한 실수였다.

성연희에 대한 진심을 털어놓지 않은 이상, 그녀에게 다른 감정을 품어버린 윤하를 어떻게 비난할 수도, 돌이킬 수도 없게 되어버린 것이다. 쫓기듯 화장실로 뛰쳐나오기 전, 적당히 취기가 오른 얼굴로 그녀와 찍은 사진을 공개하며 스태프들에게 정식 교제 선언을 하는 윤하의 모습이 떠올랐다.

녀석은 진심이었다.

이제까지 숱하다면 숱할 녀석의 연애사를 지켜본 자신이었다. 때문에 교제에 관한 그의 태도를 단 오 분만 관찰해도 진위 여부를 쉽게 판단할 수 있었다. 아아, 세상에.

"선배! 여기서 뭐 해요? 다들 기다리고 있는데."

정미가 고개를 불쑥 내민 채 툴툴거렸다.

역시 거죽만 여자인 게 분명하다던 스태프들의 말처럼 터프하기 그지없는 정미의 태도에 지나가던 사람들이 힐끔거렸다. 대체 그녀는 이곳이 남자 화장실이라는 자각이 있긴 한 걸까? 선우혁은 미간을 찌푸렸다. 다른 때라면 몰라도 혼자만의 시간을 방해받은 것이 영 달갑지 않았다.

"알았어. 곧 간다고 전해."

"알았어요. 윤하 씨 이제 가봐야 한다고 하니까 와서 인사만이라도 해요. 여자 친구 생겼다고 어찌나 염장질이던지 갓 결혼한 새신랑처럼 헤벌쭉해서는 구경거리도 그런 구경거리가 없다니까요. 확 저 모습 사진 찍어다가 인터넷에 유포해 버릴까 보다."

입이 댓발 나온 채로 열을 올리는 폼이 어지간히 비위가 상한다는 투였다. 그러나 선우혁은 지금 그녀의 장단을 맞춰줄 기분이 아니었다.

"정미 씨."

"아아, 알았어요 알았어. 가서 기다리면 되잖아요, 칫."

정미는 건성으로 손짓을 하며 홀 쪽으로 걸어갔다.

과연 축하한다고 말해줄 수 있을까? 선우혁은 정미가 사라진 홀 안쪽에 시선을 던지며 자문했다. 곧바로 자신없다는 대답이 튀어나왔다. 아마도 윤하는 가기 전에 그의 축하를 받으려고 할 텐데……. 아까만 하더라도 윤하는 그가 축하해 주기를 몹시도 바라는 눈치였었다.

하, 꼴좋군. 멋진 척 폼 잡으며 기다린 결과가 이거였단 말이지?

선우혁은 입가를 비틀며 홀 쪽으로 걸음을 옮겼다. 이대로 그녀를 포기할 수 없다는 마음 반, 모처럼만에 진심인 녀석에게 양보해 주어야 한다는 마음 반. 옮기는 걸음걸음마다 제각각의 욕심이 사투를 벌였다.

"어, 형 마침 이제 오네."

윤하가 다행이라는 투로 말하며 그에게 잔을 건넸다.

"매니저한테 연락 와서 그만 가야 할 것 같아. 가기 전에 마지막으로 한 잔 같이 걸쳐야 하지 않겠어? 자, 받아."

선우혁은 말없이 잔을 받아 들며 윤하를 응시했다.

그녀에게 잘해주라는 축하의 말이 도저히 입 밖으로 흘러나오질 않았다. 그러기는커녕 그의 안면은 보는 이가 무안할 정도로 딱딱하게 굳어가고 있었다. 윤하는 그런 그를 조용히 바라보면서 잔을 부딪쳐 왔다. 그리고는 잔을 비워내자마자 의외의 질문을 꺼냈다.

"전부터 궁금했는데…… 연희와는 어떻게 알게 된 거야?"

선우혁의 두 눈이 가늘어졌다.

"그건 이미 대답한 걸로 기억하는데?"

"응, 알아. 그저 우연히 알게 되었다고 했었지. 한데 아무래도 형이 단순한 이유로 연희를 후원해 주었을 것 같진 않단 생각이 근래에 와서 들기 시작했어. 그리고 연희에 대해 얼마나 알고 있는지도 듣고 싶거든. 물론 이 질문은 연희에게 해야 옳다는 걸 알지만 그래도 듣고 싶어. 어땠는지."

어떻게든 이 부자연스럽게 경직된 표정을 풀어낼 방법은 없을까.

궁리 중에 선우혁은 잔을 비워낸 후 담배를 빼 물었다. 다행스럽게도 니코틴을 빨아들이는 동안 안면이 느슨해지는 것이 느껴졌다. 그렇게 길게 한 번 연기를 뿜어내고 나서야 선우혁은 그럭저럭 무심한 어투를 흉내 낼 수 있었다.

"그때 연희는 질 나쁜 녀석으로부터 봉변당할 뻔했었고, 그 자리에 내가 있었을 뿐이야. 그러다가 사진을 배우려 한다는 걸 알게 되었고, 도와주고 싶단 생각이 들었어. 그 뒤로는 너도 알다시피 네게 후원자 일을 부탁한 거지."

"형, 연희에 대해서는 끝내 말해주지 않을 셈이지?"

선우혁은 뭔가를 참는 듯한 표정으로 잔을 소리 나게 내려놓았다.

"다른 건 나도 잘 모르겠다만, 네가 심심풀이로 사귀다가 싫증 나서 버리는 다른 여자들처럼 대해서는 안 되는 여자라는 것. 그것 하나만큼은 확실히 알고 있지."

"……!"

"어때, 내 대답이? 이만하면 네게 들려줄 이야기는 다 들려준 셈인데 아직도 묻고 싶은 게 남아 있어?"

윤하의 얼굴에 겸연쩍은 미소가 스쳐 갔다.

"아니. 고마워, 형."

고맙다니. 네게 그런 말 따위 듣자고 그녀를 기다린 게 아니야.

윤하가 매니저와 함께 자리를 나서자, 그제야 선우혁은 참았던 한숨을 훅 터뜨렸다. 아직 가져본 적도 없었는데 이렇게…… 허전한 기분이 들다니. 이거야말로 정말 우스운 노릇이 아니고 뭔가.

그래서 성연희가 일 년 전의 약속도 저버린 것이었을까? 고윤하를 의식해서?

수많은 추측과 의문이 떠돌았지만 답은 오리무중이었다. 선우혁은 한자리에 모였던 스태프들이 하나둘 빠져나가 결국엔 아무도 없게 될 때까지 홀로 앉아 술잔을 거머쥐고 있었다.

# 제 3 장

연희가 그곳에 발을 들여놓았을 때 제일 먼저 그녀를 반긴 건 지독한 술 냄새였다. 혹시 잘못 왔나 싶어 현관문을 재차 확인했지만 이 주소가 틀림없었다. 아까 인디고에 면접 보러 갔을 때처럼 허탕 치게 되는 것은 아닐까? 연희는 약간 짜증 어린 마음마저 들었다. 영원 오피스텔 1401호. 오기는 제대로 왔는데, 어찌 된 일인지 면담할 거라던 사람은 코빼기도 보이질 않았다. 자신을 인디고의 스태프라고 소개했던 강현석이라는 사람의 설명에 의하면, 그녀를 어시로 고용하기로 한 사람은 그가 적어준 이 주소에 있어야 옳았다. 처음엔 홀연히 스튜디오 인디고를 지키고 있던 강현석이 자신을 면담할 줄 알았는데, 이렇게 번거로울 줄은…….

연희는 휴우, 한숨을 들이켰다. 사방이 어둡기까지 하니 참으로 갑갑한 노릇이 아닐 수 없었다. 복도에서 새어 들어오던 빛이 있었지만 문을 닫아버리자 완벽한 어둠 속에 갇히고 말았다. 불을 켜고 싶었지만 하도 캄캄해 전원 스위치가 어디에 있는지 찾을 길이 없었다.

눈동자가 어둠에 익숙해지기까지 얼마나 걸렸을까. 차츰 가구의 윤곽이 보이면서 어둠 안에서도 희미하게 구분지어진 명암이 사물의 형체를 따라 보다 뚜렷하게 드러났다. 그러다가 원룸 형식의 방 가운데쯤 침대에 드러누워 있는 누군가의 윤곽이 흐릿하게 시야에 잡혔다.

직감적으로 침대에 엎드려 있는 이 남자가 오늘 자신과 면담하기로 되어 있는 사람임을 알 수 있었다. 뻗을 듯 말 듯 망설이다가 손을 거두었다. 이대로 잠을 깨워도 괜찮은 것일까, 하는 걱정스러운 의문. 그러나 이미 면담하기로 예정된 시간에서 한참을 벗어나지 않았던가? 연희는 침착하게 숨을 고르고 난 뒤 남자의 어깨를 흔들었다.

"저…… 이봐요."

남자는 꿈쩍도 하지 않았다. 진동하는 술 냄새가 온전히 남자로부터 비롯된 거라면, 남자를 깨우는 데에 성공한다 쳐도 정상적인 면담은 힘들 것 같았다. 연희의 입가에 짜증 섞인 한숨이 쏟아져 나왔다.

"보아하니 면담하기엔 글렀군요. 좋아요, 그럼 나중에……. 어, 어!"

그건 정말이지 섬광을 무색케 할 만큼 순식간의 일이었다.

천장이 빙그르르 돌고, 중력보다 강한 무력에 의해 몸이 폭신한 침대에 눕혀졌다. 섬유 속 깊이 배어 있는 남자의 체취를 맡으며 연희는 두려움과 흥분을 동시에 느꼈다. 술 냄새를 배제한 남자의 체취는 묘하게 익숙했다. 아니, 낯설지 않은 정도랄까.

"늦었군. 왜 이제야 온 거지?"

남자의 허스키한 음성이 목덜미에 내려앉았다. 귓가를 간질이는 느낌에 연희는 재빨리 상체를 일으켜 세웠다.

"그렇다면 이 손 좀 놓고……."

이 남자!

연희의 두 눈이 휘둥그레졌다. 말문이 막혀 버릴 정도로 놀란 것은 눈앞의 남자가 바로 선우혁이기 때문이었다. 그렇다면 지선이 소개시켜 준 곳이 선우혁의 스튜디오란 말인가. 연희는 어안이 벙벙해진 탓에 남자가 기묘한 눈빛으로 자신을 훑어보고 있다는 사실조차 깨닫지 못하고 있었다.

선우혁 이 사람의 스튜디오였다니!

전신을 휩쓴 충격에 연희는 한동안 얼어붙어 있었다. 이 놀라운 사실로 인해 사고가 마비된 머릿속은, 지난 일 년간 남자를 향해 품었던 미움과 그리움을 일시에 망각하게 만들었다. 아무것도 생각나지 않는다. 아무것도 생각할 수가 없다. 그저 이 순간, 연희가 할 수 있는 것이라곤 눈앞의 남자를 인식하는 일뿐이었다.

"몰랐어요, 당신이 인디고의 주인일 줄은……."

"인디고?"

마치 다른 사람의 일을 얘기하듯 무관심한 어투였다. 그러면서도 약간 발음이 풀려 있는 남자의 목소리에는 취기가 잔뜩 배어 있었다. 조명없이 어둡게 내려앉은 명암 때문인지 남자의 얼굴은 더욱 거칠고 섹시해 보였다. 그러면서도 부드럽게 풀린 눈매 때문인지 나른해 보이기도 했다.

연희의 눈길은 어느덧 반쯤 풀어헤쳐진 셔츠 속 남자의 상반신을 향하고 있었다. 초콜릿 빛 어둠에 감싸인……. 그것은 일 년 전의 그날이 또다시 재현되는 느낌을 주었다. 온몸을 부유(浮遊)하게 만들던 두근거림. 감각을 박제시켜 버리던 흡입력. 연희의 심장이 쿵쿵쿵 거세게 날뛰었다.

"아아, 그래. 인디고."

그제야 남자가 고개를 끄덕인다. 그러나 자세를 고쳐 앉지는 않았다. 느긋하게 침대에 엎드린 채로 여전히 그녀의 손목을 붙잡고 있었다.

"나를…… 알아보겠어요?"

"당연히. 널 못 알아볼 리가 없지, 안 그래?"

그녀의 모습을 자세히 확인하려는 듯 이목구비를 어루만지는 손길이 이어졌다. 남자의 대답에 마지막까지 남아 있던 경계심이 사라지는 걸 느낀 연희는 그의 손길을 뿌리치지 않았다. 반듯한 이마를 거친 그의 손이 머리카락을 빗어 내리듯 가만가만히 쓸어내리고 있었다. 경계심이 무너진 자리에 알 수 없는 흥분이 싹트기 시작했다. 머리카락을 넘길 때마다 귓가를 스치는 그의 숨결 때문인지, 아니면 두피를 자극하는 그의 손가락 때문인지 모르겠지만 이 느낌이 싫지 않았다. 남자의 손끝이 불러일으키는 나른한 감각은 마약처럼 황홀하고 관능적이었다.

연희는 살짝 눈을 감았다 떴다. 남자의 호흡이 상당히 거칠어져 있다는 걸 눈치 채지 못할 정도로 그녀 자신의 호흡도 점점 불규칙해져 가고 있었다. 욕망에 허기진 눈빛이 위험스럽다고 느낀 건, 남자의 손이 허리를 끌어당겨 품에 안을 때 즈음이었다.

"안 돼! 이러지 말아요! 흡!"

남자가 먹잇감을 노린 독수리처럼 신속하게 그녀의 입술을 낚아챘다.

그만의 짙은 초콜릿 빛 체취가 습하게 엉켜든 입 안을 점령했다. 혀와 혀의 부딪힘이 또 다른 감각을 낳았다. 가슴 저 밑 두근거림까지 어루만지는 달콤함. 색정(色情)이 녹아든 단내. 주린 듯 파고드는 남자의 혀가 적나라한 욕망을 드러내며 그녀를 집어삼켰다.

툭툭, 어깨를 두드렸지만 그럴수록 그의 입맞춤은 더욱 사나워졌다. 절대 떨어지지 않겠다는 듯 그녀의 허리를 움켜쥔 손에서 힘을 빼지 않았다. 그리고 남자의 나머지 한 손이 티셔츠 안으로 들어와 볼록한 가슴을 감싸 쥐었다. 감각의 끓는 점은 바로 그곳이었다. 연희는 신음을 내지르며 몸을 비틀었다.

멈추게 해야 한다고 생각했다. 어떻게든 그의 행동을 막아야 한다고 생각했다. 그러나 다음 순간 들려온 남자의 말에 연희는 전의를 상실한 채 얼어붙었다. 그냥 이대로, 이 남자를 허락하고 싶어졌다.

"기다렸어. 미치도록 기다려 왔어."

그를 밀어내던 손길을 아래로 떨어뜨렸다. 그것은 두 달 동안 괴로웠던 자신의 기억을 들춰내는 말이었다.

그때 바람맞은 건 나인데 왜 당신이 그런 말을 하는 걸까. 마치 당신이 바람맞은 것 같잖아. 원망을 들어야 마땅한 순간에 왜 당신을 안아주고 싶은 건지 나는 모르겠어. 이러는 당신의 모습이 나를 보는 것 같아 그저 손을 내밀고 싶어져. 당신을 보면 가장 먼저 약속을 어겼다고 비난하게 될 줄 알았는데. 당신이 약속을 잊어버린 것처럼 나 또한 까맣게 잊어버렸다고 비웃어주고 싶었는데.

저렇듯 갈구하고 있는 그의 모습은 가끔 자신이 상상해 왔던 전개와는 너무도 달랐다. 지금처럼 그의 손길을 통해 보상 받고 싶다는 불합리한 욕심도 그 안에는 포함되어 있지 않았었다. 연희는 점점 농도가 짙어지는 그의 애무를 받아내며 침대에 누웠다. 지금 그에게 응하는 것은 자신의 기다림에 응하는 것이기도 했다. 니트를 벗기는 그의 손길이 서툴고 거칠었다. 전화벨 소리가 몇 번에 걸쳐 끈질기게도 그들을 방해했지만 그는 신경 쓰지 않는 눈치였다. 오로지 그녀에게만 집중하며 시선을 떼지 않았다. 얼마 후, 자동응답기로 넘어가는 신호음이 들려왔다.

[핸드폰도 전화도 안 받는 걸 보니 잠자는 모양이네? 미안한데 아무래도 좀 늦을 것 같아. 그러니까 출출하면 자기 먼저 먹고 있으라고. 촬영 끝나는 대로 최대한 빨리 가도록 할게. 아무튼 약속 시간 늦어서 미안해.]

차가운 정적이 내려앉았다.

어딘지 귀에 익은 여자의 목소리. 촬영 운운한 걸 보면 모델이거나 연예인일 확률이 높았다. 하지만 누굴까 하는 생각은 그다지 중요하지 않았다. 한동안은 잘못 걸린 전화를 받기라도 한 것처럼 한껏 찌푸려진 남자의 얼굴을 보며 연희 또한 그런가 보다 흘려버리려 했으니까. 서서히 충격으로 굳어져 가는 얼굴을 보기 전까지는 정말로 그럴 뻔했다.

남자가 훅, 하고 들이키는 신음이 뜻하는 바는 정확했다.

방금 전까지 그녀를 연주하듯 주무르던 남자의 손길이 명백한 거부의 뜻을 담고 거두어졌다. 남자의 눈빛에 드러난 그것은 지독한 착오.

따귀를 얻어맞은 듯 연희의 얼굴이 창백해졌다.

수치스러움? 분노?

연희는 현재 자신을 얼어붙게 한 감정이 무엇인지 분간할 수 없었다. 한 가지 분명한 것은 그가 '기다렸다' 고 말한 상대가 자신은 아니라는 사실이었다.

스탠드에 불이 켜졌다. 비록 한 줌의 작은 빛에 불과했지만 완전히 발가벗겨진 기분에 온몸이 움츠러들었다. 쥐구멍이라도 찾고 싶은 심정이 이럴까. 얼굴을 들 수가 없었다. 곧 남자가 믿을 수 없는 표정으로 그녀를 다그쳤다.

"성…… 연희?"

경악이 가득 묻어난 목소리.

절대로 성연희 그녀여서는 안 될 것만 같은 목소리에, 비로소 자신을 괴롭히고 있는 감정의 실체가 무엇인지 알게 되었다. 그것은 비참함이었다. 그런 줄도 모르고 그의 손길을 받아낸 자신이 부끄럽다 못해 한심했다. 그가 자신을 원하고 있을 거라 생각하다니. 어쩌다 그런 기막힌 착각을 하게 되었을까.

눈물이 날 것 같았지만 여기서 더 후회할 짓은 하고 싶지 않았다. 연희는 힘껏 입술을 깨물며 눈물을 참아냈다. 그녀의 이성은 주눅 들 필요 없다고 말하고 있었다. 당당해지라고 말하고 있었다. 연희는 위축된 어깨를 펴며 의연한 얼굴로 그와 마주했다.

"네, 저 성연희예요."

아이러니하게도, 최악의 상황에 직면할 때면 그 곁에 항상 선우혁이라는 남자가 있었다.

맙소사, 진짜 성연희라니!

선우혁은 둔탁한 충격에 휩싸여 말을 잇지 못했다.

어제 윤하와 술을 마시고 난 뒤 얼마나 마셨는지도 기억나지 않을 만큼 과음을 했다. 새벽녘이 밝아올 때까지 술을 마셨다는 것, 그리고 현석과 함께였다는 것. 그 두 가지만이 자신이 기억할 수 있는 전부였다. 모든 스태프들이 가고 나서 뒤늦게야 선우혁 혼자만의 술자리에 합류한 현석은 그가 속내를 열어 보이는 유일한 친구이자 스튜디오 인디고의 최고참 스태프로, 그날 윤하와 연희와의 교제 사실에 괴로워하는 그를 참을성있게 받아주었었다.

"꼴좋다. 죽 쒀서 개 줬군, 개 줬어!"

그의 이야기를 다 듣고 난 현석이 울화를 터뜨리며 내뱉은 말이었다.

현석은 성연희와 약속을 정한 이래로 그 어떤 여자도 가까이 하지 않은 그의 금욕적인 생활을 꿰뚫고 있는 유일한 사람이었다. 심지어는 연희를 마음에 담기 시작한 삼 년 전부터 제대로 된 연애 한 번 못해본 그의 실상을 알고 있는 눈치이기도 했지만, 워낙 과묵한 성격이라 다른 사람에게 말을 함부로 옮기고 다니지도 않았다. 어쩌면 그런 현석의 일면 때문에 더욱 거리낌없이 속을 털어놓을 수 있었는지도 몰랐다.

어쨌든 선우혁은 난생처음으로 필름이 끊길 지경이 되도록 술을 들이부었다. 몇 병째인지도 모를 술이 바닥나도록 마시고, 또 마셨다. 아마도 그때였을 것이다, 뜻하지 않게 예전에 헤어졌던 옛 연인 박희주가 나타나 동석을 권해온 것은.

그녀의 제의를 받아들였는지, 그렇지 않은지는 기억나지 않았다. 어렴풋하게나마 그와 다시 시작하고 싶다는 뜻을 비쳤던 것 같은데 그에 대한 대답 또한 기억나지 않았다. 그 뒤로 그녀와 어떻게 헤어졌는지, 자신이 어떻게 해서 오피스텔로 옮겨지게 되었는지, 그 역시 마찬가지로 기억에는 남아 있지 않았다.

그러다가 누군가 흔들어 깨우는 목소리로 인해 오늘 저녁, 박희주를 만나기로 한 약속이 불현듯 떠올랐다. 그리고 그제야 기억의 아귀가 들어맞듯 그녀와 나눈 대화가 하나둘 되살아났다.

희주는 그가 채였다는 현석의 비아냥거림에 눈을 빛내며 저녁 시간에 맞춰 오피스텔로 찾아오겠다고 했었다. 그는 내키지 않았지만 그렇다고 반대하지도 않았다. 하지만 위로하는 척하면서 은근슬쩍 그의 미지근한 태도를 비꼬는 그녀의 말에 선우혁은 곧 쉽게 넘어가고 말았다. 몹시 취한 상태이기도 했지만, 연희와 윤하의 교제 사실에 될 대로 돼라 아무렴 어떠랴 싶었던 것이 그의 속마음이었다.

하지만 눈을 떠보니 놀랍게도 박희주가 아닌 성연희가 서 있었다.

말도 안 된다. 그녀가 이곳엘? 왜?

그 어떤 가정을 한다 해도 이런 기적이 일어날 리는 없었다. 그러니 이것은 자신의 간절한 기대에 부응한, 일종의 환각 상태가 틀림없었다. 선우혁은 그렇게 단정 지었다. 그리고 이 순간을 만끽하기로 했다. 지독한 만취 상태에서만 얻을 수 있는 환각이라면 이것도 그리 나쁘지는 않다고 여기면서.

일 년 전 그때처럼 화장기없이 청초한 분위기를 그대로 지니고 있는 이목구비. 어깨 아래로 부드럽게 웨이브가 진 머리카락. 희고 고운 손등을 살짝 덮고 있는 아이보리 색의 니트. 골반의 매력적인 라인이 돋보이는 터키 그린에 가까운 청바지…….

아, 그녀는 마치 살아 숨쉬는 한 송이 카라 꽃 같았다. 처음부터 그래 왔듯 그녀는 그가 꿈꿔왔던 모든 것이었다. 몸속에 남아 있던 알콜 기운이 그의 흥분을 최대치로 끌어올렸다. 감미로운 입맞춤을 거부하는 그녀의 반항에 잠시 멈칫했지만, 너무나 실제 같은 상상에 선우혁은 자제심을 던져 버리기로 했다. 이제까지 그녀를 기다려 오기만 하지 않았던가. 그러니 한 번쯤 서두른다고 해서 크게 문제되지는 않을 것이다. 그를 위해 존재하는 상상이지 않은가. 그는 그렇게 자기 합리화를 했다. 닿으면 그 즉시 녹아버리는 아이스크림을 대하듯, 다급하고도 거칠지만 한편으로는 부드럽게 그녀를 탐했다.

만에 하나, 어쩌면 너무나 간절히 원한 나머지 연희를 희주에게 대입시킨 것이 아닐까 싶은 의문이 들었지만, 염치없게도 상관없다고 결론을 내렸다. 잊지 못하는 누군가의 대용품. 희주는 어느 정도 그것을 각오하고 왔어야 했다.

역시나 환상임을 증명시키기라도 하듯, 그를 허락하는 그녀의 몸짓은 점점 적극적으로 변해갔다. 하얀 브래지어에 감싸인 가슴이 진한 향내를 뿜어내는 것만 같았다. 그 풍만한 곡선이 오르락내리락하자, 프리지어 꽃향기가 코끝으로 밀려왔다. 진작부터 달아올라 있던 근육들이 더 단단하게 굳어졌다. 선우혁은 그녀가 입고 있는 바지의 버클에 손을 뻗었다. 그때 전화벨이 극성을 부리기 시작했다. 그럼에도 그의 귀에는 마치 여러 겹의 장막에 둘러싸인 것처럼 둔탁하게 들리기만 했다. 잠시 후 박희주의 목소리를 듣게 되기 전까지는 정말로 그랬다.

그녀의 목소리가 자동응답기에서 사라지는 순간, 마법은 깨지고 말았다.

온몸에 찬물을 뒤집어쓴 것마냥 선우혁은 한참이나 굳어 있었다. 태어나 처음으로 인사불성이 되도록 과음한 자신에게 짙은 혐오가 일었다. 조금만 늦었으면 어찌 되었을까. 하마터면 연희를 범할 뻔했다는 생각에 모골이 송연해지기까지 했다. 솔직한 마음 한구석에서는 아쉬움을 토로하고 있었지만, 그녀는 이렇게 취급받아서는 안 되는 존재였다. 이성이 제자리를 되찾자, 상상으로나

마 그녀를 함부로 취하려 했던 자신에게 참을 수 없는 분노가 치밀었다.

"성연희, 너…… 대체 여기서 뭘 하고 있었던 거지?"

무섭게 다그치는 목소리는 실상 그 자신을 향한 비난이었다. 연희는 대답 대신 침대 주변에 흩어진 옷가지들을 주워 입었다. 하얀 브래지어와는 대조적으로 그녀의 살갗에 남겨진 울긋불긋한 흔적들이 그의 시야를 찔러댔다. 그녀의 몸을 저 지경으로 만든 스스로의 본능이 한심하다 못해 역겨웠다.

"보시다시피, 제 연인도 못 알아보는 어떤 둔한 남자 때문에 우스운 실수를 저지를 뻔했죠."

등을 돌린 채 티셔츠를 입는 연희의 뒷모습이 딱딱했다.

"참, 그리고 강현석 씨가 이곳으로 찾아오면 인디고의 총책임자와 면담할 수 있을 거라고 했어요."

강현석이라는 이름에 그제야 이 모든 일들의 실마리가 풀렸다.

젠장! 그의 입가에 수만 가지 욕설이 떠돌았다. 당장이라도 현석의 면상을 날려 버리고 싶은 충동이 들었다. 현석이 어떤 마음으로, 무엇을 계획하고 연희를 이곳으로 보냈는지 짐작 못하는 바는 아니었지만, 그렇다고 해서 용서해 줄 마음은 눈곱만큼도 없었다.

"그렇다면 네가 이번에 새로 온다던 어시였나?"

"네, 그 이전에 총책임자의 허락이 떨어져야만 가능하겠죠."

대충 옷만 걸친 채 그와 마주한 그녀의 표정은 티셔츠를 입을 때의 뒷모습보다 훨씬 더 딱딱하고 차가웠다. 단단한 방어벽을 쳐내며 그에 대한 거부를 온몸으로 드러내고 있었다. 치명적인 오해로 하얗게 뜬 연희의 얼굴을 알아챈 건 한참이나 지나서였다. 그래, 그녀가 어떤 오해를 하고 있을지 알 만했다.

적절한 대안은 어서 빨리 해명을 하는 것뿐이다. 선우혁은 서둘러 입을 열었다.

"아까는……."

"스튜디오 리뉴얼이 다 끝났다고 들었는데 언제부터 일할 수 있을까요?"

표정만큼이나 서늘한 어조로 그의 말을 잘라낸 연희는, 여리게만 보였던 일 년 전과는 달리 단호하고 냉정해 보였다. 그만큼 상처를 받았단 뜻이겠지만, 오해를 바로잡는 것이 생각보다는 쉬워 보이지 않았다. 제기랄, 수많은 가십 거리들에 대해 그깟 오해라고 치부해 버리던 그답지 않게 지금의 이 상황이 몹시 마음에 들지 않았다.

"이틀 뒤부터 출근하면 되겠군. 시간은 인화 담당 강정미 씨와 이야기하도록 하고."

"네, 그럼 이틀 뒤에 뵙기로 하죠."

깍듯한 인사가 이어졌다.

이대로 보낼 순 없다는 불안과 초조함에 그녀를 돌려 세웠다. 지금껏 그녀를 기다려 온 진심이 비웃음거리로 전락하도록 내버려 둘 순 없었다.

"성연희."

서로의 눈빛이 얽혀들었지만 시선을 피한 것은 성연희였다.

"미안하다단 말을 할 거라면 듣고 싶지 않아요. 우리 서로…… 그렇게 나빴던 건 아니었으니까. 안 그래요?"

약간은 헤퍼 보이게 하려는 웃음이 한눈에도 가식적이었다. 박희주의 음성 녹음이 조금만 늦어졌더라도 열락의 끝을 경험했을 그들이었다. 아직 실내에 남아 있는 격렬한 열기만 하더라도 그들이 얼마나 서로를 갈구했는지 한눈에 느낄 수 있었다.

그런데도 그녀는 애써 이 일을 아무렇지 않게 넘기려 하고 있었다. 그 편이 앞으로 일하는 데 있어 서로에게 유리할 테니까. 선우혁 역시 그걸 잘 알고 있었다. 그러나 조용히 무마시키려는 그녀의 태도에 대한 고마움보다는 속 좁은 질투심이 맹렬하게 그의 가슴을 할퀴어대고 있었다.

그런데 고윤하 그 녀석과 얼마나 친밀한 관계를 가졌으면 그녀가 이렇듯 담담—비록 가식이었다고는 해도—하게 말할 수 있을까 싶은 의구심에 냉정한 현실을 잊어버리고 말았다.

굳게 다물린 선우혁의 입술 선이 비틀어졌다. 화가 났다. 이런 관계를 적어도 한두 번쯤은 윤하 그 녀석과 가졌으리란 상상 때문이었다. 정말로 그런 거냐며 당장이라도 무섭게 추궁하고 싶었다. 그녀의 무표정을 흔들어놓고 싶었다. 그 상상이 헛된 망상이길 바라며 다시 확인해 보고 싶었다.

하지만 그의 대답을 기대하지 않은 듯 연희는 현관 쪽으로 걸어가고 있었다.

잡지 말아요, 아무 말도 하지 말아줘요.

그녀의 왜소한 뒷모습이 완곡한 거절을 내뱉으며 그의 손길을 막아냈다. 이대로 뛰쳐나가 그녀를 붙잡을 수도 있었지만 선우혁은 문이 닫힐 때까지 그대로 서 있기만 했다. 안 그랬다가는, 정말 돌이킬 수 없는 짓을 저지르게 될 것만 같았기 때문이다. 그러나 두 사람은 예정된 시간보다 하루 먼저 만나게 되었다.

상미는 한껏 상기된 얼굴로 강의실 문을 열어젖히며 연희 옆에 앉았다. 누가 봐도 들떠 있는 기색이 확연했다. 조교실에 내려갔다가 올라오는 다른 아이들도 마찬가지였다. 개중에는 서둘러 파우더를 찍어 바르는 아이도, 립스틱을 덧바르며 표정을 점검하는 아이도 있었다. 아이들에게 교복만 입혀놓으면 영락없는 고등학교의 풍경이었다.

과목은 사진 디자인 스튜디오. 담당 교수는 선우혁.

항간에는 셋으로 분반된 이 과목 중에서도 선우혁의 수업을 듣기 위해 꽤 많은 인원의 타과생들이 수강 신청을 했었다는 소문이 있었다. 하지만 정원은 총 삼십 명. 분반되었다고 해도 무리한 인원의 타과생을 받아들이게 되면 정규 수업을 받는 학생들이 피해를 보게 되는 것은 너무도 자명한 일.

해서 학과장은 모종의 결단을 내렸다. 올해부터 타과생의 전공수업 수강을 금하도록 조치한 것이 바로 그것이다. 그럼에도 선우혁의 반 인원은 어림잡아 살펴보아도 족히 오십 명은 넘어 보였다.

"후우, 이게 다 몇 명이야?"

상미도 연희와 같은 생각이었는지 주위를 두리번거리다가 혀를 내둘렀다.

"재네들 거의 다 어거지로 수강 신청서를 밀어 넣을 모양인가 봐."

"아마도 그렇겠지."

연희는 무심하게 대꾸하며 노트를 펼쳤다.

아무리 수강신청서를 들이댄다 하더라도 나머지 두 반의 인원이 초과되지 않은 상태에서는 어림도 없는 일이다. 고로 본격적인 강의가 시작되는 개강 둘째 주에는 제풀에 나가떨어진단 소리다.

"무슨 세미나를 하는 것도 아니고 첫수업부터 아주 난리났구만."

상미는 혼잣말로 투덜거리다가 다시 눈을 빛내며 속삭였다.

"근데…… 봤어?"

선우혁을 지칭한다는 걸 알았지만 연희는 모른 체했다.

"뭘?"

"뭐긴, 정말 몰라서 묻는 거야? 선우혁 교수 말하는 거잖아."

"아니, 못 봤어."

무덤덤한 대꾸에 상미가 가자미눈을 했다.

"칫, 그래. 잘난 애인님이 있으시다, 이거지?"

"……."

침묵으로 응수하던 연희의 미간이 살짝 모아졌다. 내일이면 스튜디오에 출근하게 되는데 아직까지도 윤하에게 그 사실을 말하지 않은 상태였다. 어쩌면 선우혁과 친분이 있으니 따로 전해 들었을지도 몰랐지만 그건 그거고, 이건 이거였다. 한 달이 다 되어

가도록 실감나지는 않지만 어쨌든, 그는 그녀의 연인이니까. 그러나 그런 연인을 둔 채 그녀는 어제 다른 누군가와 은밀한 접촉을 가졌다. 그것도 그토록이나 못 잊어했던 선우혁과.

죄책감에 연희의 얼굴이 어둡게 흐려졌다. 더 견딜 수 없는 건 지금까지 까맣게 그를 잊고 있었다는 사실이다. 선우혁의 손길을 받아내는 동안 단 한 번도 그를 떠올리지 못했다는 사실이다. 이러고도 그의 연인이 될 자격이 있을까?

밤새도록 연희는 앞으로 그와 같은 스튜디오 안에서 일하게 될 생각에 잠을 이루지 못했다. 솔직한 심정으로는 태연한 낯으로 그를 대할 자신이 없었다. 어제 그런 일을 겪은 채로는 매사에 그가 신경 쓰이고 피곤해질 게 뻔했다.

그런 속내를 알 리 없는 상미가 슬쩍 움츠러든 표정으로 연희를 살폈다.

"왜? 무슨 일 있어? 내가 함부로 말해서 화난 거야?"

상미는 윤하가 장학재단의 이름으로 연희를 후원해 준 일 년 전부터 연인으로 발전된 지금까지의 모든 일을 알고 있는 유일한 친구였다. 교제설을 비밀에 붙인 건 순전히 윤하의 생각으로, 추잡한 스캔들로부터 그녀를 보호하기 위함이었다. 학교를 졸업하고 나면 그때 가서 발표하겠다고 말하는 그를 보며 얼마나 고마워했던가. 다시금 무겁게 가슴을 짓눌러 오는 죄책감에 연희의 표정이 어두워졌다.

"아니, 그런 것 때문이 아니야."

"그럼 왜? 아참, 어제 스튜디오 갔었다고 했었지. 혹시 그 일이 잘 안 풀린 거야?"

주제는 또다시 선우혁에게로 돌아올 모양이었다.

연희는 지그시 입술을 깨물며 망설였다. 내일부터 일하게 될 곳이 선우혁의 스튜디오라고 말하면 상미는 뭐라고 말할까? 이제껏 비밀 하나 없이 지내온 친구였지만, 막상 말하려니 입이 떨어지질 않았다.

"괜찮아, 기운내. 아까 조교실 들렀을 때, 보니까 일자리 많이 들어온 눈치던데? 수업 끝나고 같이 게시판 검색해 보자."

침묵을 긍정으로 이해한 상미가 연희의 손을 불끈 잡아 쥐었다. 연희는 서둘러 고개를 내저었다.

"그럴 필요 없게 되었어. 스튜디오, 내일부터 나가기로 했거든."

"그래? 뭐야, 그럼 잘된 거네? 그런데 표정이 왜 죽을상이야? 새 학기부터……."

연희는 애써 복잡한 표정을 거둬내며 웃어 보였다.

"그냥 걱정도 되고, 아무래도 봄이라 그런지 계절 타는가 봐."

"스튜디오는 가보니까 어때 보이든?"

솔깃한 관심을 드러내는 상미의 말에 잠시 뜸을 들인 후 대답했다.

"며칠 전에 리뉴얼을 마쳐서 그런지 무척 세련되고 깔끔하던걸? 그리고…… 알고 보니 그 스튜디오 선우혁…… 교수님 소유였어."

"헉! 세상에나, 그게 사실이야?"

쏟아질 듯 커다랗게 눈을 뜬 상미의 얼굴에 순수한 기쁨과 놀라움이 어렸다. 친구가 기뻐하는 모습에 연희는 잠시나마 우울한 기분이 가셔지는 듯했다.

"기집애, 그래서 다른 애들이 교수님 얼굴 보러 우르르 조교실 내려갈 때에도 무덤덤했구나?"

즐거운 표정과는 달리 눈은 새치름하게 그녀를 흘기고 있었다. 그러면서도 상미는 연희를 향한 부러움을 숨기지 않았다. 발그레한 홍조, 뭔가를 잔뜩 기대하는 표정은 상미 또한 선우혁을 흠모하는 다른 여자애들과 크게 다르지 않음을 보여주고 있었다.

"아니, 꼭 그래서 그런 것만은 아니고……."

"아니긴. 여기에 있는 애들은 일주일 중에서도 이 하루를 오매불망 기다릴 텐데, 넌 그렇지 않잖아. 피잇, 내가 입이 무거우니 망정이지 안 그랬음 연희 너, 애들한테 시달렸을 거야. 찍혔을 게 분명하다고. 그러잖아도 교수님 스튜디오 찾아가겠다고 설치는 애들이 한둘이 아닌데."

그때 선우혁의 등장과 함께 주변에 들끓었던 소란이 일시에 가라앉았다. 자리만 깔아준다면 한 시간 아니라 이대로 밤새도록 이야기를 늘어놓을 태세였던 상미도 금세 입을 닫았다. 곧 기이할 정도로 고요해진 주변의 한가운데 속에서 선우혁이 나직이 인사했다. 빛처럼 밝고 활기찬 그의 모습에 숨죽이고 있던 학생들이 반갑게 환영한 것은 물론, 더러는 여기저기서 환호성을 터뜨리기도 했다.

"정말 신은 불공평하다니까."

상미가 작게 소곤거렸다. 말은 그렇게 했음에도 전혀 불만이 섞이지 않은 어투였다.

"덕분에 남학생들만 죽어나는 거지 뭐. 잘생긴 데다가 능력까지 있으니 어디 비교가 되겠냐고."

지금이라도 늦지 않았으니 드롭시켜. 스튜디오도 아깝지만 포기해. 더 좋은 기회가 있을 거야.

옆에서 상미가 뭐라고 종알대든, 강의실 내의 분위기가 얼마나 화기애애하든, 연희는 관심 밖이었다. 내부에서 갈팡대는 목소리에 정신이 산란하다 못해 두통이 일 정도였기 때문이다. 포토그래퍼라는 직업적 관심 반, 나머지는 자신도 정의 내리지 못한 정체불분명의 관심 반으로 수강 신청을 등록한 선우혁의 과목. 그녀의 이성은 이 수강 신청을 취소하고 다른 반의 수업을 들으라고 종용하고 있었다. 내일부터 일하게 될 선우혁의 스튜디오도 그만두라고 종용하고 있었다.

어제 그런 일을 겪어놓고 태연하게 그를 대할 수 있을 것 같아? 아니, 넌 그렇게 못해. 사사건건 그가 신경 쓰일 거란 말이야.

"저렇게 매력적인 피사체를 나 몰라라 하는 건, 죄악이야. 암, 죄악이고 말고."

마침 그녀의 속을 들여다보고 있기라도 한 듯, 상미가 중얼거렸다.

연희는 고개를 돌려 그때까지도 외면하고 있던 선우혁의 모습을 차근차근 관찰하기 시작했다. 한 명씩, 한 명씩 호명하며 출석을 체크하고 있는 그는 어제와는 또 다른 느낌의 캐주얼한 정장

차림이었다. 거칠어 보이는 세피아 계열의 가죽 재킷은 날렵하고 탄탄한 어깨 근육선을 따라 허리까지 이어져 있었고, 안에는 단추를 두어 개 끌러낸 스카이 블루 셔츠가 남자의 굵은 목 선을 시원스럽게 드러내 주고 있었다. 그 아래 받쳐 입은 베이지 팬츠는 가볍고 활동적으로 보였다.

전체적으로 편안하고 부드럽기까지 한 느낌. 아마도 수업 자체의 자유로움을 인식해서였나 보다. 하지만 그의 눈빛은 그렇지 않았다. 연한 칼라가 섞인 무테의 안경이 그 강렬함을 한층 완화시켜 주고 있었지만, 상대방을 제압하는 시선만은 여전했다. 경우에 따라서는 무척 위험스럽게 돌변할 수 있는 날카로움이 저 까만 동공에 내재되어 있다는 걸 연희는 경험으로 알고 있었다. 일 년 전, 호텔에서 자신을 구해주었을 때, 저 눈빛이 어떻게 변하는지 몸소 확인했었으니까.

"성연희."

자신의 이름을 호명하는 목소리에 문득 정신이 들었다.

선우혁의 얼굴은 여느 아이들을 부를 때와 마찬가지로 표정이 없었다. 어제 오피스텔에서 애타게 갈구하던 눈빛은 완전히 걷어낸 낯설기 그지없는 시선이었다.

뭐야? 그럼 그가 아는 체라도 해주길 바란 거야?

연희는 자신의 왠지 모를 섭섭함이 마음에 들지 않았다. 그 눈빛이란 것도 결국엔 자신을 향한 것이 아니었는데 무엇을 기대한 건지. 새삼 자신의 이중성과 허영심을 엿본 기분이 들었다.

"네."

그녀의 대답이 떨어지자 곧바로 다른 학생을 호명하는 그.

한번 마주쳤다가 지나쳐 간 시선은 두 번 다시 그녀에게로 향하지 않았다. 마치, 한 학기 동안 그와 수업하는 것에 대해 민감한 태도를 보이는 그녀를 비웃기라도 하는 듯했다.

출석 체크를 끝마친 선우혁은 곧 화이트 보드에 뭔가를 적었다. 그것은 과제였다.

〈주제, 형식, 자유. 흑백 필름 한 통을 찍어 다음 주 이 시간까지 밀착인화를 해올 것.〉

첫날부터 너무 빡빡한 게 아니냐며 학생들이 이구동성으로 야유를 던졌다. 그럼에도 선우혁은 자신의 말을 번복하지 않았다.

"첫수업은 이걸로 마친다. 혹시 질문이 있다면 하도록."

그렇게 말하면서도 성연희가 있는 쪽으로 시선을 두지 않기 위해 그는 무진 애를 썼다. 강의실에 발을 내디디는 순간 발견한 얼굴에 얼마나 기뻤는지, 좀체 표정을 관리하기가 힘들었다. 행여 그녀가 자신을 부담스러워하게 되면 어쩌나 싶은 우려에, 출석을 부르는 내내 최대한 무심함을 가장해야만 했다.

그녀와 같은 학과인 것은 알았지만 그녀를 가르치게 되다니. 그건 총장의 교수직 제의를 받아들이면서도 기대하지 못했던 부분이었다. 무엇보다 그녀가 직접 자신의 수업을 수강 신청했다는 게 말할 수 없는 기쁨을 안겨주었다.

어제 그녀와 그렇게 헤어진 것이 조금은 불편했지만, 스튜디오에서 함께 일하다 보면 차차 오해를 풀 수 있게 될 것이다. 그 생각만으로도 이틀에 걸친 숙취가 말끔히 가시는 기분이었다. 예상했던 대로 학생들로부터 질문이 없자, 선우혁은 그 길로 강의실을 나서며 은연중에 연희의 모습을 찾았다. 연희는 옆에 다른 친구를 끼고 막 책상에서 일어서고 있었다. 누군가 자신을 오래도록 쳐다보고 있다는 건 꿈에도 모른 채 열심히 수다를 떠는 데에 한창이었다. 선우혁은 아쉬운 마음을 달래며 걸음을 옮겼다. 굳이 오늘이 아니더라도 내일부터 그녀를 대할 날이 많을 것이므로.

알람시계 소리에 연희는 졸린 눈을 비벼 떴다.

눈을 뜨자마자 가장 먼저 떠오른 것은 오늘이 스튜디오에서 일하게 되는 첫날이라는 사실이었다.

개강 첫주라 수업도 간단히 끝날 테지만 그전에 먼저 고윤하와 약속이 있었다. 아니나 다를까, 침대에서 일어나 휴대폰을 확인하니 윤하로부터 문자 메세지가 도착해 있었다. 지방 촬영이 지연되는 바람에 약속 시간에서 두 시간 정도 늦을 것 같다는 내용이었다. 이를 어쩐담. 연희는 입술을 잘근잘근 씹어댔다. 그 시간이면 스튜디오에 가야 하는데.

망설임 끝에 폴더를 열어 단축키를 눌렀다.

[네, 고윤하 씨 핸드폰입니다만…… 지금 전화 받을 수 없거든

요. 누구시라고 전해 드릴까요? ]

매니저? 코디? 아니다. 한 번도 들어본 적 없는 낯선 여자의 목소리였다.

연희는 당황스러움을 감추며 신중하게 말을 골랐다. 상대가 누구인지도 모르면서 덜컥 자신을 밝힐 순 없었다. 더군다나 아직 공식적인 사이도 아닌데 함부로 말했다가는 자칫 윤하를 곤란한 상황에 빠뜨릴 수 있으니까.

"저…… 실례지만 전화 받으시는 분은 누구신지 여쭈어도 될까요? 혹, 옆에 고윤하 씨 매니저 분이라도 계신다면 바꿔주세요."

[아, 전 이번에 고윤하 씨의 상대 배우로 캐스팅된…….]

여자의 소개가 이어지기도 전에 나머지 말은 중단되고 말았다.

아직 신호가 그대로인 것으로 보아 통화 음질이 나쁘다거나 통화권 이탈로 끊긴 것은 절대 아니었다. 연희는 상대방의 목소리가 들려올 때까지 차분히 기다렸다. 알아듣기 힘들 정도로 희미하지만 휴대폰 너머로 고윤하의 목소리가 언뜻 들려오고 있었다.

[누가 멋대로 남의 휴대폰을 건드리라고 했지?]

냉기가 뚝뚝 묻어나는 목소리는 정말로 고윤하가 맞을까 싶을 정도로 쌀쌀맞았다. 새벽 촬영을 하느라 예민해져서 그런 게 아닐까 이해하려다가도 이제까지 자신에게 한 번도 언성을 높여본 적 없었다는 걸 떠올린다면 썩 심상치만은 않았다.

곧 휴대폰을 통해 방금 전의 여자가 아닌 고윤하의 목소리가 들렸다.

[연희야, 미안해. 분장하느라 휴대폰 챙기는 걸 깜빡했지 뭐야.]

그의 목소리는 언제 그랬냐 싶게 다시 차분하게 되돌아와 있었다.

"아니에요. 바쁜데 눈치없이 전화한 것 같아 도리어 제가 미안하죠. 근데…… 무슨 기분 안 좋은 일 있었던 거예요?"

[으, 응? 아니야, 그런 거. 애인 숨겨뒀다고 다들 한 마디씩 던지기에 분위기 한번 잡아본 것뿐이야.]

"아, 그랬구나. 훗, 난 또 무슨 심각한 일 생긴 줄 알았어요."

[에이, 심각한 일이 생길 게 뭐 있어? 촬영하는 게 다 그렇지 뭐.]

직업이 배우인 그였지만 목소리 밑에 깔린 감정만큼은 숨기지 못했다. 현재 그는 격앙된 상태였다. 그것도 매우.

그와 사귄 시간은 짧았지만 그에 비해 그녀가 그를 알아온 시간은 무려 일 년이 넘어선 상태였다. 그렇기 때문에 이렇게 말수가 많아지고, 더듬기도 하며, 평소보다 빠르게 말하는 경우는 단 하나, 거짓말을 할 때라는 걸 연희는 진작부터 파악하고 있었다. 고윤하 본인은 아직 모르는 눈치였지만 그는 자신의 감정을 숨기는 데에 있어 무척 서툰 편이었다.

"오빠……."

[응, 말해봐. 그러잖아도 분장 끝나고 전화하려던 참이었어.]

"이따가 새벽 촬영 끝내고 오빠가 돌아올 시간이면 만나기 힘들 것 같아요."

[무슨 일인지 물어봐도 돼?]

"실은 진작 말했어야 했는데, 나…… 어시로 취직했어요. 오늘부터 스튜디오 출근하거든요. 방과 후에."

[이야! 이거 축하해야 될 일이잖아? 나빴다, 성연희. 그런 소식 있었으면 미리 말해줘야지. 이렇게 무심한 애인 역할 떠넘기면 마음이 편하니?]

못내 서운한 듯했지만 대견함이 가득 묻어난 어투였다. 그가 어떤 얼굴을 하고 있을지, 환호성을 지르며 진심으로 기뻐하는 모습이 눈에 선했다. 아마도 선우혁이 먼저 소식을 전하지는 않은 모양이었다.

"후훗, 네. 무척 고소해요."

[이런! 그나저나 스튜디오 위치가 어떻게 돼? 맘 같아선 연희 너 일하는 모습도 구경할 겸 한번 찾아가고 싶지만, 퇴근 시간에 맞춰서 근처에서 기다리고 있을게.]

드디어 나오고야 만 질문. 떠올리고 싶지 않은 그 일이 눈앞에 펼쳐지자, 연희는 다시금 가슴을 짓누르는 죄책감에 손톱 끝을 잘근거렸다. 윤하를 직접 만나지 않고 전화로 말하게 되어 다행이라는 생각이 드는 걸 보면, 자신의 표정이 얼마나 어둡게 굳어 있을지 알 만했다. 이런 표정이면, 제아무리 둔감한 윤하일지라도 단번에 알아챌 터였다.

"오빠도 아는 곳이에요."

[그래? 그럼 더 잘됐네. 대체 어디야, 거기가?]

"인디고."

잠시 동안 윤하는 말이 없었다.

이상하다. 기사에서 접한 대로라면 윤하에게 '제2의 전성기'를 펼칠 수 있도록 디딤판을 만들어준 사람이 바로 선우혁인데. 두 사람이 친형제 못지않은 절친한 우애를 나누고 있더라, 하는 건 두말할 필요 없는 공공연한 사실이라고 했었다. 그렇다면 그 기사는 오보였을까? 일종의 바람몰이를 하기 위한?

[일전에 선우혁 형이 리뉴얼한 그 스튜디오를 말하는 거야?]

"아마도요."

[하, 이거 정말 반가운 우연이네. 이제부턴 누구의 눈치도 보지 않고 맘껏 애정 공세를 퍼부을 수 있게 되었으니 말야.]

말은 그렇게 했지만 그다지 반기는 어투는 아니었다. 들뜬 억양을 가장하고 있었지만 정말로 기뻐서 하는 소리가 아니라는 걸 감지해 낼 수 있었다.

"그게…… 무슨 말이에요?"

[형한테 얼마 전에 사귀는 사람 있다고 말했었거든. 뭐, 그곳 스태프들이랑도 친해서 거리낌이 없는 편이야.]

연희는 훅, 한숨을 날렸다.

윤하가 저렇게 말할 정도인 것을 보면, 꽤나 저돌적이고 노골적으로 애정을 과시할 것이 틀림없었다. 안 그래도 데이트 하기에 적당한 장소가 없다며 아쉬움을 토로한 그였는데……. 버젓이 선우혁이 함께 있는 공간에서 그럴 걸 상상하니 눈앞이 노래지는 느낌이었다. 실수였다고 해도 이틀 전의 일은 신경 쓰일 수밖에 없었다.

[연희야, 지금 듣고 있는 거야?]

"……네, 듣고 있어요."

[아아, 아무래도 안 되겠다. 지금 촬영이 시작될 것 같아. 나중에 전화할게. 아니지, 촬영 끝나는 대로 곧바로 스튜디오로 찾아갈게.]

그리고는 짤막한 인사와 함께 전화가 끊어졌다.

연희는 침대 위로 얼굴을 묻으며 끄응, 앓는 소리를 했다.

스물둘, 자신의 의사와는 상관없이 정략결혼을 치르게 될 뻔하면서 처음으로 난관에 부딪혔고, 같은 해 여름에는 아버지를 잃고, 부(富)를 잃어버리면서 두 번째 난관에 부딪혔다.

그리고 스물다섯이 된 지금, 일 년 전에 만났을 뿐인 한 남자와 일 년 동안 도움을 받아온 또 다른 남자로 인해 그녀의 인생에 세 번째 난관이 시작되려 하고 있었다.

촬영이 시작될 거란 말은 거짓이었다.

윤하는 휴대폰 폴더를 닫으며 정하가 있는 곳으로 시선을 던졌다. 이번에도 편하게 촬영하기는 애당초 글러먹었다. 어떻게 된 게 매번 상대 배우와 문제가 생기는 것인지 도대체 이해할 수 없었다. 처음에 정해졌던 아역 출신 탤런트 유미림이 교통사고로 인해 도중하차하지만 않았던들 이런 불운은 겪지 않아도 되었을 텐데. 그것도 그 하고 많은 배우들 중에 소정하라니. 말이 되느냔 말이다!

윤하의 입가에 거친 욕설이 실렸다. 상대 배우가 소정하로 바뀌기 전까지 그는 나름대로 순조롭게 영화촬영을 진행하고 있었다. 영화는 스릴러 장르로서 옴니버스 형식으로 전개되다가 중반쯤에서야 두 주연 배우가 사건을 풀어나가는 형식이었는데, 국내 영화치고는 실험적인 요소가 강해 크랭크인하기도 전부터 각종 언론으로부터 많은 관심을 받아왔었다. 게다가 늘 멜로물만 찍어왔던 그에게 도전 의식을 불러일으키는 계기가 되어 그 의미가 퍽 남달랐던 영화였다.

하지만 오늘, 새벽 촬영장에서 소정하가 등장하면서 판은 뒤바뀌고 말았다.

약 이 주 전, 유미림의 접촉사고 소식을 전해 들으며 상대 배우가 바뀔 거란 것은 언론에서 떠들어대기도 전부터 윤하도 짐작할 수 있었다. 물망에 오른 이름들 중 소정하가 끼어 있는 것이 썩 개운치는 않았지만 설마 그녀가 수락할까 싶은 마음에 방심했었다. 하! 그런데 소정하가 그 제의를 넙죽 받아들인 것이다. 마치 캐스팅 제의를 기다렸다는 듯이 하루 만에 연락이 왔더란다. 상대가 고윤하 그인 것을 뻔히 알면서 말이다.

대체 무슨 낯짝인 걸까.

누군가를 오래도록 미워하지 못하는 게 그의 천성이었지만 정하만큼은 예외였다. 그것은 그의 매니저를 비롯한 소속사 식구들 모두가 알고 있는 비화였다.

한때 고윤하가 진지하게 사귀었었다가 무참히 차였는데 그 상대가 소정하라는 것에서부터 이야기는 시작되었다. 그때만 해도 소정하는 사람들에게 거의 알려지지 않은 무명 배우였고, 윤하는 배우로서의 명성이 점점 스러져 가고 있어 하루하루가 침울한 상태였었다. 어찌 된 일인지 주연을 맡은 영화가 몇 번 흥행에 실패

했고, 그것이 거의 공식처럼 굳어져 버리자 더는 캐스팅 제의가 들어오지 않았던 것이다.

그러다 보니 두 사람의 사랑은 즐기기보다는 정신적인 위로를 주고받는 쪽에 더 치우칠 수밖에 없었다. 어느 날 정하의 갑작스런 이별 통보를 받으면서도 그럴 리 없다며 그녀를 믿었던 그였다. 분명 피치 못할 사정이 있을 거라며 그녀를 이해하려 애썼다. 전화도 받지 않고, 만나주지도 않았으며, 심지어는 방송국 안에서 그를 모른 체하는 그녀. 결국 윤하는 매몰찬 그녀의 거절에 상처를 입어 좌절하고 말았다. 그를 차버린 이유가 고작 드라마 주역을 따내기 위해서라는 사실을 알게 된 것은 실연의 충격이 채 가시기도 전인 사흘 뒤였다.

"D방송국 PD라고 들었던 것 같아. 뭐, 주말연속극이나 일일연속극을 하면서 성공한 케이스인데 킬러라지 아마? 주역 따내는 애들 대부분이 그 PD한테 그렇게 목을 맸다고 하던데, 정하랑 한두 달쯤 동거를 했었나 봐. 같은 아파트에 사는 친구 녀석이 종종 봤다고 하는 걸 보면."

처음에는 그 친구의 말을 부정하며 끊임없이 정하를 만나려고 노력했었다. 그러나 정하는 여전히 그를 피했고, 그와 헤어진 지 한 달쯤 지나 모 드라마의 주연으로 모습을 드러냈다. 그리고 그것은 윤하에게 더없는 자극제가 되었다. 연기 생활을 접어야 할지도 모르는 최악의 슬럼프에 빠져 재기불능의 상태에 가까웠었던 그를 일으켜 세운 것은 순전히 그녀에 대한 오기였다.

이제 더는 그녀가 있어주기를 바라고 애원하지 않았다. 그를 버리고 나서 단 한 번도 돌아봐 주지 않았던 것처럼, 그 또한 그녀를 모른 체했다. 그렇게 윤하는 마지막으로 남아 있던 미련마저도 가차없이 잘라냈다. 이후부터 그녀의 상대 배우가 될 수 있는 많은 기회를 그대로 지나쳐 왔던 것이다.

"허락없이 휴대폰을 건드려서 미안해. 당신을 곤란하게 할 뜻은 없었어."

빨간 민소매 원피스만큼이나 강렬한 불가리 옴니아.

왜 예전에는 그녀에게 엘리자베스 아덴의 그린 티가 어울린다고 생각했을까. 정작 그린 티에 어울리는 사람은 따로 있는데. 그린 티는 투명한 미소를 가진 맑은 영혼을 가진 사람에게나 어울리는 향이었다. 그래, 성연희처럼.

정하는 그의 차가운 외면에도 아랑곳 않고 옆 자리에 앉았다.

딸칵.

마개를 딴 채로 그에게 건네는 캔 커피. 윤하는 그녀의 손이 무안하도록 캔 커피를 건네받지 않았다.

"그랬겠지. 그랬다가는 내가 아닌 당신이 더 곤란해졌을 테니까."

뼈 있는 말이었다. 그것을 모를 리 없는 정하가 씁쓸한 미소를 지어 보였다.

"……그런데 아까 전화 걸어온 그 여자, 사귀는 사람이니?"

"별로 대답할 의무를 못 느끼겠거든? 대본 외우는 데 방해가 되니까 웬만하면 다른 사람 붙잡고 수다를 떨었으면 좋겠어, 소정하씨."

씹듯이 내뱉는 그의 말에 정하의 안색이 파랗게 굳어졌다. 마치 따귀라도 한 대 얻어맞은 듯한 표정이었다. 그러나 이제 와 속죄라도 할 모양인지 그녀는 발끈하지도, 그를 나무라지도 않았다. 아니, 속죄라니…… 그럴 리가 있을까. 괜스레 그녀의 연기에 넘어가선 안 된다. 그와 파트너로서 잘 지내보자고 호의를 건네는 것, 그 이상도 이하도 아닐 테니까.

"알았어, 그래 주지. 미안해."

정하는 그의 옆에 캔 커피를 내려놓은 채 자리에서 일어섰다. 윤하는 아무렇지 않은 얼굴로 다시 대본으로 시선을 던졌다. 그녀의 뒷모습이 사라진 후 기다렸다는 듯 매니저가 통박을 주기 시작했다.

"영화 파투 내고 싶으냐? 그래서 안달났다고 시위하는 거야, 지금?"

"……."

"뭐가 그리 불만인지 내 모르는 건 아니지만, 적당히 해둬라. 촬영하느라 진이 빠진 사람들 안 보이냐? 그 사람들이 너희들 신경전까지 눈치를 봐야 쓰겠냐고!"

"나도…… 나도 최대한 참는 중이야. 와서 건드리지만 않으면 그러지도 않았어!"

윤하는 기어이 자리를 박차고 일어났다. 대본을 거칠게 내려놓는 바람에 옆에 있던 캔 커피가 위태롭게 흔들거리는가 싶더니 대본 위로 엎어져 얼룩을 만들어냈다. 그제야 윤하는 그 커피가 예전에 정하와 사귀었을 당시 하루에 하나 꼴로 꼬박꼬박 챙겨 마시던 커피라는 것을 기억해 냈다. 젠장, 아직까지 그걸 기억하는 자신이 못마땅했다. 프로답지 않게 구는 자신의 모습이 너무도 실망스러웠다.

불쌍한 척할 것 없어. 헤어지자고 한 것도, 매달리는 내 손을 쳐낸 것도 너잖아. 근데 왜 네가 순교자인 척 버림받은 얼굴을 하는 건데!

성마르게 옮기는 걸음 뒤에 먼지바람이 뒤따랐다. 험상궂게 일그러진 얼굴은 매스컴에서 떠들던 대로의 다혈질적인 성격을 여과없이 드러내고 있었다. 매니저는 더 이상 그를 따라오지 않았다. 윤하의 걸음은 차츰 촬영장으로부터 멀어지고 있었다.

한참 걸었을 즈음 그는 분풀이라도 하듯 휴대폰을 꽉 쥐고 있었다는 걸 깨달았다. 그리고 휴대폰을 가만히 내려다보는 순간, 연달아 연희와의 통화 내용이 떠올랐다. 스튜디오 인디고에서 일하게 되었다고 했었지. 선우혁이 어시를 구한다는 얘기는 들은 것 같은데, 그렇다면 연희가 그의 어시가 되는 것은 틀림없는 사실이었다. 한데 연희의 말을 들으며 왠지 모를 불안감이 스미는 건 어찌 된 이유일까. 속 좁은 놈이라며 자신을 타박하면서도 가셔지지 않는 불안감은 어쩔 수 없었다.

며칠 전에 만난 선우혁의 모습 때문일까.

사실 윤하는 바(bar)에서 자신과 연희의 교제 선언에 약간은 초조한 기미를 드러냈던 선우혁의 모습을 떨쳐 낼 수가 없었다. 마땅히 기껍게 축하해 줄 것이라 여겼건만…….

그런데 예상과는 다르게 선우혁은 덤덤했다. 아니, 덤덤해 보이기 위해 안간힘을 쓰는 것 같았다. 그래서 윤하는 선우혁이 자신에게 후원자 노릇을 부탁한 진짜 이유가 무엇일까, 며칠간 틈틈이 생각해 보곤 했다. 가장 먼저 뇌리를 스친 가능성은, 선우혁 역시 연희에게 남다른 감정을 품고 있었을 거라는 추측.

'설마…….'

가장 피하고 싶은 추측이었기에 윤하는 그 생각을 머릿속에서 억지로 밀어내며 고개를 내저었다.

그렇다고 다시 물어볼 수도 없는 노릇이었다. 그날 연희에 대해 물어보았을 때 선우혁이 보인 태도가 제법 살벌했기 때문에 연희에게 어떤 감정을 가지고 있느냐는 질문을 던질 엄두가 도저히 생기질 않았다.

"뭐, 별수없지. 일이 이렇게 되었으니 스튜디오에서 직접 확인하는 수밖에."

윤하는 그렇게 중얼거리며 다시 촬영장으로 되돌아갔다.

만약 선우혁 또한 자신과 같은 감정이라면 어떻게 해야 할지 나머지 방안에 대해서는 전혀 계획해 놓지 않은 채였다.

직선적이고 다혈질다운 성격답게 그는 오래오래 고민하고 매달리는 스타일이 아니었다. 닥치면 그때그때 생각하고 행동을 개시하는 것. 그것이 고윤하의 방식이었다.

스튜디오 인디고(Indigo).

연희는 간판을 올려다보며 잠시 심호흡을 했다. 그래 오늘이 첫날이란 말이지.

지금 시간은 오후 5시 30분. 인화 담당 강정미와 만나기로 한 시간에서 아직 삼십 분이 남았지만 첫날부터 지각하는 무례를 범할 수 없어 강의가 파하자마자 그 길로 스튜디오로 향했다.

연희는 가만히 문을 밀었다. 스테인드글라스로 이루어진 벽면이 복도에 쭈욱 펼쳐져 있었는데 곳곳에 사진들이 걸려 있어 찬찬히 살펴보는 재미도 쏠쏠했다. 이곳에 오기 전에 초긴장 상태였다는 것도 잠시 잊은 채 연희는 흑백사진의 향연에 푹 빠져들었다.

주로 패션 사진을 찍는 것으로 알고 있었는데 복도에는 꼭 패션 사진에만 한정되지 않은 채 순수 사진과 보도 사진들도 여러 점 눈에 띄었다. 그리고 막다른 코너에 다다랐을 때, 연희는 우뚝 걸음을 멈췄다. 스튜디오 내부로 이어지는 문 말고, 간이식으로 작게 만들어진 문이 호기심을 불러일으켰기 때문이다. 더구나 그 문은 비스듬히 열려 있는 상태였다. 시계를 보니 5시 40분.

'딱 오 분만 보고 나오는 거야.'

연희는 호기심과 이성 사이에서 갈등하다가 호기심 쪽에 손을 들어주었다.

간이식 문을 열자 나타난 것은 또 하나의 작은 스튜디오였다. 정확히는 개인 작업실에 적합한 크기였다. 여기의 주인이 누굴까 하는 질문은 실상 불필요했다. 스튜디오 인디고의 소유주가 선우혁인 만큼 이곳 역시 선우혁의 작업실일 테니까. 그렇다면 여기서 이렇게 서성이고 있을 이유가 없다.

누군가의 사생활을 캐고 싶은 생각은 추호도 없거니와 되도록이면 선우혁의 신경을 거스를 만한 일을 저지르고 싶지 않았기 때문이다. 연희는 이곳에서 어시로 일하며 배우는 동안은 최대한 조용히 지내고 싶었다. 그렇게 단념하며 돌아서는데 여러 겹의 종이에 감싸인 액자가 시선을 끌었다.

"이게 뭐지?"

여기서 나가야겠다는 결심은 까맣게 잊은 채 연희는 저도 모르게 종이를 펼쳐 들었다.

대체 어떤 사진이기에 이렇게 꽁꽁 싸놓은 걸까. 작업실 내부는 볼거리들이 많아 하나도 그냥 지나칠 수 없었던 스튜디오 입구와는 달리 그 흔한 자화상 한 점조차 걸려 있지 않았다. 오로지 이 액자만이 덩그라니 자리를 차지하고 있었다. 그래서 더 강한 호기심이 생겨난 것인지도 몰랐다.

자고로 '은폐'에는 두 가지가 있다. 하나는 타인으로부터 숨기고 싶어 하는 치부. 나머지 하나는 누구에게도 보여주고 싶지 않을 정도로 지극한 소중함.

이 사진이 전자 쪽의 의미를 가지든 후자 쪽의 의미를 가지든 보아선 안 된다는 생각에는 변함이 없었지만 옳지 못한 호기심은 쉽사리 수그러들지 않았다. 불현듯 발동해 버린 직감은 저 자신 속에 선우혁이 몹시도 아끼는 뭔가가 있을 거라고 말해주고 있었다. 연희는 바로 그것이 궁금했다. 맹렬한 호기심의 부추김에 이끌려 연희의 손이 제일 먼저 움직였다.

사선으로 둘러싼 종이가 한 겹씩 벗겨질 때마다 사진은 조금씩 제 모습을 드러내고 있었다. 여자의 것으로 보이는 운동화, 그 위로는 생뚱맞다 싶을 만큼 안 어울리는 드레스 밑단이 흑백으로 보였다. 이대로 보아도 되는 걸까. 이거야말로 사생활 침해가 아니고 뭐겠어.

연희는 양심에 찔리는 기분에 입술을 깨물며 시계를 보려고 했다.

"5시 47분. 슬슬 스튜디오로 가봐야 하지 않겠어? 정미 씨가 기다리고 있을 텐데."

"……!"

갑자기 들려온 목소리에 연희는 가슴이 철렁 바닥으로 내려앉는 것만 같았다.

맙소사, 이렇게 들켜 버리다니.

그러나 불운은 거기서 그치지 않았다. 너무 놀란 나머지 손끝에 힘이 풀려버리면서 액자를 떨어뜨리고 만 것이다. 재빨리 액자를 받아내려 했지만 소용없었다. 어떻게 순발력을 발휘해 보기도 전에 파열음이 날카롭게 실내를 울렸다.

와장창!

어쩌자고 이런 실수를 저지른 걸까. 고개를 들어 선우혁을 마주할 자신이 도저히 없었다. 바닥에 흩어진 유리 조각들이 그대로 자신의 가슴 한복판을 들쑤시는 것만 같았다. 대체 언제 선우혁이 들어온 것일까? 아니면 처음부터 이곳에 있었던 건 아닐까? 하지만 중요한 건 그게 아니었다.

망가질 대로 망가진 저 사진…….

저걸 어떻게 해야 하나. 굳이 묻지 않아도 그에게 얼마나 소중한 사진일지 충분히 짐작이 갔다. 이미 엎질러진 물이란 걸 알았지만 후회가 북받쳐 올랐다. 그러게 왜 쓸데없는 호기심을 부려가지곤…….

연희는 경솔하고 이기적인 자신의 모습을 뉘우치며 기어들어가는 목소리로 말했다.

"……죄송해요."

첫날부터 일하기도 전에 짤리는 건 아닐까 싶은 걱정이 스쳤지만 곧 자신이 자초한 일이라는 생각에 그의 말이 떨어지기만을 기다렸다. 어떤 질타의 말을 듣든 자신이 초래한 결과이니 할 말이 없었다. 죄송하다는 말밖에는. 그러나 선우혁이 건넨 말은 무척이나 뜻밖이었다.

"출근 첫날에 치른 신고식치고는 조금 과격하군 그래."

분노의 기색이라고는 전혀 느껴지지 않는 덤덤한 목소리였다.

연희는 믿을 수 없는 표정으로 고개를 쳐들었다. 분명 화가 났을 거라고 여겼는데, 왜……? 그러나 그는 아무렇지도 않은 표정이었다. 하다못해 그녀로 인해 성가시게 되었다는 짜증스런 기색조차 찾아볼 수 없었다.

"이 사진, 중요한 것 아니었나요?"

한순간이지만 설명할 수 없는 묘한 시선이 그녀의 얼굴에 머물렀다. 그리고 연희가 그 시선의 의미를 생각해 보기도 전에 그가 짧게 대꾸하며 시선을 거두었다.

"뭐, 그렇다고 할 수 있지만 괜찮아."

"다시 한 번 죄송해요. 여기 유리 조각들은 제가 치울게요."

"다칠 거야. 그대로 놔둬."

그러고선 그가 사진을 한쪽으로 치워놓았다.

"하지만……."

"필름은 아직 보관하고 있으니까 그렇게 미안해하지 않아도 돼."

일순 가슴을 조여 매고 있던 매듭이 스르르 풀어지는 기분. 눈물이 차 올랐다. 안도감, 그것은 더할 나위 없는 안도감이었다. 그에게 미안한 마음은 여전했지만 조마조마하게 억눌렀던 불안함이 사라지면서 이제야 겨우 그를 마주 볼 수 있을 것 같았다.

"하아, 다행이네요. 정말…… 다행이에요."

선우혁은 당혹스러움을 느끼며 비스듬히 등을 돌렸다. 그녀가 흘린 눈물 때문인지, 아니면 그녀를 안아주고 싶은 충동을 느낀 때문인지 모르겠지만 뭔가가 그의 가슴 속에서 꿈틀대고 있었다.

한편으로 삼 년 전, 그들의 첫만남을 그녀가 기억하지 못한 것에 서운함이 들었지만 이제는 그것을 부질없는 욕심으로 받아들여야 할 모양이었다. 그리고 자신이 그녀를 마음에 깊이 담아버렸다는 사실까지도.

손수건을 건네며 그녀의 어깨에 조심스레 손을 얹었다. 희미하게 움찔거리는 어깨가 감지되었지만 잠시만 이 순간을 허락하고 싶었다.

"고마워요."

"다음부터 이 작업실은 들어오지 않도록 해. 여기는 인디고랑은 별개로 쓰는 곳이라서 말이야."

연희는 작게 고개를 끄덕이며 작업실 문을 나섰다.

이때 정미가 입구에서 터벅터벅 걸어오더니 연희의 팔을 붙잡았다. 그러다가 연희의 충혈된 눈을 보고 놀라 허둥지둥했다. 하기사 여섯 시에 오기로 한 사람이 연락도 없이 나타나질 않으니 꽤나 속이 탔을 것이다. 그녀의 성격에 다짜고짜 연희를 다그치지 않은 것도 많이 봐줬다 싶어 보였다. 선우혁에게서 대충 늦게 된 사정을 전해 들은 정미는 씨익 웃으며 연희의 손을 맞잡았다.

"내일도 또 늦었단 봐. 그땐 얄짤없을 줄 알아!"

"네, 오늘 늦은 만큼 더 열심히 할게요."

"그래, 바로 그 태도야. 마음에 들어."

정미는 흡족한 표정으로 특유의 과장된 웃음을 실실 쪼갰다.

연희 역시 화통하다 못해 터프해 보이는 눈앞의 여자가 마음에 들었다. 빨간 티셔츠를 제외하곤 캡모자를 쓴 머리에서부터 군화를 신은 발끝까지, 밀리터리룩으로 도배하다시피 한 그녀는 왠지 언니라는 호칭보다는 보다 중성적인 다른 호칭을 사용해야만 될 것 같아 보였다.

"자, 내가 인화 담당이라 암실을 보여줘야 하는데 거기가 지금…… 좀 복잡해. 아까 한바탕 인화하느라 픽서를 쏟아서 정신이 없어."

"아, 많이 복잡하지 않으면 제가 정리하는 걸 도울게요."

"아니야. 장갑도 하나밖에 없는걸. 사 와야 하는데 깜빡했지 뭐야."

정미는 은근슬쩍 선우혁의 눈치를 보며 멋쩍게 웃었다. 한 번만 봐달라는 무언의 눈빛. 걸걸했던 조금 전까지의 태도와는 조금 달랐다. 하지만 선우혁은 그런 미정의 눈웃음을 싹 무시하며 눈썹을 치켜 올렸다. 일에 관해서 만큼은 철두철미하다는 이야기를 언뜻 들었던 것 같은데 역시나 그 말이 사실이었던 모양이다.

"장갑 말고 사야 할 목록도 정리해서 내일 중으로 마련해."

선우혁은 다소 딱딱하다 싶은 목소리로 말한 뒤 암실 쪽으로 걸어갔다.

"어어, 선배! 암실은 제가 청소……."

그러나 선우혁의 모습은 이미 사라진 뒤였다.

"에헤라, 잘됐지 뭐."

정미는 중얼거리며 어깨를 으쓱했다. 그리고는 뭔가 생각난 듯이 이렇게 말하는 거였다.

"아참, 아까도 귀찮아서 장갑 안 끼었는데……. 연희 씨, 아니지 편하게 연희라고 부를게."

"네, 저도 그게 더 편할 것 같아요."

"응. 오빠라고 부르든 언니라고 부르든 너 편한 대로 날 부르렴. 참고로 예전에 어시였던 녀석은 남자였거든. 그놈은 일 년 365일 동안 단 한 번도 나한테 누나라고 부르질 않았어. 끝까지 형이라고 불렀지. 생긴 건 꼭 되다 만 계집애처럼 생겨 가지곤!"

정미는 그 어시를 한 방에 때려눕히지 않은 것이 못내 안타깝다는 듯 주먹을 뿌드득 매만졌다. 급기야 연희는 참았던 웃음을 터뜨리고 말았다. 그 웃음을 기다렸다는 듯, 그제야 정미가 심드렁한 표정을 거두며 연희의 어깨를 톡톡 두들겼다.

"그래, 그렇게 웃어야 돼. 아까 울어서 얼마나 놀랐는지 알아?

선배가 좀 까칠한 스타일이긴 해도 아직까지 어시들한테는 한 번도 까다롭게 대하지 않았어. 선배 개인 작업실에서 무슨 잘못을 했는지 모르지만 잊어. 선배도 뒤돌아서면 금방 잊는 사람이니까. 그리고 이름 부르다가 또 지나칠 뻔했는데 사진 배운다니까 당연히 알겠지만, 픽서 만질 때 나처럼 귀찮다고 장갑 벗은 채로 일하지 마. 여자는 자고로 손이 고와야 한단다."

"네. 말씀 감사해요, 언니."

"흑, 연희 너는 그래도 나를 언니라고 불러주는구나. 이따가 사오정 오면 자랑해야지. 호홋."

"사오정이요?"

"응, 날 보고 저팔계라고 부르는 사람이 꼭 하나 있거든."

정미의 표정이 하도 음산해, 연희는 차마 그 대목에서는 웃지 못하고 고개만 주억거렸다.

# 제 5 장

이날의 재앙은 선우혁의 개인 작업실에서 그쳤을 거란 연희의 예상은, 윤하가 먹거리를 잔뜩 사들고 찾아오면서 보기 좋게 빗나갔다.

전화를 따로 하지 않아도 오늘이 출근 첫날이니 설마 농담이겠지 싶었는데. 그가 찾아올 거란 걸 눈치 채기만 했어도 사전에 막을 수 있었는데 어쩌면 좋담.

연희는 발을 동동 굴렀다. 선우혁은 암실에 있어 윤하가 온 걸 모르는 모양이었지만 조만간 어떻게든 만나게 될 터였다.

"윤하 씨가 여긴 어쩐 일이래요?"

정미는 반사판을 옮기다 말고, 갑자기 출현한 윤하의 모습에 대뜸 질문부터 던졌다. 그러자 윤하는 너스레를 떨며 의자에 앉았다.

"에이, 반갑다고 말하는 게 순서 아닌가?"

"반갑기는. 얼굴 본 지 얼마나 됐다고!"

"하하, 정미 씨 애정 표현 독특하게 하는 거 하나는 정말 알아줘야 한다니까."

"그런데 정말 왜 온 거예요?"

정미의 집요한 질문에 윤하는 대답 대신 연희에게로 시선을 옮겼다. 그 시선을 따라간 정미가 두툼한 허리에 손을 얹으며 고개를 까딱까딱했다. 마치 그것만으로 충분한 대답이 되었다는 듯이. 연희의 얼굴이 순식간에 발갛게 달아올랐다. 정미가 그 모습에 짓궂게 한마디를 던졌다.

"윤하 씨 사귀는 아가씨 있다더니 그게 바로 연희였을 줄은!"

"앞으로 자주 놀러올 거예요. 정미 씨가 우리 연희 스튜디오살이 시키는지 감시도 할 겸, 연희 얼굴도 볼 겸."

윤하는 찡긋 눈인사까지 날리며 연희를 향해 싱글거렸다.

하지만 연희는 그에게 맞장구를 쳐줄 장단이 못 되었다. 여기가 일터라는 점, 그리고 첫출근이라는 점을 제외하더라도, 아직 초면인 정미에게 윤하와의 애정을 과시할 만큼 바라진 성격이 아니었기 때문이다. 다행히 정미도 연희가 불편해하는 걸 알아보고는 괜찮다는 눈빛을 보내왔다.

"스튜디오살이? 그건 처음 듣는 말인데?"

"여기가 스튜디오니까 시집살이 대신 스튜디오살이인 거죠."

"저렇게 썰렁하기도 참 힘든데 연희가 고생이 많았겠네. 요즘 사람들 그런 걸 유머랍시고 하면 흉봐요, 흉봐. 설마 기자회견 때에도 저렇게 할까."

바로 그때 선우혁이 암실 문을 열어젖히며 모습을 드러냈다. 약간은 인상을 쓴, 피곤한 기색이 서려 있는 얼굴. 아마도 작업이 끝나서라기보다는 정미와 윤하의 티격거림에 나온 눈치였다.

그의 등장을 제일 먼저 알아차린 윤하가 반색을 했다.

"형!"

"새벽 촬영 들어갔다고 들은 것 같은데 벌써 끝난 거냐?"

"벌써는 아니고, 일주일간 연장."

선우혁은 정미가 그랬던 것처럼 무슨 일로 오게 된 건지 묻는 번거로움은 생략했다. 대신 무뚝뚝하리만치 조용한 얼굴로 고개를 끄덕이고는 다시 암실로 걸어 들어갔을 뿐이다. 어색한 침묵이 주변에 깔렸다. 한참을 재잘대던 윤하도, 정미도 이렇다 할 말을 꺼내지 못하고 있었다. 연희는 입 안에 고였던 침이 다 말라가는 기분이었다.

"정미 언니, 잠시만요."

침묵을 깨뜨리고 연희가 선택한 방법은 선우혁이 있을 암실에 들어가는 거였다. 사진 액자를 깨뜨린 것에 이어 벌써 두 번째. 비록 그녀가 아닌 윤하로 인해 비롯된 일이었지만 더 이상의 실수는 자신이 견디기 힘들었다. 출근 첫날이 아니더라도 앞으로도 작업실 분위기를 흐리는 짓 따위는 두 번 다시 되풀이하고 싶지 않았다.

연희는 천천히 숨을 골랐다.

"암실 들어올 땐 노크 먼저 하는 습관을 잊지 말도록 해."

암실 문을 열자마자 들려온 목소리는 무미건조했다.

어떻게 자신인 걸 알았을까? 이 캄캄한 암실 안에서.

하지만 의문은 오래가지 못했다. 정미라면 애초부터 암실 문을 함부로 여는 어리석은 짓 따위 하지 않을 게 분명하니까. 연희는 자신이 이렇게 매사에 조심성없고 실수투성이였나 싶은 생각에 허탈함마저 느꼈다. 바보, 정말 바보야 넌.

좁은 통로를 지나자 막 인화를 마친 선우혁의 모습이 아련히 시야에 박혔다. 세이프라이트 하나만을 남겨놓은 어둠 속, 사진을 바라보는 그의 눈빛은 애정으로 담뿍 뭉쳐 있었다. 옆모습에 불과했지만 연희는 알아볼 수 있었다. 그의 눈빛이 곧, 자신이 사진을 바라보는 시선과 같을 것이므로.

엉뚱하게도 저 남자를 사진 찍고 싶어졌다. 연희는 난생처음 남자가 아름답다는 생각을 했다.

"불 켜도 돼."

그의 시선은 여전히 인화된 사진에 고정되어 있었다.

스위치를 더듬어 불을 켜니 어느덧 뒷정리에 한창인 선우혁의 뒷모습이 보였다. 핀셋부터 픽서까지 꼼꼼하게 정리하는 그를 가만히 지켜보던 연희는 곧 따라서 정리를 돕기 시작했다.

"여기 선반 중간쯤에 서랍이 보일 거야."

그의 손이 향하는 곳을 보자, 그는 다시 설명을 이었다.

"그 서랍이 바로 인화지를 보관하는 곳이니까 잘 기억해 둬. 인화지 종류마다 서랍도 다르지만 그 안에서 나누어놓았으니까 따로 찾거나 할 필요는 없어. 그리고 픽서는 맨 아래에."

"……."

"물과 비례를 맞추어 놓았으니 역시 따로 섞을 필요는 없어."

선우혁은 얼마간 암실의 위치에 대해 간략한 설명을 했다. 그리고 설명이 다 끝났다고 느꼈을 즈음엔 비로소 그의 눈빛이 연희에게로 옮겨왔다. 서늘하지만 아까처럼 무턱대고 무뚝뚝한 눈빛은 아니었다. 하지만 그의 눈 속에 고인 침묵이 어딘지 모르게 연희의 마음 한구석을 불편하게 휘저었다. 왜일까.

"암실까지 날 찾아온 이유가 있을 텐데?"

아! 이런. 잊고 있었다.

그러나 황당하게도 줄곧 꺼내려고 했던 말과는 전혀 다른 말이 튀어나오고 말았다.

"아까 액자 깨뜨렸던 그 사진, 제가 인화하게 해주세요."

"……."

그의 눈썹이 불쑥 한쪽으로 치우쳐 올라갔다.

"부탁이에요."

하필 왜 그런 말을 꺼냈는지는 스스로도 모를 일이었지만, 연희는 자신이 진심으로 그 사진을 직접 인화하고 싶어한다는 것을 깨달았다. 그래서 더 필사적이 되었다.

그는 어떤 대답을 하려는 걸까.

남자의 포커페이스 아래에서 팽팽한 긴장감이 느껴지고 있었다. 연희는 초조해졌다. 제발, 수락해 주기를. 무안할 정도로 빤히 응시하는 시선에 얼굴이 차츰 붉어진다. 그 홍조가 귀에서 목으로 번져 가기 시작할 무렵, 밀도를 더해 가던 긴장감이 바스러졌다.

"그만 퇴근해도 좋아. 오늘은 첫날이니 조금 일찍 끝내도록 하지."

"……!"

선우혁은 그대로 등을 돌리며 암실에서 나갔다.

그 모습을 황망히 바라보던 연희는 짙은 실망감에 한숨을 들이켰다. 그가 선뜻 허락해 줄 거란 기대는 하지 않았지만 이렇듯 일방적으로 무시당하는 것 역시 기대하지 않았다. 하다못해 다음을 기약하며 거절해야 하는 것 아닌가. 이건 정말 너무하잖아.

연희는 입술을 깨물며 그가 있었던 자리를 원망스럽게 노려보았다.

암실을 나온 선우혁은 윤하와 정미를 지나쳐 그대로 스튜디오 밖으로 걸음을 옮겼다. 어차피 이대로 스튜디오에 있어봤자, 그의 마음만 더 심란해질 뿐이었다. 대체 연희는 무슨 속셈으로 그 사진을 인화하겠다고 고집을 피우는 것일까. 자신을 빤히 바라보는 얼굴에다 대고 반대하기도, 그렇다고 허락하기에도 참 난감했다. 그러면서도 그의 안에 있는 또 다른 자아는, 이것이 기회라고 말하고 있었다. 삼 년 전의 일을 알게 되면 지금보다 훨씬 더 그녀와 가까워질 거라고 말이다. 그러나 선우혁은 고개를 내저으며 그런 생각을 단호히 접었다.

그녀의 마음은, 그의 마음으로만 움직이게 하고 싶었다.

그 방법이 아닌 한은 다른 어떤 수를 써서 윤하로부터 자신을 보게 한다 하여도 만족할 수 없을 테니까.

후두둑, 후두둑.

차가운 물방울에 하늘을 올려다보니 비가 내리고 있었다. 갑자기 거세어지는 빗발로 보아 소나기인 듯싶었다. 선우혁은 잰걸음으로 스튜디오를 향했다. 마침 정미가 우산을 들고 그를 기다리고 있었다.

"아니, 어디 가셨다가 이제 오는 거예요, 선배?"

"그냥 바람 좀 쏘인다고 한 게 너무 늦어버렸어. 미안."

"저야 상관없지만 연희랑 윤하 씨 스튜디오에서 선배 기다리다가 비 내리기 전쯤에야 갔어요."

"그래?"

자신을 기다렸다는 건 생각지 못한 일이었다.

"네. 뭐, 윤하 씨가 알아서 차를 태워주었을 테니 연희야 집에 잘 들어갔겠죠."

"정미 씨 먼저 가보도록 해. 난 작업실에 더 있다가 갈 테니."

"넵. 그럼 내일 뵈어요, 선배."

정미를 보내고 나서 스튜디오를 둘러보는데 문득 테이블 위에 낯선 책 한 권이 보였다. 윤하? 아니다. 정미가 놔두고 갔을 리는 없으니 연희가 놔두고 간 게 분명하다. 무슨 책일까 싶은 궁금함에 다가가려는데 복도를 울리는 소리가 그의 걸음을 돌려 세웠다. 가볍고 낮은 발걸음 소리. 누군지 알 것 같았다.

"휴대폰이랑 전공서적을 놔두고 온 것 같아서요."

문을 열고 나타난 얼굴은 촉촉하게 젖어 있었다.

"전화하지 그랬어? 그럼 따로 챙겨뒀을 텐데."

"아니, 내일 아침에 있는 수업이라 그럴 수 없었어요."

연희는 살짝 어깨를 떨며 대답했다. 흠뻑 젖지는 않았지만 지금은 3월. 꽃피는 춘삼월 운운해도 아직 겨울에서 벗어난 날씨는 아니었다.

"그렇다고 비를 맞고 왔단 말이야?"

"소나기인걸요. 괜찮아요."

파랗게 얼어붙은 입술로 괜찮다니.

"놔두고 갔다던 책이 이 책 맞나?"

"네, 고맙습니다. 그럼 가볼게요. 내일……."

"바래다줄게. 차에 시동 걸고 있는 동안 여기서 기다리고 있어."

선우혁은 그녀의 말을 가로채며 입구를 차단했다.

"아뇨. 그러실 필요 없어요."

"오피스텔, 여기서 차로 삼 분이면 돼. 거기서……."

"아니에요."

이번엔 그녀가 말을 가로채며 황급히 도리질을 했다. 그녀의 얼굴이 유독 붉게 달아올라 있었다. 눈에 띄게 당황한 기색인 걸 보면, 아마도 그날 오피스텔에서의 일이 떠오른 모양이었다.

"집, 가깝지도 않잖아."

"그건……."

"그럼 여기서라도 몸 좀 녹이고 가."

그녀가 사양하기도 전에 선우혁은 그녀의 팔을 잡아끌었다.

스튜디오엔 드럼세탁기도, 샤워부스도 없지만 히터가 두어 대

있었기 때문에 젖은 옷을 말리기엔 충분했다. 여벌로 작업실에 가져다 놓았었던 자신의 옷을 건네자, 연희는 마지못해 받아 들며 화장실로 들어갔다. 몇 분 후 화장실에서 모습을 드러낸 연희를 보며 선우혁은 저도 모르게 웃어버리고 말았다.

그녀가 이렇게 작은 체구였던가?

어깨며, 걷어 올린 팔, 허리까지 넉넉히 내려오는 와이셔츠는 넉넉한 박스 티로 변했고 그 아래 받쳐 입은 바지라고 해서 다르지 않았다. 본의 아니게 힙합 스타일이 되어버린 연희는 나이보다 훨씬 앳되어 보였다. 그의 웃음의 의미를 알아챈 연희도 어색함을 지워내며 따라 웃었다. 그리고 그가 주는 머그잔을 건네받으며 히터 앞에 앉았다.

"생각보다는 많이 젖지 않았으니까 금방 마를 거야."

"고마워요."

연희는 뜨겁게 데워진 우유를 할짝대며 말했다.

처음엔 몰랐는데 면바지 위에 아무런 속옷 없이 와이셔츠만 입은 모습이 묘하게 도발적이었다. 셔츠 위로 불거진 굴곡이 풍만한 여체임을 짐작케 했다. 막 세수하고 나온 듯한 얼굴은 나이보다 어려 보이게 했지만, 도톰한 입술이 자아내는 요염함은 금세라도 사랑의 밀어를 속삭일 것처럼 매혹적이었다. 게다가 어깨까지 이어지는 머리카락이 반쯤 젖은 채로 물방울을 떨어뜨리고 있어 마치 요정처럼 신비롭게 보이게 만들었다. 그런 연희의 모습을 찬찬히 훑어보던 선우혁은 반갑지 않은 욕망을 느끼며 시선을 거뒀다. 제길.

무엇보다 문제는 연희 자신이 그녀의 매력을 전혀 인식하지 못한다는 데에 있었다. 어쩌면 그를 이성으로서 인식하지 않기 때문인지도. 후자 쪽에 생각이 이르자 선우혁은 쓴웃음을 지었다. 당연한 걸 가지고 새삼스럽게 고통받는 스스로가 신물 날 정도였다.

선우혁은 이 심한 갈증을 달래줄 만한 뭔가를 찾아 자리에서 일어났다. 그러다가 잠시 멈칫. 히터 위에 올려둔 옷가지들이 다 말라 있는 걸 발견한 건 그에겐 무척이나 다행한 일이었다. 더 힘들어지기 전에 그녀를 보낼 수 있게 되어 얼마나 다행인지.

"이제 어느 정도 다 마른 것 같은데……."

말끝을 흐린 그의 시선에 그새 잠들어 버린 연희가 있었다.

"……성연희."

그녀를 흔들어 깨우려던 그의 손이 허공에서 멎었다.

무방비 상태로 잠든 그녀를 가장 반기는 건 역시나 욕망이었다. 길게 늘어뜨린 머릿결. 바지 아래로 드러난 조그마한 발. 헐렁한 옷차림이었지만 셔츠만은 예외였다. 한쪽으로 치우쳐 잠이 든 탓인지 얇은 면직물은 반원형의 둥그스름한 곡선부터 해서 뾰족하게 도드라진 정점까지 거의 완벽하게 가슴 굴곡을 재현해 내고 있었다. 단추 하나가 열린 셔츠 틈으로 희고 투명한 살결이 보인다. 얕은 숨결을 따라 오르내리는 젖가슴은 이 면직물을 단숨에 끌어내리기만 해도 황홀한 과즙을 선사할 것이라고 약속하고 있었다. 아니, 끌어내릴 필요도 없었다. 이대로 입술을 가져가 지치도록 탐하기만 해도 충분할 것 같았다.

"으음……."

연희가 다리를 움직이며 자리를 뒤척였다. 바지는 자연스레 위로 올라갔고, 박꽃처럼 새하얀 종아리가 그의 시선에 달라붙었다. 바둑알처럼 새까만 그의 눈동자가 미끄러지듯 종아리의 부드러운 곡선 위로 올라탔다. 어루만지듯 종아리를 내려가던 시선은 오목하게 솟은 복숭아 뼈에서 멈춰졌다. 저 종아리가 얼마나 가늘고 탄력이 있는지는 굳이 확인하지 않아도 되었다. 일 년 전 직접 확인했었으니까.

그런데도 그의 손은, 그녀의 촉감을 다시 확인하고 싶어 안달이 난 상태였다. 저 다리가 그의 허리를 감아오는 상상에 그의 바지 앞섶이 무섭게 부풀어 올랐다.

저 자그마한 엉덩이를 받쳐 들고 당장이라도……. 그녀의 입술이 신음을 터뜨리는 소리가 미치도록 듣고 싶다!

"하아…… 빌어먹을."

끊어질 듯 아슬아슬한 실낱같은 한숨이 그의 입가에 매달렸다.

마음이 동하지 않아도 몸이 동하는 게 남자라는 동물이었다. 하물며 마음까지 깊이 담아버린 여자가 눈앞에 있는 마당이었으니, 욕망이 극도로 날뛰는 건 지극히 정상이었다.

무슨 생각인 거냐. 정신 차려.

스스로를 짐승만도 못한 놈이라고 꾸짖을수록 오피스텔에서의 일이 더욱 선명해졌다.

그 일을 기억하는 그의 몸이 그녀를 가지라고 말하고 있었다. 희주만 아니었다면 그녀를 가지고도 남았을 거라며 끊임없이 그를 재촉했다. 진작 그랬어야 했다고, 망설일 필요 없다면서 말이다.

이성을 앞지른 그의 손은 벌써부터 그녀가 입은 셔츠의 두 번째 단추를 건드리고 있었다. 옷 속에 감춰진 그녀의 나신을 어서 시야에 담아보고 싶었다. 단추가 서너 개 풀리자, 풍성한 젖무덤이 분홍빛 열매를 수줍게 드러내며 살짝 떨었다. 그의 손가락이 얼떨결에 가슴을 스치자 연희가 낮게 한숨지으며 고개를 돌렸다. 그 소리에 선우혁이 제정신을 되찾은 건 거의 기적에 가까운 일이었다.

질끈. 선우혁은 두 눈을 감았다 떴다. 떨리는 손끝으로 다시 단추를 잠갔다. 그 다음으로 해야 하는 일은 어서 화장실을 들어가서 성욕에 눈뜨기 시작한 사춘기 때에도 쓰지 않았던 방법을 쓰는 것이다. 그녀를 갖고 싶은 만큼 지켜주고 싶은 마음도 큰 그였다. 현재의 충동에 따른다면 후회밖에 남지 않을 터였다.

화장실에서 겨우 욕망을 가라앉힌 선우혁은 담배를 빼물며 깊게 연기를 뿜어댔다. 그녀를 어시로 들여놓은 것이 과연 잘한 짓인가 하는 의문이 들었다. 스스로를 잘 다스릴 자신도 없으면서 단지 그녀를 곁에 두는 것에 급급해 사태를 망각한 것은 아닌지…….

화장실 문을 열고 나오니 그녀는 여전히 잠든 상태. 하지만 선우혁은 그녀를 깨우지 않았다.

'한 시간, 아니, 삼십 분 정도만.'

출근 첫날치고는 무척 다사다난했던 걸 기억하면 고단할 만도 했다. 그러니 잠시 단잠을 자게 하는 것도 나쁘진 않을 것이다. 선우혁은 불편한 자세로 잠든 그녀를 품에 안아 개인 작업실의 간이 침대에 내려놓았다. 기다랗게 눈썹을 드리우며 잠자는 그녀의 모습을 조금 더 지켜보고 싶은 마음이 가득했지만, 그것은 무모한 도박일 따름이었다. 또다시 자신을 불신하는 모습을 지켜보고 싶지 않았다.

선우혁은 아쉬움을 접으며 스튜디오로 되돌아가 뒷정리를 했다. 그녀처럼 자신 또한 단잠에 빠질 것이라고는 꿈에도 모른 채.

연희가 잠에서 깬 건 아침 여섯 시가 조금 넘은 시각이었다.

잘 잤다는 개운함에 기지개를 켜려는 순간, 연희의 두 눈이 휘둥그레졌다. 딱 한 번 와 보았던 곳이지만 불과 하루도 채 지나지 않았으니 여기가 스튜디오에 있는 선우혁의 개인 작업실이라는 건 금세 떠올릴 수 있었다. 그런데 왜 여기서 잠을 자게 된 것일까. 더구나 자신의 옷은 차곡차곡 개켜진 상태로 침대 머리맡에 있었다. 자신은 남의 옷을 입고 있었고.

결론은 이것이 꿈이냐, 아니냐의 문제였다.

그리고 해답을 찾는 데에는 그리 오랜 시간이 걸리지 않았다. 스튜디오로 들어서는 순간, 앉은 채로 잠든 선우혁을 보고 전날의 일이 떠올랐으니까. 비에 젖은 채로 다시 스튜디오로 돌아와야 했던 어제, 그의 만류에 이끌려 뜻하지 않은 신세를 지고 말았다. 미세하게 배어나는 남자의 체취에 연희는 입고 있던 셔츠 아래로 살며시 코를 가져갔다.

사실, 욕실에서 그의 옷으로 빌려 입으며 속옷까지 벗을 생각은 없었다. 다만 젖어버린 속옷이 새로 입은 셔츠마저 적셔 버려 어쩔 수 없이 벗었던 것이다. 다행히 그가 건넨 셔츠는 겨울용이라 심하게 비치거나 하지는 않았다.

"후……!"

저절로 터져 나온 한숨은 그를 향한 미안함이었다.

깨우지 그랬어요. 그랬다면 이렇게 불편하게 잠드는 번거로움 따윈 없었을 텐데.

소중한 사진 액자를 깨뜨렸음에도 화 한번 내지 않고, 그 실수를 만회할 기회는 무참히 거절하고, 지금은…… 비 맞은 자신을 염려해 잠까지 재워준 그였다. 차갑고 무뚝뚝한가 싶으면 온화할 정도로 너그럽고, 또 그런가 싶으면 다시 냉정해지는 그를 연희는 도통 감 잡을 수가 없었다.

'알다가도 모를 사람.'

정미의 말이 생각났다.

"선배가 좀 까칠한 스타일이긴 해도 아직까지 어시들한테는 한 번도 까다롭게 대하지 않았어. 선배 개인 작업실에서 무슨 잘못을 했는지 모르지만 잊어. 선배도 뒤돌아서면 금방 잊는 사람이니까."

연희는 책을 챙기려다 말고, 그가 있는 곳으로 조심스레 걸음을 옮겼다. 그를 제대로 관찰한 기회가 없었다는 것을 기억해 내고 바로 지금이 그를 관찰할 수 있는 적기라는 생각이 들었기 때문이다. 카메라를 들이대면 금방 잠에서 깨어날 테니 오늘은 보는 걸로 만족해야 했다.

암실에서의 그를 보면서 언젠가는 사진을 찍고 싶다고 생각했는데 과연……. 이목구비를 굵고 선명하게 보이게 하는 짙은 눈썹은 다듬은 것처럼 보기 좋은 모양을 그리고 있었고, 인중까지 이어지는 코는 우뚝하면서도 샤프해 보였다. 매끄러운 입술은 적당히 두툼했고, 정수리에서 광대뼈, 턱까지 어우르는 얼굴선은 석고상처럼 완벽한 균형을 이루고 있었다. 어떻게 이 얼굴을 보며 차가운 인상이라고 생각했을까.

시선은 저도 모르게 거친 목 선 아래로 따라 내려갔다. 니트 위로 다부진 근육을 언뜻언뜻 내비치는 가슴팍은 남성적인 매력을 물씬 풍기고 있었다. 저 가슴이 얼마나 탄탄한 근육을 가지고 있는지 굳이 상상하지 않아도 되었다. 이미 그의 품에 안겼었으니까. 그래서 저 품 안에 있을 때 그의 체취가 몹시도 강렬한 마력을 뿜어낸다는 것까지 연희는 세세하게 기억하고 있었다.

'내가 지금 무얼 하고 있는 거람.'

구부렸던 무릎을 폈다. 인정하고 자시고 할 것도 없이 남자는 언젠가 잡지 기자가 읊은 것처럼 무척이나 탐나는 피사체였다. 그렇지만 오피스텔에서의 일을 들추는 건 하등 소용없는 짓이었다. 연희는 나직하게 한숨을 쏟으며 걸음을 옮겼다.

스튜디오의 문이 닫힌 것과 선우혁이 눈을 뜬 것은 동시였다.

연희가 곁에 다가올 무렵부터 그는 깨어 있었다. 나긋나긋하게 풍겨오는 프리지어 꽃향기가 그의 후각을 자극했던 것이다. 그럼에도 눈을 뜨지 않은 건, 그녀를 놀라게 해주고 싶지 않은 마음

반, 그녀의 행동이 궁금한 마음 반이었다. 그리고 관심 어린 그녀의 시선을 확신한 지금, 선우혁은 흥분된 기대에 차 있었다.

그녀가 곧 자신만의 여자가 될 것이라는 부푼 꿈.

그가 그런 것처럼 그녀도 곧 자신을 마음 깊이 담게 될 거라는 부푼 꿈이 이제야 비로소 윤곽을 드러내는 것처럼 보였다.

선우혁은 자리를 털고 일어나 개인 작업실로 향했다. 간이침대 위로 그녀가 누웠던 흔적이 사랑스럽게 남아 있었다. 그녀가 입었던 그의 옷, 그녀의 숨결이 배어 있는 공기……. 간밤에 제대로 누워서 자지 못한 탓에 문득 피로가 몰려오는 것을 느낀 선우혁은 침대 위로 몸을 눕혔다. 아직 시간은 6시 30분 정도? 잠시만 수면을 취해도 좋을 것이라며 눈을 감았다. 그녀의 향긋한 내음이 그의 수면을 편안하게 도와주는 듯했다.

"그래, 어제 처음 출근하더니 어땠어? 괜찮아?"

오전 수업을 마치면서 상미가 건넨 말이었다.

연희는 짤리지 않은 것만으로도 다행이라는 대답 대신 웃음으로 무마했다. 그러니 오늘부터는 제발 평탄했으면 하는 게 연희의 솔직한 바람이었다.

"어라? 그 웃음은 무슨 뜻이야? 난 독심술 못해."

상미의 새침한 말에도 연희는 대답을 들려주지 않았다. 그저 잠자코 식권을 끊으며 차례를 기다릴 뿐. 이 시간대의 학관 식당은 늘 사람들이 많이 밀렸다. 메뉴마다 대기 인원만 최하 스무 명이 넘었다. 그중에서도 연희와 상미가 택한 백반 정식은 무려 그 두 배에 달했다.

"설마 점심 먹고 곧바로 갈 생각인 건 아니겠지?"

"바로 맞혔는걸?"

"에이, 뭐야. 여섯 시까지잖아. 애인님도 없는 친구를 생각해서 봉사활동 좀 해."

제법 섭섭한 듯이 투덜거리는 상미의 모습에 마음이 약해졌지만 단호히 고개를 내저었다. 어제 암실에서의 일이 생각났기 때문이다. 그냥저냥 시간만 때우는 어시는 되기 싫었다. 제대로 된 모습을 보여주면 그 사진…… 나중에라도 인화하게 해주지 않을까. 이렇게 집착하고 오기를 부리는 스스로가 낯설다 못해 의아할 지경이었지만 어쩔 수 없었다. 이제껏 뭔가에 집착한다는 건 자신과는 무관한 것이라고 여겨왔었는데.

"미안. 어제 첫날이라고 일찍 끝났거든."

"휴, 이제 점점 더 바빠지겠구나."

"아마도."

"이럴 게 아니라 나도 슬슬 일자리를 알아봐야 할까 봐."

상미도 그녀와 같은 스물다섯에 같은 2학년. 연희와 다른 게 있다면 그녀는 고등학교를 졸업하고 바로 직장 생활을 하다가 입학했다는 점이다. 그에 비해 연희는 삼 년 전 부도로 인해 가세가 기울어 다니던 사 년제 대학을 중퇴하고 다시 입시를 준비해 작년에야 이곳에 입학했다.

"뭐, 그것도 좋은 방법이지."

"혹, 인디고에서 사람 구한단 말은 없던?"

은근한 어투였다.

"글쎄……."

연희가 애매한 얼굴로 말끝을 흐리자, 상미는 더 간절한 표정으로 매달렸다.

"나도 인디고에서 일하고 싶어. 너랑 일하고 싶고 또……."

"나랑 일하고 싶은 게 아니라 어떤 얼굴이 보고 싶어서겠지."

알 만하다는 표정으로 정곡을 찌르자 상미가 금세 얼굴을 붉혔다.

"아직 그런 얘기는 못 들은 것 같은데 얘기 나오거든 바로 너한테 연락할게."

"정말이지?"

"OK!"

어느덧 대기 인원이 줄어들어 그들의 차례가 되었다. 연희는 식판 두 개를 꺼내 하나를 상미에게 건넸다. 백반 정식의 주요 메뉴인 된장뚝배기가 보글보글 끓어오르는 채로 두 사람의 식판에 놓여졌다. 반찬을 담은 후 앉을 자리를 찾아 두리번거리는데 마침 같은 과 후배들이 둘을 향해 손짓하고 있었다.

"선배님, 이쪽이에요!"

"응, 그래. 너희들 수업은 일찍 끝난 모양이구나?"

상미가 애들의 맞은편에 앉으며 말했다.

"네, 아직은 타이트하지 않은 거 같아요."

"그것도 이번 주까지란다. 다음 주 되면 그런 말 도로 입으로 들어갈걸?"

수긍하듯이 고개를 주억거리며 연희는 수저를 떴다. 학관 식당의 음식이 늘 그렇듯 조미료 맛이 강하지 않고 심심하면서도 담백한 맛이 그럭저럭 먹을 만했다. 그렇게 몇 수저를 뜨고 있는데, 아이들이 슬금슬금 눈치를 보며 그들을 불렀다.

"근데…… 선배."

"응?"

연희가 응수하자 아이들은 서로 시선을 교환하며 머뭇댔다. 막 먹던 참이라 성질이 급해진 상미는 약간 성가신 표정이었다.

"무슨 말을 꺼내려고 그렇게 폼을 잡는 건데? 긴장되니까 어서 말해."

"선우혁 교수님 수업 어땠어요?"

"애들도 참…… 그거 물어보려고 그런 거였구나?"

상미는 무심한 척하면서도 쫑긋 귀를 세우고 있었다. 후배들의 눈에는 어땠을지 몰라도 연희에게는 그렇게 보였다.

아까 자신한테 당한 걸 애들한테 갚아주려는 걸 테지. 벌써부터 입가에 감도는 저 사악한 미소라니.

아니나 다를까, 상미는 방금 전의 귀찮다는 표정은 싹 지워 버린 채 새침하게 미소를 흘날리고 있었다. 그 속을 알 리 없는 아이들은 순진한 얼굴로 눈을 빛내며 연신 고개를 끄덕였다.

"호호, 많이 궁금하니? 뭐, 수업 내용이 어땠는지 듣고 싶은 거야, 아님……."

"아잉, 선배~ 다 아시면서."

"뭐, 실물이 훨씬 낫긴 하더라."

"그쵸, 그쵸? 그럴 줄 알았어!"

상미가 거드름 피우는 것인지도 모르고 아이들은 마냥 흥분에 들떴다.

"실은 1학년 애들, 전공수업 제치고 구경 갔었는데 조교님한테 걸려서 혼났잖아요."

"우와! 그 정도였단 말이지?"

"네. 어차피 그날 전공 들어봤자 첫날이라 출석만 부르고 말 텐데, 대출까지 부탁한 게 들통나서 난리도 아니었다니까요."

그 말에 상미가 심히 공감한다는 표정으로 고개를 끄덕거렸다.

"맞아. 우리 조교님이 보통 무서운 분이 아니지. 그래, 실제로 구경하니까 어떻든?"

"아뇨, 못 봤어요. 제대로 보고 나서나 걸렸으면 덜 억울했게요? 한 번 실제로 보고 싶은 사람이었는데 강의실 출구마다 사람들이 너무 많아서 사람들 뒤통수만 보다가 걸린 거라니까요."

아이들의 울상에 연희와 상미는 결국 웃음보를 터뜨리고 말았다. 그날 사람들이 많았다는 것까지는 알고 있었지만 타학년, 타과생들이 합세했을 거란 건 생각지도 못했다. 더구나 개강 첫날부터.

"그런데 정말 어땠어요? 전공이랑 겹치지만 않으면 도강이라도 할 텐데 하필 겹치는 바람에 그러지도 못하게 생겼어요."

"잘생겼어."

"그리고요?"

부담스러울 정도로 또랑또랑한 후배들의 눈빛에 상미는 그저 어깨만 으쓱였다.

"잘생겼지."

"선배님!"

"왜들 그래? 너희들 그 말 들으려고 우리 불렀던 것 아니야?"

"힝~ 그런 말씀이 어딨어요. 당연히 선배님들이 반가운 마음에……."

"아, 알았어. 그래, 믿어주지. 믿어줄게. 선우혁 교수에 대해 말하자면 잘생기고, 학생들 제압하는 거 보니까 카리스마 있고, 모델 빰치도록 체격 좋고, 능력이야 자타가 공인한 셈이고……. 됐지, 이 정도면?"

후배들은 충족되지 못한 표정으로 더! 더! 더!를 주문했다.

이러다가는 학관 식당에서 밤을 새고도 남을 판. 상미는 이 귀찮은 병아리들을 떼어내기 위해 비장의 카드를 꺼내기로 결심했다.

"아참! 이건 비밀인데, 누구한테도 말하면 안 돼. 알았지?"

끄덕끄덕.

마치 사이비 종교의 신자를 떠받는 모양으로 아이들이 열성적으로 고개를 끄덕인다. 상미는 최대한 언성을 낮춰 재잘거렸다.

"선우혁 그 교수, 게이라는 소문이 있어."

"허억!"

믿을 수 없다는 듯 후배들의 눈이 커다래졌다. 상미를 잘 알고 있는 연희만이 덤덤한 표정으로 묵묵히 수저를 뜨고 있을 뿐.

"정말이에요?"

"말도 안 돼!"

"아니죠?"

"나도 충격이 워낙 컸기 때문에 도저히 믿을 수가 없었는데, 사실이란다."

후배들이 경악에 찬 신음을 터뜨렸다.

"그거 헛소문 아니에요?"

"으음, 아냐 아냐. 그 측근으로부터 직접 전해 들었다니까. 그러니까 사실에 가깝겠지."

연희는 수저를 내려놓고 겨우 참는다는 표정으로 상미를 노려보았다. 그러나 상미는 그런 연희의 얼굴을 보고도 모른 척했다. 하지만 이것이 경고라는 걸 접수했는지 더는 측근을 운운하거나 게이를 운운하는 실수 따위를 범하지는 않았다. 상미가 계획한 대로 후배들은 놀란 얼굴로 붕어처럼 입만 뻐끔뻐끔하다가 자리를 떴다. 확실히 그 비장의 카드가 제대로 된 직격탄을 날린 셈이다.

"무섭네, 요즘 애들."

애들이 가고 나서 상미가 고개를 설레설레 내저으며 말했다. 연희는 코웃음을 치며 반격했다.

"후후, 우리도 그런 때 있었어. 개구리 올챙이 적 기억 못하는 거지."

"아냐, 난 절대 그런 적 없었어. 적어도 저런 빠순이 짓은 안 했다구."

상미가 말도 안 된다는 듯 정색하며 손사래를 쳤다. 그러다가 다시 원점으로 돌아와 나른하게 중얼거렸다.

"그나저나 정말 인기가 대단한걸! 하긴 나이도 젊겠다, 능력있겠다, 외모까지 받쳐 주는데 인기없으면 그게 이상한 거겠지."

"……."

"그래서 말인데…… 있어?"

툭툭, 상미가 옆구리를 찌르며 재촉하자 연희는 그제야 고개를 들어 응수했다.

"뭐가?"

"또 시치미 뗀다. 뭐긴 뭐겠어, 애인이지."

돌연 오피스텔에서 들었던 여자의 목소리가 뇌리를 스쳤다. 모델이거나 탤런트 혹은 배우 중에 하나라고 짐작되는 낯익은 목소리. 거리낌없는 말투로 보아 평범한 사이 그 이상일 가능성이 농후했다. 그러나 무턱대고 입방정을 떨 순 없는 노릇이었다.

"……그건 모르겠는데?"

"확실하게는 아니더라도 있는 눈치, 아니야?"

"노코멘트. 사생활이잖아, 그건."

그러는 자신도 남의 사진을 들춰보려 하긴 했었지만.

어쨌든 연희는 최대한 단호한 표정을 지어 보이며 말했다. 상미는 아쉬운 얼굴로 단념하며 식판을 들고 일어섰다.

"알았어. 네가 말해주기 싫다면 내가 직접 알아내지 뭐."

"……."

"대신 아까 부탁한 거는 잊지 마."

상미는 부득불 확인을 다시 거치며 일자리를 부탁했다.

# 제 6 장

둘째 날인 오늘은 순탄하게 일할 수 있기를 바라는 연희의 바람 때문이었을까.

조명을 설치하는 것에서부터 인화작업을 돕는 것까지, 첫단추가 잘못 끼워져 실수만 연발했던 어제와는 달리 그런대로 차분하게 어시로서의 일을 수행할 수 있었다. 그 차이를 가장 먼저 알아차린 정미는 연희가 더 잘할 수 있도록 매사에 칭찬을 아끼지 않았고, 어제는 보이지 않았던 몇몇 스태프들도 연희와 함께 일하게 된 것에 순수한 기쁨을 드러내며 반겼다.

이곳에서 일하는 동안 매일 매일이 오늘 같을 수 있다면 좋겠다고 생각할 정도로 만족스러운 하루였다. 적어도 늦은 오후 나절까지 오기 전까지는 정말로 그랬다.

"자, 다들 야식 드세요."

장난기마저 느껴지는 윤하의 목소리에 연희는 인상을 찌푸렸다.

어제는 전공서적 때문에 정신이 없었다손치더라도 상미랑 헤어지고 스튜디오로 오는 길에 전화 한 통이라도, 하다못해 문자 메시지만이라도 남겼더라면 이런 일은 없었을 텐데.

어제에 이은 윤하의 등장에 연희는 가슴을 치며 후회했다. 동시에 자신을 이렇게 가시방석에 앉히는 윤하에게도 원망스러움이 치밀어 올랐다. 그나마도 다행인 것은 늦은 야간작업 조를 소수로만 편성한 탓에 대부분의 스태프들이 퇴근하고 없다는 것.

현재 스튜디오에는 정미와 현석, 조명 담당 석진, 연희와 선우혁까지 해서 총 다섯 명이 남아 있었다.

"어머, 이게 다 뭐야?"

정미는 반색을 하며 젓가락을 집어 들었다.

"출출할 것 같아서 매니저 형한테 부탁했으니까 다들 맘껏 들어요."

"고마워요. 잘 먹을게."

정미를 시작으로 석진, 현석이 따라 앉았다. 그러나 선우혁은 여전히 작업 중이었고, 연희라고 다르지는 않았다. 뜨거운 조명 아래에서도 오늘 밤 안으로 일을 끝마쳐야 한다는 생각에 야식에는 눈길조차 던지지 않고 있었던 것이다.

"연희, 뭐 하고 있어. 어서 오지 않고."

윤하가 그의 옆 자리를 손바닥으로 톡톡 치며 앉으라는 시늉을 했다.

"아뇨. 전 별로 생각이 없어요."

그녀의 거절을 귀담아 들은 듯 윤하는 더 이상 강요하지 않았다. 그런 윤하를 보며 연희는 그나마 조금은 안심이 됐다. 스태프들이 있는 데서 공공연히 애정을 과시하는 행동만큼은 삼가줬으면……. 그로 인해 곤혹을 치르지 않기를, 차곡차곡 쌓여가는 조마조마함을 그가 터뜨리지 않기만을 바랄 뿐이었다. 하지만 그런 착각을 비웃기라도 하듯, 다음 순간 들려온 윤하의 말에 연희는 거절한 것을 뼈저리게 후회하고 말았다.

"형, 너무 군기 잡는 것 아니야? 일하는 것도 좋지만 쉴 땐 쉬고, 일할 땐 일하고. 그렇게 해야 능률이 오르지."

표정없이 입을 다문 선우혁의 턱이 꿈틀거리는 듯 보였다.

연희는 피가 마르는 심정으로 선우혁을 바라보았다. 찰칵, 찰칵, 찰칵……. 셔터 스피드는 그의 손 아래에서 더욱 빨라지고 있었다. 연희는 그럴수록 더욱 불안해졌다. 하지만 윤하는 포기하지 않았다. 딴에는 넉살이라고 생각하는지 계속해서 제멋대로 떠들어대고 있었다. 아무리 눈치가 없기로서니!

윤하가 있는 쪽으로 성난 시선을 쏘아붙이려는데 선우혁이 낮게 한마디를 뱉었다.

"눈치 볼 필요 없으니 가봐."

"……!"

윤하를 향한 시선을 다른 뜻으로 오해한 모양이었다.

"아니……."

줄곧 카메라에 박혀 있던 남자의 눈이 자신에게로 향한 건 너무도 갑작스러운 일이었다. 표정은 무표정인데 그 밑에 흐르고 있는 건 명백한 분노였다. 그 시선 때문인지 연희는 저도 모르게 굳어버렸다. 하지만 선우혁의 시선은 언제 그랬나 싶게 다시 카메라를 향해 있었다.

"언제까지 쉬라고 시간까지 정해줘야 하는 건가?"

"아뇨."

연희는 입술을 깨물었다.

선우혁을 대하기 편한 사람이라고 생각한 적은 없었지만 이렇게 어렵게 느껴지기는 또 처음이었다. 뜨거운 조명 아래에서도 유독 서늘해지는 가슴 한구석에 답답함이 일었다. 그래, 잠시 쉬어야겠다고 생각하며 연희는 윤하에게로 걸음을 옮겼다. 아니, 그가 비워둔 가시방석으로 걸음을 옮겼다.

그때였다.

펑—!

산란하는 빛더미처럼 소음이 흩어지고, 파편이 흩어졌다.

연희는 눈을 깜빡였다. 스태프들이 저마다 외마디의 비명을 지르며 그녀를 향해 우르르 달려왔다. 자신에게 달려오는 스태프들을 보고 연희는 이것이 자신으로 인한 소란이라는 것을 간신히 깨달을 수 있었다. 정신을 차린 그녀의 눈에 가장 먼저 들어온 사람은 선우혁이었다.

"괜찮아?"

그가 이렇게 놀란 얼굴을 할 때도 있을까.

오히려 그녀가 괜찮은지 물어봐야 할 것 같은 얼굴이었다. 그러나 득달같이 터져 나온 그의 다그침에 그런 생각도 금세 사라졌다.

"바보같이 누가 장갑을 벗은 채로 조명을 만지라고 했지?"

연희는 다시금 멍하게 굳어졌다.

설사 장갑을 낀 채라도 절대 만져선 안 되는 게 조명이었다. 닿는 순간 손에 있던 나트륨으로 인해 터져 버리고 마니까. 그것은 밝은 빛 속에서 인화지를 꺼내는 초보자도 저지르지 않는 실수였고, 연희가 초보였을 당시에도 저질러 본 적 없는 실수였다.

그런데 맙소사, 자신이 그런 황당한 실수를 저지르다니.

손등에서 느껴지는 아픔은 나중이었다. 스스로가 부끄러워 견딜 수가 없었다. 숨을 수 없다면 이대로 증발해 버렸으면 싶을 정도였다.

"에구, 만지려고 만졌겠어요. 방심하면서 스친 게지."

정미가 이해한다는 어투로 연희를 두둔했다.

방심이 사고를 부른다는 것. 늘 들어왔던 말이고, 새겨왔던 말이었다. 그리고 자신과는 상관없는 말이라고 구분 지어온 말이기도 했다. 성연희, 너는 정말 바보다. 무엇으로도 핑계가 안 되는 자신의 실수에 연희는 다시금 부끄러워졌다. 정미나 다른 스태프들의 위로와 이해로도 씻어낼 수 없는 기분.

윤하가 걱정스러운 얼굴로 연희의 어깨를 붙잡았다.

"연희, 많이 다친 거야?"

"그래도 다행히 심하게 다치진 않은 것 같아요. 조명에 스치기만 했으니 망정이지 하마터면 크게 화상 입을 뻔했네."

정미가 대신 대꾸하는 사이에 선우혁이 구급상자를 든 채로 다가왔다. 상비된 소독약을 꺼내려는 그를 가로막은 건 창백한 낯빛의 윤하였다.

"병원에 가봐야 하는 것 아닐까, 형?"

"……."

선우혁의 무표정에 윤하의 언성이 높아졌다.

"비켜, 형! 형이 싫다면 내가 데리고 가겠어."

"결정은 연희에게 맡겨라."

"형!"

"스튜디오에 있겠어요."

한 치의 양보도 존재하지 않는 평행선을 끊어놓은 건 연희였다. 두 남자의 시선이 한곳으로 모였다.

"정미 언니 말대로, 저 많이 다치지 않았어요. 응급처치만으로도 충분해요."

"윤하 씨, 너무 걱정하지 마요. 이제까지 스태프들 다칠 때, 열이면 열 선배한테 치료 받았으니까 안심해도 될 거예요. 자꾸 그러면 연희만 더 난처해지잖아요."

정미의 만류에 윤하가 어깨를 늘어뜨렸다.

결국 연희는 선우혁으로부터 응급처치를 받았다.

의자에 앉아 다리 대신 손을 보살펴 주는 그의 모습은, 억누르려 해도 일 년 전의 만남을 되살아나게 만들기에 충분했다. 그때와 다른 점이 있다면 그의 곁에 연인이 없는 대신 그녀의 곁에 연인이 있다는 것. 그를 대하면서 보다 더 심하게 혼란을 느끼고 있다는 것. 그래선 안 되는 줄 알면서도 그가 신경 쓰여 미치겠다는 것.

능숙하게 붕대를 감는 손길에 염치없게도 심장이 두근대며 가슴이 설레었다. 그러나 그 설렘은 비단 그의 손길 때문만은 아니었다. 무표정을 밀어내고 충격으로 하얗게 바래지던 그의 얼굴. 그 무표정이 완전한 무관심만은 아니었단 사실에 어쩐지 그의 마음 한구석을 들여다본 듯 은밀한 기분에 사로잡혔다.

"자, 다 됐어. 앞으로 장비를 만질 때 항상 장갑을 끼는 것 잊지 마."

"……네."

"다친 손으론 일하기에도 불편할 테니 오늘은 가서 쉬어."

아니, 정작 불편한 건 선우혁 자신이었다.

다친 그녀를 보면서 평정을 잃고 말았던 기억은 그를 더없이 불편하게 만들었다. 자신의 이런 모습이 마음에 들지 않았다. 약을 발라주는 동안에도 손끝에 이는 떨림을 숨기기 위해 얼마나 안간힘을 썼는지 이마에 식은땀이 흐를 정도였다. 그 상태를 유일하게 읽어낸 현석이 그의 어깨를 툭 치며 지나가 간신히 말을 이을 수 있었다.

"왜 대답을 안 하지?"

"퇴근은 하지 않을래요. 작업 끝나는 거 지켜보게 만이라도 해주세요."

"……!"

"부탁할게요. 다친 손은 정말 괜찮아요."

명료한 눈빛은 포기하지 않을 태세였다.

선우혁은 어쩔 수 없다는 듯 눈짓으로 허락을 내리며 자리에서 일어섰다. 윤하가 그 자리를 메우며 연희를 종용했다.

"정말로 괜찮겠어?"

"네. 미안해요. 걱정 끼쳐서."

"아냐, 지금이라도 병원 데리고 가줄 수 있어. 그러니……."

"마음만 고맙게 받을게요."

그의 말을 자르며 연희는 고개를 내저었다.

"아니, 그것만으로는 모자라."

무슨 말인지 묻는 눈으로 쳐다보자 그가 연희의 고개를 자신에게 기대도록 이끌며 말했다.

"오늘 정말 많이 놀랐으니까 다른 방법으로 책임지란 뜻이야."

"오빠……."

연희는 그에게 기댄 몸을 일으키려 했지만 부질없었다. 그녀의 어깨에 얹은 그의 손이 더 크게 범위를 넓히며 그녀를 감싸 안은 것이다.

"정말 인색하게 그럴 거야?"

"오빠, 여기서는 아니에요. 나중에 얘기하자구요, 네?"

"싫은데?"

"그만 해요. 자꾸 장난치면 저 화낼 거예요."

그녀의 날 선 목소리에도 윤하는 물러서지 않았다.

"화내도 좋아. 난 가끔 궁금했거든. 연희가 화내면 어떤 표정을 지을까. 어떻게 달라지나…….”

기가 막혀 그를 노려보는데 그들에게로 쏟아지는 주위의 시선이 느껴졌다. 그럼에도 윤하는 은근한 표정을 지우지 않았고, 그녀의 어깨를 두른 팔을 풀지도 않았다. 그의 입가엔 태연자약한 미소마저 걸려 있었다.

“괜찮다니까. 여기 남아 있는 멤버들, 오래전부터 동고동락한 사이야.”

“둘이 어디까지 간 거야?”

정미의 돌발 질문에 연희의 얼굴이 발갛게 달아올랐다.

순간적으로 선우혁의 어깨가 흠칫 굳어졌지만 이를 알아챈 사람은 아무도 없었다. 윤하는 알 듯 모를 듯한 미소만을 내비칠 뿐 정확한 대답은 들려주지 않았다. 사람들의 관심을 받는 직업을 갖고 있는 만큼 스태프들의 관심을 받는 이 상황을 꽤나 즐기는 기색이었다.

“글쎄요, 어디까지 갔을 거 같아요?”

“에이, 뭐야! 윤하 씨.”

정미가 타박했지만 윤하는 넘어가 주지 않았다.

“뭐, 설령 그 어디까지 갔다고 쳐요. 명색이 공인인데 사생활을 함부로 말해서야 쓰나?”

하며 너스레를 떠는 것이다. 그러면서도 시종일관 연희의 머리카락을 매만지며 흥얼흥얼 콧노래를 부르고 있었다. 석진이 고개를 갸우뚱하며 중얼거렸다.

“윤하 씨 명성에 딥키스로 그쳤을 것 같진 않고.”

"딥키스? 이런 거 말인가요?"

윤하는 키스를 할 듯 말 듯 연희와 아슬아슬한 접촉을 연출하며 눈요기를 선사했다. 당황한 연희는 그를 밀쳐 내느라 바빴고, 정미와 석진은 더욱 흥미로워하는 기색이 역력했다. 스튜디오 안은 작업할 때와는 또 다른 열기로 뜨겁게 달궈지고 있었다.

"이거, 이거 얼굴에 화색이 도는 걸 보니 갈 데까지 갔구만 그래."

정미가 너털웃음을 던지며 툭 내뱉었다. 석진도 수긍하듯 고개를 끄덕였고, 현석과 선우혁은 알 수 없는 표정을 지었다.

찰칵, 찰칵, 찰칵찰칵찰칵…….

셔터를 누르는 선우혁의 손에 힘이 가해졌다. 셔터 스피드는 아까보다 더 빨라지고 있었다. 그것이 질투심에 비례한 거란 걸 아는 선우혁은, 눈앞에 있는 모델에게 집중하기 위해 안간힘을 다했다. 젠장. 고윤하의 면상에 주먹을 날리고 싶은 날이 오게 될 줄은!

"이거 왜 이래? 아직 학생이잖아요. 내가 아무리 밝힘증이라고 해도 졸업도 안 한 여자 친구를 덮칠까?"

"그 말을 믿으라고?"

"못 믿겠음 말고."

어느덧 주변이 고요해졌다.

그것이 경쾌하게 울려대던 셔터 누르는 소리가 사라졌기 때문이란 걸 알아차리는 건 그리 어려운 일이 아니었다. 연희와 윤하의 연애에 관심을 보이던 석진과 정미는 긴장하며 돌아섰다. 그들의 잡담이 너무 과했다는 걸 뒤늦게 깨달았기 때문이다.

구속은 최소화하되 자유는 최대한으로.

그것은 작업에 대한 선우혁의 철칙이다. 구속은 경직된 부자연스러움을 불러오기 마련이라 가능한 한 자제하는 편이었지만, 무분별은 허용하지 않았다. 그랬기에 스태프들은 그에 따른 책임을 항시 잊지 않으려고 노력했다. 그 선만 지켜준다면 어느 스튜디오 이상으로 편한 곳이 될 테니까.

정미는 머리를 긁적이며 선우혁을 향해 미안한 표정을 지어 보였다. 이래서 도둑이 제 발 저린다고 하는 건지도 모르겠다. 그러나 선우혁은 그런 긴장감에도 아랑곳 않은 채 모델에게 수고했다며 악수를 건넸다. 가볍지 않은 표정으로 보아 윤하로 인해 빚어진 스튜디오 내의 작은 소동에 대해 양해와 함구의 부탁을 건네는 듯했다. 그러자 한국어를 듣고 말하는 것에 서툰 중국계 한국인 모델이 흔쾌히 이해의 눈빛을 내보였다. 모델이 스튜디오를 떠나고 난 뒤, 선우혁은 스태프들의 시선을 느끼기라도 한 듯 짧게 말했다.

"다들 퇴근하고 성연희는 남아 있어."

주변에 감돌던 정적이 더욱 무거워졌다.

그가 연희만을 지칭한 이유에 대해 이의를 다는 사람은 아무도 없었다. 현석은 평상시처럼 수고의 인사를, 석진과 정미는 윤하에게 동조하며 작업 분위기를 흐린 것에 사과를 하며 뒷정리를 마쳤다. 연희 역시 차분히 뒷정리를 도울 뿐 별다른 말은 꺼내지 않았다. 이런 일이 터질 거란 걸 예상하기라도 한 듯 담담한 태도였다.

"형……."

"고윤하, 너도 마찬가지다. 나가 있어."

그의 엄중한 다그침에 윤하는 마지못해 걸음을 뗐다. 정리를 마친 스태프들이 모두 퇴근하고 둘만 남게 되자 연희는 못 박힌 듯 그 자리에 서 있기만 했다. 한 발, 한 발 다가갈수록 후회와 죄책감으로 얼룩진 연희의 얼굴이 분명해졌다.

"성연희."

"네, 선생님."

"이곳이 어디지?"

무슨 질문이냐는 듯 연희는 잠시 동안 주춤하다가 대답했다.

"스튜디오…… 아니, 선생님은 그런 대답을 바라고 물으신 게 아니겠죠? 여기는 스튜디오이면서 동시에 제가 몇 달 동안 머무를 일터이기도 해요."

"잘 파악하고 있군. 다 퇴근하고 일부 소수의 스태프들이 남아 있긴 했지만 너는 작업 중이었어. 하지만 아까 네 행동은 전혀 그렇지 않았지. 아무래도 이곳이 일터였는지 잊고 있었던 것 같아."

"……그건."

연희는 그제야 바닥에 두었던 시선을 위로 쳐들었다.

"더 설명이 필요한가?"

"아니요, 새겨듣겠습니다. 다신 그런 일 없을 거예요. 죄송합니다."

"가봐."

고개를 수그려 인사하고는 뒤돌아 나가는 연희의 어깨가 몹시도 작아 보였다. 선우혁은 자신의 얼굴을 거칠게 문지르며 깊은 한숨을 내쉬었다.

"나 때문에 많이 혼난 거야?"

스튜디오 입구를 나서자 윤하가 기다렸단 듯이 그녀를 불러 세웠다.

"아니요. 들어야 할 말을 들었을 뿐이죠."

"미안해, 내가 생각이 너무 짧았어. 현석이 형도 그렇고 석진이 형도 꽤 오랫동안 친하게 지내온 사람들이라 조심성이 없었던 것 같아. 석진이 형이랑 정미 씨한테는 내가 아까 따로 사과했어."

"괜찮아요, 이젠."

아까만 해도 일이 끝나면 그에게 속사포처럼 원망 섞인 비난을 털어놓게 될 줄 알았는데, 한껏 수심을 드리운 그의 얼굴을 보니 도저히 그럴 마음이 생겨나질 않았다.

'차라리 화라도 냈음 좋으련만.'

연인을 앞에 둔 채, 연희의 생각은 선우혁에게 닿아 있었다.

그가 그녀를 지칭하며 남으라고 했을 때, 크게 분노를 터뜨릴 거라 짐작했었는데 실제는 전혀 그렇지 않았다. 그는 무척이나 냉담했다. 아까 그녀에게 내보인 걱정스러운 모습이 어쩌면 잘못 본 게 아니었나 싶을 정도로.

솔직히 털어놓자면, 스튜디오에서 윤하가 함부로 행동하지 못하도록 막을 방법은 얼마든지 있었다. 작업하는 중에라도 그를 설득해서 밖으로 내보낼 수도 있었고, 그가 장난을 치지 못하도록 그녀의 곤란한 상황을 알아듣게 설명하는 방법도 있었다. 그런데 정말 우습게도, 선우혁이 어떻게 나올지 그 태도가 너무나 궁금해졌다. 조명 사고 이후부터 가지게 된 희미한 확신을 확인하고 싶단 생각이 든 것이다. 말도 안 되는 짓이란 걸 알았지만 어쩔 수 없었다. 윤하의 행동에 마음이 불편하면서도 그에게서 눈길을 떼지 못했다. 그것이 얼마나 바보 같은 짓이었는지 곧 깨닫게 되었지만 말이다.

허탈할 정도로 냉정하고 건조한 그의 눈을 마주하는 순간 연희는 비로소 자신의 비논리적인 호기심을 똑바로 볼 수 있었다.

그의 눈빛에서 무엇을 찾고 싶었던 거지?

고작 사고 났을 때 그가 보여준 모습 때문에 그런 거야?

착각하지 마. 성연희 넌 그냥 똑같은 스태프일 뿐이야. 너도 다를 바 없다고.

그가 평소와 좀 다른 시선으로 바라봐 주었다고 이렇게 갈팡질팡 흔들리다니. 정말 최저였다. 한창 배우고 일하느라 바빠야 마땅할 이때에 누군가에게 관심을 기울이느라 혼을 빼고 있는 스스로가 안타깝다 못해 한심할 지경이었다.

"이제부터 스튜디오에서 멋대로 행동하는 일은 없을 거야."

자신의 속내를 치열하게 해부하며 난도질까지 서슴지 않는 연희의 모습을 자신 때문이라고 오해한 윤하가 씁쓸히 중얼거렸다. 연희가 놀란 눈으로 그를 쳐다보자 윤하는 다시 말을 덧붙였다.

"물론 어쩌다 가끔은 가도 하루가 멀다 하고 놀러오는 일도 없을 거야."

"오빠."

"가끔이라고, 가끔. 이건 네가 봐줘야 해. 우리 이제 서로 만날 시간도 거의 없잖아. 이래서야 연인 딱지나 제대로 붙일 수 있겠어?"

윤하의 맹목적인 시선에 연희는 형언할 수 없는 미안한 감정에 사로잡혔다. 그의 눈빛에 담긴 감정들, 어쩌면 이런 걸 선우혁에게서 확인하고 싶었던 걸까. 세상에, 그렇다면 그거야말로 굉장한 자만심이 아닐 수 없었다.

뻔뻔하기도 하지. 어떻게…… 어떻게 그럴 수 있을까.

연희는 윤하가 프러포즈를 해오기도 전부터 자신에게 남다른 감정을 품고 있었다는 걸 은연중에 눈치 채고 있었다. 그 감정이 익을 때까지 기다렸다가 고백을 해온 것도, 사귀는 지금에도 그녀의 감정이 자라나기를 끈기있게 기다리고 있다는 것도 모두 알고 있었다.

한데, 자신은 그렇게 과할 만큼 고마운 사람을 곁에 둔 채, 호기심이라는 말도 안 되는 허울로 다른 사람을 눈에 담고 있었다. 그것도 그와 친형제나 다름없는 남자를.

"그럼 선우혁 교수한테 너는 거의 제수씨 대접을 받겠네? 둘이 그렇게 친하다는데, 암만 생각해도 인디고에서 취직하게 된 것 잘된 일인 거 같아."

하던 상미의 말이 떠올라 연희는 그만 고개를 떨구고 말았다.

어쩌면 선우혁이 다른 스태프 이상으로 관심을 보인다면, 그건 상미의 말처럼 윤하를 의식해서 그런 것일 확률이 높았다.

"연희야, 왜 그래? 고개 좀 들어봐."

아니, 그럴 수 없어요.

"형하고 무슨 일…… 있었던 거야?"

연희는 주먹을 쥔 채 고개를 가로저었다.

"내게 속 시원히 털어놨음 싶다만 그게 안 된다면 잊어버려. 사실 말이야 바른 말이지, 오늘 일 나만 없었어도 일어나지 않았을 거잖아."

"……."

"그리고 형, 그렇게 삭막한 사람은 아니거든."

"……."

"연희야, 내 얼굴 좀 한번 봐줄래. 나, 오래전부터 너한테 해야 될 말이 있었어. 그게……."

갑자기 타박타박 걸어오는 소리가 가까워졌다.

아마도 그 소리의 주인을 알고 있는 듯, 윤하는 말끝을 흐리며 잠시 한숨을 내뱉었다.

"어지간하면 밴 안에서 얘기하지 그래? 사람들 이목, 이제는 알아서 관리할 때도 되지 않았냐, 응?"

윤하의 매니저 지훈이었다.

"알았어."

대답과 함께 윤하의 손이 연희를 밴으로 이끌었다.

"타. 집으로 가면서 말해줄게."

연희는 밴에 올라타 말없이 창밖으로 시선을 던졌다. 밤샘 작업을 하려는 건지 아직도 스튜디오는 불이 켜진 채였다. 윤하가 옆자리에 앉으며 마실 것을 건네왔다. 하나는 그의 몫으로, 나머지 하나는 연희의 몫으로 보이는 두 개의 드링크 병이 윤하의 손에 쥐어져 있었다.

"피로회복제야. 오늘 여러모로 많이 놀라고 힘들었을 텐데, 마셔."

"고마워요. 잘 마실게요."

"네 짐, 덜어주지는 못하고 보태주기만 했으니 나도 참 한심한 놈이다. 그치?"

윤하는 제 손으로 머리에 알밤을 콩, 날리며 코를 찡긋했다.

"아니야. 정말, 오빠 때문에 그런 게 아닌데. 자꾸 그러지 말아요."

"그래. 그럼 네 말 믿을게. 너도 더는 의기소침해지지 마."

"네, 근데 아까 하려던 말이 뭐였어요?"

"아, 그거! 맞다, 그 말 하려고 폼 잡아놓고는 깜빡 잊은 것 좀 보라니까. 하마터면 오늘도 말 못하고 지나칠 뻔했다. 미안."

최대한 아무렇지 않게 말하려는 티가 역력했지만 표정 아래 감추고 있는 긴장은 연희에게도 훤히 읽혀질 정도였다. 근래에 와서 이렇게 심각할 정도로 진지한 그를 대할 기회가 드물었기에 더 그런지도 몰랐다. 연희는 그녀도 모르는 새 그의 긴장감이 자신에게 전이된 것을 느끼며 어서 그가 말해주기만을 기다렸다.

드링크 병을 초조하게 만지작거리는 그의 손이 결정을 내리듯 마개 부분을 꽉 움켜쥐었다.

"네 장학금 후원에 대해서 말인데……. 너한테 말하지 않은, 아니, 말할 수 없었던 부분이 하나 있어."

그의 말이 떨어지지가 무섭게 길게 진동하는 기계음이 뒤따랐다.

발신 번호를 확인하는 윤하의 표정이 미세하게 일그러졌다. 윤하가 폴더를 열어젖힘으로서 길게 이어질 듯했던 연희와의 대화는 그렇게 중단되고 말았다.

벌써 다섯 잔째.

이건 분명한 강권이었다. 단합을 위한답시고 마련된 술자리는 이미 그 목적을 잃어버린 채 질펀해지고 있었다. 이고재 감독. 술만 마시면 개가 된다는 소문은 익히 들어 알고 있었지만 이 정도일 줄은…….

출연이 확정된 오늘 낮까지만 해도 고분고분 '정하 씨'라고 불러주었던 이 감독은 두어 잔 술을 들이켜고 나서부터 본색을 드러내기 시작했다. 이름만 부른다면 그래도 그건 양호한 편이었다. 더러는 굴욕적으로 느껴지도록 신체의 약점을 가지고 재미 삼아 이름을 부르는가 하면, 은근슬쩍 농도 짙은 스킨십을 가해오질 않나, 지금처럼 술을 강권하질 않나…… 정말이지 두 번 다시는 함께 술 마시고 싶지 않은 상대였다.

이제 와 누구를 탓하겠는가. 잘못은 순전히 저 말끔한 얼굴로 설마 그러랴 싶어 술 제의를 수락한 그녀 자신에게 있었다. 조금만 눈치가 빨랐던들 그의 권유에 사색이 된 스태프들을 간파할 수 있었을 텐데. 윤하와 촬영하느라 진이 빠져 도저히 그럴 여력이 없었다.

정하는 겨우 잔을 비워내며 자리에서 일어나려 했다. 그러자 이 감독이 그녀의 손목을 홱 낚아채며 얼굴을 들이댔다.

"뭐야, 정하. 설마 가려는 건 아니지?"

"아뇨, 그럴 리가요."

술과 체취가 섞여 역한 악취가 감독에게서 진동했지만 정하는 내색하지 않았다.

"그럼 와서 한 잔 더 받아."

"화장실 먼저 다녀올게요."

"참. 윤하 녀석한테는 전화해 봤어?"

"가면서 하려던 참이었어요."

그건 거짓말이었다.

두 시간 동안 윤하에게 전화를 건 횟수만 무려 열 번이 넘었다. 전부 다 부재중 통화였지만 정하는 속지 않았다. 그와 연락이 되지 않는 까닭은, 부재로 인한 게 아니라 자신을 의도적으로 피한다는 것에 영화 출연료 전액을 걸 수도 있었다. 캐스팅이 그녀로 확정되던 날, 그녀를 대하던 그의 태도로 보아 그리 어렵지 않은 추측이었다.

하긴, 처음부터 윤하가 쌍수 들고 환영할 거라 생각진 않았었다. 이번 영화가 아니더라도 뮤직 비디오나 광고 쪽에서 그녀와 함께 작업할 기회가 많았음에도 그걸 모두 거절한 그였으니까.

'언젠가는 당신의 곁에 부족함이 없는 상대역으로 다가가고 싶었는데 아직 이른가 봐.'

정하의 눈빛에 진한 그리움이 가득 들어찼다.

유일하게 후회되는 과거가 하나 있었다. 지나간 과거는 되돌아 보지 않는 그녀의 성격으로서는 극히 드문 일이었지만, 시간을 되돌릴 수만 있다면 바로 잡고 싶은 마음이 절실했다. 그러면 지금과는 전혀 다른 그림이 되지 않았을까.

"정하 씨, 여기서 뭐 해요? 감독님이 계속 찾으세요."

분장을 담당하는 스태프 중 한 명이 그녀를 일깨웠다.

"그래요?"

"네, 오늘 아주 작정을 하신 모양이에요."

감독의 온갖 추태를 받아내는 것에 넌더리가 난다는 표정이었다. 정하는 고개를 끄덕이려다 말고 다시 스태프를 붙잡아 생각난 듯이 말했다.

"저…… 휴대폰 좀 빌려주시겠어요?"

"네. 그럼 핸드폰은 들어오셔서 주세요."

"고마워요."

정하는 폴더를 열어 지난 몇 년 동안 단 한 번도 걸어본 적 없지만, 잊어본 적도 없는 번호를 재빠르게 눌렀다. 신호가 몇 차례 가고 곧 상대방의 목소리가 들려왔다. 예상하고 있었지만 직접 확인하니 씁쓸했다. 휴대폰 너머로 들려오는 목소리의 주인은, 두 시간 내내 그녀의 통화를 외면해 온 고윤하였다.

[누구시죠?]

그녀가 주춤하는 사이 낯선 번호에 의문을 가진 윤하가 먼저 물어왔다.

"나야, 윤하 씨."

잠시 동안이지만 어색한 기류가 흐르는 것을 느낄 수 있었다. 휴대폰 건너편에서 들려오는 여자의 목소리는 일전에 그녀도 들었던 음성이었다. 이 밤에 함께 있다는 것, 그리고 얼핏 듣기에도 무척 아끼는 듯한 윤하의 목소리만으로도 두 사람이 연인이라는 걸 짐작할 수 있었다. 정하는 문득 윤하의 곁을 지키고 있는 여자가 누구일지 무척 궁금해졌다.

[지금 통화하기엔 좀, 아니 많이 늦은 시간 같은데 내일 얘기하지.]

그녀임을 확인하고 들려온 목소리는 금세 딱딱하게 굳어 있었다.

"감독님이 계속 나더러 윤하 씨한테 알리라고 하셔서 전화한 거니까 오해는 마."

[무슨 일인데?]

"오늘 촬영 끝나고 전체 회식 있었어. 아직 회식은 끝나지 않았는데, 감독님이 윤하 씨도 왔으면 하시더라고. 그러니까 잠깐이라도 좋으니 들렀으면 해."

그녀의 말이 떨어지자 가당치도 않다는 듯, 비웃음이 역력한 윤하의 웃음소리가 한동안 이어졌다.

[이럴 때일수록 자릴 피해주는 게 예의라고 알고 있었는데 아니야?]

"무슨…… 뜻으로 하는 말이야?"

바닥난 인내심에 목소리가 갈라져 나왔다. 입술을 잘못 깨물었는지 입 안의 어딘가로부터 비릿한 맛이 번져 오고 있었다. 그런

식의 비아냥거림이라니. 이젠 익숙해질 때도 되었고, 무뎌질 법도 하건만 상대가 상대인만큼 그 파급 효과는 실로 엄청났다. 꼭 그렇게 비수를 꽂아야 직성이 풀리는 거야, 윤하 씨?

[몰라서 묻는 건 아닐 텐데?]

"윤하 씨, 마음대로 생각해. 단, 내가 전할 말은 다 전했으니까 알아서 선택해."

[전해줘서 고마운데, 미안하지만 방해가 되고 싶은 생각은 눈곱만큼도 없어. 더 할 말 없으면 이만 전화 끊을게.]

윤하는 그녀의 대답을 기다리지도 않은 채 폴더를 닫았다.

이런 시간에 웬 전화일까 싶어서 받았는데 정하였다니!

저도 모르는 새 얼굴에 짜증이 내비쳤다. 스튜디오에서도 그녀의 전화를 받기 싫어 일부러 무시하고 있던 참인데, 다른 사람에게 휴대폰을 빌려 전화를 걸어오리라곤 상상도 못했다. 앞으로 부딪치지 말았으면 하는 의사 정도는 충분히 보여줬다고 생각했는데, 부족했던 건가? 아님 알면서도 개의치 않을 정도로 뻔뻔스러워진 건가? 후자 쪽으로 가능성이 기울자 윤하는 새삼 역겨움이 치밀어 올랐다.

그런 그를 심상치 않게 지켜보던 연희가 걱정스레 한마디를 건넸다.

"누구…… 전화기에 그렇게 언짢아 있어요?"

"아…… 아니. 촬영 끝나고 회식한다더라고."

"그럼 가봐야 되지 않겠어요?"

"아니, 그럴 필요 없어. 어차피 끝물일 텐데 가서 뭐 하게."

보나마나 뻔했다. 술만 들이켰다 하면 늘어놓는 이 감독의 감언이설에 정하 또한 다른 여배우들처럼 좋다고 넘어갔겠지. 예전에 그랬듯이 말이다. 하지만 그를 불러들인 저의는 도통 감 잡을 수 없었다. 그 이유가 무엇인지, 윤하는 전화를 끊은 지금에야 궁금해지기 시작했다.

"그래요? 혹, 저 때문에 그러시는 거라면……."

"괜찮아, 연희가 아니었더라도 안 갔을걸? 게다가 내일도 새벽 촬영이 잡혔는데 지금 가면 너무 늦어."

연희는 알겠다는 듯이 고개를 끄덕이며 의자에 푹 기대앉았다. 뭔가 궁금해하는 눈빛이었지만, 윤하는 그것이 정하에게서 전화가 오기 전에 중단된 대화 때문이라는 걸 까맣게 잊은 채 그만의 생각에 빠져 있었다.

만약, 정말로 만에 하나 이 감독의 술주정을 견디다 못해 그에게 도움의 전화를 건 거라면……?

스스로가 생각해도 현실성이 없어 보였지만 어쩐지 마음에 걸렸다.

정하는 이미 끊어진 휴대폰을 어이없는 얼굴로 바라보며 폴더를 닫았다. 설마 했지만 그 정도로 비약해서 말하는 그가 사무치게 원망스러웠다. 평소의 그녀 같으면 뒤에서 뭐라고 수군대든 귀담아 듣지 않고 상처받지도 않을 텐데.

하나의 약점이라도 보이면 그것을 향해 온갖 저열한 수단으로 괴롭히며 바닥으로 떨어뜨리려 혈안이 되어 있는 게 이 바닥의 생리였다. 그러다 보니 스스로를 지키기 위해서라도 그녀는 강해져야 했다. 그렇지 않으면 살아남을 수 없었다. 하루하루가 그런 나날들이었고, 무명에서 벗어난 지금도 다르지는 않았다. 오히려 이름이 알려지고 사람들에게 주목 받기 시작하자 눈에 불을 켜고 사사건건 그녀를 깎아내리려 들었다.

사실 오늘 윤하가 내뱉은 말은 그런 류의 말들 중에서도 매우 점잖은 편이었고, 상처를 받고 자시고 할 정도도 못 되었다. 그냥 평소처럼 태연한 얼굴로 받아치면 그뿐이었다. 그런데 왜 이렇듯 견딜 수 없는 기분이 드는 걸까, 대체 왜.

아무래도 오늘 이 감독이 건넨 술 때문에 많이 취한 듯싶었다. 그래서 감정적이 된 것이 틀림없었다. ……다른 마음이 있어서 그런 것은 절대 아닐 것이다.

"정하 씨, 아직 멀었어요?"

화장실 문을 밀며 얼굴을 내보인 건 아까 휴대폰을 빌려준 그 스태프였다.

"네에…… 가요!"

회의적으로 대답을 던지며 걸음을 옮겼다.

비칠비칠.

어느 순간부터 온몸으로 퍼져 나간 술기운에 어지럼증이 일었다. 둔해진 감각에 실없는 웃음이 비어져 나온다.

'윤하는 오지 않는다……. 그는 오지 않아…….'

마음속 상처도 이처럼 둔해질 수만 있다면 얼마나 좋을까.

# 제 7 장

인디고에 출근한 지도 이제 일주일.

노련하게까지는 아니더라도 스튜디오 일에 적응하며 익숙해질 즈음이었다. 학교에 가면 개강 시즌이다 보니 아직도 산만했고, 그럼에도 날은 차츰 파릇한 싹을 틔우며 봄의 빛깔을 드러내고 있었다. 나른하면서도 마음을 들뜨게 만드는 그런 날씨였다. 인디고의 인테리어도 그런 분위기에 맞춘 탓에 아기자기하지는 않아도 제법 봄다운 분위기를 느낄 수 있었다. 단 한 곳, 암실만 제외하고.

세이프라이트. 인화작업 시 유일하게 지장을 주지 않는 빛이 붉은 빛이라 암실은 사계절 내내 어둠과 붉은 빛이 전부였다.

"연희야, 이거 받아."

미정이 필름 통을 가볍게 던졌다.

오늘은 연희가 처음으로 인화작업을 하는 날이다.

"필름 꺼내서 교반할 줄 안다고 했으니 믿고 맡기는 거야. 알지?"

"네, 잘할게요."

흥분과 설렘으로 뒤범벅된 목소리.

연희는 어서 인화작업을 시작하고 싶어 손이 근질거릴 지경이었다. 결과물이 잘만 나와 준다면 그대로 최종작업에 올린다고 했으니 그만큼 긴장도 되었다. 인화를 하려면 좀 더 오래 기다려야 할 줄 알았는데.

"그래, 기대하마."

눈을 찡긋하고 암실을 나서던 정미가 다시 돌아와서는 급하게 덧붙였다.

"아차! 인화지는 멀티로 하라고 했어, 선배가."

"네, 기억해 둘게요."

연희는 희죽 웃으며 대답했다.

"좋아서 입 벌어지네. 잘해, 덜렁대지 말고!"

미정이 나가자 연희는 암실의 불을 다 끄고 다크 백 안에 필름 통을 집어넣었다. 캄캄해서 필름을 꺼내는데 많은 어려움이 있었지만 몇 분이 지나자 롤에 다 감긴 것을 확인할 수 있었다. 그렇게 롤에 말아놓은 필름을 정착시키고 밀착작업을 위해 인화지를 꺼내 들었을 때, 연희는 뭔가 이상한 것을 느꼈다. 아무리 확대경으로 살펴보아도 시야에 잡히는 것이 없었다. 인화지를 도로 선반 안쪽 서랍에 넣고 암실 복도 쪽의 불을 켰다.

설마, 아닐 거야.

등에선 식은땀이 흘렀고, 필름을 매만지는 손은 불안함으로 떨렸다. 그때, 미정이 암실 문 밖에서 외치는 소리가 들려왔다.

"뭐야, 벌써 작업 끝났어?"

그러나 연희에게는 대답할 여력이 없었다.

확대경에 비쳤던 필름은 역시나 아무것도 보이질 않았다. 함께 교반작업을 했던 나머지 필름을 꺼내어 빛에 가져다 댔다.

"……!"

털썩.

자리에 주저앉았다.

절망적이게도 삼십육 컷의 필름 두 통은 완벽하게 날아간 상태였다. 이 상황이 도저히 믿어지지 않아 수차례 필름을 확인했지만 결과는 달라지지 않았다. 연희의 침묵을 심상치 않게 여긴 정미가 암실 문을 열고 들어왔다.

"연희야, 왜 그래?"

"……."

힘없이 축 처진 어깨, 의자 없이 바닥에 주저앉은 다리 위로 엉킨 듯이 널브러진 필름…….

정미는 넋을 잃은 연희의 모습에서 상황을 유추해 냈다.

분명 크게 호통을 칠 거라 예상한 연희는 정미의 말이 떨어지기만을 기다렸다. 앞으로 암실 출입 금지라든지, 어떤 처벌을 내려서라도 오늘의 과실에 대해 책임지게 할 것이었다. 그것이 이제부터 감내해야 할 연희의 몫이었다. 그러나 정미는 연희의 우울한 예상을 뒤엎었다.

"헉, 이를 어째! 축하한다, 연희야."

말과는 달리 경악스러운 표정으로 고개를 설레설레 내젓고 있었지만, 눈빛은 너그러웠다. 그 눈빛에 울컥, 눈물이 치솟았다.

"언니……!"

"괜찮아, 울지 마. 뭘 그런 걸 가지고 우니."

툭, 툭.

눈물방울이 필름 위로 떨어졌다.

어디서 잘못된 건지 도통 짚이는 게 없었다. 다크 백 안에서 필름을 꺼내다가 그랬거나 아니면 정착작업을 하다가 시간을 잘못 맞춰 그랬거나 이 둘 중 하나인 것만은 분명한데, 그 과정 중에 어떤 실수를 한 건지 전혀 기억나질 않았다.

"누구나 치러야 할 통과의례가 있고, 지금이 바로 그런 경우야. 꼭 널 위로하려고 하는 말이 아니라 나도 그런 적 허다했어."

그러면서 정미는 자신의 예전 경험을 하나둘 들려주기 시작했다. 어떻게 보면 연희가 지금 저지른 것보다 더 심각한 경우도 있었고, 그냥 지나쳐도 좋을 만큼 사소한 경우도 있었다.

"그래도 이건…… 중요한 필름이잖아요."

"괜찮아. 사진이야 다시 찍으면 되는 거지 뭐. 처음부터 실수없이 하는 사람이 몇이나 되겠어?"

"……."

"실수하면서 는다잖아."

정미의 위로에도 착잡함은 쉬이 가라앉지 않았다.

그런 연희의 기색을 읽어낸 정미가 안타까운 얼굴로 혀를 끌끌 찼다. 열린 문틈으로 선우혁이 모습을 드러낼 때까지도 두 사람은 인기척을 전혀 느끼지 못했다.

"무슨 일인데 이렇게 소란을 떠는 거지?"

연희의 어깨가 움찔하는 듯싶더니 석상처럼 그대로 굳어가고 있는 게 한눈에 보였다.

사실은 물어볼 필요도 없었다. 이미 흐느끼는 연희의 음성과 어르는 듯한 정미의 목소리로 정황을 판단할 수 있었기 때문이다.

하지만 경직된 연희의 어깨를 보는 순간, 선우혁은 심기가 불편해지는 것을 느꼈다. 필름을 버리게 되어 그런 것은 아니었다. 사진을 다시 찍는 일이 번거롭긴 했지만 정미의 말대로 사람이 실수 없이 일할 순 없는 노릇이고, 누구나 그럴 때가 있기 마련이니까.

문제는 일주일이나 지났음에도 여전히 자신을 멀리하고 어려워하는 그녀의 태도였다. 그녀와 거리를 좁히기 위해 나름 노력하고 있다고 여겼건만, 아무래도 그건 그만의 착각인 모양이었다.

"선배, 연희가 드디어 한 건을……."

"……죄송해요."

연희는 입술을 깨물며 작게 말했다. 고개를 숙이고 있었지만 그녀의 볼을 타고 흐르는 것은 분명 눈물이었다.

"걱정 마라, 연희야. 비록 네가 대형 사고를 치긴 했다만, 그런다고 해서 선배가 널 자르진 않을 테니."

선우혁은 피곤한 한숨을 들이키며 필름을 살폈다.

"건질 만한 거나 복구할 만한 건 전혀 없었나?"

"안타깝게도요."

"정미는 잠시 암실에서 나가 있도록 해."

"네, 가서 어제 모델이랑 연락 한번 취해볼게요."

정미가 가고 둘만 남게 된 암실에 애매한 정적이 흘렀다.

연희는 여전히 고개를 숙인 채로 그의 시선을 거부하고 있었고, 선우혁은 집요하게 그녀가 바라봐 주기만을 기다리고 있었다.

"저를…… 탐탁치 않아하시는 거 잘 알아요. 그래서 이번엔…… 정말 제대로 해보고 싶었는데, 또 사고를 치고 말았으니……."

"연희야, 그건……."

"아니, 이번 일은 어떤 말로도 변명이 되질 않아요. 이런 초보적인 실수는 이미 예전에 거쳤는데, 저도 제가 왜 그랬는지…… 정말 모르겠어요. 죄송해요."

"연희야, 날 봐."

하지만 연희는 세차게 도리질을 치며 격하게 흐느끼기만 할뿐이었다. 선우혁은 그녀의 턱을 바로잡아 자신을 마주 보게 했다. 그럴수록 그녀는 그의 시선을 피하려 했지만, 그는 그녀를 놓아줄 마음이 없었다. 젖은 눈가를 바라보는 그의 가슴이 싸하게 저려왔다.

"내가 널 왜 탐탁치 않아할 거란 생각을 했지?"

"하는 일마다 실수투성이고, 늘 선생님을 화나게 하잖아요."

"연희야."

"절 내보내겠단 말씀을 하시는 거라면……."

"아니, 절대 그러지 않아."

선우혁은 연희의 말을 자르며 젖은 뺨을 천천히 어루만졌다.

"한 번도 널 탐탁치 않게 여겨본 적 없어."

"……왜요?"

사실이냐고, 진심이냐고 묻는 대신 그녀는 왜냐고 이유를 묻고 있었다.

그는 조금 더 거리를 좁혀 그녀의 어깨에 손을 얹었다.

"성연희 너니까."

"……."

눈물로 흐려진 그녀의 두 눈에 불신과 놀라움이 한데 섞여들었다. 그녀가 한 발자국 뒤로 물러났고, 그는 두 발자국 더 가까이 다가갔다.

"너 자체만으로 내겐 이유가 돼."

무슨 뜻일까.

갑자기 연희는 모든 게 혼란스러워졌다. 하지만 점점 진하게 풍겨오는 그의 체취로 인해 제대로 된 사고를 할 수가 없었다. 자꾸만 가슴이 두근거렸다. 더구나 그는 전에 없이 다정하고 그윽한 눈길로 자신을 바라봐 주고 있었다. 이 모든 게 실제 같지 않았다. 이건…… 그래 꿈이야. 망상에 지나지 않아.

그러나 부드럽게 자신의 눈물을 닦아내는 그의 손길은 망상이 아니라고 말해주고 있다. 눈썹에 맺힌 눈물방울을 엄지손가락으로 만지고, 젖은 뺨에 달라붙은 머리칼을 조심스레 떼어내는 손길은 순전히 그의 것이다. 그는 그렇게 뜻밖의 위로를 안겨주고 있었다.

"괘…… 괜찮아요, 이젠……."

그럼에도 그는 손길을 거두지 않았다. 오히려 눈물이 고였던 쇄골 한가운데를 매만지며 그대로 목 선을 따라 올라오고 있었다. 그가 조금 더 고개를 숙여오자, 놀랄 만큼 짜릿한 감각이 턱에서 감지되었다. 눈물의 흔적 위로 그의 입술이 닿은 것이다. 연희는 멍하니 그의 감촉을 느끼기만 했다.

그가 눈물을 핥듯 아랫입술을 천천히 빨아올릴 때까지도 거부해야 된다는 생각을 하지 못했다. 입 안 가득 그의 체취가 번져 왔다. 연희는 저도 모르게 입술을 벌리고 말았고, 그의 혀가 더 깊이 밀고 들어와 그녀의 혀를 휘감았다. 억눌러 왔던 열기가 다시 끓어오르기 시작했다. 그 열기에 취해 연희는 그의 혀를 더욱 적극적으로 받아들였다. 달래듯 등을 쓸어내리는 그의 손길이 경계심을 무너뜨리고 있었다. 괜찮아, 괜찮아 하듯 등줄기를 만지던 손이 점차적으로 허리에서부터 가슴으로 올라오는 것조차 깨닫지 못하고 있었다.

아니, 이제는 수동적인 입맞춤에 만족하지 않고 그에게 직접 손길을 내밀었다. 그의 손이 살며시 가슴을 감싸 쥐는 느낌에 바르르 떨며 그의 어깨를 한껏 끌어안았다. 손끝에서 느껴지는 부드럽고 탄탄한 근육이 너무나도 좋았다. 연희는 그의 머리칼을 만지며 나른한 신음을 터뜨렸다. 다시 그녀의 입속을 침범한 그의 혀를 역으로 밀어 넣으며, 그의 입속을 휘저었다. 그녀의 서툰 손길 아래 흥분하는 그를 느낄수록 예전에는 몰랐던 희열감이 커다랗게 자리를 넓혀가고 있었다.

상상을 뛰어넘는 그녀의 행동에 선우혁은 이성을 망각해 버린 채 그녀를 탐하고, 또 탐했다. 그가 가슴을 움켜쥐면 더 만져 달라는 듯 상체를 내밀었고, 엉덩이를 매만지면 더 가까이 몸을 부딪쳐 와서 그를 자극했다. 처음에 주도하고 이끈 것은 그였지만 어느 샌가 주도권은 연희가 쥐고 있었다.

"선배, 택배 왔는데요?"

정미의 목소리에 먼저 정신을 차린 건 선우혁이었다.

이 절묘한 타이밍이라니. 할 수만 있다면 이 순간을 연장해 무엇에도 방해받고 싶지 않았다. 그녀와 가까워지는 이 순간을 놓치고 싶지 않았다. 하지만 현실을 직시해야만 했다. 혹, 정미가 들어오기라도 하면 그는 그렇다 치더라도 연희가 몹시 난처하게 될 테니까. 선우혁은 그녀를 안고 있는 손을 거두지 않은 채 아쉬운 눈빛으로 그녀와의 입맞춤을 마무리했다.

뒤늦게 정신을 차린 연희의 얼굴이 충격으로 굳어졌다.

'미쳤어! 미치지 않고서야, 어떻게…….'

아직 오피스텔에서의 일이 잊혀지지도 않은 상태였다. 더구나 며칠 전엔 윤하에게 더없이 미안한 마음으로 선우혁에 대한 관심을 잘라 버리자 다짐했었는데, 오늘 그 결심이 무색하도록 그와 열정적으로 입맞춤을 주고받았다. 그것도 언제 누가 들어올지도 모르는 암실에서. 누군가의 얼굴은 새까맣게 잊어버린 채.

지금 그녀에게 보이는 건 드문드문 구겨진 남자의 셔츠였다. 어깨며 가슴팍…… 불과 얼마 전 그녀의 손이 거쳤던 곳이다. 정작 제 연인인 윤하에게는 가벼운 입맞춤도 어색해하고 부끄러워하면서 어떻게 이 남자에게 이렇게 적극적일 수 있었는지 연희는 궁금해 미칠 지경이었다. 이 남자이기 때문인지, 자신이 타락해서 그런 것인지.

연희의 얼굴은 어느덧 스스로에 대한 불신으로 어둡게 굳어가고 있었다. 그것이 죄책감으로부터 비롯된 것이란 걸 깨달은 선우혁이 나직이 그녀를 불렀다.

"연희야."

"알아요, 우발적으로 빚어진 실수라는 걸."

연희는 그를 밀쳐내며 단정적으로 말했다.

실수라고?

돌연 참을 수 없이 화가 난 선우혁은 암실을 나서려는 그녀를 거칠게 잡아챘다. 그리고 씹듯이 그녀의 이름을 한 자, 한 자 내뱉었다.

"성.연.희."

"실수…… 였잖아요. 선생님께서는 절 위로해 주려고 하셨던 거고, 전…… 전 모르겠어요. 어쨌든 이건, 실수여야만 해요."

아니, 이건 절대 실수가 아니었다. 그것을 증명이라도 해보일 참으로 다가서는데, 정미가 들이닥쳤다. 다행히 남녀 사이에 관해서는 타의 추종을 불어할 정도로 둔감한 정미는 두 사람 사이에 흐르는 억눌린 열기를 눈치 채지 못한 듯 평상시와 다름없는 얼굴로 택배 상자를 선우혁에게 내밀었다.

"못 들은 거예요, 선배? 택배 왔다구요."

"어디서 온 거지?"

정미는 상자를 흔들어보다가 발송인을 확인하며 대꾸했다.

"음…… 호연 재단이라고 되어 있네요. 어디지? 들어본 것 같은데."

"……!"

호연 재단, 호연대학…….

그렇다면?

아마도 윤하로부터 온 것일 가능성이 높았다. 선우혁은 그렇게 추측하며 연희 쪽으로 시선을 던졌다.

"언니, 그거 저한테 주시겠어요?"

"아, 맞다. 어쩐지 익숙하다 했더니 내 정신 좀 봐. 연희 네가 다니고 또, 선배가 출강하는 학교라는 걸 왜 기억을 못했을까."

연희는 정미에게서 상자를 건네받으며 다시 한 번 발송인을 확인했다. 호연 재단. 윤하가 주소지를 이곳으로 바꿔서 보낸 모양이었다.

그런데 이게 뭐지?

조심스레 상자를 열어보니, 파손되지 않도록 여러 겹으로 포장된 물체가 희미한 윤곽을 드러내고 있었다. 포장을 뜯을수록 또렷해지는 물체. 핸드백보다 작고 지갑보다 커다란 이것은…… 카메라였다!

"라이카!"

정미가 감탄의 시선으로 중얼거렸다.

"연희 너한테 온 선물이었구나! 축하한다. 새 학기라고 선물이 온 모양인데, 카메라 그것도 라이카라니 부럽구만."

"세상에, 고맙기도 하지. 어떻게 라이카를……!"

연희는 그야말로 감격한 얼굴이었다.

그러잖아도 카메라를 새로 장만해야 했는데, 중고 시장을 돌아다녀도 마땅히 눈에 밟히는 게 없어 이만저만 고민이 아니었었다. 가격이 저렴해서 구입하려고 하면 렌즈에 곰팡이가 낀 건 기본이고 그밖에 다른 상태도 엉망인 게 대다수였다. 그런데 라이카라니. 졸업 후에도 마련하기가 수월치 않을 것 같았던 이 고가의 필름 카메라를 학기 중에 선물 받게 되다니.

그러면서도 한편으로는 마음 한구석이 답답해졌다. 한결같이 자신을 챙겨주는 연인에게 더욱 미안한 생각이 들어 이대로 선물을 받아도 괜찮은 건지, 그럴 자격이 있는가 하는 생각에 마냥 기뻐할 수만은 없었던 것이다.

"그런데 표정이 왜 그래? 마음에 안 들었을 리는 없고 너무 감격해서 그런 거야? 아니면 아직도 그 필름 때문에 그런 거야?"

언뜻 내비치는 수심의 그늘에 정미가 염려하는 눈길을 보내왔다.

"아니요. 고마워서 그래요."

"그래, 오늘은 이걸로 기운내라. 이미 못 쓰게 된 필름 가지고 더는 자책하지 말고."

"네, 그럴게요."

그녀를 지켜보는 선우혁의 시선에 기쁨과 질투가 함께 뒤섞였다.

그 카메라도 결국은 사흘 전 조명사고로 힘들어하는 그녀를 보다 못해 자신이 직접 구입한 거였다. 마침 그녀가 가지고 있는 필름 카메라를 보게 되었는데 너무 낡았기도 하고, 새 학기를 보내며 뭔가 간직할 만한 추억거리를 안겨주고 싶었던 것이다. 그래서 고심 끝에 구입한 것이 라이카였다. 적어도 그녀라면, 향수나 다른 예쁘장하기만 한 선물보다 훨씬 좋아할 테니까. 그러나 짐작했던 대로 감격에 겨운 그녀의 모습을 보자, 가장 먼저 그를 반긴 감정은 순수한 기쁨보다는 욕심에 가까웠다. 이 모든 것이 장학재단이 아니라는 사실을 알게 되면 연희가 어떤 표정을 지을지, 당치도 않은 호기심이 그의 내부에서 꿈틀거린 것이다.

그녀가 철석같이 믿고 있는 키다리 아저씨의 자리를 이토록 탐내게 될 줄은…….

치졸하고도 얄팍한 욕심이란 걸 알았지만 이 역시 그녀를 담아버린 마음속에 존재하는 일부이기 때문에 더럽다고, 추하다고 내칠 수도 없었다.

"연희야, 이럴 게 아니다. 우리, 돌아오는 주말에 가까운 데 놀러 가서 사진이나 찍자."

"후훗, 좋아요."

"그래, 암튼 정말 축하해. 졸업한 지 몇 년이나 지난 나도 언감생심 꿈도 못 꾸는 그 명품을 가지게 되다니 복 받은 거야."

연신 부럽다는 눈길로 라이카를 힐끔거리는 정미였다.

"네, 그러게 말이에요. 저도 생각지 못했던 거라 꿈만 같아요."

"이제야 먹구름이 싹 걷힌 얼굴이네."

선우혁은 두 여자의 재잘대는 모습을 뒤로하며 암실을 나섰다.

이로써 또 제자리걸음인가 싶었지만, 그의 입가엔 아직도 그녀의 흔적이 남아 있는 것처럼 느껴졌다.

윤하는 며칠 동안 보이지 않다가 오늘에서야 얼굴을 드러낸 정하와 눈이 마주치는 순간, 그 밤 내내 자신을 괴롭혔던 불길한 예감이 정확하게 들어맞았음을 깨달았다. 빌어먹을. 다른 때보다 화장을 조금 두껍게 해서 몰라보는 사람들도 있었지만 한두 해 알아온 사이가 아닌 그였던 만큼 눈속임은 통하지 않았다. 그녀의 눈은 분명 멍들어 있었다. 성큼성큼 다가가 정하의 팔을 잡아끌었다.

"그 눈, 왜 그런 거야?"

정하는 그의 질문은 못 들은 체하며 그를 지나쳐 가려 했다. 그것이 그의 분노에 기름을 부은 꼴이 되어 윤하는 더욱 언성을 높였다.

"대답하라고!"

"윤하 씨, 날 상대 배우로서 걱정해서 묻는 말인 건 알겠는데 지나친 관심은 내 쪽에서 사양이야. 그건 자기도 바라던 바 아니었어?"

갑자기 말문이 막히는 기분이었다.

그녀의 말은 하나도 틀린 게 없었다. 자신은 그녀와 얽히길 원하지 않는다. 그것은 무엇으로도 바꿀 수 없는 불변의 진리와도 같았다. 그녀가 누구와 어떤 스캔들을 일으키든 말든 그냥 다른 배우들 대하듯 거리를 지키며 무사히 영화 촬영을 끝마치면 그뿐이다. 소정하는 고윤하에게 있어 남남이나 다름없으니까. 아니, 남남만도 못한 사이였으니 말이다.

그런데 그녀의 얼굴에 깃든 멍자국을 보는 순간 그의 주변을 얼음 장막처럼 둘러싼 평정의 틀은 단번에 부서지고 말았다. 그 평정의 틀을 겨우 맞추었을 무렵엔 그에게 억지로 끌려나오다시피 한 정하의 얼굴이 눈앞에 있었다. 윤하는 스스로도 놀라 그녀를 잡은 팔을 아래로 내려뜨렸다.

"이 감독이 그랬어?"

"……."

불안정하게 가라앉은 침묵 속에서 긍정의 답을 읽어냈다.

"회식 때 그랬겠지?"

"신경 쓰지 마."

"나도 너…… 신경 쓰고 싶지 않아."

"알고 있어."

'알고 있어' 라는 대답이 무척이나 자조적으로 들렸다.

"소정하, 너…… 이대로 이 감독한테 당한 채로 촬영할 셈이야?"

정하는 지친다는 표정으로 어깨를 들었다 내리며 응수했다.

"당신 말대로 알고서 회식에 낀 거니까."

윤하는 뒤늦게야 냉소적으로 내뱉었던 그 말을 후회했다.

"이럴 때일수록 자릴 피해주는 게 예의라고 알고 있었는데 아니야?"

어떻게든 상처 주기에 급급해서 지껄인 말이었다. 동시에 자신이 아직도 과거에서 벗어나지 못했음을 깨닫게 해주는 말이었다. 아닌 척하지만 정하가 자신을 버리고 방송국 PD에게로 떠난 것에 대해 그는 지독한 열등의식에 사로잡혀 있었다. 그녀를 원망하는 마음도 마찬가지였다. 그런데도 그녀는 그를 원망하지 않았다.

최소한 그날 회식에 참여해 달라는 그녀의 부탁을 들어주기만이라도 했다면, 애초에 이런 봉변은 당하지 않았을 텐데.

"윤하 씨, 사람들이 우릴 찾고 있어. 용건 끝났으면 돌아가는 게 어때?"

"……."

"그럼 나 먼저라도 가 있을게."

그녀가 몇 걸음을 떼기도 전에 윤하의 말이 그녀의 발목을 붙잡았다.

"그날 일은…… 미안해. 이렇게 될 줄 알았으면 갔을 거야."

정하는 말없이 가던 길을 걸어갔다.

홀로 남겨진 윤하는 가슴을 죄어오는 답답한 느낌에 천천히 걸음을 옮기기 시작했다. 무기력해진 마음을 좀체 가눌 수가 없었다. 무엇보다 아직까지 과거에 연연해하는 자신을 뒤돌아보며, 그녀를 정리했다고 믿은 지난 몇 년간을 의심하는 것이 가장 달갑지 않았다. 그리고 변해 버린 그녀의 모습도.

그때, 윤하를 멀리서 발견한 매니저가 그의 곁으로 다가왔다. 미간을 주름잡으며 퉁명스레 말하는 그의 손에는 윤하가 놔두고 간 휴대폰이 있었다.
"윤하야, 어디 가면 간다는 말이라도 좀 하고 가라."
휴대폰 액정으로 문자 메시지가 보였다.
"아참, 연희 씨한테서 메시지가 온 모양인데 확인해 봐. 오늘 밤새게 될지도 모르니깐 약속 같은 거 잡지 말고."
윤하는 고개를 끄덕이며 휴대폰 폴더를 열었다.

〈바쁠 것 같아서 저녁에 전화하려고 했는데 그때까지 못 기다릴 것 같아 미리 문자 보내요. 오빠, 카메라 잘 받았어요. 어찌나 기쁘던지. 정말 가지고 싶었던 거였거든요. 고맙게 잘 쓸게요.〉

아마도 카메라가 오늘 도착한 모양이었다.

〈연희가 그렇게 마음에 들어하는 걸 보니 나도 기쁘네. 주말에 시간 괜찮으면 시외에 드라이브나 갈까?〉
〈좋아요. 피크닉 도시락은 제가 맡을게요. ^^ 혹시 오빠, 다른 거 뭐 먹고 싶은 거 있어요?〉
〈음, 샌드위치? 나야 아무거나 다 괜찮아. 그럼 내일 두 시 학교 정문 앞에서 보자.〉

연희로부터 알았다는 메시지를 받은 후 윤하는 개운치 않은 표정으로 휴대폰을 빤히 쳐다보았다. 그날 진작 말했어야 했는데, 정하로부터 걸려온 전화 때문에 본의 아니게 또 잊어버리고 말았다.

'그러면 내일은 꼭 말해야겠군.'

자신이 준비한 선물이 아니어서 그런지 점점 남의 것을 가로채 가는 듯한 기분이 들었다. 그럴 리는 없겠지만, 자신이 그녀의 후원자이기 때문에 프러포즈도 쉽게 수락한 것이 아닐까 하는 의문도 종종 들곤 했다. 뭔가 장벽 하나가 그들 사이에 놓인 기분이랄까? 윤하와 연희, 두 사람 사이에 꼭 선우혁이 끼어 있는 기분이랄까? 심지어 어떤 때에는 자신이 연희와 선우혁 사이에서 매개체가 된 듯한 기분마저도 들어 늘 찜찜했다. 만약 그녀의 후원자 노릇을 선우혁의 부탁이 아닌 윤하 자신의 자발적인 마음에서 시작했으면 어떠했을까. 그랬다면 적어도 이렇게 무거운 마음의 짐을 짊어지게 되지는 않았을 텐데…….

그래서 오늘 촬영이 끝나고, 날이 밝는 대로 선우혁을 찾아가 연희에게 사실대로 말하겠다고 이야기할 셈이었다. 선우혁이 수월하게 허락할지 의문이었지만, 끝까지 설득해 볼 것이다. 연희와 더 깊은 연인 사이로 발전하기 위해서라도 비밀은 만들고 싶지 않았다. 뭔가 달라져야만 했다. 요즘 들어 촬영 문제로 그가 많이 챙겨주지 못한 점도 있었지만 시작하는 연인들치고는 너무 미지근하다는 생각이 들었기 때문이었다.

'그나저나 내일 드라이브는 어디로 가는 게 좋을까?'

윤하는 먼발치에서 자신을 오래도록 쳐다보고 있는 정하의 시선을 인식하지 못한 채 대본을 외우기 시작했다.

# 제 8 장

"휴우~ 아마도 난 바람맞는 게 타고난 천성인가 봐."

연희는 심드렁한 얼굴로 혼잣말을 하며 시계를 확인했다.

지금 시간이 2시 45분. 두 시에 만나자던 윤하는 모습을 드러내기는커녕 늦는다는 연락조차 없었다. 가끔 데이트를 할 때면 스케줄 변동으로 인해 급하게 약속을 취소하게 되어도 연락은 꼬박꼬박 주는 편이었는데.

불경스러운 생각이었지만 오다가 사고라도 난 건 아닌가 싶어 괜스레 초조해지기도 했다.

'아니야, 촬영하느라 바빠서 늦는 걸 거야.'

연희는 다시 마음을 다잡으며 정문 주변을 두리번거렸다. 민무늬 원피스에 연둣빛 카디건을 빼입은 그녀의 모습은 드라이브하기에 딱 좋은 옷차림이었다. 그녀의 한쪽 어깨에는 어제 선물 받은 라이카가 매달려 있었고, 나머지 다른 쪽 손에는 정성껏 준비한 피크닉 도시락이 대롱대롱 걸려 있었다.

그때 마침 전화가 걸려왔다. 발신 번호는 역시나 고윤하의 것이었다.

[연희 씨.]

휴대폰 너머로 들려오는 목소리는 윤하가 아니었다. 윤하의 매니저였다.

윤하가 아닌 윤하의 매니저란 사실에 왠지 모를 불안한 예감이 들었지만, 연희는 침착하게 마음을 가라앉혔다. 자신의 귓가에 들리는 매니저의 목소리가 다급함을 띠는 것 역시 착각일 뿐이라고 되새기며.

"네, 윤하 오빠는요?"

[……윤하가 아무래도 약속을 지키지 못할 것 같다고 해서 대신 전해 드리는 거예요. 미안하다고 이따가 전화한다고 하더군요.]

"무슨 일이 생긴 건가요?"

매니저는 곤란한 한숨을 들이켜기만 할뿐, 말을 잇지 못했다. 그것이 연희로 하여금 더 강한 확신을 가지게 했다. 무슨 일이 일어난 게 틀림없다는.

"윤하 오빠, 지금 어디에 있어요? 알려주세요."

시큼하게 코를 찌르는 소독약 냄새. 백색에 대비되는 새빨간 선혈들. 후각, 시각, 청각…… 거의 모든 오감을 소란스럽게 건드려

대는 병원의 내부는 매우 혼잡했다. 연희는 매니저가 알려준 병실을 찾아 서둘러 걸음을 옮겼다.

많이 다치진 않았다고 했으니 그나마도 안심이 되었지만, 어찌 된 영문인지 매니저는 좀체 부상의 원인을 알려주려 하지 않았다.

[그냥…… 촬영 사고였을 뿐이에요.]

라고 일축하며 연희가 병원을 찾아오는 것에 대해 탐탁치 않은 의사를 내비쳤다. 이 일이 기자들에게 들어가지 않도록 겨우 손을 써둔 터라 자칫 크게 번지면 영화는 물론 윤하에게도 피해가 될 것이기 때문이었다.

그럼에도 연희는 고집을 꺾지 않았다. 그가 정말 많이 다치지 않았는지 직접 눈으로 확인해 보고 싶었다. 약속을 못 지키게 되었다는 연락조차 못할 정도로 긴박한 일이 무엇이었는지 궁금하기도 했다.

'702호.'

연희의 걸음이 한 곳에서 우뚝 멈췄다. 바로 여기였다.

노크를 하려고 문에 손을 가져다 대는데 누군가 제대로 닫지 않고서 나간 탓인지 문은 쉽게 열렸다. 그리고 인사를 하며 병실 안쪽으로 걸음을 옮기기도 전에 언젠가 한 번 들었던 낯익은 목소리가 문틈을 비집고 흘러나왔다.

"다시 시작하자, 윤하 씨."

"……!"

여자는 윤하의 입술에 길고 진한 키스를 퍼붓고 있었다.

시야에 박힌 장면은 영화 속의 한 장면처럼 무척이나 드라마틱

했다. 윤하가 실제로 다친 게 아니었다면 병원에서 영화를 찍는 게 아닐까 여길 정도였다. 하지만 여자의 몸짓에서 드러나는 절박함은 연기가 아니었다. 그것은 자신이 윤하의 연인이라는 사실을 초라할 정도로 소용없어 보이게 만드는 입맞춤이었다.

그래서 연희는 그들을 방해할 수 없었다. 문을 닿고 천천히 병실을 나섰다. 이곳으로 오는 내내, 아니, 약속 장소에서 기다리는 내내 불안했던 이유를 비로소 확인한 기분이었다. 원망이라든지 질투심과는 전혀 달랐다. 연희와 윤하, 두 사람이 '연인'이라는 틀 안에서 만남을 지속하기엔 뭔가가 많이 빠져 있다는 상실감이랄까. 무엇보다 그 상실감을 채워주는 상대로서 자신은 부적격이라는 생각이 연희를 당혹스럽게 만들었다.

연희가 가고 잠시 후 윤하는 정하를 억지로 떼어내며 고개를 내저었다. 이제 그의 눈에는 정하를 향한 멸시의 빛을 찾아볼 수 없었다.

"정하야!"

"기다릴게."

정하는 차돌처럼 단단한 표정으로 힘주어 말했다.

"이러지 마라……."

"다시 내게 와준 거잖아. 날…… 용서하는 게 당장은 힘들겠지만 시간을 두고 당신한테 잘못을 빌게."

"아니야, 옳지 않아. 이미 늦었다고!"

윤하가 그녀를 뿌리치려 했지만 정하는 그를 놓치지 않았다.

새벽 촬영이 끝나고 이 감독이 객실까지 따라와 그녀를 겁탈하려는 순간, 때맞춰 나타난 윤하를 보며 정하는 다짐했었다. 다시는 이 남자를 놓치지 않겠다고. 이 남자에 의해 내침을 당하고, 상처를 받아도 포기하지 않겠다고. 자신의 남자는 오직 고윤하뿐이라고 말이다.

"윤하 씨, 이 세상에 늦은 일 같은 건 없어. 다만 바로 보지 못하는 것뿐이지."

"착각하지 마. 그때 네가 아닌 누구였어도 난 똑같이 행동했을 거야. 너라서…… 너라서 그랬던 게 아니라고!"

다른 때였다면 곧이곧대로 믿었을 말이었다.

그러나 정하는 속지 않았다. 그렇게 말함으로서 그녀에게 향하는 마음을 잘라내려 한다는 걸 이제는 알 수 있었다. 이 감독의 주먹에 맞아 부어오른 그의 턱을 쓸어내리며 작게 말했다.

"기다릴게."

그렇게 말하며 정하는 병실을 나갔다.

'충격을 많이 받았을까?'

정하는 병실 복도에 기대서서 어렴풋이 보았던 윤하의 연인을 떠올렸다.

두어 시간 전, 우연히 병원 휴게실에서 진땀을 빼며 누군가와 통화하는 윤하의 매니저를 보게 되었다. 매니저가 들고 있는 건 윤하의 휴대폰이었고, 통화 내용으로 보아 윤하의 연인에게 뭔가를 전하는 것 같았다. 통화가 끝난 후, 궁금증에 참다못한 정하는 매니저에게 자초지종을 물었다.

곧 그의 연인이 이곳으로 올 거라 했다.

그 사실을 알게 된 건…… 비열하다 손가락질할지 몰라도 그녀에겐 기회였다.

결심이 선 정하는 윤하의 병실을 찾았다. 그리고 문틈이 생기도록 교묘하게 열어놓는 것을 잊지 않았다. 일부러 열어놓은 문틈 사이로 윤하의 그녀가 보였을 즈음 그에게 입맞춤을 한 것, 거기까지가 그녀의 계획이었다.

누굴까, 늘 궁금히 여겼는데 자신과는 너무도 다른 여자의 모습을 보며 정하는 못난 질투심을 느껴야만 했다. 윤하에게 사랑받을 만하구나 어쩔 수 없이 인정하면서.

'하지만 이 남자는 안 돼. 당신이 양보해 줘요.'

여자는 정하가 그녀를 보고 있는 것도 모르는 채 그들의 입맞춤하는 광경을 고요히 응시하다가 그대로 가버렸다.

아마도 윤하가 이 사실을 알게 되면 다시는 그녀에게 눈길조차 주려 하지 않을 테지만, 정하는 후회하지 않았다. 이미 몇 년 전에 저질렀던 후회가 너무나 막심했기에.

바깥의 어둠보다 더 짙은 어둠 속, 벌써 몇 번째인지도 모를 벨소리가 요란스럽게 울려댔다. 선우혁은 견디다 못해 침대에서 몸을 일으켜 문명의 혜택이 만들어낸 저 물건을 노려보았다.

철야 작업을 끝마치고 잠든 순간에 들려오는 벨소리만큼 짜증나는 게 또 있을까?

전원을 꺼놓지 않은 스스로에게도 화가 날 지경이었고, 눈치없이 줄기차게 전화를 해대는 상대방에게 화가 난 건 그 다음이었다. 대체 어느 놈이지? 액정에 뜬 발신번호를 확인한 선우혁의 입가에 또 한 번 짜증 섞인 한숨이 쏟아져 나왔다. 윤하 녀석이었다. 요즘 밉다 밉다 했더니 정말 미운 짓만 골라서 하는군!

"이 시간에 무슨 일이야?"

[형, 연희 어디에 있는지 혹시 알고 있어?]

수면으로 둔해진 머리가 윤하의 말뜻을 이해한 건 생각보다 오랜 시간이 지나서였다. 선우혁은 양미간을 모으며 기억을 되짚었다.

"연희는 너 만난다고 오늘 일찍 퇴근한 걸로 아는데?"

[다시 오진 않았어? 연락도 없었고?]

"너야말로 연희와 함께 있었던 것 아니었어?"

[…….]

초조한 침묵이 대답을 대신했다.

불같이 분노한 선우혁은 급기야 언성을 높이고 말았다.

"대답해! 고윤하!"

[사, 사실 오늘…… 연희 만나지 못했어. 오늘 병원에 있었거든. 그래서 매니저 형한테 못 간다고 전해 달라고 부탁했는데 연희가 병원으로 온다고 했었나 봐. 그런데…… 아직까지 연락이 없어. 전화를 해도 전원이 꺼져 있고. 집에 연락해 봤지만 연희는 아직 오지도 않았대.]

윤하는 한껏 주눅이 든 목소리였다.

"약속 장소에 다시 가보긴 한 거야?"

[응, 가볼 만한 곳을 다 뒤졌는데…… 없어! 혹시 정하가 다녀왔

을 때 온 게 아니었을까 걱정이 되기도 하는데, 불안해 미치겠어. 아무 일 없겠……]

선우혁은 윤하의 나머지 말은 마저 듣지도 않은 채 전화를 끊었다.

더 듣고 있을 시간이 없었다. 스튜디오든 어디든 연희가 있을 만한 곳을 찾아다녀야 했다. 오피스텔에서 주차장으로 향하는 동안에도 그녀와 함께 있을 만한 정미에게 전화 거는 것도 잊지 않았다. 그런데 어찌 된 일인지 정미는 부재중이었고, 강의 출석부 명단에서 찾아낸 연희의 단짝 친구 상미는 모른다는 말만 전해왔다.

더욱 불안해진 선우혁은 스튜디오로 차를 거칠게 몰았다.

'그곳에라도 있어줘, 제발!'

제한속도를 무시하고 최대한 속도를 올린 탓에 스튜디오에는 금방 도착할 수 있었다. 하지만 스튜디오 입구나 그 주변 어디에서도 연희는 찾아볼 수 없었다. 피가 마르는 심정이 어떤 건지 몸소 실감하는 기분이었다.

선우혁은 다시 폴더를 열어 정미에게 전화를 걸었다. 이번에는 신호가 얼마 가지 않아 정미의 목소리를 들을 수 있었다.

[아, 선배. 아까 전화했었죠? 그러잖아도 하려던 참이었는데……]

휴대폰 너머로 시끌시끌한 소음이 커다랗게 들려왔다. 만약 연희가 정미와 함께 있는 것이 아니라면 그땐 어떻게 해야 할지 방법이 생각나지 않았지만, 선우혁은 거두절미하고 용건부터 먼저 꺼냈다.

"연희, 옆에 있나?"

[어! 어떻게 아셨어요?]

정미로부터 가장 듣고 싶었던 대답을 듣게 되자 비로소 안도의 한숨이 터져 나왔다. 그러나 그것도 잠시, 이렇게 걱정을 끼친 연희에게 일찍이 느끼지 못했던 분노가 솟구쳤다. 그리고 이렇게 뒤죽박죽으로 흔들리는 자신에게는 더 큰 분노가 일었다.

"지금 두 사람 어디에 있는 거지?"

[……선배도 오려구요?]

"어디에 있는지나 빨리 말해!"

성마르게 재촉하는 음성은 선우혁 그 자신이 듣기에도 몹시 생소했다.

[선배, 그게 말이죠…….]

정미가 우물우물 머뭇대다가 마지못한 듯이 대답했다.

[여기 스튜디오에서 멀지 않은 바(bar)예요. 선배도 가끔 오는 곳이라 아실 거예요. 근데…… 연희가 좀…… 아니, 많이 취했어요.]

선우혁은 정미의 말이 떨어지기가 무섭게 그녀들이 있는 장소로 향했다.

바(bar)에 들어서자마자 연희를 찾아 두리번거리는 그의 시선에 손을 흔드는 정미의 모습이 들어왔다. 그 옆에 있는 연희는 취했다기보다는 아예 곯아떨어졌다는 표현이 더 근접할 정도로 깊이 잠을 자고 있는 모습이었다. 그 모습을 보니 불과 몇 분 전에 가졌던 분노가 눈 녹듯 사라지는 것이 느껴졌다. 정미만 곁에 없었다면 조그마한 어깨를 들어올려 그의 품에 안아버렸을 것이다.

"생각보다 금방 왔네요. 마침 바(bar) 종업원이 문 닫을 시간이라고 해서 나가려던 참이었거든요."

"연희가 정미한테 연락한 게 대략 언제쯤이었지?"

"초저녁쯤? 윤하 씨랑 드라이브를 못 간 눈치던데 물어도 도통 대답을 해야 말이죠."

정미는 그렇게 대답하며 연희를 흔들어 깨웠다.

"연희야, 이제 곧 가야지. 일어나."

하지만 연희는 여전히 잠에 취해 있을 뿐, 정미가 아무리 거세게 흔들어도 일어나기는커녕 눈도 뜨지 않았다.

"이런, 이렇게 인사불성이 되어서 어떻게 집으로 들어가려고 하니?"

정미는 난감한 얼굴로 혀를 끌끌 차면서 연희의 어깨를 부축하려고 했다. 그리고는 선우혁에게 한숨을 섞어 그녀가 있는 반대편으로 눈짓을 했다.

"선배도 그러고 있지만 말고 옆에서 좀 도와줘요."

그러나 선우혁은 연희를 부축하도록 돕지 않았다. 대신 연희의 허리와 다리 쪽을 붙잡아 그의 품에 안기도록 했다. 그 과정을 지켜본 정미가 탄성을, 바(bar) 주변에 남아 있던 사람들은 흥미로운 시선으로 힐끔거렸다. 그것을 아는지 모르는지 연희는 그의 가슴팍에 얼굴을 묻으며 더 깊이 안겨왔다. 마치 그의 품을 갈구하듯.

"이런 말, 윤하 씨한테는 실례지만 연희랑 선배…… 꽤 그림 되네요. 후후."

"정미도 집까지 바래다줄 테니 차에 타."

"아니요, 괜찮아요. 집이 요근처인 걸요. 연희나 잘 부탁해요."

정미가 가고 나서 차의 조수석에 연희를 눕힌 선우혁은 바깥에서 담배를 한 대 피워 물었다. 그녀의 집은 알고 있었지만 선뜻 가기가 망설여졌다. 지금은 자정에서 훨씬 넘어선 새벽 세 시. 더구나 이렇게 만취한 상태로 바래다주면 그녀의 어머니 전혜은 여사도 많이 놀랄 터였다.

그렇다고 해서 자신의 오피스텔에 데려가는 건 스스로를 시험대 위에 올려놓는 일이라는 생각밖에 들지 않았다. 개인 작업실이 있는 스튜디오도 마찬가지였다. 그나마 쓸 만했던 간이침대를 이틀 전에 창고로 넣어둔 상태라 잠자기에도 마땅치 않았다.

선우혁은 구둣발로 담뱃불을 끄며 도로 차 안으로 들어갔다.

여전히 연희는 세상모르게 잠들어 있었다.

"성연희, 너를 어떻게 해야 하지?"

그녀를 가만히 지켜보는 그의 시선에 잠시 처연한 빛이 일렁였다. 윤하 녀석이 정하랑 함께 있었던 모습을 보고 그런 거란 생각에 이르자 가슴 밑이 지르르 울리는 것만 같았다. 윤하 녀석이 눈앞에 있다면 분이 풀리도록 주먹을 날리고픈 충동까지 들었다.

그러면서도 한편으로는 이것이 기회라는 속삭임이 이성 저편에서 들려오고 있었다. 그녀가 마음이 약해진 틈을 타 다가서는 방법이 조금은 탐탁치 않았지만, 무엇보다 자신의 인내심이 바닥을 드러내고 있었기 때문에 더는 뒷짐을 지고 지켜볼 수만도 없었다.

'그래, 그렇다면……!'

선우혁은 오피스텔로 차를 몰았다.

오피스텔에 도착해 연희를 침대에 눕혔을 때, 제일 먼저 눈에 띈 건 심하게 얼룩진 그녀의 원피스였다. 아마도 정미와 술을 마시다가 취한 상태에서 안주를 묻힌 것 같았는데 끈적끈적해서 그런지 연신 그녀의 몸에 엉겨 붙고 있었다. 그렇다고 이대로 놔두자니 자면서도 몹시 불쾌할 거란 생각이 들어 선우혁은 옷장 서랍에서 면 티셔츠와 입지 않는 반바지를 한 벌씩 꺼냈다. 그녀의 상체를 일으켜 세워 조금 큰 목소리로 잠을 깨웠다.

"성연희, 잠깐만 눈을 떠봐."

풍성하고 긴 속눈썹을 들어올리며 연희는 거짓말처럼 눈을 떴다. 커다란, 그렇지만 취기로 인해 초점이 흐려진 새까만 동공이 그를 향하고 있었다. 선우혁은 그녀의 손에 옷을 쥐어주며 천천히 말했다.

"여기 옷을 놔뒀으니까 갈아입도록 해. 내 말, 무슨 뜻인지 알겠어?"

정말로 알아들었는지 그녀는 고개까지 끄덕이며 카디건을 벗어젖혔다. 그러나 황당하게도 그가 쳐다보고 있다는 의식은 전혀 못한 듯 등을 돌리지도 않은 채 원피스의 단추를 끄르기 시작했다. 선우혁은 황망히 시선을 떨어뜨리며 침대에서 일어섰다.

그렇게 몇 분쯤 지났을까.

이 정도의 시간이면 충분하다는 판단에 고개를 돌리자, 단추를 끄르다 만 채로 앉아서 꾸벅꾸벅 졸고 있는 연희의 모습이 시야에 들어왔다. 보지 않으려 해도 우윳빛 가슴 골짜기에 시선이 고이는 건 어쩔 수 없었다.

"젠장, 성연희!"

결국 선우혁은 참을 인(忍)자를 가슴에 새기는 기분으로 그녀의 옷을 벗겨냈다. 그때도 견뎌냈는데 이번이라고 못할 것 없다는 생각을 주입시키며 그녀의 보드라운 살결이 주는 감촉을 최대한 무감하게 받아들이려 애썼다. 갖은 인내를 다해 그녀에게 옷을 입혔을 때에도 연희는 태평하게 잠에 취해 있었다.

"잘 자라고."

그녀의 이마에 입술을 맞추며 침대에서 일어서는데 손끝에 잡히는 온기가 있었다. 믿을 수 없는 일이었지만 연희가 그의 손을 붙잡고 있었다.

"가지 마요."

툭.

심장이 바닥으로 떨어지는 소리였다.

타인을 앞에 두고 거의 처음으로 무방비한 상태에 놓여 있는 지금, 선우혁은 연희가 건넨 말로 인해 머릿속이 혼미해지는 것을 느꼈다. 빗장뼈를 부수고 나올 것처럼 심장이 마구 날뛰고 있었다.

"내 옆에서 자요."

거부해야 한다는 걸 알았지만 그러고 싶지 않았다.

선우혁은 다시 침대로 돌아가 그녀의 등을 끌어안으며 결코 오지 않을 잠을 청했다.

따뜻한 공기가 숨결처럼 쏟아졌다. 뒷덜미 쪽으로 내려앉는 따스함에 연희는 문득 눈을 뜨고 말았다.

여긴 어디……?

아주 낯설지는 않지만 시야에 익숙할 만큼 낯익지 않은 이곳.

불현듯 드는 깨달음에 벌떡 침대에서 일어나려 했지만 단단하고 매끄러운 무언가가 가슴속을 파고들었다. 연희는 조금 전에 일어나려 했던 기억을 망각한 채 그대로 얼어붙었다. 브이넥으로 파여진 티셔츠 안으로 들어온 남자의 손이 브래지어보다 더 부드럽게 가슴을 감싸 쥐고 있었다. 망치로 두드려 대는 듯한 지독한 두통도 잊을 만큼 압도적인 쾌감이 남자의 손끝에서부터 번져 가고 있었다.

남자의 손길이 이렇게 부드러울 수도 있을까?

감각이 부여하는 스멀거림이 그녀의 전신을 서서히 잠식하기 시작했다. 가슴을 쥔 그의 손이 강약을 반복하며 지분거린다. 그가 연희의 젖가슴을 강하게 쥐면 자신도 모르게 덩달아 신음이 터져 나왔고, 그가 손의 힘을 빼 가슴을 놓아주면 아리도록 허전한 느낌에 또 한 번의 신음이 입가에 매달렸다.

'어서 빠져 나와야만 해.'

연희는 아늑해지려는 자신을 추스르며 몸을 뒤척였다. 그러자 남자의 한쪽 다리가 연희의 다리 사이로 겹치듯 비집고 들어왔다. 불쑥 밀고 들어온 남자의 허벅지가 주는 감촉에 연희는 흠칫 놀라고 말았다.

"연희야……."

낮은 음성.

귓바퀴를 통해 흘러들어 온 남자의 목소리는 어쩌면 처음부터 그녀의 몸이 기억하고 있었을 선우혁이었다.

"이것 좀 놔줘요!"

그와 묘하게 얽혀 버린 자세를 어쩌지도 못한 상태에서 연희는 겨우 입을 열었다. 그러나 여전히 깊은 잠에 빠져 있는 선우혁은 도통 일어날 기미가 보이질 않았다. 이렇게 밀착되어 버리다니 이대로는 좀 곤란했다.

"선생님, 일어나세요!"

아까보다는 확연히 큰 연희의 목소리에 선우혁이 꿈틀거렸다.

"……벌써 아침인가?"

"아침이고도 남죠."

연희의 대답을 들으며 선우혁은 침대에서 몸을 일으키려 했다. 그런데……. 말캉말캉. 이게 뭐지?

그의 손이 접착제를 붙여놓은 듯 황홀의 극치에 가까운 말캉함을 쥐고서 떨어지려 하지 않았다. 선우혁은 그것을 다시 한 번 꼬옥 움켜쥐었다. 작고 동그란 무언가가 더욱 단단하게 손바닥에 짓눌리는 느낌. 마치 알사탕을 얻은 어린아이마냥 선우혁은 들떠서 그것을 이리저리 엄지와 검지를 이용해 만지작만지작거렸다. 손바닥에 닿는 찰지고 풍성한 탄력감이 잠자고 있던 그의 흥분을 일깨웠다. 이 느낌을 간직한 채 오늘 하루를 다 보내게 된다면 정말 행복할 것 같았다.

"……아학, 그…… 그만 해요. 아직도…… 잠이 덜 깼어요?"

연희의 억눌린 음성에도 선우혁은 손을 놓지 않았다. 놓을 수가 없었다. 중지와 검지 사이에 끼워 넣은 후 끊임없이 감각의 끓는 점을 건드려 대고 있었다. 어렴풋한 그의 시야에 발갛게 달아오른 여자의 목선이 들어왔다.

"일어나야지. 후……! 지금 몇 시지?"

여자는 한동안 대답하지 않았다. 자꾸만 그의 손길을 피해 몸을 웅크리려고만 들었다. 여자의 몸짓에서 읽혀지는 수줍음에 선우혁은 차츰 맑아지는 정신을 느꼈다.

"……나도 시계를 보고 싶지만 선생님 때문에 볼 수가 없어요. 아읏…… 이 손 좀 치워봐요."

손을 치우라니?

곧 선우혁은 자신의 양손이 위치한 곳을 파악하게 되자 뜨악한 표정을 지으며 일어났다.

"아얏!"

얽혀 있던 다리가 빠져나가며 연희의 무릎 어딘가를 세게 쳤는지 연희가 아픈 신음을 내지르며 몸을 웅크렸다.

"미안. 괜찮아?"

"괜찮아요. 그냥 뼈마디를 잠깐 스친 정도인 걸요."

"봐봐. 혹시 멍들면 어떻게 해?"

그녀의 다리를 살펴보려 하자, 연희는 그를 밀어내며 만류했다.

"멍들면 어때서요? 별로 아프지도 않았어요."

그 대답에 비로소 고개를 들어 연희를 마주 봤다. 홍조가 가득 찬 얼굴은 더 이상 붉어지는 게 불가능해 보였다. 귓불과 목덜미에도 진하게 홍조가 번져 있다.

브이넥 티셔츠 안에 하얗게 드러난 젖가슴이 탐스럽게 빛났다. 선우혁의 눈빛이 뜨거워졌다. 그 노골적인 시선을 느낀 연희가 도리질을 치며 침대에서 달아나려 했지만 선우혁이 더 빨랐다. 그녀의 위로 올라타 티셔츠를 걷어 올렸다. 풍만하게 솟은 젖무덤이 그의 손길을 기다리고 있었다. 선우혁은 한쪽으로 손을 가져가 가슴을 쓸어내렸다. 연희가 바르작거리며 떨었다.

"제발……. 그만…… 아흣!"

"연희야……. 잠시만…… 잠시만 허락해 줘."

힘겹게 이어지는 남자의 애원성에 거부의 몸짓이 조금씩 잦아들었다.

선우혁은 여자의 가녀린 두 팔을 머리 위로 잡아 올리며 눈부신 젖무덤을 황홀한 시선으로 바라보았다. 손가락으로 유두가 딱딱해질 때까지 문지르자 금세 솟아올랐다. 이것을 아까 사탕이라 여기며 손가락으로 굴렸던 생각을 하니 바짝 그의 혀에 돌기가 일어서기 시작했다. 입 안 가득 맴도는 타액이 오로지 저 유두만을 향해 줄기차게 샘솟았다.

망설임? 찰나에라도 망설임 같은 건 없었다.

선우혁은 재빨리 그녀의 유두를 입에 물었다. 그의 손은 이제 여자의 매끄러운 등허리 부분을 조심스레 받쳐 들고 있었다.

"하지…… 말아요."

미세하게 돋아 있는 혀의 돌기들이 유두를 스치며 감싸자 연희는 선우혁의 어깨를 세게 잡으며 고개를 뒤로 젖혔다. 그가 젖꼭지를 세게 빨아대면 빨아댈수록 그의 어깨를 쥔 연희의 손에 강한 힘이 들어갔다.

이런 쾌감이 존재할 수도 있다는 것에 놀랍기까지 했다. 안 된다고 반항하려 했지만, 그의 입술 아래에서 자신은 무력해지고 있었다. 무방비 상태에서 남자가 일깨운 감각이 이성을 밀어내고 있었다. 한 번만, 이 순간만 허락하자고 속삭이며 그녀를 부추겼다. 믿었던 연인과의 사이에 금이 간 마당에 안 될 건 없노라고, 그러니 남자에게서 쾌락을 느끼는 건 전혀 부적절한 게 아니라며 합리화마저 시키고 있었다. 오피스텔에서 그에게 자신을 거의 내주다시피 했던 기억이 떠오르자 연희는 단 한 점 남아 있던 망설임을 모조리 털어낼 수 있었다. 그래, 이 순간만.

무언의 허락을 읽어낸 남자의 손길이 더욱 대담해졌다. 등허리를 받치고 있던 손이 미끄러지듯 내려가 둥그런 엉덩이를 움켜쥔 것이다. 소유욕 가득한 손길에 연희는 나지막한 신음을 내질렀다. 남자의 얼굴은 여전히 가슴에 머물러 있었다. 말려 올라간 티셔츠 사이로 수줍게 둔덕을 드러낸 젖가슴이 연희의 숨소리를 따라 똑같이 움직였다. 위로, 아래로. 조금씩, 조금씩 빠르게…… 점점 빠르게.

이 순간 룸 안을 뒤섞는 공기는 그 어떤 아침 햇살보다 따스하다. 뜨겁다.

선우혁이 더운 숨결을 내뿜으며 방향을 위로 틀었다. 키스? 아니, 아니었다. 그는 입술을 지나쳐 귓가로 다시, 그녀의 뒤로 돌아섰다. 가늘고 긴 목덜미에서 부드럽게 굽어지는 어깨선에 이르기까지, 턱 밑으로 부빗거리며 감각을 되살아나게 했다. 좁쌀처럼 조그맣게 솟아나는 소름. 주뼛거리며 일어서는 솜털. 감각이 부여하는 한계선은 대체 어느 곳쯤일까. 아득히 생각하는 가운데 남자의 나머지 손이 아래로, 더 깊은 아래로 미끄러져 내려가고 있다는 느낌을 받았다. 연희는 뜸을 맞는 사람처럼 몸을 움찔거렸다. 남자의 손이 그녀의 중심을 살짝 거머쥐었다.

"하읏!"

수면 위로 떠돌던 의식이 맑게 깨어난 지금, 연희의 입술이 내뱉는 신음은 그를 흥분 상태로 몰아넣고 있었다. 애써 참으려는 기색이 역력했지만 연희의 얼굴은 열기로 인해 발갛게 달아오른 상태. 길고 가느다랗던 머리카락은 침대 맡에, 작고 갸름한 발은 그의 하반신 양쪽에 놓여져 있었다. 그리고 그의 손은 그녀의 바지 속을 탐색하고 있는 중이었다. 아직 빽빽한 입구가 그를 받아들일 수 없다고 밀어내고 있는 것 같았다. 물론 아직은 그녀를 가져선 안 되었지만, 한 손에 잡히는 저 발목을 끌어다가 자신의 허리에 감게 만드는 상상만으로도 그의 남성이 딱딱하게 부풀어 올랐다.

안 돼. 이젠…… 내가 힘들겠군.

다른 건 몰라도 통제하는 건 그의 몫이어야 했다. 지금은 그녀를 일깨우는 것으로 만족해야만 했다. 단순하고도 맹목적인 욕망에 취한 그녀를 갖고 싶지 않았다. 그녀 또한 그를 원하고 있음이 분명해 보였지만, 그가 진정 원하는 것은 그것이 아니었기 때문이다. 삼 년 동안 그녀를 기다려 오면서 너무 많은 욕심을 키워놨다는 걸 알았지만, 선우혁은 보고 싶었다. 오로지 선우혁 그이기 때문에 열망하게 되기를, 사랑하기 때문에 원하게 되기를. 그렇지 않고 동물적인 욕망에 굴복해 그녀를 갖는 것은, 이제까지 키워온 그녀에 대한 사랑을 스스로가 저버리는 셈밖에 되지 않는다.

선우혁은 흐트러진 호흡을 가라앉히며 티셔츠를 내렸다. 마디가 하얘지도록 이불보를 움켜쥐고 있던 연희의 손에 스르르 힘이 풀리는 게 보였다. 그 손을 가져가 손가락 하나하나에 입을 맞추자 연희가 어깨를 움칠거렸다. 흥분으로 발갛게 달아오른 연희의 얼굴이 못 견디게 고혹적이었다.

7시 30분. 유혹을 즐기기엔 빠듯한 시간이다.

"욕실에 가면 드럼세탁기에 옷이 다 말랐을 거야. 나는 그동안 아침을 간단히 할 테니 먹고 가도록 해."

선우혁이 등을 보이며 부엌으로 걸어가는 모습에 연희는 맥이 탁 풀렸다.

어제 정미를 불러낸 것까지는 기억이 나는데 이후부터는 하나도 떠오르는 게 없었다. 분명한 건 자신은 선우혁을 따로 만나지 않았다는 것이다. 대체 그 공백 속에 무슨 일이 있었던 거지? 아무래도 스튜디오에 출근하는 대로 정미에게 물어봐야 할 듯싶다. 연희는 서둘러 침대에서 일어났다. 무엇보다 이곳을 나가는 게 우선이었다.

"후우……!"

붉게 부푼 입술, 복숭앗빛 홍조, 정돈되지 않은 머리카락.

욕실로 들어가니 자신은 온데간데없고 밀애의 흔적에 젖어 있는 낯선 여자가 거울 속에서 자신을 반기고 있었다. 방금 전 선우혁과 나눴던 순간이 떠올라 얼굴은 더욱 화끈거렸다. 게다가 지금 그녀가 입고 있는 그의 옷을 보고 있으니, 어제 잃어버린 기억 속에서 어떤 일이 벌어졌는지 궁금해 미칠 지경이었다.

'설마……!'

식탁에 앉아 그의 뒷모습을 지켜보고 있는 동안 연희의 상상은 제멋대로 활개를 치며 날아다니고 있었다. 그의 품 안에서 잠들고, 아침엔 그와…… 거의 사랑을 나눌 뻔했다. 그의 입술이 가슴 곳곳에 닿았던 감촉이 되살아나자 연희의 입에서 앓는 신음이 흘러나왔다. 이렇게 혼란스러워하는 그녀를 알고 있을 법한데도 선우혁은 아랑곳없이 음식을 세팅하기만 했다. 아침의 일은 그녀의 의지가 허락한 일이었다손 치더라도, 기억하지 못하는 무의식의 세계에서 벌어진 일은 그 문제부터가 달랐다. 정신이 맑게 깨이면 깨일수록 무의식 속에서 벌어졌을 일이 신경을 갉아먹었다. 더는 참을 수 없다고 느낀 순간, 연희는 그에게 직접 묻기로 결정을 내렸다.

"혹시……."

선우혁이 접시에 음식을 차리다 말고 그녀를 쳐다보았다. 아침에 그렇게 뜨거웠던 순간을 나누었다는 게 믿어지지 않을 정도로 태연하고 차분한 얼굴.

"음?"

"우리…… 아니, 선생님과 저, 밤에 무슨 일이 있었던 건…… 아니죠?"

"……."

아니라고 말해주길. 터무니없는 걱정이라고 대답해 주길.

그러나 선우혁은 아무런 말도 하지 않았다. 그저 가만히 자신을 응시하는 것으로 대답을 대신할 뿐이었다. 아침 내내 핥아댔던 가슴부터 쇄골, 목덜미, 입술, 눈까지 천천히 올라오는 그의 눈길은 제법 의미심장했다. 그보다 명백한 대답이 어디 있으랴.

연희는 깨어나는 감각에 눈을 질끈 감았다. 그리고 수저를 소리 나게 내려놓으며 벌떡 일어섰다.

"아니에요. 그럴 리가 없어……. 제가 잘못 생각한 거예요, 그죠? 아무 일 없었던 거예요!"

"야채 스프가 약간 싱거운 것 같은데 소금을 따로 줄까? 아니면 후추를……."

"말 돌리지 마세요!"

연희는 빽 소리를 지르며 그의 말을 잘랐다.

평생 살아오면서 이토록 언성을 높이게 될 줄 누가 알았을까. 하지만 상대방이 저렇게 약을 바짝 올리는 데야 참아줄 이유가 없었다. 그 상대가 전공교수이든 선생님이든.

"글쎄, 네가 말하는 그 일이 뭔지 난 잘 모르겠는데?"

"선생님!"

"아니면 아침에 침대에서 있었던 일을 말하는 건가?"

대답을 빙빙 돌리며 새삼 아침의 기억을 일깨우는 그로 인해 연희의 얼굴은 또다시 새빨갛게 물들고 말았다. 나쁜 사람 같으니!

"그것도 아니면 또 어떤 일을 말하는 거지?"

연희가 대답을 못하자 선우혁이 한쪽 팔에 턱을 괴며 넌지시 질문을 던졌다. 어쩐지 이 상황을 매우 즐기는 듯, 빙글빙글 웃고 있는 것처럼 보였다.

"선생님과 말장난하고 싶은 생각, 추호도 없어요. 제가 물은 질문의 대답을 듣고 싶으니 사실대로 말해주세요."

"건장한 두 남녀가 한침대에서 같이 잤어. 자고 일어나니 옷은 바뀌어 있고, 남자는 여자를 부둥켜안고 있었지. 여자는 남자의 품 안에서 눈을 떴고. 자, 그럼 여기서 무슨 일이 벌어졌을 것 같지?"

다소 무뚝뚝하다 싶을 만큼 건조한 음성으로 조목조목 나열하는 그의 모습에 연희는 점점 사색이 되어가고 있었다.

"그렇다면……."

연희가 더 말을 잇지 못하자, 선우혁은 맞은편에서 일어나 성큼성큼 그녀에게로 다가왔다. 그리고 그녀의 어깨에 손을 짚으며 말했다.

"나와 있었을지도 모르는 그 일이 그렇게 거슬리나?"

더없이 진지한 그의 표정에 연희는 가슴까지 묵직해지는 듯했다.

이제까지 스튜디오에서 함께 일했던 모습, 학교에서 전공과목을 가르치던 모습과는 또 다른 눈빛이 놀랍게도 신뢰감을 심어주고 있었다. 그건…… 교수도, 선생님도 아닌 남자의 눈빛이었다.

그 눈빛이 낯설어 연희는 고개를 숙였다. 그리고 거짓말을 접어둔 채 솔직하게 대답했다.

"머리는 네…… 라고 대답을, 가슴은…… 모르겠다고 말하고 있어요."

잠시 숨 막히는 침묵이 감돌았다.

"네가 걱정하는 일은 일어나지 않았어."

"……."

"하지만 앞으로 일어나도록 만들 참이야."

"……!"

연희는 홱 고개를 쳐들어 그를 마주했다. 그와 아무 일도 없었다는 말에 들은 감정이 안도인지 실망인지도 살펴볼 새도 없이 던져진 직격탄에 온신경이 마비되고 있었다. 아니야, 그럴 리가 없어. 잘못 들었을 거야.

그러나 어둡고 탁하게 흐려진 남자의 눈빛은 맹목적이다 싶을 정도로 강하게 그녀를 향하고 있었다.

"그…… 그게 무슨 말씀이세요?"

"네가 들은 대로야."

"말도 안 돼."

연희는 고개를 설레설레 저었다. 그의 손이 어깨를 지나쳐 점점 위로 올라오고 있다는 것도 깨닫지 못한 채.

"선생님, 제 감정은 생각해 보지 않으셨나요?"

"네 감정은 이미 읽고 있어. 다만 네가 네 감정을 못 보고 있는 것뿐이야."

"……."

"……널 당장 내 아래에 눕히고 날 받아들이는 모습을 보고 싶어. 하지만 그렇게 하지는 않을 거야. 오늘 아침에 나누었던 열망 속에서의 나와 너를 기억하길 바라기 때문이야. 솔직히 지금도…… 폭발하기 일보 직전이지만, 전부가 아니면 안 돼. 어떤 욕심도 완전히 너를 갖고 싶은 열망보다는 앞서지는 않거든."

그가 귓가에 대고 거칠어진 목소리로 이렇게 속삭였다. 그녀가 비틀거리며 마주 보자 의미심장한 미소를 보내며 덧붙였다.

"오늘 아침에 나누었던 건…… 앞으로 너와 내가 맛볼 클라이맥스의 전초전이라고 생각해 둬."

"노, 농담하시는 거죠?"

"마음대로 생각해. 눈앞에 있는 진실을 아니라고 부인하는 것도 다 네 선택이니까."

"선생님!"

연희는 자신의 얼굴을 감싸려는 그를 피해 슬금슬금 뒷걸음질을 쳤다. 그의 엉뚱한 발언을 듣고 나서부터 가슴이 뛰기 시작한 이유가 두려워서인지 설레어서인지 그녀 자신도 알 수 없었다. 선우혁은 여우몰이를 하듯 커다란 보폭으로 거리를 좁혀오며 그녀를 제압했다.

"선생님이라느니 교수님이라느니 그딴 호칭 따위, 더는 듣고 싶지 않아."

"……대체 왜 그러시는 건지 모르겠어요."

차갑게 닿는 벽. 뒷걸음질은 더 이상 허용되지 않았다.

선우혁이 얼굴을 가까이 가져가며 입술 위에서 속삭였다.

"너와 나, 이제까지 버텨온 두루뭉술한 관계에 인내심이 다했다는 뜻이야."

그가 입술을 포개려는 순간 연희는 고개를 돌렸다. 귓불을 빨아대는 그의 입술이 민감한 곳을 건드렸는지 온몸에 자잘한 소름이 일었다.

"못 들은 걸로 할게요, 교수님."

"한 번도 널 학생으로 여겨본 적 없어."

"저는 윤하 오빠와 사귀고……."

선우혁이 그녀의 턱을 잡아 자신을 바라보게 했다.

"윤하를 방패막이로 쓰기엔 많이 늦었다는 걸, 너도 잘 알 텐데?"

"선생님, 제발……!"

"그렇게 놀란 토끼 눈을 할 것 없어. 그런다고 해서 더 인내하는 일은 이제 없을 테니까."

"먼저 가보겠습니다."

연희는 그 한마디와 함께 그를 밀쳐 내며 오피스텔을 빠져 나왔다. 진정되지 않은 가슴은 여전히 두근거렸고, 상기된 얼굴은 가라앉지 않았다. 그리고 그녀를 향해 맹목적으로 빛내던 선우혁의 눈빛도 오래도록 잊혀지지 않았다.

'정말…… 안 되는 걸까?'

어쩌면 그에게 세뇌당했을지도 모를 자아가 속삭였다.

연희는 천천히 고개를 내저었다. 그 상대가 연인과 가장 가까운 누군가라면 얘기가 틀려진다.

"연희야, 좋은 아침! 속은 좀 어때?"

스튜디오에 출근하자마자 정미가 그녀를 반기며 물어왔다.

오늘은 종일 근무. 어제 윤하와의 약속으로 조기 퇴근을 하게 된 터라 그 시간을 오늘 충당하기로 한 것이었다. 전공수업도 때 아닌 휴강이라 종일 근무가 가능했다.

"그냥…… 견딜만 해요."

"그래 어머님은 뭐라 안 하시든?"

"……네? 어머님이 왜요?"

정미가 고개를 갸우뚱하더니, 미간을 찌푸리며 말했다.

"아니, 어제…… 아니지 오늘이지. 늦은 새벽이 다 되어서야 집으로 간 거잖아. 아니었어?"

"아아, 그거요. 네, 다행히 아무 말 없으셨어요."

연희는 거짓말을 둘러대는 게 마음에 걸렸지만, 최대한 태연한 기색을 가장하며 정미의 말에 응수했다. 그러자 정미는 화제를 바꿔 제법 감격한 얼굴로 나직이 중얼거리기 시작했다.

"그나저나 선배, 정말 멋지더라."

꿈꾸는 듯한 표정. 한마디로 지금 정미의 표정이 그랬다. 평소의 그녀를 몰랐다면 그런가 보다 넘겼을 테지만, 늘상 걸걸한 모습만 봐왔던지라 연희에게는 정미의 이런 모습이 무척이나 낯설게 느껴졌다.

"왜…… 요?"

"아아, 연희 넌 기억 못하겠구나. 후훗."

그리고는 일부러 뜸을 들이는 표정으로 연희를 뚫어져라 쳐다보는 것이었다.

"선배가 어제 우리가 술 마시던 바(bar)에 왔었어. 무슨 일인지 모르지만 널 찾는 전화를 걸어왔거든."

"네, 그래서요?"

"근데 네가 몸을 가누지 못할 정도로 취한 데다가 완전히 곯아떨어져서 상태가 썩 안 좋았거든. 거기까지는 기억나?"

"……아니요. 괜히 어제 저 때문에 언니까지 힘드셨을 텐데 죄송해요."

정미는 손사래를 치면서 부인했다. 그리고는 다시 눈을 빛내며 말했다.

"으응, 아니야. 내가 힘들 게 뭐가 있어. 힘들다면 선배가 힘들었겠지. 쿡쿡. 하기야 네가 가벼웠으니 덜 힘들었겠지만 오늘 보면 선배한테 고맙다고 해라. 아무튼 바(bar)에서 선배가 널 안아 올리는데, 말로 표현이 불가능할 정도로 멋져 보이더라. 그때 바(bar) 안에 있던 사람들이 한 번씩 다 쳐다보고 참 볼 만하긴 했지."

아침의 소란을 겪은 이후부터 더는 붉어질 일이 없을 거라 여겼던 연희의 뺨에 확연한 홍조가 돌기 시작했다. 그리고 스튜디오로 발을 들여놓기 전에 겨우 가라앉혔던 가슴 역시 또다시 요란하게 두근거리기 시작했다. 아침 햇살보다 따스하게 닿았던 입맞춤, 그의 품, 그의 체취, 귓가에 스미던 그의 음성.

그러나 한편으로는 선우혁의 고백 아닌 고백을 듣게 된 마당이니 앞으로 더욱 그가 신경 쓰일 걸 생각하면 없던 두통도 생기는 것만 같았다.

"어머, 얼굴 빨개지는 것 좀 보라니까. 그렇게 창피해할 것 없어. 내가 일전에도 말했었잖아. 선배, 보기에는 목석같아도 사람은 좋다고."

그런 연희의 모습을 정미는 꽤나 흥미로워하는 눈치였다.

"연희야."

"네?"

"아예 이참에 선배랑 사귀는 건 어떠냐? 보니까 두 사람 잘 어울리던데."

은근한 정미의 말에 연희는 정색하며 못을 박았다.

"말도 안 돼요, 그건."

"하긴, 부실한 연인이긴 해도 윤하 씨가 있으니까. 안 그래?"

연희가 뭐라고 대꾸하려던 찰나에 갑자기 문이 열렸다.

"오랜만이에요."

또각또각.

세련된 걸음걸이로 다가와 두 사람에게 악수를 청하는 여자는 굳이 패션 쪽에 관심이 없더라도 얼굴만 보면 이름을 댈 수 있는 모델, 박희주였다. 좁고 동그란 이마, 이지적인 분위기를 풍기는 눈매, 섬세한 콧날, 보기 좋은 굴곡을 그리고 있는 입술……. 조각미인이라는 말이 절로 떠오르게 하는 이목구비에 볼륨감있는 몸매를 지닌 박희주는 온몸으로 자신감을 드러내고 있었다.

'아, 그녀였구나!'

연희는 박희주와 인사를 나누면서 불현듯 잊고 있던 한 가지를 기억해 냈다.

박희주의 서늘한 목소리는, 언젠가 선우혁의 오피스텔에서 자동응답기로 재생된 목소리와 거의 일치했다.

상대가 박희주가 아닌 그녀임을 알았을 때 굳어지던 선우혁의 표정, 선약이 되어 있었음을 알게 해주던 박희주의 음성, 이 순간 박희주를 뒤따라 들어오는 선우혁에게서 감지되는 묘한 분위기…….

하나로 귀결되는 가정은 박희주가 그의 연인이라는 것.

돌연 살점을 도려낸 듯 예리한 고통에 연희는 저도 모르게 입술을 깨물었다. 할 수만 있다면 귀를 막고 싶었다. 아마도 환청이 분명하겠지만, 자동응답기에 녹음되었던 박희주의 목소리가 끊임없이 귓가에서 재생되고 있었기 때문이다.

# 제 9 장

"으~ 저 여시 같은 박희주! 한동안 얼굴 안 봐서 편했는데 왜 또 나타난 거래!"

정미는 손에 들고 있던 물건을 들었다가 내렸다가 하며 그녀의 성격답지 않게 히스테리에 가까운 태도를 보이며 치를 떨었다.

"언니, 그러다가 다 들겠어요."

"상관없어. 욕은 들으라고 있는 거야."

정미를 따라 암실로 들어간 연희는 멋쩍은 얼굴로 빙긋 웃었다. 지금 스튜디오 안에서 박희주는 촬영을 위해 분장을, 선우혁은 스태프들과 함께 조명을 설치하고 전반적인 점검을 하고 있는 중이었다.

"아무래도 다음 향수 메인 모델도 박희주로 결정난 모양인데 골치 아프게 생겼다. 연희 너도 조심해라. 재가 선배한테는 사근사근해도 보통내기가 아니거든."

"향수요?"

"응, 연희는 잘 모르겠구나. 2월 초였나? 그쯤에 시즌별 향수 광고 사진을 찍기로 계약했었거든. 여름이 첫 스타트인데 그 물망에 오른 이름 중 하나가 박희주였지."

"아아, 그랬군요."

"그리고…… 이건 좀 오래된 얘기이긴 한데, 선배랑 박희주랑 한때 사귀었었어."

정미는 영 마뜩찮은 기색이었다.

말로 하지 않았다 뿐이지, 그들이 사귀었던 과거의 시간에서조차 선우혁이 훨씬 아까워 죽겠다는 의사를 온몸으로 드러내고 있었다.

"지금은 아니구요?"

연희는 저도 모르게 내뱉은 말에 아차 싶어 입술을 깨물었다.

그러나 그 말을 정미가 흘려들을 리 없었다.

"응? 지금? 그건 아닐걸. 왜, 두 사람 다시 만난다든?"

"아, 아니요. 얼떨결에 말이 나온 것뿐이에요."

연희는 손사래를 휘휘 저으며 황급히 부정했다.

그냥 가만히 듣고 있기만 하면 될 것을 왜 엉뚱하게 되물어서 스스로 무덤을 파는 건지. 다행히도 정미는 이상한 낌새를 눈치채지 못한 듯, 더 캐물어오지는 않았다.

"뭐, 보아하니 이번에도 선배랑 어떻게 다시 시작해 볼까 하는 눈치던데 어림없지. 내 눈에 흙이 들어가기 전에는 그 꼴 보지도 않을 거지만 말야."

연희는 두 사람이야 다시 사귀든 말든 관심 가질 필요 없다는 이성의 충고를 충실히 지키려 애쓰며 정미의 말을 고갯짓으로 응수하기만 했다. 절대, 절대로 신경 쓸 필요 없다고 세뇌시키면서.

오히려 두 사람이 사귀게 된다면 연희로서는 쌍수를 들고 환영할 일이었다. 그렇게만 된다면야 선우혁이 두 번 다시 자신에게 저돌적으로 다가서지 않을 테니까. 그럼에도 명령체계가 무너져 버린 신경은, 그녀의 의지와는 상관없이 예민하게 날을 곤두세우고 있었다.

정미는 연희가 따로 묻지도 않았는데도 끊임없이 박희주에 대해 열변을 늘어놓았다.

"선배가 박희주랑 사귄 것도 순전히 박희주가 열심히 따라다녔기 때문이야. 국내든 국외든 야외 촬영하는 곳은 어떻게 알아냈는지 귀신같이 쫓아다녔고, 늘 스캔들을 조작하고 다녔거든. 내 생각엔 아무래도 신문기자를 매수한 것 같았어. 어쨌든 둘이 사귀고 나서부터 박희주는 본색을 드러내기 시작했어. 그것도 스태프들한테만."

그때부터 스태프들과 박희주 간의 트러블에 관한 이야기는 계속되었다.

한창 인화작업을 하고 있을 무렵 노크도 없이 문을 열고 들어와 훼방을 놓더라. 또는 괜스레 인화하는 과정이 궁금한 척 지켜보다가 휴대폰 폴더를 열어 빛을 쏘이게 하거나, 필름 자체를 못 쓰게 만들더라…… 등등. 그녀의 비위를 거스르는 스태프가 있으면 꼭 그렇게 괴롭혔다는 것이 정미의 말이었다. 말할 때마다 몹시 흥분하는 걸 보면 정미 역시 그 많고 많은 피해 사례들 중 하나 혹은 몇 가지의 경우에 속하는 모양이었다.

"개중에는 선배가 예뻐한 어시도 있었는데 얼마 못 버티고 관뒀어. 여자애였거든. 선배는 모르는 눈치였거나 알면서도 모르는 척하는 것 같았는데, 그 애가 선배를 꽤 많이 좋아했었어. 그게 박희주한테는 눈엣가시였던 거지. 그래서 틈만 나면 괴롭히는 걸 애가 못 당해내고는 그만두더라."

어쩐지 자신의 신세가 대입되는 이야기였다. 물론 그녀는 선우혁이 '예뻐' 하는 어시가 아니라는 점에서 달랐지만 말이다.

"에휴, 내 정신 좀 봐. 말하면서 너무 겁주는 건 아닌가 싶지만, 여하튼 조심해. 박희주는 여자 어시들 별로 안 좋아했어. 아니, 몹시 괴롭히길 즐겼지."

"아, 근데…… 그렇게 스태프들을 괴롭혔을 정도면 선생님이랑 사귀는 동안에도 서로 원만치는 못했었나 봐요? 대개 커플인 경우에는 그 주변 사람들한테 살갑게 대하는 게 보통인데……."

정미가 들려준 말의 절반만이라도 사실이면 박희주가 꺼려져야 마땅했다. 그런데 막상 그런 행동들이 애정 결핍에서 비롯되었을지도 모른다는 생각이 들자 박희주에게 가당치도 않은 연민이 일었다.

연희는 자라오면서 박희주와 같은 경우의 사람들을 여럿 보아 왔었다.

빼어난 외모라든지 특출한 재능으로 시선을 받는 데에 익숙해진 사람은 타인의 감정 역시 자신과 같거나 그 이상일 거라고 자만하기 일쑤다. 부유한 환경에서 자라났을수록 그 정도가 심했고, 시선의 주목도가 클수록 심했다. 물론 전부가 그런 건 아니었지만 상대방의 감정이 자신과 같지 않을 시에는 박희주처럼 갖은 수단을 동원해 압력을 행사하거나, 더 극단적인 방법을 이용해 자신의 감정을 강요하는 등 상대방이나 주변 인물에 대한 배려보다는 자신이 먼저인 사람이 대부분이었다.

지금은 아버지 성현철이 이끌어온 효창물산이 파산을 맞게 되는 바람에 만나지도, 소식을 전해 듣지도 못하고 있지만 한때 연희가 얼굴을 알고 지냈던 친구들 중 몇몇도 바로 그런 케이스였다. 그리고 하마터면 그녀의 남편이 될 뻔했던 남자까지도.

"그거야 두 사람 사이의 문제니 누구도 모르지. 선배가 말을 아끼는 사람이다 보니 그런 것에 대해 가타부타 얘기하는 편도 아니었고."

연희는 수긍하는 표정으로 차례차례 선반들을 정리했다. 곧 촬영이 시작되고 나중에 인화할 때를 대비해 미리 준비해 놓으려는 것이다. 정미 또한 그런 연희의 의도를 알아채고는 다크 백을 미리 챙겨두었다. 정미의 말은 다시 이어졌다.

"근데 희주가 아무리 용을 써도 소용없을 거다. 그전에 사귀었을 때에도 그랬지만 선배는 오래전부터 좋아하는 사람이 있는 눈치였거든."

선반을 오가던 연희의 손이 허공중에 멎었다.

불현듯 가슴 한켠이 서늘해지는 기분.

왜 이런 실망감이 드는 것인지 모르겠다. 박희주와 사귀었다더라, 라는 이야기에도 그럭저럭 무덤덤할 수 있었는데. 왜.

박희주와 선우혁이 지금은 사귀는 사이가 아니란 것을 확인 받으며 안도했던 간사한 마음이 격랑을 만난 돛단배처럼 위태위태하게 흔들리고 있었다.

'하! 웃긴다, 성연희.'

아침의 일로 인해 그와 무슨 사이라도 되는 양 민감하게 구는 모습이라니.

그가 좋아했다는 사람이 대체 누구일까 가슴을 졸이는 모습이라니.

연희는 그런 자신의 모습을 떨쳐 내듯 고개를 휘저었다. 그리고 아무렇지 않은 척 정미의 말을 받아넘겼다. 혹, 사진 속의 그 여자였을까 짐작해 보면서.

"선생님이 좋아하는 사람도 있었어요?"

"응. 희주가 아닌 건 확실한데 누군지는 모르겠단 말이야. 사오정은 아는 눈치던데 아무리 옆구리를 찔러도 도통 내뱉어야지."

여기서 정미가 일컫는 사오정은 조명 담당 강현석이다.

사오정과 저팔계. 이것은 두 사람이 서로에게 붙인 별명으로, 스튜디오에서 일하는 사람이라면 누구나가 다 알고 있는 악칭이었다. 전체적으로 깡마른 체형의 강현석과 조금은 비대한 몸집을 지닌 정미는 하루에도 몇 번씩, 틈만 나면 싸우기를 멈추지 않았다.

그 싸움이란 것도 의외로 작은 일에서만 부딪치는 점이 신기하다면 신기한 경우였는데, 어쨌든 그들의 싸움에 이력이 난 스태프들은 그들이 싸울 태세에 들어가면 알아서 자리를 피해주는 센스를 발휘하곤 했다. 물론 연희도 그런 사람 중 하나였다.

"뭐, 사람들이 믿지 않을 얘기란 건 알아. 선배가 스캔들이 잦은 편이긴 하니까. 그런데 암만 봐도 있는 눈치야. 박희주나 다른 계집애들이 그렇게 목을 매는데 거들떠도 안 보는 이유가 뭐겠어. 다 사연이 있겠지."

"아아, 정말 있었구나."

연희는 중얼거리며 고개를 끄덕였다.

"그래도 우리 연희가 윤하 씨 버리고 선배한테 갈 마음이 있다면 내 적극 밀어주지. 솔직히 말해봐. 정말로 생각없어?"

"흣. 이거…… 새로 들어온 어시한테 애정이 너무 각별한 거 아니에요?"

느닷없는 목소리의 주인공은 박희주였다.

짓궂은 정미의 장난에 난처해하던 연희는 박희주가 드러내는 적개심에 또 한 번 굳어졌다. 아까 선우혁이 있는 자리에서 웃는 낯으로 인사를 건넬 때와는 사뭇 다른 모습. 이게 바로 정미가 치를 떠는 박희주의 모습인가보다 짐작할 뿐이었다.

"연희 씨가 부럽네."

비아냥거림이 가득한 음성이었다.

"아이고, 박 공주께서 이 침침한 암실까지 어쩐 일이래요?"

비아냥거림은 또 다른 비아냥거림으로 이어졌다.

박희주의 조각 같은 얼굴이 잠시 균열이 생기는가 싶더니 금세 미소를 되찾았다. 그럼에도 정미를 향한 시선에는 선득한 날이 곤두서 있었다.

"뭐, 아까는 인사만 나누고 만 분위기라 연희 씨랑 더 친해져 볼까 하고 와봤죠. 듣자하니 연희 씨 아직 학생이라고요?"

"네, 내년에 졸업할 예정이에요."

"선우혁 씨가 전공수업도 가르친다고 들었는데, 스튜디오에서도 함께 일하니 조금 지겹겠어요. 그렇지 않든가요?"

"아주 저 같은 유도심문만 골라서 해요."

정미가 낮게, 그러나 박희주에게는 충분히 들릴 정도의 크기로 중얼거리자 박희주가 날카롭게 쏘아보았다.

"정미 씨, 아직도 그 버릇 못 고쳤어요?"

"무슨 버릇을 말씀하시는 건지?"

"혼잣말을 빙자해서 상대방의 신경을 건드리는 고약한 버릇이요."

"아아, 그거요?"

정미는 정말로—실제로 그랬겠느냐마는—몰랐다는 어투였다.

"이제까지 이 버릇 고치지 않고도 잘살아왔는데 뭣 하러 고쳐요?"

"정미 씨, 그러니까 아직까지 남자가 없는 거예요."

조금은 위험수위다 싶은 박희주의 지적에 정미가 콧김을 세게 내뿜었다.

"그러는 박 공주께서는 왜 선배한테 차이셨을까?"

순간 냉기로 똘똘 뭉친 침묵이 암실을 가득 채웠다.

박희주와 정미, 두 사람은 한동안 양보없이 서로를 노려보았다. 여차하면 난투극이라도 벌일 듯한 기세. 그 가운데에 끼어버린 연희는 슬며시 정미의 팔을 잡아당겨 그녀의 화를 가라앉히려 애썼지만 소용없었다. 정미는 그 자리에서 꿈쩍도 않은 채 박희주의 시선을 맞받아치기만 했다.

침묵을 깨뜨린 건 본래의 모습으로 되돌아온 박희주였다.

"뭐, 적을 알고 나를 알면 백전백승이라 했는데, 오늘 그 적을 간파했으니 굳이 정미 씨가 걱정해 주지 않아도 괜찮아요. 곧, 선배랑 다시 시작할 거니까."

말은 정미에게 향하고 있었지만 눈빛은 연희를 향하고 있었다. 말을 마친 희주는 다시 한 번 싸늘하게 정미를 노려본 후에 암실을 나갔다.

"봤지? 저런다니까."

정미는 박희주를 요절내지 못한 것이 못내 원통한 얼굴이었다.

"그래도 누군가를 정말로 좋아해서 저러는 거니까 아주 미워할 수만은 없겠는데요?"

"무슨 그런 끔찍한 소릴? 네가 아직 겪어보질 못해서 그래."

연희는 알았다는 듯 고개를 끄덕이며 선반 쪽으로 걸음을 옮겼다. 그러나 정미에게 말한 것과는 달리 아까 박희주가 자신을 바라보던 시선이 석연찮게 남아 있어 은근히 불편했다. 왠지 모르게 꼭 자신을 지칭하는 듯한 그 말투라니.

'신경과민일 거야.'

라고 되뇌이며 연희는 좀 전의 일을 잊기로 했다. 초면부터 적개심에 불태울 만한 이유가 아무리 생각해 봐도 없었기 때문이다.

새로 산 인화지를 종류별로 담아 넣으려는데 어떤 파일 하나가 눈에 띄었다. 한눈에도 인화지는 아니었다. 파일을 열어보니 여러 복잡한 법률용어들이 나열된 계약서들이 구비되어 있었다. 스튜디오 인디고가 생기기 전부터 지금에 이르기까지 년도 순서에 따라 고르게 정리된 계약서는 선우혁의 다양한 활동 경력을 보여주고 있었다. 그러다가 멈칫. 연희는 실눈으로 재차 확인하며 그중 하나를 끄집어냈다. 신기하게도 서명란에 날인된 이름은 전부 다 선우혁이 아니었다. 임현우? 누구지?

"그런데 언니, 임현우란 사람이 누구예요?"

"어…… 그거?"

연희의 손에 들려 있는 계약서에 정미의 얼굴이 굳어졌다. 정미는 청산유수처럼 말을 술술 쏟아놓던 얼마 전과는 달리 조금 긴장한 표정이었다.

"그 계약서 도로 제자리에 넣고 와줄래?"

연희는 정미의 말대로 계약서를 파일에 끼워놓으며 정미에게로 다가갔다.

"혹시 제가 봐서는 안 되는 거였어요? 죄송해요. 인화지 정리하다가 파일이 눈에 띄길래 그만……."

"아아, 아니야. 사실 기밀에 가까운 부분이라 말해도 되는지 선뜻 판단이 안 서네."

"그렇다면 말씀하시지 않아도 돼요. 전 괜찮으니까요."

"아니 뭐, 계약서까지 다 봤으니 이미 들은 거나 마찬가지이긴 해. 음…… 좋아 그럼. 그동안 연희를 보아오면서 입이 무거운 편이라고 생각했으니까 얘기해 줄게. 내 눈이 정확하다면 우리 스튜디오에서 현석 씨 다음으로 가장 자물쇠인 사람이 연희 너거든. 그럴 일 없을 거라고 믿지만 다른 스태프들한테도 함구해야 돼. 약속해 주는 거지?"

"네, 약속할게요."

한 박자 쉬고 들려온 정미의 대답은 간단했다.

"선우혁은 본명이 아니야. 필명이지. 진짜 이름이 바로 임현우."

"……아!"

상미가 했던 말이 사실이었구나.

학기가 시작되기 전에 들은 기억이 있었다. 설마 하면서 부풀려진 소문 중 하나라고 흘려들었던 이야기. 그런데 아마도 그 소문이 사실이었나 보다. 그다지 놀라지 않는 연희의 얼굴을 보며 정미가 멋쩍게 말했다.

"어? 어디서 소문으로도 나돈다고 하더니 알고 있었나 봐?"

"……네. 한번 들은 적이 있어요."

"후후, 선배가 달리 귀티가 흐르겠어. 타고난 것도 있겠지만 귀한 집 아들이니 그렇겠지."

"그럼 나머지 소문들도 사실이란 얘기예요?"

"글쎄, 소문이 어떻게 퍼졌는지 모르겠지만 선배가 집안 쪽 사람들과 등을 돌린 건 확실해. 그 이유가 사진이었을 테고."

"그리고요?"

솔깃해진 연희는 저도 모르게 정미의 다음 말을 재촉했다.

"원래 가진 거 많은 사람들이 그에 비례해 자존심도 세잖아. 선배가 이름까지 바꿔가며 사진 쪽 일을 고수하니까 더 못마땅했던 모양이야. 이젠 거의 왕래도 없이 타인처럼 지내는 것 같아. 팔도 안으로 굽는다고 하는데, 내가 보기엔 그 사람들이 참 매정하다 싶어. 천륜을 끊으면서까지 자식이 가려는 길을 반대하고 싶을까."

다소 무겁기까지 한 정미의 탄식이었다.

"네, 그런 사연이 있었군요."

'하지만 그런 경우가 얼마나 많은데요.'

연희는 마지막 말은 혀끝으로 삼키며 인화지를 정리하기 시작했다.

그녀도 가족들의 반대 때문에 하고 싶은 일과는 전혀 상관없는 학과를 선택해 사 년제 대학에 입학했었고, 2학년이 되던 해에는 집안끼리 조기유학을 의논하며 원치도 않는 남자와 혼인을 성사시키려 했었다. 그래서 약혼식이 거행되던 날, 그녀는 급기야 도피를 계획하고 행동에 옮겼다. 그것이 불발로 그치느냐 마느냐를 걱정할 새도 없이 아버지의 사업이 파산되고 말았지만 말이다.

그나저나 그 사람은 어떻게 되었을까. 식장을 벗어나려던 그녀를 붙잡았던 사람…….

"지금이 바로 내 인생에 있어서의 결정적 순간이에요."

비록 충동적으로 내뱉은 말이었지만 그때만큼 절실하게 느낀 적이 없었다. 이대로 사랑하지도 않는 남자의 아내로 살아가기 싫었고, 미치도록 사진을 배우고 싶었다. 그런 진심이 남자에게 통했는지 남자는 더 이상 그녀를 막아서지 않았고 도망칠 수 있도록 선선히 보내주기까지 했다. 혹, 그녀가 가고 곧바로 경호원들에게 알리면 어쩌나 하는 의심이 들었었지만, 남자는 그녀와의 약속을 충실히 지켰다.

이상한 노릇이었지만 그 남자의 얼굴도, 목소리도 떠오르는 게 전혀 없었다.

아마도 긴박한 상황이 상황이었던 만큼 누군가를 주의 깊게 지켜볼 수 없었겠지만, 연희는 가끔 그 남자를 떠올릴 때면 한 번쯤이라도 제대로 보아둘 걸 하는 후회를 곱씹곤 했다.

자신의 결정적 순간이 그 남자에게도 결정적 순간이 되었으리라곤 꿈에도 모르고 있었다.

촬영이 끝나고 스태프 모두가 돌아갔을 무렵, 박희주는 선우혁이 스튜디오를 정리할 때까지 잠자코 기다렸다. 용건이 있다는 그녀의 눈빛을 모르지 않았기에 선우혁은 침묵한 채 분주히 뒷정리를 했다. 그가 그녀의 곁을 지나치며 카메라 장비를 옮기는 순간, 희주는 참았던 용건을 꺼내 보였다.

"그 여자더군요."

희주의 한마디에 선우혁의 걸음이 못 박힌 듯 멈췄다.

“…….”

“사진 보면서 언제쯤 실제로 보게 될까 되게 궁금했거든.”

그의 뒷모습은 변함없었지만 희주는 놓치지 않았다. 장비를 들고 있는 그의 손마디에 필요 이상의 힘이 실려 있는 것을.

“뭐, 남자들이 좋아할 스타일이긴 하더라. 적당히 내숭 떨고, 적당히 순진한.”

“……박희주!”

“근데…… 정말 당신답지 않아서 놀랐다고 해야 하나?”

말끝에 감기는 그것은 명백한 조롱기였다.

선우혁은 장비를 바닥에 내려놓으며 잠시 호흡을 골랐다. 이럴 때일수록 평정을 지키는 게 최선이라는 걸 알았지만 그의 무표정 아래 금가기 시작한 분노는 이미 전신으로 그 위험스러운 기운을 뿜어내고 있었다.

또각또각.

걸음을 돌려 그에게 다가온 희주의 표정은 화가 난 것 같기도 하고 상처를 받은 것 같기도 했다.

“한 마디면 돼. 그 여자가 아니었다고 말해줘.”

“아니, 네가 제대로 봤어. 그녀가 맞아.”

“말도 안 돼!”

희주는 급기야 분통을 터뜨렸다.

“그 여잔 아직도 모르고 있던데 천하의 선우혁이 몇 년 동안 벙어리 냉가슴을 앓다니. 기가 막혀서, 정말!”

“함부로 말하지 마.”

씹듯이 내뱉는 그의 어조에 냉기가 뚝뚝 배어 있었다.

"당신이 그렇게 말하면 난 더 그러고 싶어져."

"박희주!"

"고작…… 고작 그 여자 때문에 차갑게 굴었던 거니? 당신이랑 사귀는 중에도 단 한 순간이라도 내 사람이다 느끼게 해준 적 없었어, 알아? 근데 이번에 새로 들어왔다던 어시, 왠지 모르게 낯이 익더라. 처음 보고는 몰랐는데 촬영하는 내내 당신 시선 끝에 그 여자가 들어 있어서 알았다고!"

이제 박희주의 눈엔 그렁그렁 눈물이 차 오르고 있었다.

그와 사귀는 동안 겉으로는 행복한 척 애정을 과시했지만, 실제로는 그렇지 않았다. 먼저 손잡아주는 일 없었고, 먼저 보아주지 않는 선우혁을 무던히도 기다려 왔었다. 언젠가는 자신을 보아줄 날이 있을 거라며 마음을 추스르고, 그를 이해하려 애썼다. 과장된 스캔들을 조작하고, 그의 업무를 방해하는 등, 일방적으로 강요하며 다가가는 방법이 잘못되었음을 그녀 자신도 깨달았기 때문이다.

하지만 많은 시선들 속에서 추앙을 받아오는 일이 익숙한 그녀에게 기다림은 고된 과제였다. 그녀의 신경은 점점 예민해지고 선우혁의 무신경은 더욱 심해졌다. 그러던 어느 날 누구에게도 허락을 출입하지 않은 개인 작업실에서 그가 어떤 사진을 오래도록 바라보는 모습을 발견하게 된 것은 정말 지독한 우연이었다. 그 애달아하는 눈빛에 가슴이 저릿해진 것도 잠시, 희주는 얼굴도 모르는 사진의 주인공에게 말할 수 없는 질투심을 느껴야만 했다.

결국 그가 없는 틈을 타 몰래 사진을 보던 그 순간, 희주의 자존심은 치명타를 입고 말았다. 또한 깨달았다. 무슨 이유에서인지 사진 속의 주인공과 헤어져 있지만 그녀가 있는 한은 절대로 그의 마음을 가질 수 없다는 것을.

탐정을 고용해 선우혁의 뒤를 캐는 일은 실상 일이랄 것도 없이 간단했다. 그렇게 해서 알게 된 사실 역시 그녀의 짐작과 일치했다. 흔적도 없이 행방불명이 된 여자라……. 언제 만날 수 있는지 기약조차 할 수 없는 상태임에도 여자를 추억하는 선우혁은 희주가 아는 그의 모습이 아니었다.

물론 곁에서 지켜보면서 그가 기사에서 꾸며진 것과는 달리 바람둥이가 아니고, 의외로 금욕적인 생활에 가까운 편임을 알게 되었지만, 희주는 인정하고 싶지 않았다. 제아무리 과거라 할지라도 용납할 수 없었다. 무조건 그녀뿐이어야만 했다. 그깟 여자 하나 때문에 자신에게는 털끝조차 손대지 않았다는 건 죽어도 인정하고 싶지 않았다.

오랜 번민 끝에 내린 결론은, 표면상으로는 그와 이별을 하며 그 여자가 나타나기를 기다리는 것, 그에게 확실히 다가갈 기회를 노리는 것이었다. 그리고 지금, 그 순간이 왔음을 희주는 깨달았다.

"망가뜨려 놓을 거야. 아니, 그럴 필요도 없겠네. 그 내숭 철저히 발가벗겨서 당신한테 보여줄 테니까 똑똑히 봐두라고."

"여자라고 봐주는 것도 여기까지야."

선우혁은 그녀의 팔을 잡아 거칠게 흔들며 낮게 경고했다.

"내일 촬영할 때 얼굴 붉히고 싶지 않으니 그만 가도록 해. 오늘 나눴던 얘긴 없던 걸로 하지."

스튜디오 출구를 활짝 열어놓은 뒤, 선우혁은 뒷정리를 재개했다. 당장 나가라는 축객령의 표시였다. 분노가 한 번 스쳐 간 그의 표정은 어느 때보다 무자비하고 차가워 보였다. 희주는 비틀거리며 핸드백을 움켜쥐었다. 힘없이 걸음을 옮기는 희주의 눈에는 상처만큼이나 깊은 증오가 고여 있었다.

윤하가 칵테일을 섞는 동안, 연희는 말로만 듣던 개인 룸에 앉아 주위를 두리번거리고 있었다. 크림색 카펫 위로 심플한 테이블과 의자, 소파가 놓여져 있었고 앞쪽으로 길게 뻗어 있는 전면은 유리로 이루어져 서울의 화려한 야경이 한눈에 들어왔다. 시원스레 이어진 한강의 줄기가 야경의 어둠을 흡수해 똑같이 검었지만 그 표면엔 별보다 반짝이는 빛조각들이 부표처럼 떠다니고 있었다. 몰랐다. 서울의 도심이 이렇게 아름다울 줄은……. 저마다의 불빛들이 휘황찬란하게 늘어선 모습을 그녀는 무심결에 찬탄의 눈빛으로 응시하고 있었다. 삼 년 전보다 여유를 가지고 보게 된 서울은 과거 부모님을 따라 여행했었던 세계의 유명한 도시 그 이상으로 황홀해 보였다. 새로운 시선. 아마도 그것은 지난 삼 년간 갖가지의 고된 일들을 통해 얻은 수확이 아닐까.

연희는 유리에 비친 자신의 모습을 보며 잠시 표정을 굳혔다.

언제까지 마냥 미룰 수만은 없는 일이 바로 코앞에 다가왔다. 이대로 미적지근하게 윤하와 만남을 이어가는 건 너무도 무의미하다. 몇 시간 전, 윤하의 얼굴을 보며 다시금 깨달은 사실이었다.

스튜디오에서 일을 마치고 나오는 순간, 연희는 익숙한 밴 한 대가 건물 앞에 정차되어 있는 것을 발견했었다. 윤하가 평소보다 무거운 표정으로 그녀를 반기자 연희는 그가 어제의 일을 사과하려 한다는 것을 깨닫고 가만히 침묵을 지켰다. 그의 밴이 도착한 곳은 그동안 한 번도 와본 적이 없었던 윤하의 오피스텔이었다.

"원래 칵테일은 매니저 형이 전공인데 형이 감기 몸살에 걸려서 차마 부탁을 못했어. 먹을만 한지 모르겠다."

윤하는 잔을 내려놓으며 머리를 긁적였다.

"맛은 괜찮은데요?"

"그래? 그럼 다행이다."

연희가 한 모금 들이키자 윤하는 초조한 듯 손바닥을 문지르며 눈을 내리깔았다. 어제에 비하면 붓기가 많이 가라앉은 편이라던 윤하의 설명에도 불구하고 조명 아래, 다친 한쪽 턱이 유난히 커다랗게 부풀어 보였다.

"음악 틀까?"

"아니요."

"그럼…… 과일은 어때?"

너무나 어색한 분위기에 숨이 막혔다. 안절부절못하는 그의 모습을 보는 것도 정말 못할 노릇이라는 생각에 연희는 먼저 이야기를 꺼내기로 했다.

"오빠."

"응?"

"그렇게 벌 받는 얼굴…… 지켜보는 저도 마음이 불편해요. 어제 일 때문이라면 그러지 않아도 돼요."

하지만 윤하는 어두운 표정을 풀지 않았다.

"미안해. 널 너무 오래 기다리게 했어."

"괜찮다니까요. 생각보다 오래 기다리진 않았어요."

"그런데 어제…… 병원에 오지 않았었니?"

망설이며 질문을 던지는 그의 표정이 금세라도 깨질 것 같이 위태해 보였다. 소정하와의 일 때문에 그렇다는 걸 짐작할 뿐이었다.

"오빠. 제가 병원에 갔었는지, 그렇지 않은지는 별로 중요하지 않은 것 같아요."

"……연희야!"

"오빠를 비난하려고 이렇게 말하는 건 더 더욱 아니에요."

"그렇다면 내 말 먼저 들어줘."

윤하는 비장해 보이기까지 한 표정으로 전후사정을 설명했다.

소정하와는 예전에 사귀었었다는 것, 그러다가 이번에 찍게 된 영화의 상대 배우가 갑작스런 사고로 교체되었는데 그 상대가 소정하였다는 그의 설명은 어제 새벽 이 감독의 폭행을 설명하는 부분에서 잠시 끊어졌다. 그리고 마음은 정리된 상태이지만 차마 이 감독에게 괴롭힘당하는 정하를 보고 있을 수 없어 사고를 일으키게 되었다는 설명이 드문드문 이어졌다.

"……병실에서의 일은 정하가 마음이 격해져서 그런 걸 거야."

설명을 마친 그는 고해성사를 마친 듯 아까보다는 한결 평온한 얼굴이었다. 그러나 그것도 잠시, 다음 순간 들려온 연희의 말에 윤하는 충격으로 얼어붙었다.

"아니요, 흔들린 건 저였어요."

"그, 그게 무슨 말이니?"

"병실에서…… 다른 사람이었다면 마땅히 질투를 느끼고 화가 났을 텐데, 전 그러지 않았거든요. 오히려 오빠를 향한 정하 씨의 마음을 보면서 감동까지 받았는걸요. 그래서 이대로 오빠의 옆을 지키고 있어도 되는지 흔들렸어요."

윤하는 믿을 수 없는 얼굴로 연희의 손을 잡으려 했고, 연희는 그 손을 뒤로 빼며 고개를 내저었다.

"우리, 잠시만 시간을 두고 서로에 대해 생각하기로 해요."

고윤하. 그저 후원자에 대한 호감 정도로만 받아들이기에는 부족한 감이 있었다. 그것이 무엇인지 연희는 알아내야 했다. 그를 이성으로 느끼고 있는지, 아니면 그녀에게는 없는 오빠라는 존재에 대한 편안함을 그에게서 대신 찾는 것인지, 빠른 시일 내로 깨달을 필요가 있었다. 그것이 모두를 위한 방법이었다.

이제야 머릿속이 맑게 개어지는 기분.

어제 정미와 함께 술을 마시는 동안에도 안개 속을 걷는 듯 답답하기만 했는데, 오피스텔로 향하는 내내 굳어 있던 윤하의 얼굴을 보며 차츰 답을 찾아가게 되었다. 그전에 암실에서 정미와 나눈 대화를 통해 자신의 감정을 좀 더 솔직하게 들여다보게 된 것이 계기가 되었지만 윤하에게 말하고 나니 생각이 훨씬 차분히 정리가 되었다.

그리고 또 한 사람, 선우혁에게로 생각이 자연스레 향하면서 연희의 눈빛이 잠시 굳었다. 윤하에 대한 감정을 돌아보면 동시에 선우혁을 향한 감정도 판가름 날 것이다. 그것이 어떤 방향으로 흐르든 더는 부인하지 않을 생각이었다. 윤하에 대한 죄책감으로 그에 대한 마음을 부인하려 든다면 그것이야말로 그녀 자신과 윤하에게 더 큰 죄를 짓는 것이 될 테니까.

"그게…… 너의 결정인 거니?"

"아뇨, 저의 결정만은 아니에요. 그게 아니더라도 이 시간을 언젠가는 오빠도 필요하다고 느끼게 되었을 테니까요."

윤하는 아까에 비할 수 없는 초조함을 느끼며 주먹을 움켜쥐었다.

이 순간만큼 연희가 낯설게 느껴진 적이 있었을까?

가만히 자문하는 윤하에게 내려진 답은 아니라는 쪽이었다. 아니면 그가 이제까지 연희를 잘못 알아왔거나. 또 아니면, 그녀가 더 강하게 성장을 하고 있는 중이거나.

결론이 어느 쪽이든 이렇게 명확하게 주도해 나가며 눈을 빛내는 연희의 모습은 낯설게만 느껴졌다. 그리고 아름다웠다. 한순간에 압도당한 느낌. 윤하로서는 드문 일이라 유쾌하지 않을 만도 한데 전혀 그렇지가 않았다. 만약 그녀가 성장하고 있는 중이라면, 변화를 거치고 있는 중이라면 무엇이 그녀를 자극한 것인지 궁금할 따름이었다. 그 자극이 누구도 아닌 고윤하 자신으로 인해 비롯된 것이었으면, 하는 염치없는 바람까지 가져보면서.

'어쩌면 형이 연희를 도우려 했던 것도 연희의 이런 모습 때문

이 아니었을까.'

찰칵, 찰칵.

각도에 따라, 포즈에 따라 카메라 셔터는 경쾌한 음을 퍼뜨리며 스튜디오 내부를 채웠다. 뜨거운 조명 때문이기도 했지만, '관능미 voluptuous beauty' 라는 향수 광고의 콘셉트 때문에 스튜디오 내부는 한껏 농염한 열기에 젖어 있는 상태였다.

"아예 벗어라, 벗어."

정미의 이죽거림에 연희는 풋, 실소했다.

어제에 이어 오늘도 촬영을 하게 된 박희주는 세련된 검정 원피스를 차려입고 있었는데 그 노출이 조금 심한 편이라, 같은 여자인 연희가 보아도 시선을 어디에 두어야 할지 모를 정도였다. 네크라인이 깊게 파인 상반신은 가슴의 굴곡을 거의 다 드러내고 있었고, 머리는 하나로 틀어 올려 백조처럼 유연한 목 선이 눈길을 끌었다. 무엇보다 갓 정사를 치른 듯 나른한 분위기를 연출하고 있는 박희주의 표정이 압권이었다.

"자기, 오늘 저녁에 시간은?"

분명한 의미를 담은 희주의 눈빛에 몇몇 스태프들이 휘파람을 길게 불었다. 이젠 대놓고 한다 이거지? 하는 수군거림도 있었다. 하지만 선우혁은 여전히 무표정한 얼굴로 셔터를 누르기에 바빴다.

"야경이 근사한 곳을 예약해 두었는데 성의를 봐서라도 들러."

"……."

"당신이 좋아하는 와인까지 준비해 놨다니까."

"……."

"그리고 나까지 더해서."

스태프들이 저마다 훅 하고 신음을 토해냈다.

희주는 그에 아랑곳 않고 태연하게 포즈를 취했다. 어젯밤의 일은 깡그리 잊었다는 듯 속삭이는 희주의 눈매가 하염없이 추파를 던지고 있었다. 선우혁은 필름을 갈아 끼우며 한마디 내뱉었다.

"작품을 위한 설정치고는 좀 과하군."

"이게 작품을 위한 설정으로 보여?"

"아니면?"

무덤덤하게 받아치는 말투, 그러나 눈길만은 냉담했다.

성연희를 의식하고 보란 듯이 질척거리는 박희주의 속셈은, 적어도 선우혁이 보기에는 뻔한 수작이었다. 그래서 더 불쾌하고 화가 났다. 그에 관한 한 보이는 대로 믿을 게 뻔한 연희가 이 상황을 어떻게 받아들일지 너무나 훤했으므로. 아니나 다를까, 스튜디오에 있는 스태프들 중 절반은 그녀의 계획에 넘어간 눈치였다.

"궁금하면 직접 와서 확인해."

희주가 밀어를 속삭이듯 그의 귓가에 대고 말했다.

"다른 사람한테 그 영광을 주도록 하지."

"당신만 확인할 수 있다는 거 뻔히 알면서 시치미 떼기야?"

불쌍하군.

선우혁은 입가를 비틀었다.

박희주가 그에게 원치 않는 감정이 있다면 그건 바로 동정일 것이다. 그럼에도 불구하고 이 순간, 그녀가 진정으로 불쌍했다. 가지려 애를 써도 가질 수 없다는 걸 앞으로 깨닫게 될 그녀가 측은하게만 보였다. 그리고 그것을 깨닫게 해줄 첫 번째 상대가 자신이 된 것에 미안한 마음이 들었다. 잠시 잠깐 사귀는 와중에도 기대를 가지지 않도록 거리를 두었는데 아마도 그런 태도가 그녀로 하여금 더한 집착을 가지도록 만들어 버렸나 보다.

"……흐읍!"

선우혁이 감상적인 이유로 방심을 한 사이, 박희주가 그의 목에 팔을 감고 얼굴을 겹쳐 왔다. 그리고 입맞춤.

스태프 중 하나가 능청을 떨며 흥분했다.

"아니, 아니. 이건 우리가 찍어야 하는 건가?"

"눈으로 찍는 거지 뭐."

누군가의 받아침에 스튜디오는 왁자지껄한 웃음판으로 들썩거렸다.

다분히 공격적인 그 입맞춤에 당황하기도 전에 선우혁은 스태프들 틈에 섞여 있는 성연희와 눈이 마주쳤다. 밀어낼 수 있었음에도 박희주를 막아내지 못한 것은 아마도 그래서였을 것이다.

성연희, 널 원하는 게 나만의 감정인지 알고 싶어. 나 역시 박희주처럼 일방통행인지 아닌지 확인하고 싶단 말이다. 그러니 피하지 마라. 보여줘, 네 진심을. 날 원하고 있을 네 진심을 보고 싶다.

주술을 걸 듯 연희의 시선을 붙잡았다.

독점욕 가득한 여자의 입맞춤을 받아내며 눈으로 연희의 마음을 갈구했다. 충격으로 바랜 듯했던 연희의 안색이 차차 원래대로 돌아오고 있었다. 하지만 고집스레 대답을 회피하는 눈빛은 여전했다. 할 수 없군. 누군가를 이용하면서까지 너의 마음을 확인하려는 이 치졸함이 마음에 들지 않지만 어쩔 수 없어. 당장이라도 관두고 싶지만 그러기엔 너무 많이 절박하거든. 이제는 슬슬 지쳐가고 있다고. 너를 기다리는 것에 대해.

그때까지 박희주의 손끝 하나 건드리지 않은 채 입맞춤만 허락하고 있던 선우혁은 천천히 여자의 육감적인 몸매에 손을 휘감기 시작했다. 연희의 눈동자가 미세하게 흔들리는 게 보였지만 그것으로는 부족했다. 여자의 허리에 놓인 손을 어깨 쪽으로 옮겨가며 좀 더 깊은 입맞춤을 하기 위한 자세로 돌입했다. 그러자 거짓말처럼 연희의 눈에 번쩍임이 일었다. 그래, 좋아. 그거면 됐어. 오늘은 여기까지만 해두지.

그녀의 눈빛 속에서 원하는 대답을 읽어낸 선우혁은 단호하지만 정중하게 박희주를 떼어냈다. 감출 수 없는 기쁨이 그의 전신에 떠돌아다니고 있었다. 스태프들만 아니라면, 여기가 사람들에게 둘러싸인 시내 한복판이었다고 해도 당장 성연희를 끌어안아 격렬한 입맞춤을 퍼부었을 것이다. 어렴풋이 느끼고 있으면서도 제 상대인지 확인 절차를 거쳐야만 직성이 풀리는 습성. 그것은 수컷 특유의 본능이었다.

"이 정도면 충분한 확인이 되었을까?"

박희주가 가쁜 숨을 몰아쉬며 그에게 물었다. 그녀의 얼굴은 착각을 동반한 만족스러움으로 도취된 상태였다. 하지만 선우혁은 박희주를 보고 있지 않았다.

"물론 충분하지."

그건 박희주가 아닌 성연희를 향한 대답이었다.

"이거 변변치 않은 초대장인데 놀러와 주세요. 오실 거죠?"

촬영을 끝낸 박희주가 연희에게 카드를 건네며 웃어 보였다.

연희는 흘끗 초대장을 보았다. 파티? 아마도 그것과 비슷한 것 같았다. 박희주의 에이전시에서 뭔가 특별한 행사를 주최하는 모양이었다.

"마음은 감사하지만 글쎄요. 그날은 스튜디오에서 작업하느라 불참하게 될 것 같은데요……?"

"어머, 모르는가 보구나! 우리 에이전시랑 스튜디오 인디고랑 전부터 친분이 두터워 해마다 우리가 파티를 주최할 때마다 스태프들도 다 참여했었어요. 이번에도 그렇게 될 걸요?"

금시초문이었다. 의아한 얼굴로 정미가 있는 쪽을 쳐다보자, 정미가 수긍하는 얼굴로 고개를 끄덕였다. '나도 가기 싫지만 어쩌겠니? 대외 행사라는데' 라고 말하는 눈빛이었다.

"아, 그랬군요. 초대해 주셔서 고마워요. 그럼 그날 뵙도록 하지요."

"근데 파트너로 누구 생각해 둔 사람은 있어요?"

"파트너요?"

이번에도 역시 금시초문인 얼굴로 되묻자, 박희주가 까르르 웃음을 터뜨렸다.

"네, 이번 행사 파트너 동반이거든요."

"오호라~ 우리의 박 공주께서 파트너까지 물색해 주실 모양이네? 그럼 나도 낍시다!"

박희주의 노려보는 시선에도 아랑곳 않고 정미가 끼어들었다.

"우선 내가 선호하는 타입은 저기 저 사오정 같은 사람만 아니면 되거든. 그밖에는 박 공주의 안목을 믿을 테니까 잘 좀 부탁해요, 응?"

"후훗, 글쎄요. 제가 보기엔 정미 씨 파트너는 강현석 씨가 적격인데 그새 또 싸우셨어요?"

박희주가 여유롭게 받아치자 정리하고 퇴근하던 스태프들이 동조의 의견을 보내왔다. 정미는 못내 분한 얼굴로 씩씩거리다가 원래 있던 자리로 되돌아갔다. 양반되기는 글렀다고 뒷정리를 안 한다며 타박하는 강현석의 목소리가 멀리서 들려왔기 때문이다.

다시 박희주와 단둘이 남아버리고 말았다. 이 상황이 달갑지 않아 연희는 마찬가지로 정미를 도와주러 가야 한다는 핑계로 빠져나가려 했지만, 박희주는 그렇게 호락호락하지 않았다. 마치 커다란 선심을 베푸는 척 정말로 파트너를 물색해 주겠다고 물고 늘어지는 것이었다.

"사양할게요. 그리고 어떻게든 되겠죠."

의도한 건 아닌데 목소리가 새침하게 흘러나와 버렸다.

생각하지 않으려 해도 몇 시간 전 보았던 선우혁과 박희주의 입맞춤이 떠올랐기 때문이다. 이제 이 까닭없는 반감의 정체가 무엇인지 더는 되새겨 볼 필요도 없다. 연희는 씁쓸하게 웃으며 속으로 중얼거렸다. 그래, 결국 이 남자를 마음에 두고 있었던 거구나.

그래서 그토록 신경이 쓰였던 걸 왜 그리도 먼 길을 돌아서야 깨달게 되었을까.

스스로에게 화가 난 나머지 헛웃음마저 나오려 했다. 뒤늦은 깨달음에 관통당한 가슴이 먹먹한 고통을 호소해 왔다. 벌어진 상처 끝으로 기다림에 절박해진 남자와, 기다림에 익숙한 또 한 남자가 스며들었다. 한때, 벼랑 끝으로 몰린 건 자기 자신이라고 여긴 순간이 있었다. 하지만 정작 벼랑 끝에 서 있는 사람은 선우혁이었다. 그가 내민 손을 밀어낸 사람은 그녀 자신. 반대편에서 그녀가 다가오길 기다려 준 사람은 고윤하.

윤하를 향한 죄책감이 이제까지 그래 왔던 대로 선우혁을 보지 말라고 강요하고 있었지만, 그것이야말로 윤하에게 더 몹쓸 짓이라는 생각이 들었다. 소정하처럼 그를 사랑할 자신도 없으면서 단지 미안함만으로 그의 곁에 머무는 비겁함을 차마 저지를 순 없었다.

"그래요? 안타깝지만 그럼 그날 멋진 파트너를 동반하고 오시길 기다릴게요."

박희주는 선우혁 쪽을 향해 의도적으로 시선을 한번 던진 후 스튜디오를 빠져나갔다. 그 모습을 보며 연희도 나갈 준비를 하려는데 별안간 쿵, 하고 뭔가에 부딪치고 말았다. 놀라서 고개를 드니 선우혁이 알 수 없는 눈빛으로 자신을 내려다보고 있었다. 스태프들이며 정미, 현석은 이미 가고 없는지 스튜디오 내부는 한산했다.

"선생님도 파트너가 필요하신 거라면 박희주 씨한테 부탁해 보세요. 아마도 빠른 시일 내로 주선을 해줄 것 같으니.”

마음에도 없는 말을 제멋대로 내뱉으며 그의 시선을 피했다.

“미안하지만 파트너가 이미 있어서 말이야.”

상대가 박희주라는 얘기인가? 하지만 차마 그렇게 물어볼 수는 없는 노릇이다.

“아, 네. 그럼 전 이만 가보겠습니다.”

최대한 태연을 가장하며 그의 곁을 지나치려는데 그가 걸음을 옆으로 옮기며 진로를 차단해 왔다.

“그 파트너가 누군지 안 물어볼 건가?”

“뭐…… 물어보지 않아도 그날 알게 될 텐데요.”

공연히 심술이 생긴 나머지 톡 쏘아붙이고 말았다.

“그래?”

“네.”

그를 보고 있진 않았지만 왠지 그가 웃고 있는 것 같다는 기분이 들었다. 그럴 리가 없다며 다시 반대쪽으로 걸음을 옮기려는데 선우혁은 이번에도 역시 진로를 차단해 왔다. 갑자기 짜증이 확 치솟았다.

“선생님, 좀 비켜주시겠어요?”

“싫다면?”

발끈하며 고개를 홱 쳐들자, 그는 여전히 알 수 없는 눈빛으로 그녀를 응시하고 있었다. 그가 웃고 있을 거라던 짐작은 역시나 착각이었나 보다.

“좋아요. 그럼 제가 비켜 드리죠.”

하면서 걸음을 돌리자, 이제는 아예 그녀의 어깨를 붙잡은 채로 한쪽 벽면으로 이끌었다. 그의 커다란 체구 때문인지 마치 두 개의 벽면에 갇혀 버린 것만 같았다. 연희는 자신이 몹시 왜소해진 기분이 들었다.

"성연희."

선우혁은 양쪽 팔을 벽면에 짚으며 그녀의 이름을 불렀다. 귓가를 간질이는 그의 숨결에 스멀스멀 묘한 열기가 몸속에서 피어올랐다.

"……선생님, 부탁인데 비켜주세요."

연희는 겨우 말하며 걸음을 뒤로 옮겼다. 몸을 최대한 벽면에 붙였음에도 그와의 거리는 지나치게 좁았다.

"잘됐군. 나도 부탁이 있었는데 말이야."

비키기는커녕 서로의 몸이 닿지 않을 정도로만 유지한 채 간격을 더욱 좁혀오기만 하는 선우혁이었다. 아무래도 이렇게 불편한 상태에서 용건을 말할 모양이었다.

"부탁…… 이요?"

"음, 에이전시가 주최하는 파티에 내 파트너가 되어줬음 해."

그 말뜻을 알아들은 연희는 비로소 외면했던 시선을 들어 그와 마주했다. 그의 눈빛이 아까 박희주와 입맞춤을 나누었을 때처럼 날카롭게 빛나고 있다.

"미리 말해두지만 거절은 받아들이지 않을 거야."

선우혁은 그녀의 입술 바로 아래에 입술을 가져다 대며 중얼거렸다. 싸하게 번져 나가는 열기에 정신을 차릴 수 없을 지경이었다. 어느 틈에 다가왔는지 그의 허벅지가 연희의 다리 사이에 자리를 잡고 있었다. 벽면을 짚었던 왼쪽 손은 그녀의 갈비뼈를 더듬다가 가슴이 시작되는 곳에서 지분거림을 멈추고 서 있었다.

"선생님……."

"그 선생님이라는 말, 듣고 싶지 않다고 했을 텐데."

맥박 치는 귀밑에서 그의 음성이 전해졌다. 굉장히 나른해지는 감각이 느껴진다.

그의 손이 애태울 듯이 가슴 아래를 배회하고 있었다. 차라리 이렇게 애태우지 말고 어제 아침에 그랬던 것처럼 만져 주고 핥아 주었으면 하는 미친 생각에 연희는 번쩍 정신을 차렸다. 그녀의 머릿속을 훤히 꿰뚫고 있는 듯한 선우혁의 표정을 보는 순간 연희의 얼굴은 붉게 달아올랐다. 미쳤어, 정말로 미쳐 가고 있는 게 틀림없다.

"좋아요, 선우혁 씨. 됐나요?"

"듣기 좋군."

희미하게 배어나는 박희주의 향수가 남자의 셔츠에서 풍겨 나왔다. 가슴 한쪽을 도려내는 듯했던 날카로운 통증이 다시 도지려 하고 있다. 그때 선우혁을 보면서 질투라고 인정한 순간, 연희는 눈앞의 박희주를 미워하지 않기 위해 일부러 갖은 이유를 다 갖다 댔었다는 사실도 함께 인정하고 말았다.

정하와 윤하의 입맞춤을 보았을 때에도 이 정도까지는 아니었었는데…….

선우혁과 박희주, 두 사람을 떼어놓고 싶은 충동까지 느꼈었다.

자신을 만지던 그의 손이 다른 여자를 만지는 것이 이토록 화가 나는 일일 줄이야.

자신의 혼을 쏙 빼놓은 이 남자를 어떻게 해야 하나.

어쩌면 얄팍한 심술일지도 몰랐지만 이 남자에게도 자신이 맛보았었던 복잡다단한 기분을 느끼게 해주고 싶었다.

박희주와의 입맞춤을 보면서 느꼈던 질투. 깨닫기 시작한 감정을 궁지로 몰아넣은 선우혁의 용의주도함에 대한 작은 보복 심리. 놓치기 싫어 안달할 수밖에 없었던 조급함. 무엇보다 가장 큰 정신적인 쾌감과 충족감을 안겨주는 이것. 연인과 가장 가까운 누구라 할지라도, 그 어떤 경우에도 안 된다는 절대적인 명제가 가로막고 있더라도 포기할 수 없게 만드는 이것.

연희는 눈앞의 남자 역시 그렇다는 것을 확인 받고 싶었다.

"그 부탁…… 이란, 그저 파트너 노릇만 해주면 되는 건가요?"

"아마도."

연희는 남자의 가슴팍을 가볍게 밀쳐 내며 고개를 내저었다. 그리고 새침하게 미소 지었다.

"미안하지만 그 부탁은 들어줄 수 없을 것 같네요."

"농담이겠지?"

"저의 거절이 농담일 거란 근거가 궁금해지네요. 분명히 말하지만 선생님의 파트너는 되어드릴 수 없어요."

남자의 눈썹이 휘어졌다. 그를 향한 호칭이 또다시 선생님으로 돌아온 것에 대해 불만스러운 기색이다.

"왜인지 이유를 묻는다면?"

나직한 저음에 깔려 있는 감정이 조금씩 기지개를 켜고 있었다. 그럼에도 남자의 오만한 자존심은 그녀의 거절을 믿을 수 없다는 자신만만함을 내포하고 있었다.

"내 파트너 적임자로 선생님은 적당하지 않거든요."

단호하고도 또박또박 읊조리는 대답에 남자의 안색이 급속도로 어두워졌다. 남자의 눈에 실망감이 내비쳤다.

"윤하는 안 돼."

"윤하 오빠라고 말한 적 없어요."

그녀의 야무진 대꾸에 선우혁이 악다문 잇새로 욕설을 내뱉었다.

"제길, 내 앞에서 윤하 이름 입에 담지 마!"

"먼저 말한 건 선생님이었잖아요!"

"실수였어. 어쨌든 네가 윤하에 대해 말하는 것 이젠 더 이상 듣고 싶지 않아. 윤하 때문에 안 된다는 말은 더 더욱 듣기 싫어. 그런데 뭐? 파트너가 돼줄 수 없다고? 왜지? 스태프 중 누군가 파트너로 생각하는 사람이라도 있는 거야?"

속사포처럼 쏟아놓는 질문엔 통제하지 못한 감정들이 고스란히 묻어 나오고 있었다. 안하무인에 가까운 질투. 평정을 잃은 조급함. 선우혁은 격하게 그녀의 어깨를 잡아 흔들며 분노를 드러냈다.

"그럴지도 모르죠."

"말도 안 되는 소리! 내 화를 돋우려는 게 아니라면 공연히 헛수고하지 마. 어느 녀석이든 간에 널 파트너로 대동하는 순간 그 즉시 빼앗아 버리고 말 테니까."

선우혁은 대답이 끝남과 동시에 와락 그녀를 품에 안았다. 그녀가 바둥대면 바둥댈수록 숨이 막힐 정도로 거세게 끌어안으며 놓아주질 않았다. 격렬히 토해놓은 그의 호흡에는 미처 말하지 못한 소유욕이 한가득이었다.

"설마 그러려고요?"

느릿한 어투로 자극하자 선우혁이 그녀를 품에서 떼어내며 사납게 되받았다.

"왜? 못할 것 같아? 아님 널 내 여자라고 스태프들한테 공표하게 만들 셈이야?"

"단순한 파트너인데 내 여자를 운운할 필요까지 있을까요? 오버하지 말아요."

연희는 자신이 원하는 고지에 가까워지고 있는 걸 느끼며 마지막 직격탄을 날렸다. 아직 남자가 보여주지 않은 가장 밑바닥을 들여다보고 싶은 짜릿한 욕심.

"단순해?"

남자는 기가 막힌다는 어투로 되물었다. 화가 난 것 같기도 하고, 당장이라도 폭발할 것 같은 그런 얼굴을 한 채.

"이걸…… 단순하다고 할 수 있어? 널 보는 것만으로도 미친 듯이 가슴이 날뛰는데 이게 단순하다고?"

남자의 손이 연희의 한 손을 잡아다가 자신의 가슴께에 얹어놓았다. 쿵쿵쿵. 엇박자로 뛰는 심장박동이 손바닥에 스며들었다. 다시 손바닥에 스며든 전류는 혈액을 타고 그녀의 심장을 건드려 왔다. 지르르한 울림이 전신으로 뜨겁게 퍼져 나갔다. 이 난폭한 두근거림은 말보다 확실한 언어였다.

"네 손끝만 닿아도 머릿속이 새하얗게 비어버리는데, 네 체취만 맡아도 가지고 싶어 미칠 지경인데……. 이걸 단순하다고 말하는 거야, 지금?"

실오라기 하나 들어갈 틈만 남겨놓고 다가온 남자의 상반신이 스치듯 그녀에게 닿았다. 남자의 얼굴은 이제 절절한 진심으로 상기되어 있었다. 남자의 입술이 길고도 느릿하게 그녀의 목덜미를 빨았다. 그리고 이제는 그녀의 가슴속 두근거림을 확인하겠다는 듯, 그의 차례를 주장하며 세차게 심장이 뛰고 있을 왼쪽 가슴을 힘있게 움켜잡았다. 남자의 손바닥 아래 뭉근하게 솟아오르는 감각이 높은 파장을 그리며 두근거림을 증폭시켰다.

"봐, 너도 뛰고 있잖아. 이렇게…… 이렇게 뛰고 있다고."

그것만으로 부족했던지 남자는 고개를 숙여 그녀의 왼쪽 가슴에 귀를 갖다댔다. 보다 선명한 두근거림에 남자의 얼굴 위로 행복, 그 이상의 감정이 내려앉는 게 보였다. 그것은, 감동.

"이래도 거짓말을 할 텐가? 응?"

절박하기까지 한 남자의 어조에 연희의 두 눈이 파르르 감겼다. 입 안이 바싹 말라가고 있었다. 오한보다 격하게 떨렸다. 연희는 조용히 눈을 뜨며 그를 채근했다.

"그럼 그걸 뭐라고 말하는지 가르쳐 줄래요?"

"그건……."

건성으로 대답하던 그가 마침내 그녀의 말뜻을 알아차리고는 놀란 숨을 들이켰다. 그의 눈이 믿을 수 없다는 듯 커다래졌다.

"성연희……?"

"맞아요, 나 지금 선전포고하는 거예요. 당신이 좋아요."

연희는 대답 대신 눈짓으로 웃어 보였고, 선우혁은 그 자리에서 그녀를 끌어안아 사납고 굶주린 키스를 퍼부었다. 진정되지 않은 호흡이 밭게, 거칠게, 뜨겁게 서로의 입속에 쏟아졌다. 차곡차곡 가슴으로만 간직하고 있던 두근거림이 서로의 영혼 깊숙한 곳에 공명을 일으키며 안착해 왔다. 때로는 애달팠다가, 사무치게 그리웠다가, 미치게 두근거렸던 감정이 폭염을 앓듯이 최고조로 끓어올랐다.

어쩌면 그들이 만난 처음부터 내정되어 있던 운명이라고…… 단지 조금 더 멀리 돌아왔을 뿐인 제자리에서, 그의 품에서, 그의 숨결 속에서 연희는 생각했다.

"아니야, 성연희. 이건 선전포고가 아니야."

한참 동안의 입맞춤 끝에 그가 속삭였다.

"그러면요?"

"기습."

하지만 너무나도 마음에 드는 기습이었다며 그녀의 웃음을 집어삼켰다.

"정 안 되면 보쌈이라도 해가려고 했어, 알아?"

"뭐라구요!"

발끈했지만 연희의 음성엔 웃음기가 섞여 있었다.

"이젠 너 아니면 안 되겠으니까. 아니, 처음부터 네가 아니면 안 되는 거였어."

어느덧 민트 빛 블라우스를 풀어헤친 선우혁은 브래지어를 위로 걷어 올리고 있었다. 창피함에 막을 새도 없이 재빠르게 그녀의 왼쪽 젖무덤 위로 귀를 갖다 붙인 남자는 무엇의 장애도 거치지 않고 들려오는 심장박동에 기쁜 신음을 길게 토해냈다.

"그 어떤 선율보다 아름다워."

"응. 당신이 연주할 때에만 들을 수 있는 세상에서 단 하나뿐인 음악이니까요."

선우혁은 여전히 감격에 겨운 얼굴로 그녀의 심장이 전하는 두근거림을, 밀어를 귀담아듣고 있었다. 그의 머릿결을 가만히 어루만지던 연희 역시 손바닥을 통해 들었던 그의 심장박동이 듣고 싶어졌다.

"나한테도…… 들려줄래요?"

남자는 대답 대신 짧은 입맞춤을 건네며 그녀의 부탁을 들어주었다.

남자의 단단한 가슴을 당장이라고 뚫고 나올 기세로 쿵쿵 뛰는 심장박동에 연희의 눈빛이 한층 깊어졌다. 귓가에 전해져 오는 이것은 그가 말한 것처럼 세상에서 가장 아름다운 선율이었다. 천천히 그의 가슴팍을 따라 목울대를 거쳐 턱밑까지 올라온 연희는 처음으로 남자의 입술을 훔쳤다. 감미롭고도 그윽하게.

서로의 심장을 맞댄 채 나누는 입맞춤은 그 어느 때보다 깊고 진했다.

그 밤, 인디고의 시간은 오래도록 두 연인에게 머물러 있었다.

# 제10장

'아아, 아무래도 안 되겠어.'

누가 보면 와인 컬러의 드레스에서 묻어난 것이라고 믿을 만큼 진하게 홍조가 밴 얼굴로 연희는 설레설레 도리질을 쳤다.

아무리 공식적인 파티라지만 대체 이 옷은…….

시간은 이미 7시 40분. 시간을 벌써 십오 분이나 초과했다.

이제 곧 파티가 개최될 장소로 가야 할 시간인데 이리저리 전신 거울에 모습을 비춰보던 연희는 끄응, 앓는 신음을 터뜨리며 피팅룸에 주저앉았다.

스튜디오에서 일찍 일정을 마친 후 선우혁이 데리고 간 곳은 백화점.

저녁에 있을 파티에 갈 채비를 시작한 시간은 선우혁과 식사를 하고 난 저녁 일곱 시쯤이었다.

매장에 도착해 입을 만한 드레스들을 골라보았지만, 역시 옷이란 보는 것과 입는 것에 차이가 있어 생각만큼 만족스럽지가 않았다. 보다 못한 선우혁이 몇 벌의 옷을 골라주었는데, 그것들은 하나같이 몸의 실루엣이 고스란히 드러나는 디자인이었다. 사흘 전, 박희주가 입었던 드레스와 같은.

그나마 얌전해 보이는 옷을 골라 피팅룸에 들어왔건만 연희의 눈에는 영 어색하고 부자연스러워 보이기만 했다.

그냥 끝까지 거절했어야 했는데…….

처음엔 연회장에 입고 갈 옷을 따로 빌릴 생각이었다. 아버지의 사업이 부도나면서 다시 입을 일이 없을 거라 생각했기 때문에 예전에 가지고 있던 연회복들은 대부분 헐값에 팔거나 버린 지 오래였다. 혹 있었다고 해도 유행이 지나 입을 수 있었을지 의심스러웠지만, 현재 연희의 형편으로는 빌리는 방법 외엔 달리 뾰족한 수가 없었다.

그런데 마침 선우혁이 드레스는 자신의 몫으로 남겨달라며 부탁 아닌 부탁을 해온 것이다. 처음 연희는 거두절미하고 그의 부탁을 거절했다. 어떤 형태로든 그에게 부담을 안겨주고 싶지 않았다. 아무리 마음에 담은 사람이라지만 어쩐지 동정을 받는 듯한 느낌이 단박에 거부감을 불러일으킨 것이다. 그런 연희의 속내를 정확하게 꿰뚫은 선우혁은 더욱 의사를 굽히지 않으며 선물 정도로 여겼으면 좋겠다는 뜻을 재차 내비쳐 왔다. 한 줌의 동정이라도 있었다면 절대 그녀의 파트너가 되지 않았을 거란 말과 함께.

그렇게 해서 그의 부탁을 받아들이게 되었는데, 아무래도 빌릴 걸 그랬나 보다. 태그에 찍힌 금액 정도면, 생활비는 물론 집에 계신 어머니며 자신의 옷까지 여러 벌은 충분히 사고도 남을 텐데…….

삼 년 전의 자신이었다면 일정 금액을 뭔가에 환산하는 일 따위 생각도 않았을 테지만 이제는 달랐다. 모든 생활을 화폐 단위로 환산해 버리는 습관이 들어버린 것이다. 연희는 못내 후회스러운 마음에 드레스 자락을 만지작거렸다.

그때, 선우혁이 피팅룸을 두드렸다.

"아직인가?"

"아니요."

대답이 떨어지자 곧 문을 열고 그가 들어왔다.

연희는 여전히 주저앉은 채로 중얼거렸다.

"이건……."

"음?"

선우혁은 연희를 일으켜 세우며 귓가에 대로 말했다.

"하…… 이건 내가 아닌 것 같아요."

드디어 거울을 보게 된 선우혁의 입가에 낮은 휘파람이 실렸다. 그리고 수긍하듯이 말했다.

"그렇군."

선우혁이 보기에도 뇌쇄적인 매력을 내뿜고 있는 거울 속의 여인은 몹시도 낯설었다. 그러면서도 낯익었다.

겉보기에는 꽤 얌전해 보이는 고전적인 스타일의 칵테일 드레스였는데 막상 연희가 입은 걸 보니 아니었다. 늘씬하게 뻗은 각선미를 은근하게 드러내 주고, 가는 허리선 때문에 가슴과 엉덩이는 더욱 육감적으로 강조해 주는 디자인이었던 것이다. 게다가 양 끝의 어깨선만 내놓은 채 가슴 곡선을 타이트하게 옥죄고 있어 어떻게 보면 더 야하게 느껴질 수도 있는 옷이었다. 거기다 목 아래까지 이어지는 단순한 칼라와 대비되어 상반신의 곡선이 더욱 강조되었다. 하지만 연희에게는 더없이 잘 어울리는 디자인이었다.

"아무래도 안 되겠어요."

연희는 재차 중얼거리며 고개를 가로저었다. 그녀의 어깨에 양손을 짚은 채 선우혁도 따라서 중얼거렸다.

"내가 보기에도 안 되겠어."

"그, 그렇죠? 아무래도 이 옷은 입을 수가 없……."

연희가 그의 대답에 방심한 사이 선우혁은 등에 있는 지퍼를 내렸다. 그리고 벌어진 드레스 틈으로 손을 넣어 브래지어를 벗겨냈다. 브래지어가 마치 그의 손이라도 되는 양, 가슴에 스치는 순간 묘한 감각에 사로잡히고 만 연희는 흠칫 어깨를 떨며 새된 소리를 질렀다.

"지금 뭐 하는……!"

"디자이너가 말하는 걸 깜빡했나 보군. 이 드레스를 입을 땐 브래지어 착용은 하지 않는 게 좋아."

선우혁은 연희가 뭐라 항의하기도 전에 다시 드레스의 지퍼를 올렸다. 약간 헐렁한 듯했던 아까보다 좀 더 타이트하게 바깥쪽의 훅을 채우는 것도 잊지 않았다. 전신 거울을 보면서 선우혁은 넋이 나간 사람처럼 속삭였다.

"서시 같은 미인이란 바로 연희 너를 두고 말하는 거 같군."

"거짓말!"

"피팅룸 안에서 날 흥분시키려는 게 목적이 아니라면 그만 수줍어해도 될 것 같은데? 이대로는 내가 더 곤란하다고, 알아? 너랑 약속 같은 거 하지 말았어야 했다고 벌써부터 후회하는 중이야. 생각 같아서는 파티고 뭐고 그냥 오피스텔로 데려가고 싶은 마음만 간절하다고."

귀 뒤에서 낮게 울려 퍼지는 그의 음성에 연희는 온몸의 긴장이 쑤욱 풀리는 기분이었다. 투덜대는 음성이었지만 당장이라도 삼켜 버릴 것만 같은 그의 뜨거운 시선에 슬그머니 웃음도 비어져 나왔다.

사흘 전, 그러니까 그를 받아들이겠다고 대담하게 선전포고를 해오던 날, 연희는 입맞춤 이상을 원하는 그에게 한 가지 부탁을 했었다.

"아직 윤하 오빠와 정리되지 않은 상태예요. 이건…… 그 사람을 위한 마지막 배려라고 생각하거든요. 그러니 그때까지만 참아줄래요?"

그는 너그러이 이해해 주었고 비록 사흘 동안이지만 충실히 그 약속을 지켜주었다. 하지만 암실에서는 정미가 없는 틈을 타 농도 짙은 키스를 하는 등 틈틈이 애정표현을 하는 그 때문에 조마조마했던 적이 한두 번이 아니었다. 그의 열정을 무색케 할 만큼 자신도 빠져들었기에 마냥 그만을 탓할 순 없었지만 말이다.

"좋아요. 그렇게 말하니 자신감을 가져볼게요."

연희는 아직도 자신의 눈에는 낯설고 어색하기만 한 모습에 시선을 거두며 고개를 끄덕였다.

"그럼 이대로 나갈까요?"

"아니, 잠깐만."

선우혁이 주머니에서 뭔가를 꺼냈다. 그것은 물방울 모양의 다이아몬드 목걸이.

목걸이를 걸어준 그는 만족스런 얼굴로 그녀의 뺨에 입술을 가져갔다. 가슴에서 목까지 걸쳐진 목걸이가 눈부시게 반짝거렸다. 거울 속에 비친 모습은 훨씬 농염하고 도발적이다.

"선물이야. 연희 너라면 소형 카메라를 목에 거는 걸 더 좋아하겠지만 그래도 마음에 들었으면 좋겠어."

"예쁜 목걸이는 너무 고맙지만 이건 받을 수 없어요. 이미 드레스까지 선물로 받았잖아요."

"그래? 그건 곤란한데……."

미간을 가운데로 모으며 내천 자를 그리는 그의 모습에 연희는 단호한 표정을 지었다.

"곤란하긴요. 전 정말 괜찮으니까 목걸이는 도로 빼주세요."

"혹시 내가 돈 주고 산 거라고 생각해서 그런다면 그러지 않아도 돼. 이 목걸이는 몇 년 전에 외할머니께서 돌아가시기 전에 나한테 맡기신 거거든. 많은 손자들 중에서도 나를 굉장히 아끼셔서 나중에 이 목걸이 주인이다 싶은 사람이 나타나면 주저 말고 선물하라고 하셨어."

"그럼 이 목걸이의 주인이 될 자격이 뭔데요?"

연희는 진지한 눈으로 물었다.

그의 말이 사실이라면 이 목걸이는 그 어떤 돈으로도 환산하지 못할 정도로 소중한 물건이 분명했다. 그렇기 때문에 더 더욱 함부로 받아선 안 되겠다는 생각이 들었다. 일단은 그의 대답이 그녀의 결정을 좌우하겠지만 말이다.

"내게 있어 세상에서 가장 아름다운 사람. 그게 자격 요건이야."

"말도 안 돼. 그럼 저는 자격 미달이잖아요."

눈을 흘기며 핀잔을 주자 그는 더욱 정색했다.

"아니, 내 눈엔 연희 네가 가장 아름다운걸?"

"그런 뻔한 거짓말이라니. 나중에 그 콩깍지에서 벗어나면 어쩌려고 그래요?"

"그럼 그때 가서 연희 네가 다시 콩깍지를 씌워주면 되겠군."

"칫, 못 말려 정말."

'말이나 못하면!' 이라는 말은 혀끝으로 삼킨 채 그의 선물을 받았다.

상미가 들었다면 뻔한 작업 멘트라며 야유를 날렸겠지만, 간사하게도 '아름답다' 는 말이 듣기 싫지 않았다. 아니, 슬그머니 붕 뜨는 기분이 일 정도로 기분이 좋았다. 아름다워 보이고 싶은 욕구는 여자라면 누구나 가지고 있는 기본적인 욕구 중 하나였고, 더군다나 상대가 사랑하는 사람이라면 두말할 필요도 없었다. 연희는 빙긋이 웃으며 그에게 고마움을 전했다.

"……선물, 고맙게 받을게요."

허리에 두른 그의 팔에 힘이 더해졌다. 등 뒤에서 느껴지는 그의 가슴에 편안하게 기대자 두근대는 심장 박동 소리가 들려왔다. 그녀의 미소에 선우혁은 마냥 행복한 얼굴이었다.

그때 핸드폰이 짧게 진동을 했다. 아쉬운 듯 그녀의 허리에서 팔을 빼내 폴더를 연 그가 한동안 침묵했다. 표정이 썩 밝지만은 않았다.

"무슨 메시지예요?"

"……윤하도 그곳에 올 모양이야."

"아!"

연희는 낮게 탄식했다.

사흘 전부터 윤하에게 연락을 취해왔지만 만날 순 없었다. 다친 턱에도 불구하고 연일 촬영을 해야 하는 탓에 목소리조차 듣지 못한 것이다. 매니저 말로는 영화 개봉 시일이 앞당겨지게 되어 강행군을 할 수밖에 없다고 했다. 촬영이 끝나는 대로 따로 연락할 참이었는데 어찌 보면 잘된 일인지도.

서로에 대해 시간을 갖자며 헤어진 그날 뒤로 한 번도 이야기를 나누지 못한 상태였다. 그 뒤 연희는 어떻게 말을 꺼내야 그에게 상처가 되지 않을지 며칠 내내 번민에 시달려야만 했다. 선우혁이 아니었어도 결론은 윤하와 연인으로 남는 것이 옳지 않다는 방향으로 흘렀겠지만, 문제는 윤하가 그렇게 여기지 않을지도 모른다는 거였다. 최악의 경우에는 가장 가까운 사람이라는 이유만으로 선우혁에게 배신감을 가진 채 뒤조차 돌아보지도 않을 것이고, 원만하게 해결을 본다 해도 껄끄러울 수밖에 없을 것이다. 그저 후원자로, 선배로 만났던 맨처음으로 되돌아가기를 원한다면 너무 염치없는 욕심일까? 지금껏 윤하가 보여준 모습들을 추억해 본다면 가능할 것도 같은데…….

윤하와 정하의 모습을 병실에서 보기 전에 좀 더 빨리 자신의 감정을 깨달았더라면, 하는 후회가 윤하에 대한 미안함의 크기만큼 무겁게 다가왔다. 하지만 연희는 선우혁 앞에서만큼은 내색하지 않으며 애써 담담한 표정을 유지했다. 윤하와의 일에 대해 괴로워하면 할수록 지켜보는 선우혁의 마음은 더욱 고통스러울 테니까.

"시간…… 늦지 않았어요? 어서 가요."

"그러지."

선우혁의 입술이 코끝을 스쳤다.

계산을 마친 후 엘리베이터 쪽으로 향하려는데 코너에 속옷 매장이 보였다. 원래대로라면 다른 층에 있어야 마땅한데, 굳이 이곳에 외따로 놓아둔 이유가 무얼까. 곧 답을 깨달았다. 뭔가 특별함을 강조해 주는 매장의 분위기나 진열된 상품만 보더라도 일반적인 매장과는 달리 무척 고급스럽다는 걸 한눈에 알 수 있었기 때문이다. 아마도 여기서 옷을 구입하는 고객층들을 노리고서 그런 것 같았다.

그중 연희의 눈길을 끈 것이 있었다. 매장 정중앙에 진열된 것은 섬세한 레이스와 화려한 장식이 돋보이는 가터벨트.

뿐만 아니었다. 그 위에 마네킹이 입고 있는 것은 가슴을 부드럽게 모아주는 벨벳 리본이 달려 있어 속옷으로만 분류하기엔 아까울 정도로 예뻤다. 촘촘하게 수놓인 망사 역시 마찬가지였다. 혹, 올이라도 풀릴세라 움직일 때에도 편치 않을 거란 생각마저 들었다. 저걸 가지게 된다 하더라도 아까워서 고이 모셔놓게 될 것만 같달까? 그런데 세상에, 저 엄청난 가격이라니. 너무하잖아.

연희의 시선을 따라가던 선우혁이 조용히 중얼거렸다.

"가터벨트? 아무래도 목걸이가 마음에 들지 않았나 보군."

연희의 얼굴이 새빨갛게 물들었다.

그 모습에 더욱 짓궂어진 선우혁은 지금이라도 가터벨트를 선물할 기세로 매장 쪽으로 걸음을 이끌었다.

"시간은 아직 남았으니까 입어보는 것도 괜찮을 것 같은데?"

"그, 그냥 본 것뿐이에요……."

"그렇게 얼굴을 붉히니 나중에라도 꼭 선물하고 싶어지잖아?"

그리고는 아주 작게 덧붙였다.

"대신 그때 가서 벗기는 영광은 온전히 나한테만 맡겨둬야 한다는 걸 잊지 마."

귀까지 완벽하게 붉어진 연희는 가쁜 호흡을 숨기며 고개를 휘휘 내저었다.

그가 껄껄 웃음을 터뜨렸지만 연희의 귀에는 들리지 않았다.

정말로 미쳐 가는 중인지 가터벨트를 입은 자신의 모습과 저 리본을 하나씩, 하나씩 풀어내고 있는 선우혁의 모습이 머릿속에서 적나라하게 그려지고 있었다. 어서 이곳을 빠져나가야 한다. 더 지체하고 있다간 그의 부추김에 이끌려 가터벨트를 입게 될지도 몰랐다. 무엇보다 아직까지는 남자들의 환상이 밀집된 저 전유물을 그럴싸하게 소화해 낼 자신이 없었다.

두 사람을 발견한 매장 직원이 상냥한 얼굴로 인사했다.

"어서 오십시오, 고객님. 매장 안으로 들어오시면 더 많은 종류를 보실 수 있답니다. 한번 둘러보시겠습니까?"

"아니요, 괜찮습니다."

멋쩍게 사양하며 선우혁의 팔을 잡아끌었다.

"한 번만 더 그런 장난치면 화낼 거예요!"

연희의 엄포에도 불구하고 선우혁은 더욱 빙글거리는 기색이었다.

이윽고 도착한 장소.

파티가 진행되는 건물의 바깥에서도 그 웅성거림이 커다랗게 넘어왔다. 라이브로 부르는 듯한 노랫소리도 들려왔다. 하지만 엘리베이터 안에는 아무도 없었다. 이미 파티가 시작된 탓이라는 걸 알았지만 너무나 대조적인 한산함에 의아함마저 들었다.

미세하게 들려오는 엘리베이터 올라가는 소음을 느끼며 통유리로 비치는 야경에 시선을 던졌다. 아직은 초저녁인데도 해가 짧아 어둠은 깊었다. 야경 위로 덧입혀진 그들의 모습에 선우혁은 슬쩍 웃음을 배어물었다. 그녀를 파트너로 대동하는 지금이 뭉클할 정도로 진한 감동을 안겨주었기 때문이다.

좀 더 애태우게 될 거라 생각했는데…….

처음 만날 때 그러했듯 그녀는 이번에도 그의 예상을 뛰어넘었다.

파트너가 되어달란 그의 압력에 당돌하게 선전포고를 고하던 모습이라니. 아직까지도 그 순간만 떠올리면 그녀가 너무나 사랑스러워, 그의 마음을 고백하고 싶을 정도였다. 물론 그녀는 믿지 않을 테지만. 그의 말이라면 무조건 신뢰하는 현석조차도 스물여덟에 첫사랑을 겪었다는 그의 말을 면전에 대고 비웃지 않았던가. 그럼에도 불구하고 그에게 있어 불변의 진리는, 성연희가 그의 첫사랑이라는 것.

시원스럽게 틀어 올린 머릿결 아래로 사슴처럼 가느다랗게 뻗은 목덜미가 희고 눈부셨다. 매끄러운 능선을 그리고 있는 허리라인은 두 손으로 잡아도 넉넉할 만큼 가늘어 보였고, 풍만한 양감을 숨기고 있는 가슴은 균형있게 자리 잡혀 있었다. 하지만 다시 목 선으로 올라온 그의 눈은 썩 만족스럽지 못한 상태였다.

피팅룸에서도 느꼈지만 그녀의 목 선은 남자의 본능을 지나치게 자극하고 있었다. 그곳에 입술을 누르고 싶은 충동을 자제하며 선우혁은 거칠게 호흡을 토해냈다. 그녀의 목덜미는 격렬하게 사랑을 나눈 후 침대에 엎드려 누운 뒷모습을 떠올리게 만들었다.

'안 되겠군.'

그러잖아도 점잖아 보였던 드레스가 생각 외로 요염해 심기가 불편하던 차였는데.

소유욕이 짙게 스민 남자의 눈이 순수한 욕심을 드러냈다. 저 목덜미만큼은 누구에게도 보여주고 싶지가 않다!

"어……?"

선우혁은 연희의 머리카락을 고정하고 있던 핀을 단번에 빼냈다. 손가락 사이로 부드럽게 머리카락이 파고들자 그제야 선우혁의 입가에 미소가 배어났다. 어처구니없고, 논리적이지 못하단 걸 알았지만 자신조차도 몰랐던 독점욕이다. 보호 본능이기도 했지만, 어쨌든 그의 심한 갈증을 그 아닌 다른 남자들도 느낄 거란 생각에 사로잡히자 머리핀을 빼내어 그녀의 목덜미를 가릴 수밖에 없었다. 임시방편에 불과할지라도 말이다.

"머리핀 이리 줘봐요."

연희가 눈을 흘기며 손을 내밀었지만 선우혁은 돌려주지 않았다.

"지금이 더 잘 어울려."

"제가 보기엔 아까가 더 나았어요. 그러니 어서 핀 주세요."

"그렇다면 내게서 빼앗아봐."

그가 가늘게 눈을 뜨며 도전의식을 부추겼다. 연희의 눈동자가 반짝였다.

"좋아요."

그러나 연희는 그에게서 핀을 빼앗지 못했다. 연희가 그의 손에 있는 핀을 빼앗기도 전에, 선우혁의 입술이 먼저 그녀의 입술을 빼앗았기 때문이다.

"흡……!"

연희가 뭐라고 반항할 새도 없이 도톰한 입술 속으로 숨결을 불어넣었다. 휘몰아치듯 연희의 혀를 감아버린 선우혁은 그녀의 머리를 받쳐 들며 더욱 거세게 밀착해 왔다. 그녀에게 남아 있던 호흡 한 점까지도 받아 마시고 싶었다.

"아아……. 그만 해요."

파르르, 그녀의 입술이 낙엽처럼 가느다랗게 경련을 일으켰다.

선우혁은 연희의 입에서 나오는 말들까지 삼켜 버리며 입술을 빨았다. 등을 쓸어내리던 그가 허리선을 따라 내려가 작고 동그란 엉덩이를 꼭 움켜잡았다. 그녀의 중심이 그의 하체 어딘가와 교묘히 맞닿아 아프도록 뜨거운 열기가 몸 전체로 침투해 버렸다. 그때 고개를 틀며 신음하는 연희의 모습을 바라보던 선우혁은 그녀의 목덜미를 힘껏 깨물어 그만의 영역을 남겨놓았다.

드르르르, 땡—!

엘리베이터 문이 열렸다. 그것은 과속질주를 하려는 순간 빨간불을 켠 신호등과도 같았다.

끓어오르기 시작했던 열망은 일시에 얼어붙었고 하나로 엉켜가고 있었던 몸은 다시 두 갈래로 나뉘어졌다. 선우혁은 천천히 숨을 고르며 그녀에게서 입술을 뗐다. 목덜미에 남겨진 자신의 흔적에 슬그머니 웃음이 비어져 나왔다.

서로의 감정을 확인한 이후, 자신이 생각하기에도 과하다 싶을 만큼 며칠 동안 그녀와 스킨십을 갖는 횟수가 상당했다. 암실을 비롯한 개인 작업실과 그녀를 바래다주는 차 안…… 그 횟수만큼이나 장소 또한 무분별했다. 그것은 애정표현이기도 하거니와 동시에 그녀가 환상이 아님을 확인 받으려는 욕구이기도 했다. 삼 년 전엔 흔적도 없이 사라졌었고, 얼마 전에는 그를 밀어내기에만 급급했던 그녀가 정말로 그의 연인이 되었다는 게 아직도 실감이

나지 않았다. 그래서 이렇게 곁에 있는 것을 수시로 확인하고 싶다는 욕망이 그를 충동질했다. 어쩌면 앞으로도 변하지 않을 욕망이.

선우혁은 연희의 머릿결을 매만져 주며 엘리베이터 밖, 연회장으로 이끌었다. 다행히도 초대 가수의 열창에 한창 빠져 있어서 그들의 등장을 눈여겨보는 사람이 아무도 없었다.

입맞춤을 끝낸 연희는 화장으로도 어쩌지 못했던 자신의 입술이 한층 촉촉하고 도톰해진 것을 느끼며 선우혁을 올려다보았다.

"정말 머리핀 돌려주지 않을 거예요?"

우뚝. 걸음을 멈춘 선우혁은 그녀의 양 어깨에 손을 얹으며 시선을 맞추었다.

"페티시(fetish)라고 비난해도 좋아. 연희 네 목덜미, 너무 위험하거든. 그래서 임시방편을 쓸 수밖에 없었어. 이 정도면 충분한 설명이 됐나?"

입맞춤을 나누었을 때보다 더 짙은 홍조가 연희의 얼굴에 피어올랐다. 그 임시방편이 머리카락을 풀어헤친 일 말고도 선명하게 찍힌 키스마크도 있다는 사실은 꿈에도 모르고 있었다.

"그, 그건……."

"사람들 기다리고 있을 테니 어서 가도록 하지."

연희는 여전히 붉어진 얼굴로 그의 곁을 따랐다.

그곳엔 내놓으라 하는 모델들이며 연예인들도 여럿 눈에 띄었다. 파티는 어느 정도 무르익은 상태였고, 두 사람을 알아본 정미가 테이블에서 걸어 나오고 있었다. 정미의 옆에는 스태프들이 그녀의 파트너로 적격이라고 입을 모았던 강현석도 함께였다.

"선배, 조금 늦었네요?"

"음, 그래. 다들 도착한 건가?"

"네. 그걸 걸요. 근데 연희야, 아무리 옷이 날개라지만 몰라보겠네! 멀리서 누군가 했지 뭐야!"

그러자 현석도 정미를 거들며 감탄의 시선을 보내왔다.

"그러게 말이야. 사람들 눈 타면 닳을까 봐 애태우고 있을 누군가의 심정이 훤하네, 훤해."

그것이 선우혁을 지칭하는 말이라는 걸 알아차린 연희의 볼이 발갛게 달아올랐다. 맨 처음 면접을 보러 가라며 선우혁의 오피스텔 주소를 알려주었던 현석은 두 사람의 묘한 기류를 전부터 알고 있었던 눈치였다.

"그 누군가가 누군데?"

네 사람 중 유일하게 말뜻을 못 알아들은 정미가 어리둥절한 얼굴로 되물었다. 현석이 약 올리듯 툭 내뱉는다.

"있어, 그런 사람."

"쳇, 아까 싸운 걸로 꽁해서는 이런 식으로 앙갚음하기는!"

"마음대로 생각해라. 누가 널 말리니."

정미의 투정에 현석은 어디서 개가 짖냐는 식으로 딴청을 피워댔다. 그렇게 두 사람이 다시 티격태격할 무렵 그들 네 사람을 발견한 스태프들이 하나둘 모이기 시작했다. 오랜만에 스튜디오에서 벗어난 스태프들은 화기애애한 얼굴로 수다를 떨기에 여념이 없었다.

그때 어디선가 박희주의 목소리가 들려왔다.

"여기들 있었네요. 그것도 모르고 반대편에서 한참 찾았지 뭐야."

모델계의 여왕으로 군림하는 그녀답게 한껏 우아함을 드러낸 옷차림은 스튜디오에서 보여주었던 섹시한 모습과는 전혀 달랐다.

마치 미의 여신 아프로디테로 분한 모습이랄까?

길게 늘어뜨린 머릿결은 진주 장식과 펄 장식으로 인해 화려하게 반짝였고, 촘촘히 큐빅이 박힌 시폰 드레스는 얇은 실크 소재로 이루어져 있어 그녀가 걸을 때면 차란차란 물결을 일으키며 여성스러운 곡선을 드러내고 있었다. 메이크업도 역시나 펄 위주였기 때문에 각도에 따라 반짝이는 피부결이 사람의 것이 아닌 비단처럼 보이게 만들었다. 오만한 미소를 담고 있는 입술, 조금은 진하다 싶은 눈 화장 속에 사람들의 시선을 즐기는 그윽한 눈빛은 누가 보아도 매력적이라 할 만했다. 연희는 그때그때마다 다른 모습을 자유자재로 연출하는 박희주를 보며 과연 모델은 모델이구나, 라고 생각할 따름이었다.

"아, 박 공주! 그러잖아도 어디 있을까 했는데 알아서 찾아와 주었네?"

"그 공주라는 호칭. 오늘은 그만 듣고 싶네요."

박희주가 나직이 쏘아붙이자 정미는 콧방귀를 끼며 대답을 회피했다.

"그런데 연희 씨 파트너는 누구?"

"보면 모르나?"

정미가 구시렁댔지만 박희주는 못 들은 체하며 연희의 대답을 기다렸다. 선우혁이 대신 대답하려는 듯했지만 연희는 그러지 말라는 눈빛을 내보냈다. 내가 말하게 해줘요. 휘둘리는 채로 당신한테 맡기고 싶지 않아.

그러자 선우혁은 가만히 뒤로 물러났다. 연희는 박희주의 곱지 않은 시선을 받으며 그의 팔에 팔장을 꼈다. 그 의미를 알아챈 박희주의 눈동자가 커다래졌다.

“제 파트너는 여기에 있어요.”

“설마! 나 오늘 기분이 좋은 편이지만 그런 농담은 별로 반갑지 않은데? 연희 씨 옆에 있는 사람은 연희 씨 파트너가 아니야.”

박희주는 애써 부인하며 선우혁에게 손을 뻗었지만 그는 그녀의 손을 잡아주지 않았다. 충격으로 차츰 굳어지는 희주로 인해 주변 분위기가 싸늘해졌다. 침묵을 뚫고 먼저 입을 연 사람은 선우혁이었다.

“파트너가 되겠다고 말한 적, 없는 걸로 기억하는데?”

충격에서 모멸감으로 새파래진 그녀의 얼굴.

차라리 박희주는 고약스럽게 성질을 부리는 편이 더 잘 어울렸다. 적어도 연희가 보기에는 그랬다. 깨지기 직전의 사기그릇처럼 흉하게 금이 간 얼굴은 연민도 무엇도 아닌 위험스러움을 드러내고 있었다.

“지금이라도 내 파트너가 되어달라고 말한다면?”

여전히 경련이 이는 입술로 박희주가 선우혁을 향해 물음을 던지자, 그는 단호히 고개를 내저었다. 숙고할 필요가 없는 거절임을 알 수 있었다. 박희주의 얼굴은 이제 파랗다 못해 창백해졌다. 하지만 선우혁은 거기서 그치지 않았다. 또 언제 자랄지도 모르는 싹을 완벽히 잘라냈다.

"만약 내 옆에 성연희가 없다 하더라도 너를 파트너로 동반하는 일은 없을 거야."

그것은 박희주의 착각을 바로 잡아주는 말이었다. 그리고 이후부터 연희에게 쏟아지게 될지도 모르는 원망이나 미움을 완화시키려는 말이기도 했다.

"그 말, 잊지 않도록 하죠."

박희주는 선우혁과 연희, 두 사람을 쏘아보며 등을 돌렸다.

그 모습을 걱정스레 바라보던 정미가 심각한 어조로 중얼거렸다.

"설마 향수 광고 안 한다고 파투 내진 않겠죠? 난, 왜 이럴 때 일 생각이 가장 먼저 나는 걸까."

"그 정도는 아닐 거야. 비뚤어지긴 했어도 비겁하진 않았거든."

대답은 그렇게 했지만 마찬가지로 걱정스러운 표정을 짓는 현석이었다. 연희도 걱정스러웠지만 굳건히 맞잡은 손을 통해 전해져 오는 선우혁의 온기에 안정을 되찾아가고 있었다.

선우혁은 딱히 불안해하는 기색은 아니었지만 뭔가 생각에 잠긴 듯한 표정이었다.

"그랬음 좋으련만 박 공주가 워낙 이기적이잖아? 그나저나 두 사람, 언제부터 그렇게 가까워진 거예요?"

선우혁과 연희, 두 사람이 맞잡은 손을 보며 정미가 두 눈을 동

그렇게 떴다.

선우혁은 잠시 대답을 망설였다. 연회장에 늦게 도착할 거라고 따로 연락을 취해온 석진을 포함해 정미와 현석은 연희와 윤하와의 교제 사실을 알고 있는 유일한 스태프였다. 그중에서도 석진에게는 이틀 전 야간작업을 한 후, 현석과 셋이 술자리를 가지면서 자연스레 연희와의 일을 알려주었지만, 정미의 경우는 그렇지 않았다. 이야기를 건넬 기회가 거의 없었다고 보아야 옳을 것이다. 정미는 다른 스태프들보다는 연희와 더 잘 어울려 작업하는 편이었고 선우혁과는 의견 조율을 하는 것에 그쳤었으니까.

"정미한테 말하려면 진땀깨나 빼겠는걸?"

하던 석진의 우려처럼 어쩌면 쉽지만은 않겠다는 생각이 들었지만, 비단 정미뿐 아니라 영문 모르는 다른 스태프들에게도 언젠가는 꼭 짚고 넘어가야 할 이야기였다. 개중에는 정미처럼 놀라는 사람도, 석진처럼 벙찐 표정이다가 덤덤하게 받아들이는 사람도, 혹은 현석처럼 선우혁을 잘 알아 처음부터 눈치를 챈 사람도 있을 것이다.

그때 윤하와 연희와의 관계를 너무 잘 알아 탈인 정미가 선우혁의 대답을 기다리다 못한 나머지 연거푸 질문을 쏟아냈다.

"사실 난 두 사람이 이런 식으로 발전하지 않았다 하더라도 종종 연희에게도 말했듯 선배랑 이어줄 생각이었다구요. 무심한 누구한테는 좀 미안한 일이지만, 어쨌든 그날 새벽에 바(bar)에서 두 사람 너무 잘 어울렸거든. 근데 내 말은 그게 언제부터였느냔 거지. 두 사람, 처음부터 좋아했어요? 아님 연희가 조명 깨뜨리던 날에? 그것도 아님 바(bar)에서? 보아하니 사오정은 애저녁에 알고 있었던 것 같은데 아우, 괘씸해라! 설마 이거 나만 모르고 있었던 거 아니야? 연희 너한테도 은근히 섭섭해!"

"언니, 미안해요."

"됐어. 연희 너한테 사과 듣자고 한 말 아니니까 언제부터였는지 어서 말하기나 해. 궁금해 죽겠단 말이닷!"

정미의 다그침은 연희를 향한 것이었지만 정작 대답은 다른 곳에서 흘러나왔다.

"처음부터 좋아했어. 아마도 연희는 나랑 대답이 다를지도 모르지만 나는 보자마자 첫눈에 반했지. 됐나, 이 정도 대답이면?"

선우혁의 대답에 정미가 입을 떠억 벌렸다. '스튜디오 안에서 과할 정도로 과묵한 저 목석같은 남자가 첫눈에 반하다니. 말도 안 돼!' 라는 뜻을 그대로 담고 있는 일종의 바디 랭귀지였다. 나머지 스태프들도 거의 대부분은 정미의 반응과 같았다. 선우혁의 예상대로 각각의 반응이 나오긴 했지만 '그가 첫눈에 반했다' 는 대목에서는 하나같이 아연한 기색이었다. 하다못해 연희조차도.

"그, 그럼 연희 넌?"

"저는…… 언제부터였는지 잘 모르겠어요. 돌이켜 보면 처음 만난 순간부터 무척 관심이 갔었던 것 같은데……. 아무래도 전 제 감정을 알아차리는 데 너무 둔한 모양이에요."

발그레한 홍조로 더 예뻐진 연희를 지켜보는 선우혁의 눈에 애정이 스며 있었다.

그녀가 언제부터 자신을 마음에 담게 되었는지는 중요하지 않다. 누가 더 오래, 더 많이 사랑했는가 하는 양적인 문제로 왈가왈부하기엔, 현재 그녀와 함께하는 이 시간만으로도 과분하게 행복하기 때문이다. 중요한 것은 지금, 그리고 앞으로도 그럴 거란 사실이었다.

정미가 눈알을 위아래로 굴리며 다소 과장된 표정으로 안타까움을 토로했다.

"어쨰, 박희주한테 선배가 도둑 키스 당할 때 울고 싶어하는 얼굴이더라니. 그때 알아봤어야 하는 건데!"

그러자 한바탕 웃음바다가 일었다.

"자고로 남녀관계란 이래서 아무도 모르는 거라고 하는 게 아니겠어?"

스태프 중 누군가가 자못 관조적인 어투로 말하자 저마다 고개를 끄덕인다.

스캔들 메이커라는 꼬리표가 늘 따라다니는 선우혁이었지만 정작 그에 걸맞는 행동패턴은 한 번도 본 적이 없는 스태프들은 연희와의 일을 두고 좋은 마음으로 격려를 보내왔다. 게다가 윤하의 일로 비난 섞인 시선을 보내오지 않을까 우려했던 정미는 오히려 반기는 기색이어서, 일순간 경직되었던 선우혁의 안면 근육이 원래대로 되돌아왔다. 혹, 윤하와의 일을 언급하면 어쩌나. 연희가 난처해질 거란 생각으로 가장 많이 걱정했던 부분인데 알면서도 눈감아주는 정미의 마음 씀씀이에 안도 그 이상의 고마움을 느꼈다.

"암튼 두 사람 일은 정말 축하드려요. 이왕 이렇게 된 거 얼른

국수나 먹었음 좋겠는데요?"

"또, 또 앞서 나간다! 이 사람이 뭐가 그렇게 급해? 이제 시작하는 사람들한테 그건 병아리더러 계란 낳으라는 격이야."

"그래요? 그러시는 분이 뭐가 그리 급해서 연애 두 달 만에 결혼에 골인하셨을까나. 칫!"

스태프들끼리 오가는 투닥거림에 또 한 번 폭소가 일었다. 스피드 결혼의 당사자인 성훈이 말꼬리를 잡고 늘어지는 도진을 향해 눈을 흘겼다.

"어쨌든 좋은 일은 좋은 일인데, 박희주 일이 내심 마음에 걸리네."

"그래 봤자 괴롭히기밖에 더 하겠어?"

정미의 반문에 스태프 중 누군가가 피곤한 어투로 받아넘겼다. 그러자 다른 스태프들도 고개를 끄덕이며 수긍을 했다.

"그래. 앞으로 스튜디오에 함께 있을 때 몸 사리면 돼."

"장비 조심하고, 인화할 때 특히 더 조심하면 되는 거지 뭐."

"그리고 필름은 사수해야만 돼!"

"좋아, 좋아요. 다들 지금처럼 몸 사리면 되는 거예요."

"뭘 사린다는 거예요, 다들?"

갑자기 끼어든 목소리는 고윤하.

참으로 묘한 타이밍에 선우혁과 연희의 표정이 살짝 굳었다. 평소 윤하만 보면 주구장창 수다를 쏟아내느라 정신없던 정미도 오늘만큼은 약간 어색한 눈치였다. 윤하는 사람들이 그를 반기기도 전에 고개를 갸우뚱하면서 호기심을 드러냈다.

"오랜만에 놀러온 것 같은데 분위기가 왜 이렇게 비장한 거예요? 무슨 스튜디오가 아니라 전쟁터를 나가는 사람들인지, 몸을 사리네 마네……. 나 없는 사이에 무슨 일 있었던 거예요?"

"이게 누구야, 윤하 씨!"

스태프 중 누군가가 반기자 윤하는 사람들과 눈을 맞추며 인사를 건넸다. 그리고 스태프들 사이를 훑으며 분주히 연희의 모습을 찾아다녔다. 연일 이어지는 강행군에 그의 안색은 피로에 젖어 있었다. 윤하의 시선이 선우혁에게, 그리고 연희에게 닿았을 무렵, 선우혁이 좀 더 힘을 실어 연희의 손을 꽉 잡았다.

'그냥 내가 말하면 안 될까?'

그 무언의 표시에 연희도 힘주어 그의 손을 맞잡았다.

'날 믿어요. 약속했잖아요.'

연희의 고집에 어쩔 수 없다는 듯 선우혁이 손을 놓았다.

그 길로 연희는 윤하에게 다가가 인사를 했다. 서로에 대해 생각해 보자던 그날로부터 정확히 닷새가 흘렀다. 어쩌면 윤하 역시 그녀처럼 답을 내리고서 이곳을 찾아온 게 아닐까? 연희는 가만히 추측했다.

"그동안 잘 지낸 것 같아 보기 좋구나."

"오빠는 얼굴이 반쪽이 되었어요. 영화 촬영하느라 많이 힘든 거죠?"

"어쩔 수 없지 뭐. 우리, 어디 조용한 데로 가는 게 어때?"

연희가 고갯짓으로 허락을 대신했고, 윤하는 한적한 테이블을 찾아 그녀를 이끌었다. 걸음을 옮기는 동안 윤하를 알아본 사람들로 인해 종종 인사를 나누느라 시간이 지체되기도 했지만, 집요하게 방해하는 기자들이 보이지 않아 제법 편안했다.

"아니, 이게 누구십니까. 고윤하 씨, 반갑습니다. 여기서 뵙게 되다니 이거 의외인걸요?"

테이블이 방향으로 걸음을 옮기던 중 말끔하게 정장을 차려입은 남자가 윤하에게 악수를 청해왔다. 연희는 얼굴이 그다지 눈에 익지 않은 걸로 보아 기자이거나, 영화 관계자, 혹은 기획사 쪽 사람일 거라고 추측했지만 셋 중 어디에도 속하지 않았다. 낯선 남자는 얼마 전 선우혁과 향수 광고 계약을 체결한 업체 쪽 담당 인사였다.

윤하가 반가움을 표하며 남자의 손을 마주잡자, 남자는 한껏 관심이 밴 시선으로 연희를 살폈다. 순전히 직업적 관심에 의거한 시선이었다.

"그런데 못 보던 분 같은데, 신인이신가 봅니다."

"아뇨, 전혀 그렇지 않아요. 인디고에서 선우혁 선생님 밑에서 어시로 지내고 있습니다."

"아니, 이런! 그렇다면 오가며 몇 번은 뵈었을 텐데. 이거 몰라 봬서 죄송합니다. 그런데 마스크가 참 단아해 보이시는군요."

조금은 당황한 어투로 착각을 바로잡아 주자, 남자가 반색하며 악수를 청해왔다. 그럼에도 요모조모 뜯어보는 시선이 썩 편치만은 않았다.

"그럼 다음에 스튜디오에서 뵙도록 하지요. 두 분, 만나서 반가웠습니다."

"네, 반가웠어요."

시야에서 사라지는 남자의 모습을 지켜보며 연희는 얕은 한숨을 내쉬었다. 윤하가 실눈을 뜬 채로 낮게 중얼거렸다.

"어째 김 대리님 눈빛이 예사롭지 않다? 조만간 연희 너 광고계에 데뷔하게 되는 거 아니야?"

"설마. 접대용 멘트겠죠."

"과연 그럴까? 김 대리님, 예전에 기획사 실장으로 지냈었기 때문에 픽업하는 데 꽤 일가견이 있는 사람이야."

"저한테는 남의 나라 일 같기만 한 얘기인걸요. 어? 저쪽에 빈 테이블 보이네요. 어서 가요, 오빠. 미안하지만 오빠에게 들려주기로 한 대답…… 더는 미뤄선 안 될 것 같아요."

연희는 구석 쪽으로 그를 이끌며 말을 돌렸다.

연희의 가라앉은 목소리에 윤하는 아무 말 없이 걸음을 옮겼다. 대부분의 사람들이 중앙 홀 쪽으로 몰려든 탓인지 구석에 가까워 올수록 인적이 뜸했다. 테이블에 자리를 잡고부터는 그럭저럭 둘만의 시간을 가질 수 있었다.

윤하는 단도직입적으로 말을 꺼냈다.

"그래 생각은 정리된 거니?"

"네, 오빠는요?"

"나도 그런 것 같다."

약간은 긴장한 얼굴이었다.

"그럼 너부터 말하렴."

"윤하 오빠."

대답 대신 가만히 응시하는 눈.

그녀가 어떤 대답을 들려줄지 이미 알고 있는 듯한 눈빛이어서 괜스레 미안해지는 연희였다.

“오빠의 옆은 제가 있을 곳이 아니에요.”

“후…… 결국, 결국…… 그런 거구나.”

말이라기보다는 한숨에 가까운 중얼거림 같았다. 천천히 흔들리기 시작하는 검은 눈동자에 깊은 상실감이 스쳤다.

“다시 생각해 달라고 부탁하면 안 되는 거니?”

“미안해요. 몇 번을 생각해도 결론은 변하지 않았어요. 처음부터 오빠에게 흐르는 마음의 방향이 달랐는데 그걸…… 너무 늦게 알아차린 것 같아요. 오빠에게 내가 이런 말 하는 거, 쉽지 않지만 오빠를 속이고 싶진 않아요.”

보다 분명한 거절에 윤하의 어깨가 한 뼘 가라앉았다.

“내가…… 받아들일 수 없다고 하면? 싫다고 고집을 피우면?”

“아니. 오빤 그럴 만큼 모진 사람이 못 돼요.”

“혹시…… 다른 사람이 있는 건 아니지?”

탐색하는 듯한 그의 어투에 연희의 표정이 조심스러워졌다. 그리고 그녀가 어떻게 대답을 꺼내기도 전에 윤하가 서둘러 대답을 막았다.

“아니, 내 정신 좀 봐. 미안해, 그런 말은 하는 게 아니었어.”

“아뇨, 오빠. 괘씸하게 여길 줄은 알지만 사실대로 말할게요. 저, 좋아하는 사람 있어요. 하지만 그 사람 때문에 오빠에 대한 마음이 달라진 건 절대 아니에요. 그 사람 때문에 헤어질 빌미를 찾으려고 서로 시간을 갖자고 한 것도 아니니 오해하지 않았으면 좋겠어요."

"그…… 그게 무슨 말이니? 아니야. 내가, 잘못 들은 거야. 그렇지, 연희야?"

"아뇨, 사실이에요. 언제부터였는지는 모르지만 저도 모르게 그 사람 마음에 담았었나 봐요. 이번에 시간을 가지면서 보다 확실하게 깨달을 수 있었거든요. 그래서 윤하 오빠한테나 그 사람한테도 더는 미안해하는 일은 만들지 않기로 했어요."

되도록 감정은 배제한 채 덤덤하게 말하려 애썼다. 그가 보다 현실적이고 이성적으로 받아들일 수 있도록.

"연희야……! 아니야, 그럴 리 없어! 나는 믿을 수 없다."

돌연 격해지는 그의 음성에 연희는 잠시 두 눈을 감았다. 거절은 결국 어떤 허울을 쓰고 있든지 간에 상대방에게는 상처일 수밖에 없는 현실이었다. 그리고 자신은 그 현실 가운데에 놓인 가해자였다.

"정하…… 때문인 거니?"

"그렇지 않아요. 정하 씨가 아니더라도……."

연희는 말끝을 흐리다가 다시 그 일을 떠올렸다.

정하와 윤하의 입맞춤을 목격하지 않았더라면, 선우혁과 박희주의 입맞춤을 보면서 자신의 마음을 깨닫게 되는 일도 없었겠지. 바보처럼 제 감정도 제대로 돌보지 못한 채 미지근하게 윤하의 옆을 지키면서 선우혁을 밀어내기만 했을 것이다. 그러니 그의 말은 반쯤 사실인 셈이다. 지금의 결정에 이르기까지 정하와의 일은 부인할 수 없는 촉매제였다.

그녀의 표정을 예리하게 읽어낸 윤하가 더욱 연희를 몰아붙이기 시작했다.

"아니! 곰곰이 생각했는데 병원에서의 일만 아니었다면 이런 일이 없었을 거란 생각이 들었어. 그랬다면…… 그랬다면!"

놓칠 수 없다. 이대로 놓쳐선 안 돼!

윤하는 점점 다급해지는 마음의 외침을 들으며 현실을 부정했다. 그저 연희를 붙잡아야 한다는 생각에 사로잡혀 눈에 훤히 보이는 진실도 외면하고 있었다. 닷새 전 연희가 말했듯 병실에서의 일이 두 사람 사이를 벌어지게 한 직접적인 이유가 아님을 윤하 자신도 깨닫고 있으면서도 연희를 향해 무작정 원망을 풀어놓고 있었다.

누군가에게 버림받는 일은 지난 과거로 족했다. 그래서였을까. 정하와 입맞춤을 나누던 그 순간, 아무것도 남아 있지 않았다고 여겼던 감정의 찌꺼기들이 먼지처럼 그의 가슴을 휘저어대자 저도 모르게 강한 반발을 느꼈다. 그렇게 상처를 받고도 아직도 감정을 느끼는 스스로에게 배신감마저 들 지경이었다.

"기다릴게."

하던 정하의 목소리가 그의 가슴에 끊임없이 물음표를 던지고 있었지만 가차없이 잘라냈다. 미련에 불과하다며 일축해 버렸다.

단지 그날 이 감독과 빚어진 일로 인해 경황이 없어서, 혼란스러웠던 것뿐이다. 감당하기엔 너무나 벅찬 심적 고통이라 해묵은 과거까지 들춰내며 위로 받으려 한 것뿐이다. 이제 정하는 떨쳐

내고 싶고 잊어버리고 싶은 과거가 아니라 추억으로 인정해 버린 과거 그 이상도 이하도 아니었다. 그래, 추억. 그날 그가 정하와 나눴던 건 곪았던 상처를 추억으로 묻어버린 것이다. 현재와 미래에 있을 추억에는 연희가 있어야 했다.

"연희야, 넌 지금 아무것도 모르면서 그저 막연히 그 사람을 핑계로 헤어지려는 거야."

"아뇨. 그 사람, 어쩌면 오빠를 알기 전부터 마음에 담아왔던 사람이에요."

"……!"

윤하의 눈동자가 다시 흔들렸다. 상실감이 지나간 자리에 또 다른 충격이 스쳐 가고 있었다.

"그 사람이 누군지 물어봐 주지 않을래요?"

윤하는 연희의 시선을 외면한 채 바닥을 응시했다.

자신도 그 사람이 누군지 알고 있을 것만 같은 불길한 예감이 그의 숨통을 죄어왔다. 자리에서 일어나 거칠게 한숨을 들이켰다. 그런데도 숨이 막히고 답답했다. 양손에 쥐어진 오답지와 정답지. 그가 선택한 것이 오답임을 알고 있었음에도 정답이라 우기며 버젓이 정답지를 외면하고 있었다.

"아니, 더 얘기하지 마라. 듣고 싶지 않으니까."

"윤하 오빠!"

"정말로 나한테 고마워하고 있다면, 그 누군가를 마음에 담아서 내게 미안해하고 있는 거라면, 네가 그 사람을 정리해."

"오빠, 지금 오빠는 고집 피우고 있는 거예요."

그래 알고 있다, 터무니없는 고집이란 것을.

말하면서도 스스로의 치기 어린 모습에 비참해진 윤하였다. 하지만 이럴 수는 없었다. 어렵게 찾아온 사랑을 무력하게 포기할 수만은 없었다. 첫사랑을 잃었을 때, 가진 게 없어 비굴하게 애원까지 서슴지 않았던 자신이었다. 그러니 모든 것을 누리고 있는 지금은 그때와는 달라져야 마땅했다. 그런데 왜 여전히 그대로인 걸까.

윤하는 그의 이름을 부르는 연희를 뒤로 한 채 연회장을 빠져나왔다.

지금…… 과연 모든 것을 누린다 말할 수 있을까? 이렇게 황폐해진 가슴은 정작 치유받지도 못하면서…….

밴에 올라타 몸을 깊숙이 묻었다. 그리고 손바닥을 펴보았다.

원한다면 뭐든지 가질 수 있을 거라 여기고 있는 그의 손이다. 하지만 주먹을 폈다 오므리는 그의 손에 잡힌 것은 아무것도 없었다. 공허했다.

다음날 저녁, 윤하는 연희로부터 완전한 이별 통보를 받았다.

그가 촬영을 마치는 시간에 맞춰 오피스텔 근처 커피숍에서 기다린 연희는 다시 한 번 간곡하게 그를 설득해 왔다. 오래전 사랑에 빠져 들었던 자신과 똑같은 눈을 한 채로. 아마도 그래서였을 것이다, 전의를 상실한 채 두 번째 사랑을 포기해 버린 까닭은.

짐작했던 대로 그녀의 상대가 선우혁이기 때문도, 정하 때문도 아닌 바로 그녀의 눈빛 때문에 윤하는 연희를 놓아줄 수밖에 없었다. 연희에 대한 화제를 올릴 때면 석연치 않게 보였던 선우혁의 모습에서 '혹시?' 라는 의심은 들었었다. 그랬기에 연희의 입에서 흘러나오는 선우혁의 이름이 조금도 낯설거나 충격적이지 않았다.

온 신경이 마비된 것처럼 질투도, 배신도, 무엇도 느낄 수 없었다. 그저 무감했고, 그저 미치도록 공허하기만 했다. 누군가 이런 모든 고통들에 둔감해질 수 있도록 그의 심장 가장 깊숙한 곳에 마취 주사를 투여한 모양이었다.

윤하는 다시 몇 년 전의 그 늪 속으로 빠져버린 기분이었다.

“아아, 어디 보자. 노출도 이 정도면 적당하고, 조리개 조절한 것도 딱 알맞게 나왔네. 근데 이왕이면 좀 더 어둡게 인화하는 편이 무게감있어 보일 것 같은데…….”

혼잣말로 중얼거리다가 흘끗 시계를 살폈다. 새벽 5시 45분.

여섯 시쯤 해서 선우혁이 온다고 했으니 지금 인화작업을 하면 괜찮겠다는 생각을 하며 연희는 곧바로 암실 복도에 있는 불을 껐다. 어제 퇴근을 하며 선우혁에게 건네받은 비상키를 확대경 옆에 내려놓았다. 새벽부터 스튜디오에 나와 인화작업에 열중하고 있는 이유는, 내일 전공수업에 제출할 과제 때문이었다. 그것도 평범한 과제가 아니라 학점을 좌우할 정도의 과제여서 건성으로 할 수가 없었다. 이 과제의 결과를 60% 이상 성적에 반영한다고 했으니 바짝 정신을 차려야만 했다. 게다가 다른 아이들보다 유리하게 암실까지 빌릴 수 있었으니 더 잘해야 한다는 압박에 긴장감마저 들었다.

그때, 스튜디오 문이 열리는 소리가 들렸다.

선우혁일 거라 생각하며 반색하며 맞이하던 연희의 얼굴은 곧 불편하게 굳어지고 말았다.

박희주 그녀가 이 시간엔 어쩐 일로?

그러나 가까이 다가올수록 풍기는 독한 술 냄새에, 그녀가 밤새도록 술을 마시고 나서 이곳에 들른 것임을 짐작할 수 있었다. 연회장에서의 일이 있고 나서 만 하루가 지난 이튿날인 오늘, 그녀의 안색은 몹시 날카롭고 초췌해 보였다.

"안녕, 연희 씨. 스튜디오에 불이 켜져 있길래 혹시나 하고 온 건데 선우혁 씨는 없나 봐?"

"아, 곧 온다고 했으니 기다리시면 만날 수 있을 거예요. ……차라도 한 잔 드릴까요?"

"뭐, 그래 주면 고맙고."

다소 삐딱한 박희주의 어투를 흘려 넘기며 연희는 커피를 내렸다. 연회장에서의 일로 인해 연희에 대한 그녀의 태도가 곱지 않을 거란 건 그날부터 예상하고 있던 바였다. 그래서인지 자신을 향한 박희주의 반감이 딱히 불쾌하다거나 거슬리지는 않았다. 정미의 말처럼 행여 일에 지장을 줄까 불안하기는 했지만.

그러나 암실을 들어서는 순간 연희는 박희주를 만나고 처음으로 생생한 반감을 가지게 되었다.

"어머, 어쩌나! 필름에 기스를 내고 말았네. 이거 중요한 거예요?"

연희의 얼굴이 미세하게 굳었다.

한껏 과장된 목소리에는 미안한 기색이라곤 조금도 담겨 있지 않았다. 아니, 비아냥거림에 가까운 조롱기마저 묻어 나오고 있었다. 연희는 원래대로 표정을 아무렇지 않은 듯 애써 추슬렀다. 그래, 그 한 컷만 무사하면 되니까. 설마, 설마 그 컷은 아니겠지. 그렇게 다독이며 모델로부터 필름을 건네받았다.

'세상에!'

연희는 저도 모르게 어금니를 사려 물고 말았다.

필름은 거의 다 망가진 상태였다. 가장 마음에 들어했던 컷은 처참할 정도로 손상이 되어 어떻게 손 쓸 수도 없을 것 같아 보였다.

저 한 컷을 찍기 위해 쏟아 부은 시간들이 주마등처럼 머릿속을 스쳐 지나갔다. 더욱이 내일은 과제를 제출하는 마감 날짜. 저 컷을 다시 찍을 수 있을까. 입속의 침이 바짝 마르는 게 느껴졌다. 불가능하다, 그건. 갑자기 머릿속이 새하얗게 비어버린 것만 같다.

"뭐야, 중요한 건가 보네? 미안해요. 내가 필름 사줄게. 다음에 더 잘 찍으면 되잖아."

"……아뇨 됐어요."

박희주가 훗 웃으며 지갑에서 돈을 꺼내 연희의 코앞에 들이댔다.

"자, 이 정도 돈이면 되겠지?"
"직업이 모델 맞아요?"
목소리에 날이 섰다.
평소의 연희답지 않은 태도에 박희주의 눈썹이 치켜 올라갔다.
이대로 얌전히 밝혀줄 줄 알았을까. 아니면 발끈해 주길 바란 것일까. 아마도 후자일 거란 생각이 드는 건 스튜디오에 들어서면서부터 박희주의 얼굴에 비쳤던 심술 때문이었다. 사실 이렇게 카랑카랑하게 받아칠 생각은 아니었다. 하지만 고의로 저지른 것이 뻔한 행동을 끝까지 거짓말로 무마시키려는 희주의 행동이 겨우 자제하려던 분노에 불쏘시개를 들이댔다.
"무슨 뜻이지?"
"몰라서 물어요, 지금?
"그래서 필름 사라고 돈 주는 거잖아."
"필요없습니다. 필름 한 통이 아니라 열 통, 스무 통을 사주겠다고 해도 받지 않아요. 대신 그렇게 성질부리고 싶거든 다른 곳에서 부리도록 해요."
"뭐, 뭐야? 건방지게! 감히 어시 주제에 누구한테 기어오르는 거야?"
박희주의 손이 연희의 얼굴 위로 내려오는 순간이었다. 그러나 연희는 이번만큼은 절대 호락호락하게 받아줄 용의가 없었다. 박희주의 손을 가볍게 막아내며 차갑게 받아쳤다.
"실수? 본인 입으로 실수라 말하기엔 어딘지 낯간지럽지 않아요?"

박희주의 안색이 흙빛으로 변했다.

"뭐, 뭐야!"

"정말로 미안하다면…… 입 닥치고 가만히 있으란 말이야."

사납게 쏘아붙이며 암실을 나서는데 언제부터 와 있었는지 선우혁이 그 앞에서 버티고 서 있었다. 다소 걱정스러운 눈으로 그녀를 살피던 선우혁은 가만히 어깨를 감싸 쥐며 개인 작업실에 가 있으란 말을 들려주었다.

"후! 알았어요."

선우혁은 그의 작업실로 걸어가는 연희를 바라보며 의자에 앉았다. 아무래도 박희주를 내보내는 대로 그녀에게 한나절 시간을 주는 편이 좋을 것 같다. 당장은 상심에 잠겨 있을 그녀를 위로해주고 용기를 실어주는 것이 우선일 테지만.

그의 등장을 알아챈 박희주가 암실에서 걸어 나와 그의 맞은편에 앉았다. 그리고 거두절미하고 본론부터 먼저 꺼냈다.

"마음이 바뀌었는지 확인차 들렀어."

"내 대답엔 변함이 없어. 공연히 수고하는 일 없었으면 좋겠군. 다른 사람한테 수고를 끼치는 일 역시 없었으면 하는 바람이야."

그의 말뜻을 읽어낸 박희주의 얼굴이 붉으락푸르락해졌다.

꼭 성연희를 지칭하는 말은 아니었지만 그간에 스튜디오에서 박희주가 스태프들에게 벌인 크고 작은 일들을 알고 있으면서도 눈감아준 건, 그 나름의 배려였다. 그녀의 마음을 받아주지 못한 자신에 대한 치기 어린 투정이라 여겼기에 때가 되면 스스로를 돌아보게 될 거라 생각했던 것이다. 그런데 그녀를 과대평가한 모양이다. 박희주는 고여 있는 우물처럼 정체되어 있기만 할 뿐, 흘려 보내거나 비워낼 줄을 몰랐다. 썩어서 냄새가 나고 독(毒)이 되어 급기야는 자신을 헤치게 되는 줄도 모르고 하염없이 제 고집만 살폈다.

차라리 그때 그녀의 마음을 단칼에 잘라냈다면 더 나아지지 않았을까.

자신에게 미련을 못 버리는 박희주를 보며, 행방불명된 성연희에 대해 집착을 버리지 않는 자신과 크게 다를 바 없다고 여긴 적이 있었다. 그런 시작도 나쁘지는 않다고 생각했다. 부족한 부분을 채워가다 보면 누구보다 서로를 잘 이해하는 연인이 될 테니까. 그러나 그것은 치명적인 착각이었다. 희미한 동질감으로 시작된 관계는 더욱 일방적으로 치달았고, 그런 관계는 그나마 가졌던 동질감마저도 파괴시켰다. 박희주는 그의 모든 것을 독점하길 원했고, 그 정도가 심해질수록 성연희를 향해 비워둔 마음속은 그 공허한 자리를 더욱 크게 넓혀갔다.

그녀와 헤어진 뒤, 역시 촬영을 하면서 만난 은진과 짧게나마 연애 생활을 시작할 뻔했을 때에도 상황은 달랐지만 결과는 같았다. 은진의 천성이 자유분방해 그에게 집착하지 않았다는 것만 제외하면 성연희 결핍증은 늘 그대로였던 것이다. 며칠 전 연회장에서 우연히 만난 은진은 연희와 교제하고 있는 그를 향해 의미심장한 눈빛을 날리며 고개를 끄덕였었다. 오랜만에 만난 것치고 그녀가 건넨 말은 간단했다. 참 잘된 일이라고, 일 년 전 호텔에서 두 사람을 보았을 때, 이런 전개를 예상했는지도 모르겠다며 웃어 보였다.

선우혁이 과거를 헤집는 동안, 박희주는 소리 나게 자리에서 일어서며 싸늘하게 내뱉었다. 어떤 결심이 선 듯 무척이나 단호한 눈빛이었다.

"좋아. 당신 대답 꼭 기억해 둘게."

늘 너한테 허기져 있었어, 라고 말하면 연희는 어떤 눈으로 자신을 바라봐 줄까?

비단 이 순간뿐만 아니라 어제저녁, 윤하와 정식으로 헤어졌다며 스튜디오로 돌아와 담담하게 털어놓던 연희를 보면서 그동안 사랑니처럼 앓다시피 했던 그녀에 대한 허기짐을 고백할까, 한 차례 망설이기도 했었다. 때맞춰 현석이 들이닥치지만 않았던들 벌써 고백해 버리고도 남았을 것이다. 결국 불발로 그친 채 아쉬운 마음으로 그녀를 집까지 바래다주고 말았지만 말이다.

선우혁은 개인 작업실에서 고개를 숙인 채 두 손을 이마에 가져가 심각한 고민에 빠져 있는 연희의 얼굴을 보며 생각에 빠졌다. 이 또한 다른 형태의 집착에 지나지 않는다며 그의 감정을 버거워하지는 않을까. 아니면 당당하게 선전포고를 해오며 그를 휘어잡던 그때처럼 받아줄까. 그러나 이내 그런 가정을 접어버리며 그녀의 어깨를 일으켜 세웠다.

언젠가는 말하게 될지 몰라도 지금은…… 아니었다. 그녀가 편하게 다가올 수 있도록 아직은 인내하는 마음으로 기다리는 게 우선이었다.

"잠시 아침 바람 좀 쏘일 겸 나갔다 올까?"

"그래요."

차에 시동을 걸다 말고 선우혁은 편의점에 먼저 들렀다. 다시 차에 들어온 그의 손엔 두유가 한 병 들려 있었다.

"가서 아침 식사를 하게 될 테지만, 빈속일 텐데 먼저 간단히 마셔둬."

"고마워요."

조금은 기운없는 말투로 대꾸하며 연희는 두유를 마시기 시작했다.

"사진은…… 이따가 오후 세 시쯤 찍으러 나가는 게 어떨까 싶은데, 어때? 연희 네 생각은?"

"그건……."

놀란 연희는 두유를 마시다 말고 캑캑 기침을 하며 말끝을 흐렸다. 조기 퇴근을 하거나 그게 여의치 않으면 과제를 다음 주에 제출하려고 했는데.

"장소는 원래 찍었던 곳으로 해도 좋고 그전에 새로 물색해도 좋아."

"스튜디오는요?"

"일정이 취소되어서 저녁 늦게부터 촬영을 하게 되었으니 시간은 넉넉한 편이야. 내 생각엔 정오나 한두 시쯤은 햇빛이 너무 강해서 서너 시가 적당할 듯싶은데. 아침 천천히 들면서 생각해 보도록 하지."

연희는 그의 배려에 박희주로 인해 남겨진 생채기가 무디게 흐려지는 것을 느꼈다.

과제를 일주일 늦게 제출하자니 감점될 수밖에 없는 현실이 마음에 걸렸고, 이제 적응하기 시작한 스튜디오 일을 뒤로 미루자니 그 또한 마음에 내키지 않아 갈팡질팡하던 차였다. 게다가 전공수업 담당교수가 선우혁인만큼 제대로 인정을 받고 싶은 마음에 무던히도 노력했던 과제물이었기 때문에 그 상실감이 이만저만 큰 게 아니었다. 공은 공이고, 사는 사였으니 그에게 선처를 부탁할 수도 없는 노릇.

그런 때에 마침 그가 해결 방안을 내놓았으니 고맙지 않을 수 없었다.

"그런데 하나 궁금한 게 있었어."

"뭔데요?"

"왜 내 수업을 신청한 거지?"

"……."

연희는 그의 시선을 외면하며 차창 밖으로 시선을 던졌다. 언젠가는 이 질문을 받게 될 거라고 짐작했었다.

"말하지 않을 셈인가?"

"……음, 그건 말이죠……."

"가산 점수를 내걸도록 하지."

믿을 수 없는 눈으로 연희가 바라보자 그는 다짐을 주듯 고개를 끄덕였다. 어차피 내숭을 떨 단계는 이미 지나 버렸다. 그녀의 천성에도 내숭은 어울리지 않지만 이왕 이렇게 된 것, 솔직하게 털어놓기로 결심하며 연희는 어색한 호흡을 골랐다.

"첫날 오피스텔에서 면접을 보러 갔었던 일을 생각한다면 마땅히 다른 반으로 수강을 신청했어야 했는데…… 당신이 계속 신경 쓰였어요. ……아마도 막연히 당신이란 사람에 대해 관심을 가지고 있었던 것 같아요."

"그게 언제부터였지?"

한껏 홍조가 오른 얼굴로 연희는 대답했다. 살갗에 닿는 그의 시선이 집요하게 그녀만을 향해 고정되어 있었다.

"일 년 전에 만났을 때부터…… 라고 기억해요."

선우혁은 나직하게 숨을 들이켰다. 뭔가 거대한 에너지가 그의 몸을 휘감아오고 있었다. 그것은 벅차디벅찬 희열.

"가산 점수는……."

말끝을 흐리는 그의 옆얼굴이 무표정해 보였다.

갑자기 차가 멈췄다. 조수석을 뒤로 젖히며 그가 얼굴을 겹쳐왔다. 어떻게 이런 얼굴을 무표정하다고 여길 수 있었을까? 그는 몹시 복잡해 보이면서도 잔뜩 격앙된 표정이었다. 어둡게 가라앉은 그의 눈동자에는 흥분의 기운이 잔뜩 어려 있었다. 그리고 격렬한 입맞춤.

뜨겁게 엉켜오는 그의 혀를 받아내며 연희는 숨을 몰아쉬었다. 그의 호흡을 날름날름 받아 삼키며 그가 전하는 열정을 온몸으로 느꼈다.

"하아, 하아……."

입맞춤은 강렬했던 것만큼 순식간에 끝났다.

조수석을 천천히 앞으로 당기며 그녀의 머리카락을 쓸어 넘겨주던 그는 한층 깊어진 눈으로 이렇게 말했다.

"선우혁이 성연희에게 주는, 세상에서 하나밖에 없는 가산 점수지. 어때, 가산 점수가 이만하면 충분했나?"

연희는 감쪽같이 그에게 속았다는 생각에 최대한 눈에 힘을 주며 그를 노려보았지만 곧 어쩔 수없이 웃음을 터뜨리고 말았다.

연회장에서 중얼거렸던 정미의 예상은 박희주가 이른 아침 스튜디오에 다녀간 다음날, 거의 정확하게 들어맞았다.

그날 그렇게 차갑게 등을 돌리고는 이어서 촬영할 계획인 '관능미 voluptuous beauty' 의 나머지 시즌에 대해 불투명한—사실상 거절에 가까운—대답을 전해오고, 다음날 경쟁 회사의 제의를 받아들인 것이다.

"이렇게 뒤통수칠 줄 알았다니깐!"

정미는 다시 생각해도 분하다는 듯 분통을 터뜨렸다.

그녀가 내팽개친 신문 일 면에는 경쟁사의 신제품과 박희주의 전속계약에 대한 파격적 대우가 메인 기사로 실려 있었고, 그녀가 소속된 에이전시 오딜리어의 중견급 모델들 역시 전폭적으로 경쟁업체에서 활동하게 될 계획이라고 보도하고 있었다. 박희주가 소속된 에이전시는 국내에서 가장 많은 모델을 보유한 곳으로 기사의 내용대로라면, 이쪽 업체와 선우혁에게 커다란 타격이 아닐 수 없었다.

"그나마도 여름 시즌을 계약 파기하지 않은 걸 고마워해야 하나? 아님 일부러 골탕 먹이려고 수를 쓴 건가? 에이, 모르겠다. 박희주, 되어먹지 못한 게 어제 오늘 일도 아니고."

선우혁은 잠자코 침묵을 지킨 채 생각에 골몰해 있었다.

생각이 많아지면 많아질수록 말수가 적어지고 포커페이스가 되어버리는 그를 보며 연희도 좀체 입을 열지 않고 있었다. 어제는 흡족할 만큼 마음에 드는 사진도 뽑아내고, 모처럼만에 선우혁과의 데이트에 기분이 들떠 있었는데 하루아침에 일이 이렇게 되어버리다니. 착잡할 정도로 가슴이 답답했다.

며칠 전의 일을 통해 은연중에 두 사람의 미묘한 분위기를 알아챈 스태프들은 이 일의 원인이 그들에게 있음을 알았지만, 정작 그 사실을 입에 담는 이는 아무도 없었다.

"그럼 나머지 시즌은 어떻게 되는 거야?"

"어떻게 되긴! 쫑난 거지 뭐."

"이번 여름 시즌 이제 거의 다 마무리되어 가는데, 박희주가 경쟁사로 간 마당에 이대로 밀고 나간다는 건 너무 위험해."

"이참에 모델 새로 뽑지? 에이전시가 거기 하나뿐인가 뭐."

"그래 에이전시야 쌔고 쌨지. 다만, 쓸 만한 에이전시가 오덜리어밖에 없다는 게 문제지."

스태프들의 의견은 다양했다.

업체와의 의견 조율을 하면서 나온 방향도 이와 비슷했다. 다른 모델을 채용해서 처음부터 다시 찍자는 것. 그중에서도 주목할 만한 것은 뉴페이스를 쓰자는 의견이었는데, 아마도 따로 생각해 둔 모델이 있는 모양이었다. 일단 선우혁은 업체 쪽의 의견을 받아들인 후 모델에 대한 정보가 주어지기만을 기다리고 있었다.

부우우웅, 부우우웅.

휴대폰의 진동음에 선우혁은 폴더를 열어젖혔다.

기대했던 대로 새로운 모델을 컨택했다는 내용이다. 하지만 아직 모델과 계약한 상태가 아니라는 애매한 대답에 선우혁은 미간을 좁혔다. 이렇게 답답한 노릇이 있나. 당장 촬영에 들어가도 늦을까 말까인데!

"모델이 누굽니까?"

호기마저 느껴지는 그의 음성에 업체 쪽에서 머뭇댔다. 그리고 작지만 정확하게 모델의 이름을 알려주었다.

"하겠어요."

"안 돼."

두 사람의 대답은 동시에 튀어나왔다.

선우혁과 성연희는 한동안 말없이 서로를 노려보았다. 그들의 중간에 낀 업체 쪽 사람은 난처한 표정을 감추려 연신 어색한 미소를 짓고 있었다. 하지만 그들을 구경하는 또 한 사람 정미만은 예외였다. 정미는 반짝반짝 윤이 날 정도로 눈을 빛내며 얼굴 가득 흥미로움을 드러내고 있었다.

이 일의 발단은 그러니까 약 삼십 분 전, 선우혁이 전화를 받으면서부터 시작되었다.

업체 쪽에서 뉴페이스를 쓰자고 의견을 내놓은 것까지는 괜찮았는데, 그 뉴페이스를 성연희로 지목한 것이 도화선이 되었다. 아마도 오딜리어에서 주최한 연회장에서 연희를 눈여겨본 모양인데, 이에 선우혁은 완강하게 반대를 하고 나섰다. 연희는 그에게 맞서 계약을 하겠다고 맞섰고.

"안 돼, 허락할 수 없다."

선우혁은 딱딱한 어조로 재차 강조했다.

그러나 연희도 물러서지 않고 결연한 어조로 맞받았다.

"결정은 제가 하는 거예요."

"빌어먹을! 이게 지금 애들 장난하는 걸로 보이나? 응?"

선우혁은 급기야 언성을 높이며 폭발하고 말았다. 그의 말을 고분고분 들어줄 거란 기대도 안 했지만 막상 고래 힘줄보다 질긴 그녀의 고집을 확인하니 화가 치밀었다. 위협을 느껴야 마땅하건만 저 작은 여자는 위협은커녕 눈 하나 깜짝하지 않은 채 계약서에 서명을 하려 함으로써 한층 더 그의 성질을 돋우었다. 당장 계약서를 가로챘다. 연희가 참는 듯한 얼굴로 한숨을 들이키며 차분히 말했다.

"장난이 아니라는 것, 저도 알고 있어요. 그러니 저의 결정을 존중해 주세요."

"그래도 내가 끝까지 반대한다면?"

"아뇨, 선생님은 곧 찬성하시게 될 거예요."

"뭘 믿고 그런 확신을 하지? 서툰 기대 따위 버리는 게 좋을 거야. 난 눈곱만큼도 허락할 생각이 없으니까."

코끝이 닿을 만큼 가까운 거리에서 씹듯이 내뱉었다. 역시나 연희는 꿈쩍도 하지 않았다.

"아뇨, 다시 말하지만 선생님은 찬성하시게 될 거예요. 반드시.

왜냐하면 저를…… 다른 사람이 찍도록 놔두지 않으실 테니까요."

성연희를 다른 누군가가 찍는다?

박희주에게 주문했던 요염한 포즈들을 다른 남자에게 보이겠다고 말하고 있는 건가, 지금?

성연희를 험악하게 노려보며 거친 욕설을 내뱉었다. 방금 전과는 비할 수 없는 커다란 분노가 그의 가슴에 휘몰아쳤다.

말도 안 된다. 그녀가 다른 포토그래퍼에게 매혹적인 자태로 사진을 찍을 거라니. 절대로 그 꼴은 두고 볼 수 없다!

선우혁은 애써 화를 가라앉히며 진정되지 않은 호흡을 골랐다. 무엇보다 그녀에게 이렇게 휘둘리고 있는 상황에 말할 수 없는 짜증이 치밀었다. 멀찌감치 물러나 있는 스태프들은 일 년에 한 번 보일까 말까 한 그의 모습을 신기한 듯 흘끔거리고 있었다. 제길, 칼자루는 자신이 쥐고 있다고 여겼는데, 지금 생각하니 칼자루는 성연희가 쥐고 있었다.

"그랬다간 당장 후회하게 만들어주지."

"저보다는 선생님께서 후회하실 일이죠."

선우혁의 이마에 푸른 힘줄이 도드라지는 것을 보며 연희는 최대한 태연하게 대꾸했다.

사실 그가 이렇게 반대하리라곤 꿈에도 생각을 못했다. 오히려 그동안 다른 많은 모델들과 일을 해왔으니 그녀에게 떨어진 계약건도 개의치 않아 할 거라 여겼다. 그런데, 저렇듯 반대할 줄은……. 야만적이다 싶게 으르렁거리며 날뛰는 그의 모습이 당혹스럽기도, 보다 매력적이고 귀엽게 보이기까지 했다. 귀엽다니.

이런 생각을 그가 알면 무척이나 화를 낼 텐데.

그래, 알고 있다. 그가 반대하는 까닭이 그녀를 향한 마음 때문임을.

반대하는 그의 모습에도 불구하고 전혀 화가 나지 않는 건 바로 그런 이유 때문이었다. 그렇다고 해서 그의 분노를 사게 된 일이 두렵지 않은 건 결코 아니었지만.

"협박하는 건가?"

선우혁이 음산하게 내뱉으며 그녀를 응시했다.

"흠흠."

업체 쪽 사람이 헛기침을 하며 두 사람의 대화에 끼어들었다. 그런대로 수월할 거라 여긴 계약 건이 양극화된 상황에 다다르자 몹시 난감한 얼굴이었다.

"계약서는 놔두고 가겠습니다. 두 분께도 조금 더 생각하실 시간이 필요한 듯싶고……. 아무쪼록 신중한 결정내리실 것이라 기대하고 기다리겠습니다. 에…… 저는 이만."

그가 가고 나자 정미는 연희 옆에 앉아 어깨에 손을 걸쳤다. 선우혁은 담배를 피우기 위해서였는지 자리를 박차고 잠시 바깥으로 나간 상태였다.

"선배가 저렇게 화내는 모습은 정말 처음인데?"

"그래요?"

"응. 선배랑 거의 사 년을 함께 일했는데 내가 기억하기로 저렇게까지 길길이 날뛴 적은 한 번도 없었어. 아무튼, 재밌긴 재밌네. 역시 남자는 여자하기 나름이라더니. 그 칼같이 냉정하던 선배가 저런 모습을 보이게 될 줄 누가 알았겠어."

정미의 어투에는 왠지 모를 통쾌함이 묻어나 있었다.

"언니, 너무 좋아하시는 것 아니에요?"

연희가 눈을 흘기며 타박하자, 정미는 뜨끔한 얼굴로 머리를 긁적였다.

"쿡쿡. 그런가? 원래대로라면 일을 성사시킬 수 있도록 설득시켜야 하는 쪽이 선배고, 안 하겠다고 우기는 쪽이 너여야 하는데 어떻게 된 게 역할이 이렇게 우습게 바뀌었는지 모르겠다."

따지고 보면 정미의 말이 맞긴 했다. 생각 외로 강경한 그의 모습에 연희조차도 생소할 지경이었으니.

'그런데 정말로 그가 끝까지 반대하면 어쩌지?'

연희는 만약의 경우를 상상하며 표정을 어둡게 굳혔다.

그가 허락하도록 만들 방법이 어딘가에 있을 것도 같은데…….

"어디에 있었어요? 오래도록 안 보여서 찾아다녔잖아요."

연희는 나무라듯 투덜거리며 암실 안쪽으로 들어갔다. 선우혁은 아침에 인화작업을 마쳤던 사진들을 찬찬히 둘러보고 있는 중이었다. 그녀가 들어왔는데도 뒤돌아봐 주지 않는 걸 보면 어지간히 화가 났다는 뜻이리라. 그의 어깨에 얼굴을 가져가며 뒤에서 끌어안자 긴장으로 굳어지는 남자의 근육이 느껴졌다. 아마도 그녀가 이렇게 먼저 다가선 적이 처음이라 더 그런 것 같았다.

"선우혁 씨."

선우혁이란 호칭도 스튜디오에서 자진해서 그녀가 불러보긴 이

번이 처음. 그걸 아는지 모르는지 선우혁은 차갑고도 딱딱한 어조로 아까의 일을 상기시켰다.

"웬일로 네가 직접…… 무슨 바람이 분 거지? 설마 이런다고 해결될 거라 믿는다면 헛수고하는 거라는 것만 말해두지."

연희는 상심한 얼굴로 한숨을 푸욱 쉬었다.

"그날 내가 연회장에 참석하지만 않았더라도 일이 커지진 않았겠죠. 그건 당신도 알고 있잖아요."

"쓸데없는 죄책감이야. 잊어버려."

"아뇨. 그럴 수 없어요."

그때 선우혁이 등을 돌려 그녀와 마주했다. 여전히 화가 났지만 시선 끝엔 그녀를 걱정하는 마음이 가득했다. 이대로 지켜주고, 아껴주고 싶어하는.

연희는 짧게 입맞춤을 한 후에 말했다.

"당신에게나 제게나 즐거운 작업이 될 거예요."

그녀의 말이 이어지자마자 선우혁이 입술을 포갰다. 그녀의 짧은 입맞춤이 그를 더욱 감질나게 자극한 모양이었다. 그에게서 그녀가 바른 딸기 향의 립글로스 냄새가 났다. 아마도 입맞춤을 하면서 그에게도 배어버린 모양이다.

"하아…… 달아."

그녀의 얼굴을 부드럽게 감아쥔 그의 손이 도톰한 입술 한가운데를 쓸었다.

보이지 않는 곳은 더욱 달지.

살며시 들리지 않게 말한 그의 속살거림이 새까만 눈을 통해 읽혀졌다. 연희의 두 뺨에 분홍 물이 번졌다. 사람의 언어를 귀가 아닌 눈으로, 마음으로 읽어낼 수 있다니.

그의 입술이 한 번 더 내려왔다. 정말로 립글로스에서 딸기 맛이 나는지, 안 나는지 확인하려는 듯 아랫입술을 맛보더니 이내 통째로 빨아들인다. 이미 좀 전의 키스로 그녀의 입술에 립글로스는 거의 지워지고 없을 텐데. 아무래도 이 남자한테 립글로스를 갖다 줘야 하나 보다.

점점 가빠지는 호흡. 그러나 그는 도저히 멈출 태세가 아니다. 오히려 강하디강한 흡입은 더욱 거세어만 진다. 산소 부족으로 들썩이는 가슴을 어쩌지 못하고 그를 밀어내자 선우혁은 보다 거칠게 혀를 휘감았다. 그녀의 반항이 그를 더욱 흥분시킨 모양이다.

"아, 이제 그만 해요. 여긴 암실……."

입막음을 하며 그가 속삭였다.

"네가 멈추라고 할 때, 그때까지만 널 탐할게."

대답할 틈 없이 저돌적으로 부딪혀 온 남자의 입술은 보다 서툴고 뜨거웠다.

연희는 잠시 멈칫했지만 사납게 입속으로 파고드는 남자로 인해 거절할 타이밍을 놓쳐 버렸다. 암실에서 둘만의 시간을 가진 것은 이번이 처음은 아니었다. 잦을 때에는 하루에도 몇 번씩 스릴을 만끽하며 서로의 숨결을 교환했다. 그런데도 이번은 그때와 다르다는 생각이 드는 건 왜일까. 그의 조급함 때문일까.

평상시대로라면 벌써 숨을 고른 채 아쉬움을 드러내며 입맞춤을 끝냈을 텐데, 어찌 된 영문인지 남자에게선 놓아줄 기미가 안 보였다. 순간적으로 혹시나 하는 생각이 스쳤지만 연희는 이내 떠오르는 우려를 털어냈다. 혹여 암실에서 입맞춤 그 이상의 것을 나눈다 해도, 바깥에 스태프들이 있으니 정도를 지킬 것이다. 탐한다고 말한 범위가 어디쯤인지 짐작가지 않았지만 그에게 맡기기로 했다. 이제껏 그래 왔듯 그가 자제심을 발휘해 줄 테니까. 이렇게라도 해서 계약에 반대하는 그의 마음을 돌려놓을 수만 있다면, 까짓 어떠랴. 애써 밀어낼 필요는 없었다.

그렇게 궁리하고 있는 사이, 돌연 그가 그녀의 발치 아래로 고개를 숙여 신발을 벗겨냈다. 그리고는 스타킹을 벗겨내 발의 뒤꿈치를 살짝 핥았다. 연희는 발끝에서 머리끝까지 찌르르 울리는 전율에 흠칫 어깨를 떨었다. 그녀의 붉은 입술이 신음을 토해냈다. 발이 이토록 민감한 성감대일 줄은…….

선우혁은 그녀의 반응을 확인한 후, 곧바로 그녀의 매끄러운 종아리 곡선을 타고 올라가 무릎 안쪽에 있는 옴폭 파인 곳에 혀를 갖다댔다. 잠들어 있던 감각이 전신으로 퍼져 나가는 기분에 연희는 저도 모르게 눈을 감았다. 스커트가 풀썩, 하고 벗겨지는 소리가 환청인 듯 아득하기만 하다.

"여기, 이렇게 하고 싶단 생각 정말 많이 했었어."

선우혁은 꿈처럼 되뇌며 그녀의 발등에 입술을 찍었다. 그리고 종아리의 곡선을 따라 천천히 그의 혀로 탐색전을 벌였다. 한 손에 잡히는 발목과 도톰하게 솟은 복숭아 뼈, 네모진 무릎. 일 년 전부터 이 순간만을 지독히도 꿈꿔왔었다.

눈부시게 하얗게 드러난 허벅지를 빨며 서서히 위로 올라오다가 방향을 비틀어 척추에 입술을 내리눌렀다. 길게 진동하는 여체가 느껴졌다. 그녀를 일깨우기엔 아직 이르다. 낙인처럼 내리눌렀던 입술을 척추를 따라 올라갔다가 다시 그대로 내려가니 가늘게 들어간 허리선이 입술에 닿았다. 그녀의 등이 휘어진다. 갈비뼈 부근, 블라우스 안쪽으로 천천히 손을 집어넣었다. 정확히는 브래지어의 끈이 있는 곳으로.

나만의 여자가 되는 거야, 성연희.

등 뒤에서 쏟아지는 그의 숨결을 느끼며 연희는 감았던 눈을 떴다. 그의 호흡이 점점 사나워지고 있었다. 처음에는 안단테에 그쳤던 그녀의 심장박동이 그에게 가까워질수록 알레그로, 프레스토까지 이어지다가 그의 손이 브래지어를 살짝 들어올렸을 때, 급기야 프레스티시모까지 이어졌다.

남자의 손이 블라우스를 벗겨내고 브래지어 후크를 끌러 버렸다.

툭.

심장이 멎는 소리.

아무런 생각도 할 수 없었다. 계약을 반대하는 그를 설득시키겠다는 생각마저도 망각해 버린 채 연희는 숨을 몰아쉬었다. 그녀 자신이 공중으로 분산되고 말 것만 같았다. 젖가슴이 브래지어의 압박에서 벗어나 모습을 드러내기도 잠시, 곧 뜨거운 그의 손안에 갇혀졌다. 그녀의 입술에서 당혹스런 신음이 배어났다.

"넌 나한테 반응하고 있는 중이야. 여길 봐봐."

꼿꼿이 일어난 유두를 가리키며 그가 작게 말했다. 그녀는 고개를 숙여 그가 받쳐 들고 있는 젖가슴을 내려다봤다.

가슴 끝에 아슬아슬하게 매달려 있는 정점. 그것은 지분거리는 그의 손길에 의해 점점 붉어지고 더 단단해졌다. 그가 일부러 그 정점을 톡 건드리자 그녀에게서 날카로운 신음이 터져 나왔다.

"내 혀에 닿았던 감촉을 기억해?"

기억하냐고?

그의 오피스텔에서 아침을 맞았던 그 순간을 기억하냐고 묻는 것일까?

당연히 기억했다. 아니, 그를 볼 때마다, 그의 손을 볼 때마다 떠올라 곤혹스러워한 적이 한두 번이 아니었다. 가슴 위를 나폴나폴 건드려 대던 그 아릿한 감촉은 아직도 생생했다.

그녀의 대답이 본의 아니게 느려진 것을 잘못 오해한 그가,

"나는 그때, 이렇게 했거든."

하며 힘껏 돌기를 빨아들인다.

연희는 흐느끼듯 숨을 들썩였다. 가슴의 짙붉은 돌기와 혀의 돌기, 타액이 빚어낸 감각의 결과는 놀라웠다. 갑작스런 흡입에 잠들어 있던 정점이 점점 오뚝해졌다. 나머지 한쪽 젖가슴을 받쳐 든 그의 손가락이 정점을 꼬집듯이 조몰락거리고 있었다. 연희가 괴로운 듯한 신음을 내지르자 그의 입술은 다시 단번에 정점을 세차게 빨아댔다. 연희의 입가에 또 한 번 신음이 실렸다. 젖가슴을 핥아대는 그의 혀에 모든 감각을 빼앗긴 느낌이다.

"아흣!"

더는 이 감각을 견뎌내지 못할 것 같다.

"그, 그만 해요……."

그녀의 항의가 마저 이어지기도 전에 남자의 손이 저…… 밑을 헤치고 들어왔다. 아무도 건드리지 않은 처녀림이 샅샅이 파헤쳐지고 있다. 그의 오피스텔에서 겪었던 것보다 노골적인 접촉에 연희는 저도 모르게 커다란 신음을 내지르고 말았다. 놀라서 몸을 내빼려 하자 남자의 억센 팔이 그녀를 조여왔다. 심장까지 옥죄어지는 듯하다. 쓰러질 것 같다고 생각하는 바로 그때, 암실 쪽으로 걸음 소리가 다가왔다.

뚜벅뚜벅.

"쉿, 가만……."

선우혁의 손은 여전히 그녀의 중심부에 맞닿아 있었다. 조심스레 살살 문지르는 동작에도 그녀는 심하게 몸을 뒤틀었다. 그녀의 엉덩이로 직립한 남성이 적나라하게 느껴졌다. 젖가슴을 움켜쥐는 남자의 손길이 야릇함을 불러일으켰다.

남자는 더욱 흥분하고 있었다. 설상가상으로 더 미치겠는 건, 연희 자신도 흥분하고 있다는 사실이었다. 이 암실에서, 정말 미쳐도 단단히 미치지 않고서야 이럴 순 없었다. 다시 한 번 그를 밀어냈지만 그는 이에 아랑곳없이 그녀를 놓아주지 않았다.

"이상하다. 아까 이쪽으로 연희가 들어간 것 같았는데 어디로 갔나?"

스태프 중 누군가가 중얼거리며 암실을 지나쳐 갔다.

선우혁은 그녀를 돌려 세워 자신의 몸과 완벽히 맞물리도록 했다. 외설적이다 싶을 만큼 서로가 겹쳐진 이 상태. 그녀의 체온이 그의 뇌수까지 뜨겁게 데우고 있었다. 말랑말랑한 젖가슴이 그에게 짓눌린 와중에도 자극적으로 기지개를 펴고 있었다.

"업체 쪽으로부터 김시후를 상대 모델로 투입하겠다고 방금 전에 연락이 왔었어. 다시 한 번 기회를 주지. 안 하겠다고 말해."

"싫어요."

그 대답은 그의 이성을 끊어놓게 만드는 하나의 신호탄과도 같았다. 기다렸다는 듯 연희를 끌어안으며 숨소리마저 앗아갈 듯한 키스를 퍼부었다. 그의 혀가 연희의 입속으로 들어와 촉촉하고 말랑말랑한 혓바닥을 휘감았다. 달다, 너무나 달아서 미칠 지경이다. 연희의 혀가 전하는 달달함이 그의 중추신경을 자극했다.

"좋아."

그가 짧게 내뱉자 연희는 고개를 내저었다.

"이제, 이제…… 그만 암실 밖으로 나가요."

"아직은 안 돼. 널…… 내 식대로 교반한 후에."

암실에서 나누는 입맞춤에 만족해야만 했던 선우혁은 그들만의 인화작업을 마저 잇겠다는 결정을 내렸다.

"그, 그게 무슨 말이에요!"

"두고 보면 알게 될 거야. 겁내지 마."

대답과 함께 그의 입술이 겹쳐 왔다.

"읏……."

연희는 자신의 몸이 책상에 눕혀지고 있다는 걸 깨달으며 어깨를 움츠렸다. 책상에 닿은 등이 차가웠지만 오히려 그것이 더 강한 흥분을 안겨주었다. 선우혁의 입술은 이제 가슴에 머물러 있었다. 그의 손이 점점 아래로 내려가 팬티를 벗기려 하고 있었다. 연희의 두 다리가 자연적으로 오므라들었지만 그의 손이 다시금 능숙하게 사이를 벌려놓았다. 그리고는 교묘하게 바지 앞섶의 단단한 부분을 비부에 들이댔다. 조금씩 젖어들기 시작하는 팬티 속으로 손가락을 밀어 넣은 그의 표정이 심하게 달아올라 있었다. 그도 그녀만큼이나 힘든 표정이었다.

"하아, 학!"

그의 손이 중심의 한가운데 피어난 꽃무덤을 살며시 쥐었다가 풀기를 반복했다. 그러다가 연희의 반응을 확인하고는 꽃의 입구에 중지를 살짝 찔러 넣었다. 연희는 발끝을 오므리며 허리를 뒤틀었다. 고통처럼 날카로웠지만 고통은 아닌 쾌감이 감각을 들쑤셔 댔다. 젖을 대로 젖은 그곳에서 내보이는 짜릿한 수축감에 선우혁의 신음이 가파르게 튀어나왔다. 계속 그 부분을 애태울 듯 간질이며 맴돌았다.

"한 마디면 돼."

무엇을 말하는지 알아차린 연희가 고개를 내저었다.

선우혁의 눈빛이 더 어둡게 빛났다. 여전히 그의 중지를 넣은 채로 속삭였다.

"계약, 하지 않겠다고 말해."

"싫어요."

입구를 채운 그의 손가락이 더 깊이 밀고 들어왔다. 연희의 얼굴이 발갛게 달아올랐다. 남자의 손끝이 마찰을 일으키는 감촉은 마땅히 느껴야 할 수치심까지도 망각하게 만들었다. 연약한 속살은 그녀의 의지와는 정반대로 그의 손가락을 옥죄고 있었다. 그의 손가락이 그 어느 때보다 가깝게 느껴진다. 이런 자세로는……. 하지만 그의 고집에 꺾일 순 없다.

"죄책감 가질 필요 없다고 했을 텐데?"

"제가 직접 피사체가 되어보는 것도 좋은 경험이 될 거라 생각해요."

이번엔 손가락 두 개를 끝까지 들이밀었다. 그 강한 자극에 연희가 엉덩이를 빼내려고 했지만 부질없는 짓이었다. 비부를 헤집는 저속한 움직임은 아까보다 빠르고 강하게 이어지고 있었다.

"말도 안 되는 소리. 내 시선에도 부끄러움을 느끼는 네가 카메라 앞에서 그 콘셉트를 소화해 내겠다고? 그것도 그 말 많은 김시후와?"

선우혁은 아차 싶어 말을 정정하려 했지만 늦었다. 연희의 눈빛은 이미 도전 의식에 젖어 활활 타오르고 있었다.

"아, 그래요? 촬영을 하기엔 아마추어라서 안 된다는 거였군요?"

"그런 뜻이 아니란 거 알잖나?"

"그래도 하겠다는 마음엔 변함이 없어요."

"젠장! 성연희!"

그의 음성은 거칠었지만 여성을 매만지는 그의 손길은 보다 한결 부드러워졌다. 그렇지만 손가락을 조여오는 그 황홀한 느낌에 선우혁은 거의 인내심이 바닥난 상태였다. 그녀를 괴롭힐 목적으로 벌인 행동은 오히려 그 자신에게 혹독한 고통을 치르게 만들고 있었다. 손가락에서 느껴지는 그녀의 감촉에 숨조차 쉴 수 없을 지경이었다. 그의 일부 역시 저렇듯 뜨겁게 품어주겠지. 상상만으로도 아랫도리가 뻐근해졌다.

"난 네가 세인들의 관심에 노출되길 바라지 않아. 그걸 모르겠나?"

"당신을 믿어요."

연희는 여전히 그의 아래에서, 그의 손가락에 의해 희롱당하는 부끄러운 자세로 누워 있으면서도 또박또박 오만하게 대꾸했다.

"나를 믿는다고?"

"네. 당신을 믿어요."

연희가 다시 한 번 힘주어 말했다.

그녀의 두 마디에 참았던 욕망이 둑을 무너뜨리고 그를 덮쳤다. 선우혁은 번쩍 눈을 빛내며 그녀의 다리를 넓게 벌렸다.

"이제부터 널 갖겠어."

"안 돼. 멈춰요!"

연희는 다급하게 외쳤다. 평소에는 느낄 수 있었던 여유로운 자제심은 그의 얼굴 어디에서도 찾아볼 수 없었다. 거추장스런 팬티를 모조리 찢어낸 그는 딱딱하게 일어선 그의 일부를 그녀의 입구에 갖다대었다.

"하아…… 다시 말하겠어요. 여기서…… 멈춰요."

다행스럽게도 그의 움직임이 정지됐다.

"안 돼."

"……제발!"

"내가 못 멈추겠으니까."

그는 대답과 함께 천천히 그녀에게 진입해 들어갔다. 그녀의 좁은 여성을 손으로 벌리는 그 야릇한 느낌에 연희는 가쁜 숨을 들이켰다. 가슴 끝을 핥아대는 그의 입술도, 등줄기를 쓸어내리는 그의 손길도 연희를 혼란스럽게 만들고 있었다. 이곳이 암실임을 잊게 만들었다.

"그런…… 게…… 어딨어요……! 멈춘다고 해놓고선! 이건…… 약속 위반이라구요!"

겨우 끊어지는 호흡으로 그를 비난하다가 머릿속에 떠오르는 대로 아무렇게나 떠들어댔다. 어떻게든 그를 막아야 했다. 희미하게 암실 쪽으로 다가오는 걸음 소리가 연희를 절박하게 만들었다.

"이대로 멈추지 않으면 다시는 당신 이름 부르지 않아. 선생님, 아니, 교수님이라고 꼬박꼬박 불러드리죠!"

그런 협박은 그에게 통하지 않을 거라 생각했는데 의외로 선우혁은 전혀 달가워하지 않는 눈치였다. 그가 눈썹을 실룩거렸다. 그의 딱딱해진 얼굴을 보며 연희는 그를 밀어냈다.

"교수님, 어서 놓아주세요!"

그의 눈이 위험하게 빛났다.

그것을 깨닫는 순간, 가슴을 빨아대던 그의 입술이 그녀의 아래로 향했다. 수분 가득한 그의 혀가 연약한 꽃의 결정을 강하게 빨아당겼다. 쾌감이라고도 설명할 수 없는 강한 자극에 연희는 작살을 맞은 물고기마냥 허리를 한껏 뒤로 젖히며 괴로운 신음을 내질렀다.

"이래도 교수님이라고 부를 텐가, 응?"

가르랑거리는 음성이 비부를 건드리며 들려왔다. 대답이 늦어지자 그의 혀가 더 깊숙한 침입을 가해왔고, 빨아들이는 강도도 점점 높아졌다. 연희의 고집스러움도 점점 무너지고 있었다.

"자, 불러봐."

"교수님, 이러지 마…… 아흑!"

이번에는 귀두를 그녀의 입구에 가져가며 들어갈 듯 말 듯 애를 태웠다. 이미 그의 손길에 젖어버린 연희의 몸은 의지를 거스른 채 귀두가 건드리는 방향으로 움직이고 있었다. 어서 그와의 결합을 바라는 듯 그녀의 연약한 꽃은 촉촉이 이슬에 젖어 아름답게 만개한 상태였다. 어서 그녀의 꽃 속에 파묻고 싶은 열망에 선우혁은 거의 미쳐 가고 있었다.

"제발……."

"멈춰주길 바라나?"

여유로운 목소리였지만 표정은 그렇지 않았다.

당장 폭발할 것만 같은 얼굴로, 그녀의 민감한 성감대를 자극하고 귀두를 슬쩍 넣었다가 빼며 그녀가 안달하도록 모든 노력을 총동원하고 있었다.

"좋아, 그럼 아쉽지만……."

"선우…… 혁……!"

그녀가 이름을 끝까지 부르기도 전에 선우혁은 그녀의 엉덩이를 받쳐 들며 가열차게 자신의 일부를 밀어 넣었다.

"아학!"

잔인할 정도로 뜨거운 불길이 연희의 내부를 가득 채웠다. 그의 일부와 연결된 느낌이 이런 거구나. 생살을 가르는 고통에 입술을 깨물면서도 조금씩 찾아드는 쾌감에 연희는 스스로 놀라고 있었다.

"성연희……?"

이 느낌은! 그럴 리가 없다!

선우혁은 믿을 수 없는 눈으로 연희를 바라보았다.

윤하가 그녀를 먼저 가졌을 거라고 생각했는데. 맙소사, 그게 아니었다니.

섬광 같은 깨달음에 선우혁은 기분이 멍해졌다. 그 자신도 동정이 아니었기에 그녀의 순결에 대해 논할 자격이 없다고 당연시 여겨왔었다. 그럼에도 불구하고 순결과는 상관없이 윤하와 몸을 섞었을 거란 생각에 다다를 때면 늘 가슴 한쪽이 욱신거리는 고통을 맛보아야만 했다. 그녀를 가지는 방금 전까지도 저 아름다운 살결을 윤하 역시 어루만졌을 거라 생각하며 비겁한 질투심을 느꼈었는데! 차라리 그녀의 연인이 얼굴도 모르는 다른 사람이길 바랄 정도로 맹렬한 질투심을 태웠었는데 그 모든 게 허상이었다니!

그녀는 온전히 그만의 여자였던 것이다. 염치없는 기쁨이 전신에 떠돌았다. 갑자기 그의 남성이 더 커다랗게 부풀어 오르기 시작했다. 그리고 그럴수록 연희의 꽃은 그를 점점 더 뜨겁게 조여왔다.

선우혁은 남성을 한 번 빼냈다가 더 깊이 그녀의 안으로 밀어넣었다. 연희가 고통으로 몸을 비틀었다.

"하웃!"

"……미안해. 아프겠지만 조금만 참아줄래?"

애써 미소를 보이며 고개를 끄덕이는 연희에게 이마 위로, 목덜미 아래로, 가슴 위로 잘게 입맞춤을 쏟아냈다. 아프게 움츠러드는 와중에도 그를 받아들이려 애쓰는 그녀의 모습이 뭉클할 정도로 아름다웠다. 선우혁은 그녀의 고통이 가라앉을 때까지 부동의 자세를 유지하며 조급함을 달랬다.

뚜벅뚜벅, 뚜벅.

암실 쪽으로 다가오는 걸음 소리가 가까워졌다.

똑. 똑. 똑.

"선배, 안에 있어요?"

정미였다.

"……헉!"

"안 돼!"

연희가 얼어붙은 눈으로 그와 연결된 몸을 빼내려 하자 선우혁은 격하게 소리를 질렀다. 첫경험이라는 것을 깨달으며 최대한 자제하려는 중인데, 그렇게 엉덩이를 움직이다니. 견디기 힘든 쾌감이 어서 그녀를 가져 버리라고 충동질을 해대고 있었다.

"어? 선배 암실에 있나 본데?"

그의 목소리를 감지한 정미가 암실을 지나치려다가 다시 문 쪽으로 다가왔다.

똑. 똑. 똑.

더 이상은 참을 수 없었다.

노크 소리를 들으며 선우혁은 그녀가 자신에게 익숙해질 수 있도록 천천히 허리를 움직였다. 그리고 그녀의 신음 소리가 밖으로 새어나가지 않도록 입술로 그녀의 입술을 틀어막았다. 여러 차례 삽입을 반복하는 동안 연희의 눈동자에 번져 나가는 쾌감을 읽어낸 선우혁은 이제껏 느껴보지 못한 강렬한 오르가슴을 느꼈다. 문 하나를 사이에 두고 언제 정미가 들이닥칠지도 모르는 상황이었지만 그의 허리 놀림은 점점 빨라지고 있었다. 미친 짓이라는 걸 알았지만 막을 도리가 없었다. 연희의 눈에서 쾌감을 읽어낸 순간부터 그는 이미 제정신이 아니었다.

기어코 문이 열렸다.

"선배? 연희야?"

숨소리조차, 침을 삼키는 소리조차 함부로 낼 수 없었다.

선우혁과 성연희, 두 사람은 석상처럼 그대로 굳어버렸다. 연희는 질끈 두 눈을 감았다.

연희의 입술엔 여전히 남자의 혀가 엉켜 있었고, 허리 아래 은밀한 중심 부위 역시 남자에게 내어준 상태였다. 연희는 완전한 사면초가의 상황에 갇혀 버렸음을 인정했다. 손끝은 물론 머리카락 한 올까지 움직일 엄두조차 못내는 정지된 상태 속에서 정미의 걸음 소리가 조금씩 가까워졌다. 그러나 그렇게 굳어버린 와중에도 그녀의 중심이 가두고 있는 남자의 일부는 여전히 꿈틀대며 쾌락의 감각을 뿌려대고 있었다. 당혹스러움에 그만 얼굴이 빨개지고 말았다. 이 긴박한 상황에서 그럴 수 있다는 게 기막힐 노릇이었지만, 무엇으로도 부인할 수 없는 사실이었다.

"……없나? 대체들 어딜 간 거야?"

저벅, 저벅.

정미의 발자국 소리가 암실 복도를 울렸다.

쿵쿵, 연희의 심장도 덩달아 크게 뛰었다. 안 돼, 이렇게 들켜 버리면…….

남자의 손이 불안과 긴장으로 예민해진 젖가슴을 어루만졌다. 점차 범위를 좁혀 손가락 사이에 유두를 끼워 넣어 살짝 비틀었다. 당황스러움에 남자를 저지하려 했지만 소용없었다. 아마도 허리 놀림을 멈춘 대신 다른 곳에서 욕망을 채우기로 작정한 모양인지 더욱 집요하게 가슴을 애무하고 있었다. 찌를 듯 단단해질 때까지 유두를 자극하는 남자의 손길에, 연희는 그의 입 안에서 가쁘게 호흡을 터뜨렸다. 남자의 손가락은 그녀를 더욱 민감하게 만들고 있었다.

"선배? 연희야?"

정미가 코너를 돌아 암실 내부 쪽으로 다가서려 할 때, 현석의 목소리가 들려왔다.

"뭐 해, 여기서? 지금 스태프들끼리 따로 회의한다니까 어서 와."

"그래?"

정미는 암실 입구 쪽을 두리번거리다가 현석을 따라 도로 나갔다.

탕.

문이 닫혔다.

두 사람의 입술이 떨어지며 안도의 한숨을 내뱉었다.

정미가 암실 내부까지 둘러보지 못한 건 정말이지 천만다행한 일이었다.

연희는 그에게서 벗어나기 위해 하체를 움직였지만 그의 손이 엉덩이를 꽉 움켜잡고 놓아주질 않았다. 놀란 기운이 채 가시지도 않은 눈으로 그를 올려보자 그가 고개를 끄덕였다. 이대로 끝까지 갈 생각인 것이다. 아직 해소하지 못한 욕망으로 보다 더 커다래진 그의 일부를 느끼며 연희는 그의 목에 팔을 휘감았다.

선우혁은 미안함의 표시로 그녀의 이마에 입을 맞췄다. 그리고 움직임을 재개했다. 참았던 만큼 강하고, 격렬하게.

"아아……."

아름답게 터져 나오는 신음 소리.

그보다 더 아름다운 건 눈앞에서 뺨을 붉히고 있는 그녀.

머뭇거렸던 그녀가 속도에 맞춰 엉덩이를 움직였을 때, 선우혁은 또 한 번 이성의 끈을 놓아버렸다.

점차 머릿속이 새하얗게 비워져 갔다. 그럴수록 그녀의 안에서 움직이는 그의 속도는 빨라져 갔고, 뽀얀 젖무덤 위로 솟은 두 개의 빨간 유두도 그에 맞춰 고혹적으로 흔들렸다. 비부 깊숙한 곳에 자신을 뿌리내리듯 선우혁은 더욱 세차게 밀고 들어갔다.

관능이 빚어낸 난폭한 폭주. 그녀의 가장 안쪽에 도달한 느낌.

그 강렬한 관통에 정수리까지 지르르 울리는 기분이었다. 아드레날린이 최고치를 기록하며 분출했다. 그것은 충만감. 쾌감이라 말하기에도 부족할 만큼 강한 충격이었다. 선우혁은 온몸을 강타하는 전율에 거친 신음을 토해내며 그녀의 몸 위로 쓰러졌다.

"하나 물어볼 게 있어."

퇴근 후 둘만 남게 된 스튜디오에서 선우혁은 조용히 말을 꺼냈다. 아까 나절, 둔감한 성격이 너무나 다행일 정도인 정미는 두 사람이 암실에서 나오는 것도 모른 채 또 한바탕 현석—그는 어렴풋하게 짐작하는 눈치였지만 애써 모른 체하는 기색이었다—과 입씨름을 하느라 바빴고, 다른 스태프들 역시 계약 건 때문에 대화를 하느라 그런 모양이라며 그들의 행방에 특별한 관심을 보이지 않았다.

그럼에도 연희의 얼굴은, 지켜보는 그가 안타까울 정도로 시종일관 홍조를 유지했다. 오죽하면 둔하디둔한 정미가 그 모습을 보다 못해 감기몸살에 걸린 모양이라며 연희의 이마에 손을 짚었을까? 결국 선우혁은 웃음을 참느라 어깨를 들썩거려야만 했다. 연희의 따가운 시선을 느끼면서.

"잠시 이쪽으로 앉아봐."

"어떤 질문인지 짐작은 가네요."

연희가 낮게 고개를 끄덕이며 응수했다.

"그래?"

"네. 하지만 대답하지는 않겠어요."

연희는 다소 무뚝뚝하게 응수하며 자리에 앉았다.

스태프들이 가고 나자 비로소 찾아든 안도감에 마음이 놓였다. 그것은 마치 수십 개의 지뢰밭을 통과하는 듯한 기분이 들었다. 정미가 이마에 손을 짚고 열이 많다며 조퇴를 권했을 때를 떠올리면 아직도 등에서 식은땀이 흘렀다. 그런데도 저 남자는 나서서 그녀를 구해주기는커녕 실실 웃음을 쪼개며 방관하는 자세를 취했다.

"어떻게 지금껏 고윤하와 아무 일이 없을 수 있었지?"

선우혁은 대답하지 않겠다는 그녀의 엄포를 무시한 채 단도직입적으로 물어왔다. 왠지 모르게 잔뜩 화가 난 얼굴이다.

연희는 잠시 대답을 망설였다. 관계를 가지고 나서 언젠가는 물어도 물어올 거라고 생각했지만 털어놓자니 얼굴 가득 부끄러움이 몰려들었다.

"언젠가 윤하 오빠가 스튜디오에서 말했듯이 오빠는 제가 학업을 마칠 때까지 기다려 주겠다고 했어요."

많은 사람들이 믿지 못하는 눈치였지만 윤하는 정말로 약속을 지켰다. 떠올려 보면 신기하게도 그와 있을 때에는 진한 스킨십을 나누는 분위기가 조성되지 않았었다. 입맞춤을 나눌 때에도 지금에 비하면 늘 열정이 부족했다. 선우혁에게서 느꼈던 묘한 긴장감이 그에게는 없었던 것 같다.

"그럼 그날 감당도 못할 만큼 술을 마셨던 이유는 뭐였지?"

"그렇게 많이 마실 생각은 없었어요. 처음엔 늘상 바람맞기나 하는 제 스스로를 제가 위로하자는 차원이었죠."

"늘상?"

선우혁은 놓치지 않고 되물었다.

"네, 늘상. 선우혁 당신한테도, 윤하 오빠한테도 어떻게 된 게 약속을 하는 족족 죄다 바람맞게 되더라구요."

그건 도리어 선우혁 자신이 하고 싶은 말이었다. 바람을 맞았다니.

"난 너와의 약속을 지켰어."

"아니에요. 당신은 그날 약속을 어겼어."

선우혁은 날카롭게 눈을 빛내며 기억을 되짚었다.

해외 촬영을 하는 도중 계획에 차질이 생겨 부득이 연희와 만나기로 한 날을 변경해야만 했다. 그래서 윤하에게 대신 전해줄 것을 부탁했었는데, 아마도 제대로 전달이 이루어지지 않은 모양이다. 그렇다면 혹시 연희가 약속 장소에서 기다린 날짜는 처음에 약속한 그날이었던 것일까?

"혹시…… 윤하로부터 날짜가 이튿날로 연기되었다는 이야기는 전해 들었나?"

"전혀요. 그게 무슨 말이죠?"

양미간을 모으며 대답하는 그녀는 정말로 몰랐다는 얼굴이었다. 선우혁은 거칠게 얼굴을 문지르며 터져 나오려는 욕설을 삼켰다. 고윤하, 왜……? 아니, 그럴 리가 없다. 분명 그가 모르는 사연이 있었을 것이다. 그러니 속단해선 안 된다.

괴로워하는 그의 기색을 읽어낸 연희가 성마르게 재촉했다.

"대체 무슨 말이에요? 설마, 약속 날짜가 변경되었었단 말인가요?"

"……."

침묵 속에 드러나는 그의 대답은 긍정.

연희는 믿을 수 없는 얼굴로 신음을 터뜨렸다. 선우혁이 약속—비록 바뀐 날짜이지만—을 지켰다는 사실에 기쁨과 감동이 교차하는 것도 잠시, 그들이 만날 수 없었던 이유 그 끝에 고윤하가 존재한다는 사실에 가슴이 무거워졌다.

흉하게 자라기 시작하는 의구심.

'아냐. 그래도 윤하 오빠는 그런 사람이 아니야.'

고윤하를 오래 알아온 건 아니지만, 적어도 그가 비열한 사람이 아니라는 것만큼은 확신할 수 있었다. 연희는 애써 의구심을 떨쳐내며 선우혁의 손을 잡았다. 어쩌면 고윤하를 친동생처럼 여겨온 그 역시 자신과 같은 생각을 하고 있을 거란 기분이 들었다.

"됐어요, 그거면……. 나도, 당신도 가정하고 싶지 않은 생각으로 괴로워하지 말자구요. 그저 그때는…… 인연이 아니어서 그랬던 거라고 생각하기로 해요."

선우혁이 침묵으로 침잔했던 두 눈을 들어 그녀와 시선을 맞추었다. 화가 난 듯 보였던 아까와는 달리 차분해지고 평온해진 얼굴.

"그리고 잊을 뻔했는데 저도 묻겠어요. 방금 전에는 왜 그렇게 화가 난 얼굴이었던 거예요?"

그는 씁쓸한 미소를 입가에 걸친 채 잠시 그녀를 품에 안았다. 바둥거리는 그녀를 꼭 안고서 들려준 말은 이랬다.

"네가 처음일 거라고는 생각도 못했어."

"처음이 아니어서 화가 나셨다?"

"아니. 나한테 화가 났던 거지."

"그 말은 내가 첫경험인 걸 알았으면 암실에서 그렇게 하지 않았을 거란 얘기인가요?"

눈을 흘기며 묻자 선우혁이 껄껄 웃었다.

"맞아."

"후후. 그럼 저한테 빚을 진 셈이군요, 그쵸?"

"성연희."

그녀가 무엇을 요구하려고 하는지 알아차린 선우혁의 음성에 힘이 들어갔다.

"광고, 허락해 줘요."

"……."

"부탁이에요."

"……좋아."

앓는 듯한 음성이 내린 그것은 분명한 허락의 뜻.

연희는 그의 목에 팔을 두르며 입술을 부딪쳐 왔다. 마지못한 허락이었기에 그의 표정이 그리 밝지만은 않았다.

"고마워요."

"후! 일단 촬영 들어가면 연희 너라고 해서 봐주는 일은 없을 거야."

"원하던 바예요."

"그리고 김시후, 골치 아픈 녀석이니까 절대 틈을 보여선 안 돼."

"그것도 명심할게요."

"도중에 녀석이 이상한 짓을 하면 곧바로 나한테 말하겠다고 약속해."

"응. 약속."

나직한 한숨이 연희의 머리 위로 흩날렸다. 그녀를 안은 팔에 보다 강한 힘이 실렸다.

"아까…… 많이 아프지 않았어?"

탐색하듯 건네는 말 속에 진한 걱정이 녹아 있다. 블라우스 단추를 하나둘 풀어내는 남자의 손길은 분명한 의도를 드러내고 있었다. 아무래도 암실에서의 첫경험이 안겨준 여운이 채 가시기도 전에 또다시 두 번째 경험을 치르게 될 모양이다.

"후후훗."

"무슨 뜻이야, 그 웃음은?"

두 눈을 가늘게 좁혀 뜬 남자의 눈빛에 어리둥절한 기색이 어렸다.

"아파도 아픈 걸 느낄 정신이나 있었나요?"

정미가 들이닥치는 통에 어쩌면 길어졌을지도 모르는 통증이 당황스러움으로 돌변한 것은 사실이었다.

"그럼 나머지 다른 것들도 마찬가지였다는 뜻으로 받아들여야 하는 건가?"

약간 자존심이 상한다는 어투였다.

"그건…… 글쎄요."

"좋아. 그럼 이번엔 방해 세력이 없으니 빠져나갈 생각하지 말라고."

그녀를 소파에 눕히며 선우혁이 약 오른 듯이 으르렁거렸다.

두 연인이 다시 깊은 입맞춤을 시작하는 밤, 스튜디오 인디고의 어둠은 농도 짙은 초콜릿 빛으로 내려앉고 있었다.

# 제12장

계약이 성사되자마자 가게 된 카리브해.

어떤 물감으로도 그 선명한 푸르름을 흉내낼 수 없을 것만 같은 새파란 물결이 보는 이들의 넋을 쏙 빼앗고 있다. 마치 천상의 낙원에 온 기분. 연희와 선우혁은 매혹된 표정으로 눈앞에 펼쳐진 푸르름을 바라보았다. 나머지 스태프들 역시 자연의 아름다움에 심취된 채 장관을 바라보고 있었다.

'이국적인 섬에서 낯선 남자와 나누는 사랑' 이라는 소재 아래 스튜디오 인디고 스태프들은 너나 할 것 없이 전부 다 이 매력적인 섬에 도착해 있는 상태였다. 그리고 이제 막 도착해서 짐을 푼 뒤에 허기진 배를 채운 참이었다. 곧 촬영이 시작될 거라는 말에 연희는 서둘러 호텔 아래로 내려갔다.

남자 모델은 연희보다 먼저 촬영지에 도착해 스태프들과 담소를 나누고 있었다. 좋게 말해 담소였지 실상은 자기 자만에 가득 차서 그 혼자 일방적으로 떠드는 것으로밖에 안 보였다. 그리고 말하는 틈틈이 눈웃음까지 섞어가며 능숙하게 스킨십을 유도해 내는 모습은 진정 스캔들 메이커라 할 만했다.

"세상에, 모델 김시후란 말이지? 부럽다. 가까이 하기엔 이미 너무 멀리 가버린 친구야. 네가 이 친구를 조금이라도 생각한다면 사인 한 장 받아다오. 알았지?"

하던 친구 상미의 열광에도 불구하고 이미 미운 털이 박히기 시작한 남자에게 좀처럼 호감을 갖기가 힘들었다.

저 얼굴의 어디가 그렇게 잘생겼다는 말인가.

상미가 카리스마라고 부르짖었던 쌍꺼풀이 진한 눈매는 어쩐지 부담스러웠고, 성년의 날 키스하고 싶은 입술을 가진 남자 연예인 3위에 올랐다던 입술은 키스하기가 버거울 정도로 두툼했다. 지나치게 갸름한 얼굴선은 미소년을 선호하는 요즘 추세에 맞춰 성형수술을 한 듯 보였고, 콧날 역시 보정물을 넣은 것처럼 너무 오뚝했다. 과하게 근육을 키워놓은 몸매 역시 그다지 매력있어 보이지 않는 것은 마찬가지였다.

"어? 연희 씨!"

스태프 중 하나가 그녀를 부르며 손짓했다.

김시후가 자리에서 일어나 이쪽으로 걸어왔다. 걸음을 옮길 때마다 그녀의 가슴이며, 목, 허리부터 발끝까지 훑어 내리는 무례한 시선에 연희는 온몸에 소름이 쫙 돋는 것만 같았다.

"만나서 반갑습니다. 듣던 대로 미인이시군요."

김시후가 내민 손을 잠시 멀뚱거리며 쳐다보던 연희는 그와 트러블을 일으켜서 좋을 게 없다는 판단으로 그의 악수를 받아들였다. 그러자 김시후는 그녀의 손등에 입술을 갖다대며 씨익 미소를 지었다.

"성형미인들에게만 둘러싸여 있다 보니 이렇게 자연미인을 접하면 반갑다 못해 기쁘기까지 하더군요."

연희는 비위가 상하려는 것을 억누르며 겨우 웃어 보였다. 상미가 호들갑을 떨며 전해준 이야기 속에 김시후가 아첨꾼이라는 사실은 빠져 있었는데……. 난관이었다. 앞으로 이 남자와 촬영을 하게 될 것을 떠올리니, 다시 온몸에 소름이 돋았다.

그 순간, 선우혁이 때맞춰 나타나 준 것은 적어도 연희에게는 행운이었다.

"오랜만이군."

"반갑습니다. 마침 연희 씨와 인사를 나누던 차였지요."

선우혁은 짧게 고개를 끄덕이며 촬영 준비에 들어갈 것을 지시했다. 그의 지시에 맞춰 스태프들이 일사불란하게 움직였다. 김시후가 담당 코디네이터에게로 돌아서자, 그때까지 유지했던 무표정을 거둬내고 못마땅한 어조로 작게 말했다.

"되도록 김시후랑 단둘이 있지 마. 녀석이 질척거릴 때 받아주면 제멋대로 오해한단 말이야. 여기는 스튜디오랑 다르다고."

"네, 알겠어요."

그리고는 한숨과 함께 이렇게 덧붙였다.

"정미에게도 따로 말해놨으니 촬영지에 있는 한은 너랑 함께 있으려고 할 거야."

그제야 연희의 얼굴에 그늘을 드리우고 있던 불쾌함과 불안함이 희미해졌다. 연희는 빙긋 웃으며 그의 팔에 잠시 기댔다.

"고마워요. 촬영 무사히 끝마칠 수 있도록 저도 최선을 다할게요."

정미에게로 걸어가는 연희의 뒷모습을 보면서 선우혁은 불안해지는 마음을 다잡았다. 김시후가 상대 모델이라고 했을 때부터 어떻게든 연희를 말렸어야 했는데……. 그러지 못하고 마음 약하게 허락을 해버린 며칠 전의 일이 너무나도 후회스러웠다.

"후……!"

길게 들이쉰 그의 한숨에 말로 못다 한 기원이 한가득이었다.

연희의 말대로 촬영이 무사하게 끝나기를. 연희가 그의 보호 아래 아무 일 없기를.

4박 5일에 걸친 촬영 중 오늘의 콘셉트는 '비' 였다.

그것은 비에 젖은 연인들의 모습 속에서 관능미를 찾고자 한 것으로 여름 시즌의 첫 번째 광고로 정해진 타이틀이었다. 선우혁은 업체 쪽에 피력했던 자신의 의견을 다시금 떠올렸다. 연희에 대한 부분은 최대한 비공개로 해서 몽환적인 분위기로 이끌어 나가자고, 그렇게 되면 오히려 궁금증을 자아내면서 제품에 대해서도 보다 쉽게 어필할 수 있을 거라고 설득했었다. 다행히 업체 쪽에서도 선우혁의 의견을 흔쾌히 수락해 왔고, 그로 인해 언론을 비롯한 대중매체로 연희가 노출되는 것을 겨우 막아낼 수 있었다.

"연희야."

의자에 앉아 모델들을 기다리던 선우혁은 정해진 의상을 갈아입고 나온 연희를 보면서 무의식중에 이름을 부르고 말았다. 그의 시선을 느낀 연희가 고개를 돌리며 그에게 걸어왔다.

"세상에!"

그의 입가에 순수한 탄식이 걸렸다.

브래지어를 하지 않은 것이 적나라하게 드러나는 상반신은 몹시도 색정적이었다. 하얀 면 티셔츠는 붉게 도드라진 젖꼭지를 그대로 내비치고 있었고, 길게 늘어뜨린 머리카락은 그녀를 마치 사공들을 유혹하는 세이렌처럼 보이게 만들었다. 화장이라야 겨우 입술에 장밋빛 틴트를 바른 게 고작인데도 그 어떤 화장을 한 것보다 청초하고 도발적으로 보였다.

"티셔츠 한 장으로 이런 분위기를 연출해 내다니. 정말 놀랍군."

직업적 의식 반, 남자로서의 본능 반을 담아 선우혁은 진심으로 감탄했다.

"자꾸 그런 눈으로 보지 말아요. 부끄럽단 말예요."

연희가 두 팔로 가슴 위를 가리며 눈을 흘겼다.

그럼에도 선우혁은 뜨거운 시선을 거두지 않았다. 아니, 오히려 보다 뜨거운 시선으로 그녀를 주시했다. 이 모습을 김시후가 볼 걸 생각하니 벌써부터 참기 힘든 질투심이 솟구쳤다.

"정말 보여주기 싫어지는데 이를 어쩌지?"

아직 김시후가 나타나지 않은 촬영장.

선우혁은 스태프들의 눈길을 의식하지 않은 채로 연희를 품에 안았다.

"후후, 듣기 좋은 말이네요. 예쁘다는 말보다 더."

"정말 잘할 자신 있나?"

연희는 대답 대신 고개를 끄덕이다가 그의 한쪽 다리 위로 비스듬히 걸터앉았다. 그녀의 눈동자가 도발적으로 반짝거렸다. 선우혁은 때 아닌 육탄 공격에 거친 호흡을 내뱉었다. 딱 달라붙는 청바지 안에 동그랗게 감싸여 있을 엉덩이가 허벅지 위로 적나라하게 느껴졌다. 그의 남성을 건드릴 듯 말 듯 은근하게 움직여대는 통에 온몸의 피가 아래로 쏠리는 듯했다. 이 상황을 즐기는 게 분명한 눈동자는 그를 향해 웃음을 가득 내보이고 있었다.

"날 고문할 셈인가?"

"며칠 동안 암실에서의 일을 곰곰이 생각하면서, 당신한테도 딱 그만큼만 고문을 해주자고 결심했었어요."

그렇게 대답을 하는 사이사이에도 연희는 천천히 그의 얼굴선을 매만지고 있었다. 여전히 감질나게 엉덩이를 움직여 가며.

그러나 선우혁은 그녀의 도발에 무턱대고 자극받지 않으려 했다. 경험이라 봐야 암실과 스튜디오 소파에서의 일이 고작인 그녀였다. 때문에 그 일이 있은 후 그와 부딪쳤을 때마다 연희는 곧잘 얼굴을 붉히곤 했었다. 그런데 고문이라……?

평소와 다른 그녀의 행동에 잠시 어리둥절해진 선우혁은 곧 촬영하게 될 역할을 소화해 내기 위해 그녀가 일부러 그런다는 것을 깨닫게 되었다. 아니나 다를까, 방금 전만 해도 김시후의 일로 조금 굳은 듯 긴장하고 있던 그녀의 표정이 도발적인 눈빛 아래 차츰 자연스럽게 풀어지고 있었다.

"저런, 그건 몹시 위험할 텐데!"

"그래도 보람은 있을 걸요?"

연희가 그의 귓가에 입술을 가져다 대며 속삭였다.

그녀로부터 희미하게 풍겨 나오는 프리지어 꽃향기가 달디달았다. 게다가 달라진 그녀의 모습까지 합세해 그를 전에 없는 흥분 상태로 몰아넣고 있었다. 그녀의 목덜미를 살짝 이로 깨무는 동안 분장을 마친 김시후가 다가오는 게 보였다. 아쉽지만 그녀를 놓아주며 촬영 준비에 들어갔다.

일기는 흐렸지만 비는 늦은 저녁 즈음에야 쏟아질 것 같았다. 그래서 아쉬운 대로 스프링클러를 이용하기로 했다. 스태프 중 하나가 수압을 천천히 높이며 셔터를 눌렀다. 스프링클러가 비처럼 물줄기를 뿜어대자 연희와 김시후는 정말로 비에 맞은 것처럼 흠뻑 젖었다. 연희가 입은 티셔츠는 물에 젖을수록 몸의 곡선을 보다 선명하게 드러내고 있었다. 김시후가 그녀의 허리에 한 손을 얹고, 연희는 그의 목을 두 팔로 끌어안자 입맞춤 직전의 포즈가 완성되었다. 그때부터 셔터 스피드는 빨라지고 스프링클러의 수압도 더 높아졌다. 선우혁은 그녀의 허리를 감싸고 있는 김시후의 팔을 떼어버리고 싶은 충동을 겨우 억누르며, 이 순간에 집중했다. 연희는 어떻게 보면 입맞춤을 하기 직전의 포즈 같기도 하고, 또 어떻게 보면 격렬한 입맞춤을 나누고 난 후를 연상시키기도 하는 이 포즈를 예상 외로 잘 소화해 내고 있었다.

"내 룸에서 옷을 말리는 것도 괜찮을 것 같은데, 어때?"

촬영을 끝마친 후 김시후는 연희를 놓아주며 은밀하게 제안했다.

느물거리는 김시후의 눈빛이 옷 말리는 것 이상의 행위를 암시하고 있었다. 저 뻔뻔스러움이라니. 연희는 그의 무례함에 욕지기가 이는 것을 참으며 차갑게 받아넘겼다.

"사양하겠어요. 이후로도 그런 관심은 끊어주셨으면 좋겠네요."

그녀의 거절에 자존심이 상한 듯 김시후의 표정이 일그러졌다. 유명 모델이고 어느 정도 외모가 받쳐 준다고 자만한 나머지 연희가 쉽게 넘어올 거라 믿은 모양이다. 그는 다른 스태프들의 시선을 의식하며 재빨리 원래의 표정을 되찾았다. 그리고 연희를 지나치며 이렇게 이죽거렸다.

"신인 주제에 쓸데없이 도도한 척하기는."

"옷 갈아입고 호텔에 가는 게 낫지 않겠어?"

젖은 몸 위로 커다란 수건을 몸에 두르는 그녀를 보며 선우혁은 마른 수건으로 그녀의 머리를 닦아주었다.

"아뇨, 이대로 가서 씻을래요."

"그래, 룸까지 바래다주지. 나머지 짐은 내게 줘."

스태프들에게 뒷정리를 부탁한 선우혁은 그녀의 어깨에 담요를 둘러주었다. 물기가 빚어낸 한기로 인해 그녀의 입술이 약간 파르

스름했다. 선우혁은 눈살을 찌푸렸다. 약간은 굳어 있는 표정은 언뜻 추위 때문인가 여길 수 있었지만 시선마저 굳어 있는 그녀의 눈빛은 뭔가 다른 일이 있었음을 짐작케 했다.

"김시후가 또 질척거리던가?"

"아뇨, 그냥…… 추워서 그런 것뿐이에요."

연희는 예리하게 꿰뚫는 그의 시선을 피하며 최대한 태연하게 대꾸했다. 이제 촬영 첫날인데 이런 일로 시끄럽게 만들고 싶지 않았다. 다시 떠올려 봤자 불쾌할 뿐이기에 잊어버리려 애썼다. 김시후가 어떻게 해보려고 하기도 전에 퇴짜를 놓았으니 그것으로 된 거다, 충분하다 여기면서.

"지금이라도 상대 모델을 바꿔달라고 할 수도 있어."

결연한 음성. 그 안에 숨은 노기를 연희는 모르지 않았다.

그러나 상대는 이름 석 자만으로 최고의 개런티를 받는 남자 모델이다. 아무리 선우혁이 이 바닥에서 실력있는 포토그래퍼라 하더라도 이미 계약까지 마친 모델을 교체해 달라고 요구한다면 업체 쪽에서 달가워하지 않을 거란 건 불 보듯 뻔한 일이었다. 더구나 벌써 박희주의 일로 소동이 한 번 벌어진 터에 그럴 순 없었다.

연희는 자신만큼이나 흠뻑 젖은 그의 얼굴을 손으로 닦아내며 힘주어 말했다.

"정말로 그런 거 아니에요."

그의 두 눈이 가늘어진다.

연희는 부끄러웠지만 내친김에 그를 한 번 더 유혹하기로 결심했다. 이렇게라도 해서 그의 관심을 돌릴 수만 있다면 그것도 나쁘지 않다.

"나…… 추운데 이대로 놔둘 거예요?"

마지못해 그가 입술을 겹쳐왔다. 하지만 그의 입술은 금세 떨어졌다.

생각보다 차가운 그녀의 입술에 선우혁은 그녀의 이마에 손을 짚었다. 열은 없었지만 이렇게 놔뒀다간 감기에 걸리기 십상이다. 게다가 그녀의 온몸은 젖어 있지 않은가.

"이럴 게 아니군. 어서 호텔로 들어가자고."

엘리베이터에 올라타 그녀의 젖은 머리카락을 귀 뒤로 넘겨주며 수건으로 물기를 닦아냈다. 머리카락에 매달렸던 물방울들이 목덜미와 그녀의 티셔츠로 흘러들어 갔다. 벌어진 얇은 담요 사이로 가슴골이 선명한 형태를 드러냈다. 티셔츠를 입고 있었음에도 이미 젖을 대로 젖어 살갗에 그대로 달라붙어 있는 모습은, 소나기에 젖은 그녀를 개인 작업실에 재워주던 그날을 떠오르게 만들기에 충분했다.

맙소사. 처음엔 그저 추위에 떨고 있는 그녀를 따스하게 감싸고 주고 싶단 생각밖에 없었는데…….

그러나 젖은 셔츠 위로 꼿꼿하게 고개를 쳐든 유두를 본 순간, 선우혁은 입 안이 바짝 마르는 걸 느꼈다. 아직 2층. 29층까지 가려면 좀 더 기다려야 했다. 그는 연희의 얼굴을 닦았던 수건을 가져가 그들을 주시하고 있는 감시카메라에 씌웠다. 그녀를 누구에게도 보여주고 싶지가 않다.

"뭐 하는……!"

그의 행동에 놀란 연희가 궁금한 눈으로 그를 응시했다.

하지만 선우혁은 말보다 행동으로 대답을 보여주었다. 담요를 풀어헤치자마자 그의 입술이 제일 먼저 찾은 건 추위로 우뚝 선 젖꼭지였다. 차갑게 젖은 티셔츠 위로 그의 뜨거운 타액이 덮쳐오자 연희는 금방 반응을 보였다. 그의 어깨를 붙잡으며 가느다란 신음을 흘렸다.

"헉! 안 돼. 여기서는…… 안 된단 말이에요!"

"이대로 잠시만……."

그는 나머지 다른 쪽의 젖꼭지도 타액으로 적시며 허락을 요구했다. 그의 입 안에서 점점 단단해지는 것을 느끼며 더 세차게 빨아들였다. 연희는 짜릿한 쾌감에 등줄기가 오싹해지는 기분이었다.

"아흣!"

젖은 티셔츠 안으로 그가 손을 밀어 넣어 젖가슴을 꼬옥 움켜쥐었다. 그의 손끝에서 피어나는 알싸한 통증에 연희의 다리가 휘청거렸다. 그녀의 등을 받치는 남자의 손길을 느끼는 순간, 욕망으로 흐려진 눈빛과 마주쳤다. 선우혁의 호흡은 사납게 들썩이고 있었다. 그녀처럼.

"날 원한다고 말해."

입술을 뗀 선우혁은 티셔츠를 위로 걷어 올렸다. 마사지하듯 연희의 젖가슴을 손바닥으로 부드럽게 문지르며 재촉했다. 연희의 대답이 늦어질수록 젖가슴을 굴리는 손동작은 더욱 빨라져만 갔고, 그의 손길에 성이 난 유두는 터지기 직전의 꽃봉오리처럼 붉은 빛이 짙어졌다.

"안 돼요…… 제발!"

어느 샌가 청바지를 끌어내린 그의 손은 한 줌도 안 될 것 같은 티팬티에 닿아 있었다. 얇은 팬티는 더 이상 장막이 될 수 없었다. 선우혁의 손에 단번에 찢긴 채로 그녀의 허리에 간신히 걸쳐지기만 했을 뿐.

쭈우욱, 찢어져 나가는 그 소리가 한층 더 그를 성급하게 만들었다. 처음부터 그에게만 허락된 그곳에 어서 들어가고 싶은 간절함이 그를 부추겼다. 드러난 음모의 숲 속으로 손가락을 깊이 집어넣었다. 촉촉하게 젖은 비부는 이미 그를 받아들일 준비를 모두 끝마친 상태였다.

"아흥……. 선우…… 혁 씨!"

그녀의 고통스러운 얼굴을 보며 자신 또한 그럴 것이라고 생각했다. 그의 일부 역시 그녀와의 결합을 요구하며 완벽하게 일어선 상태였으니까. 사실 촬영하기 전에 그녀가 엉덩이로 그를 자극하던 순간부터 비에 젖은 모습을 연출하며 사진을 찍는 순간까지 그의 일부는 거의 내내 이 상태였었다. 바지의 버클을 열자 연희는 눈을 커다랗게 뜨며 신음했다. 이제부터 그가 하려는 일을 막을 수 없다는 눈빛이기도 했고, 동시에 그와의 결합이 주는 충만함을 느껴보고 싶어하는 눈빛이기도 했다. 그녀의 열망 어린 눈빛을 읽어낸 선우혁은 더 가까이 몸을 밀착시켰다.

"다리를 내게 감아."

한순간 연희의 눈에 망설임의 빛이 떠올랐지만 그가 더 빨랐다.

그녀의 엉덩이를 들어올리며 삽입을 시도하고 있었다. 성난 일부를 다급하게 찔러 넣은 그는 잠시 동안 움직이지 않은 채 그녀를 기다렸다. 완벽한 맞물림에 황홀한 감각이 그를 잠식시켜 버렸다. 그녀는 선우혁이라는 그만을 받아들이기 위해 만들어진 작고 아름다운 보석이었다. 그가 그러하듯.

"제발…… 이러지 말아요……."

연희가 엉덩이를 뒤로 빼냈지만 그렇게 움직여 댈수록 선우혁은 더욱 흥분했다.

차갑게 젖은 몸과는 달리 뜨겁게 조여오는 그녀의 깊숙한 비부 때문에 암실에서처럼 폭주를 하게 될 것만 같았다. 이미 물에 젖은 그녀였지만 이제는 그에게 젖어들게 만들고 싶은 욕망이 그녀의 안에서 크기를 키워가고 있었다. 선우혁은 거칠게 흩어지는 호흡을 다잡으며 잇새로 내뱉었다.

"어서 원한다고 말해. 그렇지 않으면 엘리베이터 문이 열릴 때까지 이 상태로 있겠어."

연희는 탁하게 흐려졌지만 어둡게 빛나는 그의 눈빛을 보며 그가 정말로 그럴 생각임을 알아챘다. 지금 9층…… 이제 10층을 향해 가고 있었다. 몸의 중심에서 느껴지는 뜨거운 이물감 때문에, 사실은 그녀도 견디기 힘든 상태였다. 질끈 눈을 감으며 그의 허리에 다리를 휘감았다.

힘차게 밀고 들어오는 그의 일부를 받아내며 연희는 참았던 신음을 내지르기 시작했다. 중간에 엘리베이터 문이 열리면 어떡해야 하나 하는 걱정도 잠시였다. 곤혹스러울 정도로 비부를 가득 채워 버리는 그 때문에 이제는 그가 허리를 뒤로 뺄 때면 허전함에 다급해지기까지 했다. 그의 허리 놀림이 거세어질수록 깊숙한 안쪽 밑바닥까지 점점 가깝게 도달하고 있었다. 연희는 그와의 완전한 결합을 위해 그의 허리를 세게 조였다.

"허억, 성연희!"

여자의 다리가 허리를 조이는 아찔한 감촉에 선우혁은 또다시 정신을 놓아버렸다. 엘리베이터 벽에 그녀의 등이 부딪칠 정도로 격렬하게 허리를 움직였다. 두 사람의 결합이 불러일으키는 마찰에 살과 살이 부딪치는 습한 소리, 끈적하게 뒤엉킨 신음이 엘리베이터 내부를 달궈놓고 있었다. 절정으로 달음박질치는 두 사람의 몸부림이 하나의 리듬을 타고 점차 거칠어졌다. 뜨겁게 폭발하는 순간, 선우혁은 최대한 허리를 올려붙였다. 분출하기 시작하는 씨앗을 남김없이 그녀의 성역에 심어놓으며 선우혁은 그녀를 꼬옥 끌어안았다.

드르르르, 땡—!

엘리베이터 문이 열렸다.

그때까지도 여전히 그녀와 결합된 채로 선우혁은 닫힘 버튼을 눌렀다. 도착한 층에는 다행히 아무 사람도 없었지만 이대로 나갈 순 없었다. 그녀의 옷을 추슬러 주고 바닥에 떨어진 담요를 그녀에게 덮어주었다. 또다시 그녀를 원하고 있는 그의 일부를 느끼며 열림 버튼을 눌렀다.

'보기 좋은걸.'

벽면이 거울로 이루어진 엘리베이터를 쳐다보며 연희는 생각했다.

붉게 상기되어 열기가 번져 있는 뺨과 잔뜩 부어오른 입술, 산발에 가까운 머리 상태……. 누가 보아도 방금까지 무얼 했는지 가늠할 수 있을 정도로 흐트러져 있었다. 아무리 생각해도 미친 게 틀림없다. 암실은 그나마 점잖은 장소이기라도 하지. 엘리베이터는…….

다리에 힘이 풀어져 주저앉으려는 그녀를 안아 올리며 선우혁은 룸으로 향했다. 룸을 들어가자마자 그대로 욕실로 들어가 온수를 욕조에 채워 넣었다. 설마 목욕까지 함께하려는 건……? 연희는 혹시나 스쳐 간 생각에 선우혁을 막아 세웠다. 조금 전에 함께 몸을 섞었다 해도 목욕까지는 함께할 수 없었다.

"됐어요. 이제부턴 저 혼자 할 수 있어요."

"혼자 목욕하기엔 많이 피곤할 텐데?"

피곤할 거라…….

연희는 붉어진 얼굴에 손을 가져가며 포옥 한숨을 내쉬었다. 촬영을 했기 때문이라는 이유 외에도 엘리베이터에서 나눈 위험한 정사 때문에 피곤할 만도 했다.

"아뇨, 당신도 그만 룸에 가서 쉬어야죠."

"모르는 모양인데 여기가 바로 내 룸이야."

빙긋 그가 웃으며 지적했다.

그 말을 이해하는데 약간의 시간이 걸렸다. 이윽고 연희의 두 눈이 커다래졌다. 욕실에서 나가려 했지만 남자는 놓아주지 않았다.

"이미 스태프들은 우리 두 사람에 대해 다 알고 있고, 김시후 그 녀석한테 알려도 상관없다고 생각해. 아니, 알려야 한다고 생각해. 그래야 녀석도 너한테 함부로 질척대지 못할 거 아닌가?"

"그래도 이건……."

"아직도 고집 피울 기력이 남은 건가?"

선우혁은 말을 가로채며 그녀의 티셔츠를 벗겨냈다. 바지도 벗겨낸 후 욕조에 억지로 눕혔다. 김시후의 손이 닿았던 몸을 깨끗이 닦아주고 싶었다. 자신이 생각하기에도 병적인 질투심이라는 걸 알았지만 김시후가 연희를 쳐다보는 시선을 발견할 때면 녀석의 바닥에 내리꽂고 싶은 심정에 사로잡혔다. 그런 불쾌함 때문인지 김시후에게는 곱게 말이 나가질 않았다. 과거에 촬영할 때에도 그리 기분 좋게 작업한 경우는 아니었지만.

바디샤워로 거품을 만들어내는 동안, 연희는 욕조에 기대 이번 만큼은 그가 하자는 대로 따르자는 결정을 내렸다. 그의 말대로 지금은 싸울 여력도 없었고 나른하게 풀어지는 이 느낌을 이대로 편안하게 만끽하고 싶었다. 비누 거품이 만들어내는 매끄러운 감촉에 잠이 든 건 순식간이었다.

"이런, 정말 피곤했나 보군."

선우혁의 목소리가 희미하게 들려왔지만 단잠의 세계가 그녀를 더 깊이 끌어당겼다.

목욕을 마친 후 선우혁은 침대에 눕히며 그녀의 옆에 따라 누웠다. 그녀가 잠에서 깨어나는 대로 좀 더 철저하고 오래도록 사랑을 나눌 것이기에 굳이 따로 잠옷을 입히지는 않았다. 서로의 맨 가슴이 스치는 느낌, 다리와 다리가 얽힌 느낌을 간직하며 오롯이 그의 체온을 그녀의 몸에 새겨놓고 싶은 욕심 때문이었다.

그때 연희가 살갗 위를 춤추듯 걸어다니는 숨결을 느끼며 단잠에서 깼다.

"제가 얼마나 잔 거죠?"

"아마도 삼십 분쯤?"

한쪽 팔에 턱을 괸 채로 그가 대답했다.

그녀를 내려다보는 선우혁의 눈동자 속에서 욕망이 일렁이고 있었다. 엘리베이터에서의 일이 또다시 떠오르고 만 연희는 얼굴을 붉히며 상체를 일으켰다. 더 지체할 수 없었다. 오늘 밤은 그와 사랑을 나누는 것보다 촬영으로 지친 육신을 달래며 잠을 청하는 것이 우선이었다.

상체를 일으켜 세우자, 풀썩 하고 허리 아래로 이불이 내려갔다. 왠지 모를 허전함을 느끼기도 전에 가슴에서 서늘한 기운이 느껴졌다. 그것이 옷을 입지 않았기 때문이라는 것을 알아챈 연희는 화들짝 놀라 이불을 끌어당겼다. 이불 한 겹 속에 있는 자신은 완전한 나신이었다. 선우혁 또한 그랬다.

그녀의 상반신을 목격한 그의 눈에 욕망의 빛이 더욱 진해졌다. 반대로 연희의 얼굴은 더 붉어졌다. 아무리 그에게 몸을 열어주었다 하더라도, 그가 목욕을 시켜주었다 하더라도 알몸을 내보이는 건 여전히 부끄러운 일이었다.

"저는 이만 가, 가볼게요."

가슴을 이불로 가린 채 일어나려 하자, 얄밉게도 그가 이불을 빼앗으며 나직하게 중얼거렸다.

"아까 충분히 설명했다고 생각했는데 아직도 말귀를 못 알아들은 건가? 앞으로 연희 네가 머물 곳은 여기야."

"말도 안 돼요, 그건!"

김시후도 골칫거리이긴 하지만, 촬영하는 며칠 동안 선우혁과 한방에서 머물 것을 생각하면 그 또한 골칫거리였다. 아마 촬영하는 시간을 제외하고는 서로를 탐닉하느라 잠도 자지 못하고, 생활 패턴도 와르르 무너질 게 뻔했다.

"이미 네 이름으로 예약한 룸은 아까 오전 촬영 끝나면서 취소해 놓았어. 그러니 다른 룸을 구하지도 못해."

"비어 있는 룸이야 찾아보면 있겠죠!"

화가 나서 언성을 높였지만 그는 태연한 얼굴이었다. 아니, 재밌다는 표정에 더 가까웠다.

"그러잖아도 프론트에서 확인했는데 이 호텔에 남아 있던 마지막 룸이 오늘 오전에 예약되었다고 하더군."

"그럼 정미 언니한테, 흡……!"

불시에 들이닥친 입맞춤.

그의 입맞춤이 깊어지자 연희는 저도 모르게 그의 머리칼에 손을 집어넣으며 그의 혀를 반겼다. 시트를 거둬낸 그가 그녀를 품 아래 눕히며 더 농도 짙은 입맞춤을 퍼부었다. 젖무덤을 움켜쥐는 그의 손길에 연희는 아늑한 신음을 터뜨렸다. 불과 얼마 전 엘리베이터에서 나눈 과격한 정사를 나누었다는 것도 까맣게 잊은 채

다시 그를 받아들이기를 원하고 있었다. 그의 입술이 턱에서 목덜미, 쇄골에서 가슴, 배꼽을 지나 천천히 아래로 내려가고 있었지만 그가 목적한 곳이 어딘지 연희는 알아차리지 못했다, 그가 말하기 전까지는.

"이번엔 네가 욕심을 채울 차례야."

대답이 이어지기도 전에 그의 혀가 비부 깊숙한 곳으로 미끄러져 들어왔다. 말캉한 혀가 그와의 격렬한 정사로 쓰라린 곳곳을 부드럽게 헤집고 다녔다. 엉덩이를 두 손으로 받쳐든 채로 얼굴을 묻은 선우혁은 여자의 가장 안쪽 민감한 살결을 타액으로 적시며 희롱하기를 멈추지 않았다. 그 외설스러운 느낌에 연희는 신음조차 내뱉지 못하고 있었다. 수십 개의 폭죽이 머릿속에서 터지고 있는 것 같았다.

"실은 처음부터 네게 이렇게 해주었어야 마땅했지."

그에게서 벗어나기 위해 엉덩이를 비틀었지만 소용없었다. 그의 혀가 더 깊숙이 들어오도록 도와주는 결과만 낳았을 뿐이다.

"아학."

"그만두라고 말할 때까지 할 테니 싫으면 언제든지 말해."

그는 여유롭게 속삭이며 다시 꽃무덤으로 얼굴을 파묻었다. 이번엔 입구를 맴돌며 애태우듯 주변만을 배회했다. 찰박찰박, 습하게 젖은 혀의 돌기가 소름이 돋듯 돋아나기 시작하는 감각을 건드려 댔다. 말할 수 없이 야릇한 느낌에 아랫배가 단단하게 뭉쳤다. 연희는 도리질을 치며 그만 할 것을 종용했다. 조금만 더 버텼다가는 그에게 애원하며 매달리게 될지도 몰랐다.

"좋아."

그녀의 상태를 읽어낸 그가 그녀를 부쩍 안아 올리더니 자신의 위에 내려놓았다. 그 난감한 자세에 연희가 다시 내려오려 했지만 그가 탁하게 흐려진 눈으로 막아냈다.

"말했잖나. 이번엔 연희가 욕심을 채울 차례라고."

그리고는 다소 인내하는 얼굴로 이렇게 덧붙였다.

"아까 날 고문하고 싶다고 말했던 걸로 기억하는데? 그것도 아주 도전적인 태도로."

"그, 그건 ……정말로 괜찮겠어요?"

연희는 믿을 수 없는, 그러나 걱정스러운 얼굴로 되물었다.

"응……."

전혀 괜찮지 않은 얼굴로 그가 대답했다.

표정만 봐서는 당장 사정을 해도 시원찮을 얼굴로 그녀의 만족을 위해 희생하겠다는 그의 모습이 뭉클하기도, 우습기도 했지만 무엇보다 사랑스러웠다. 막무가내로 밀어붙이는 줄만 알았더니 이런 면이 있을 줄은…….

"좋아요. 그럼 나중에 후회하지나 말아요."

잠시 그의 눈에 웃음이라고만 할 수 없는 묘한 고통이 스쳤지만 연희는 모른 체하며 아까부터—그녀가 잠에서 깨어날 때부터 혹은 그 전부터—지금까지 발기된 상태를 유지하고 있는 그의 일부를 가만히 감싸 쥐었다. 그의 목에 힘줄이 도드라지고 있었다. 이마는 한껏 핏줄을 세운 상태. 다시 손에 쥐고 있는 그의 일부에 입을 가져가자 급기야 그에게서 가르랑거리는 신음이 터져 나왔다.

"그만…… 둘까요?"

"……아니. 계속해."

한껏 쉬어 있는 음성이었다.

연희는 그녀의 손에서 보다 크게 부푼 그것을 더 세게 움켜쥐며 입술을 갖다댔다. 억제된 흥분으로 딱딱하게 굳어진 그의 근육들이 손 아래에서 느껴졌다. 손끝으로 스치기만 해도 예민한 반응을 보이는 그것은 그녀와의 결합을 위해 단단히 일어선 상태였다. 이대로 가다간 정말로 그를 고문하게 될 것만 같았다. 거칠고 단단해 보이지만 의외로 탄력이 있는 그의 일부를 조심스레, 부드럽게 어루만져 주던 연희는 그의 표정이 잔뜩 일그러진 것을 보며 그녀의 비부에 그것을 끼워 넣었다.

"허억!"

두 사람의 신음이 동시에 터져 나왔다.

여기서 더 커지랴 싶었던 그의 일부는 그녀 안에서 무섭게 그 크기를 키워가고 있었다. 열기로 꿈틀대는 생명을 느끼며 천천히 몸을 움직이자 또 다른 쾌감이 중심에서부터 퍼져 나가기 시작했다. 엉덩이를 움직일 때마다 젖가슴도 그 리듬을 따라서 함께 넘실댔고, 그것을 황홀한 시선으로 바라보던 선우혁은 젖가슴을 받치듯 아래에서부터 감아쥐며 젖꼭지를 도드라지게 만들었다. 그의 입술이 저 작고 붉은 열매를 숭배하듯 머금으려 할 때, 연희는 상체를 앞으로 내밀었다가 다시 새침한 미소를 흘리며 뒤로 뺐다. 그의 아쉬운 눈빛을 즐기며 작지만 열에 들뜬 음성으로 그의 목 아래에서 흥얼거렸다.

"여기까지. 고문은 끝이에요."

그녀의 말이 떨어지기가 무섭게 선우혁은 그녀를 끌어안아 그의 아래에 눕혔다. 그리고 입맞춤을 짧게 건네며 속삭였다.

"그 말을 몹시 기다렸어."

"쿡쿡. 알고 있었어요."

여전히 하체가 맞닿아 연결되어 있는 상태에서 선우혁은 세차게 허리를 움직이기 시작했다. 머리끝까지 쾌감이 치솟았다. 엘리베이터에서 나누었던 긴박한 열정보다는 덜했지만 천천히 강약을 조절하며 리드미컬하게 속도를 높여가는 그로 인해 연희는 보다 강한 쾌감을 느끼고 있었다. 그렇게 열락의 정점으로 향하는 중에도 그의 입술은 그녀의 가슴 끝을 이로 자근자근 깨물어 대며 참았던 미각을 충족시키고 있었다. 절정에 거의 가까웠을 즈음 탄력 있는 엉덩이를 힘껏 움켜쥐며 허리를 밀어붙였다.

새하얗게 비워지는 머릿속.

불꽃처럼 폭발하는 절정, 완벽하고 아름다운 일체감.

깊숙이 육중하게 밀고 들어오는 그를 느끼며 연희는 환희의 신음을 내질렀다.

"후, 좀 힘들겠어."

시후는 담배 연기를 길게 내뿜으며 한숨을 섞어 말했다.

[시끄러! 헛소리 그만 해. 내가 너 사고칠 때마다 봐준 게 어딘데 그런 무책임한 말을 해?]

수화기 건너편으로 들려오는 여자의 목소리는 몹시도 신경질적이었다.

젠장. 김시후는 단번에 인상을 그으며 욕설을 내뱉었다. 상대편 이 저렇게 나오는 데야 이쪽에서 물렁하게 받아줄 이유가 없다. 안 한 것도 아니고 못하게 된 것뿐인데. 그까짓 몇 푼 쥐어줬으면서 생색은!

"씹! 그럼 어쩌라고. 이미 예약된 방까지 취소하고 같이 붙어 있는데!"

[김시후! 네가 언제부터 그런 거 가렸어? 말이 나왔으니 말인데 커플로 지내는 모델들 열 중 아홉은 다 네가 파투 나게 만들었으면서 무슨 그런 돼먹지도 못한 핑계를 대니? 그때 깨진 애들, 이름 한번 읊어봐?]

시후는 또 한 번 거칠게 욕설을 내뱉으며 쏘아붙였다.

"제대로 알고 나서 떠들지 그래? 그때 그 애들, 지네들이 좋다고 따라다닌 거야. 난 책임없다고!"

[그래? 듣자 하니 얼마 전에 CF 찍었을 때 강소희인가 하는 애, 싫다는 걸 억지로 건드렸다며? 그거 뒤에서 수습해 준 게 오딜리어야. 걔가 멍청해서 가만히 있었는 줄 알아?]

망할! 아주 작정을 했군.

시후는 말문이 막혀 더 이상은 아무 말도 하지 못했다. 그녀의 말은 사실이었다. 상대 배역을 맡은 강소희에게 촬영이 끝난 후, 못 마신다는 술을 강권해서 마시게 한 후 호텔로 데려가 억지로 몸을 취했다. 그리고 그 일은 기자들도 모르고 있는 가장 최근의 일이었다. 한참 뜬다 하는 신인답게 엄포를 놓던 강소희가 어째 조용하더라니, 역시나 오딜리어가 개입해서 처리한 모양이다. 이대로 언쟁을 계속 하다보면 결국 불리해지는 건 자기 자신이다. 상황 판단을 빠르게 한 시후는 욱하는 성질을 억누르며 저자세로 말하기 시작했다.

"알았어. 알았다고. 나도 하기 싫어 그런 건 아니었단 말이야. 만약 내일부터라도 정 하다가 안 되겠으면 네가 말한 나머지 방법을 써볼게."

[그래, 처음부터 그렇게 말했으면 좀 좋아? 아무튼 전화 이만 끊을게. 잘해내리라고 믿어.]

기어이는 그로부터 확답을 받아낸 여자는 비로소 분이 풀렸는지 다시 원래대로 상냥한 어투로 응수했다. 전화를 끊고 난 시후는 담뱃불을 비벼 끄며 침묵에 잠겼다. 몇 번째인지도 모르는 협박이 이제는 정말 지긋지긋했다. 이 악순환에서 벗어날 때도 그만 되지 않았을까? 머릿속에 떠오르는 방법이 하나 있긴 한데…….

박희주가 처음 이 일을 제안해 왔을 때 별로 어렵지 않겠다고 생각했는데, 아무래도 쉽지만은 않을 것 같다. 무엇보다 상대가 선우혁이지 않은가? 그가 가장 피곤해하는 스타일이 있다면 바로 선우혁처럼 잔꾀가 통하지 않고 자기 일이나 사람에 대해 철두철미한 사람이었다. 그런 남자의 눈을 피해 성연희를 따로 불러낼 수 있는 방법이 과연 있을까?

"그냥, 잠시 스쳐 가는 여자일 뿐이야."

하던 희주의 말을 믿는 게 아니었다.

그가 보기에 선우혁은 성연희를 매우 진지하게 여기고 있었다.

아무리 자신이 일회성 연애에 젖어 있다지만 적어도 그 정도는 파악할 줄 알았다. 오히려 박희주야말로 선우혁에게 스쳐 가는 여자가 아니었을까?

시후는 또 한 번 낮게 욕설을 지껄인 후 침대 위로 대자로 뻗었다.

결론이 어느 쪽이든 자신과는 상관이 없었다. 그저 부탁 받은 대로 충실히 따라주면 그뿐. 아니, 충실히 따라주는 척을 하면 되었다.

이번을 끝으로 박희주에게 이용당하고 협박당하는 신세에서 어떻게든 벗어나고 말겠다는 다짐이 그의 눈에 광채를 심어주고 있었다.

# 제13장

촬영은 순풍에 돛을 단 듯 순조롭게 진행되고 있었다. 계획했던 것 이상의 결과를 낳을 것만 같은 예감에 선우혁은 물론 스태프들도 즐거운 기색이었고, 연희는 두말할 것도 없었다. 드디어 4박 5일간의 촬영 중 마지막인 오늘, 선우혁의 품에서 아침을 맞으며 연희는 기지개를 켰다.

찰칵.

셔터를 누르는 소리의 근원은 선우혁이었다.

그는 연희가 흘겨보는 것에도 아랑곳없이 그녀가 짓는 각각의 표정들을 카메라에 담았다. 지난 사흘 동안 연신 찍어댄 필름만 해도 수십 통은 되지 않을까? 선우혁은 둘만 있는 룸에서도 틈틈이 그녀의 모습을 찍었다. 잠자는 모습, 먹는 모습, 하품하는 모습, 지금처럼 막 자다 일어나며 기지개를 켜는 모습…….

문득 스튜디오로 출근하던 첫날, 개인 작업실에 있었던 사진이 무어냐고 묻고 싶은 마음이 도졌지만 감당할 수 없는 대답을 듣게 될 것만 같은 불안함에 선뜻 그럴 수가 없었다. 이 행복한 시간을 최대한 즐기고 싶었다.

"선배 오래전부터 좋아하는 사람 있는 눈치였거든."

정미의 말이 사실이라면 선우혁이 좋아하는 사람은 그 사진 속의 여자일 가능성이 컸다.

그렇다면 아직도 잊지 못하고 있는 것일까? 여전히 그 사진을 간직하고 있는 이유가 그 때문이라면 어쩌지? 하지만 그가 자신에게 보여준 행동은 뭐란 말인가? 거짓? 그럴 리가 없다. 연희는 그의 눈 속에 담신 진심을 믿었다.

"무슨 생각을 그렇게 골똘히 하지? 김시후 때문인가?"

그녀의 얼굴에 스친 그늘을 읽어낸 선우혁이 그녀를 아래에 눕히며 물었다.

"……아, 아니에요."

"만약에라도 그런 것 때문이라면 걱정하지 않아도 돼. 오늘은 김시후와 함께 찍지 않아도 되거든."

"그래요?"

"음, 커플 촬영은 어제가 마지막이었으니까."

촬영하는 틈틈이 선우혁은 김시후에 대한 경계를 늦추지 않으며 그녀를 보호했었다. 그런 덕분인지 뻔뻔스럽게 접근하던 첫날과는 달리 이후부터는 그녀를 건드리기는커녕 인사조차 건네려 하지 않았다.

'그렇게 걱정해 주고 배려해 주는 사람인데 난 의심이나 하고 말이야.'

그의 마음을 함부로 추측하고 의심하는 자신이 한심스러워 연희는 입술을 지그시 깨물었다. 지금 자신을 바라보는 저 눈빛을 사랑이 아니라고 말할 수 있을까? 그의 손끝에서 느껴지는 온기를 애정이 아니라고 말할 수 있을까? 설령 그것이 착각에 불과할지라도 연희는 굳건히 사랑이라 믿기로 했다.

"아, 그렇군요. 깜빡했어요."

그녀의 대답에 선우혁의 입맞춤이 짧게 내려앉았다. 모닝 키스.

그가 남겨놓은 사랑스러운 흔적들을 거울 속에서 바라보며 마찬가지로 모닝 키스를 돌려주었다. 그리고 보다 다양한 표정으로 그의 시야를 사로잡으며 사진을 찍었다. 촬영이 끝나고 나서는 그를 찍으리라 생각하면서.

새파란 하늘 위로 날염을 해놓은 듯 거의 균등하게 퍼져 있는 양떼 구름, 따갑게 내리쬐는 태양. 이틀간 쏟아진 비 때문인지 바람 한 점 불지 않는 날씨가 야속할 정도였다.

이제 몇 컷만 더 찍으면 끝. 그리고 호텔 근처의 근사한 레스토랑에서 점심 식사를 마친 후 귀국할 예정이라는 선우혁의 말에 연희는 약간 아쉬운 기분도 들었다.

"아야야!"

정미는 신음을 흘리며 의자에 털썩 주저앉았다.

"언니, 어디 다친 거예요?"

잠시 동안의 휴식을 취하고 있던 연희는 정미의 옆으로 다가가 동그랗게 눈을 뜨며 물었다. 체력에 관한 한 스튜디오 인디고에서 타의추종을 불허하는 그녀가 어딘가를 아파하는 모습은 그리 흔하지 않다.

"아까 촬영 시작하기 전에 바닷가 모래사장을 거닐었을 뿐인데 계속 발바닥이 쑤셔."

"어디 신발 한번 벗어보세요."

"응, 그래야 되겠네."

신발을 벗자 한쪽 부위가 젖어 있는 양말이 모습을 드러냈다. 피였다.

"으흑! 피잖아, 이거!"

"언니, 아무래도 아까 모래사장을 걸었을 때 유리 조각에 다쳤던 것 아닐까요?"

"그러고 보니 그럴 수도 있겠네."

정미의 응수가 이어지자 그 모습을 지켜본 현석이 혀를 끗끗 차면서 말했다.

"자알~한다. 어떻게 된 여자가 유리 조각에 발이 다친 것도 모를 수 있냐?"

"아, 정말! 나 둔한 게 어디 어제 오늘 일이냐고! 알고 나니 새삼 더 아파오기 시작하는데 짼알짼알거리지 좀 마쇼, 응?"

살벌하게 노려보며 통박을 주는 정미의 모습에도 아랑곳 않고 현석은 주절주절 잔소리를 늘어놓았다. 불같은 성미를 지닌 정미 역시 지지 않고 받아쳤다. 그러다가 싸움이 또 한 번 붙으려는 찰나, 등에 업히라며 정미의 앞에 쪼그리고 앉았다. 절반은 심했고 자신의 덩치의 삼 분의 이 정도밖에 안 돼 보이는 남자의 등판을 보며 정미는 실소를 터뜨렸다.

"이보세요, 강현석 씨! 허리 디스크 걸리려고 작정을 한 게 아니라면 어서 비키시지?"

말은 그렇게 하면서도 정미의 귀는 발갛게 번져 있었다.

하지만 이날만큼은 섭섭했던지 그걸 놓쳐 버린 현석은 더욱 툴툴거리며 몸을 일으켜 세웠다. 그리고는 비키라는 말을 하기가 무섭게 촬영장 저 멀리로 걸음을 옮겼다.

"아휴, 저러니 남자가 안 붙지. 호의를 베풀어도 꼭 저렇게 받아친다니까."

라고 중얼거리면서.

그것은 박희주와 싸우고 나서부터 정미에게 가장 듣기 싫어하는 말, 일 순위가 되어버린 말이었다. 분명 현석이 그 사실을 모르고서 말하진 않았을 테니 정미로서는 더욱 부아가 터지는 일이 아닐 수 없었다. 정미의 입가에 평소 사용하던 모든 욕들이 총동원되었다.

"으휴, 남자가 돼서 비키란 말 한번 했다고 냉큼 가버리냐? 기왕 해줄 거면 두 번은 물어봐야 하는 것 아니냐고!"

"그러게 왜 안 하던 내숭을 떨고 그래, 사람 해준다고 할 때 받아주면 좀 좋아?"

스태프 중 하나가 끼어들며 말했다.

정미는 콧방귀까지 뀌어가며 현석이 사라진 쪽을 노려보았다.

"아니! 내 장담하는데, 사오정 일부러 폼 잡은 걸 거야. 내가 업힌다고 했으면 벌써 줄행랑치고도 남았을걸?"

"근데 정말 업힐 생각이었어? 그럼 모르긴 몰라도 더 큰 사고가 났을 거 같은데?"

은근슬쩍 약 올리는 스태프의 말에 정미가 부르르 몸을 떨었다.

"지금 나랑 싸우자는 거야?"

"아, 아니. 뭐…… 말이 그렇다는 거지."

꽁무니를 빼며 사라지는 스태프의 모습을 보며 정미는 또 한 번 분한 숨을 삭였다. 연희는 난감한 한숨을 포옥 내쉬며 정미를 달랬다.

"언니, 이럴 게 아니라 제가 다른 스태프들한테 가서 구급상자를 가지고 올게요."

"그래 줄래?

"네, 조금만 기다려 주세요."

"연희 너밖에 없구나. 고맙다."

하지만 연희는 결국 호텔룸으로 갈 수밖에 없었다. 촬영 막바지라 스태프들이 따로 구급상자를 들고 내려오지 않았기 때문이다. 그런데 룸에 도착해 스태프들이 두었을 만한 공간이며 그녀가 투숙하고 있는 룸까지 찾아다녔건만, 구급상자는 어디에도 보이지 않았다. 어제 장비를 치우던 현석이 구급상자를 들고 있었던 것 같은데…….

현석에게 전화를 걸었지만 부재중이었다. 현석과 같이 있을 만한 스태프를 떠올려 전화를 거니 마침 통화가 되었다.

[여보세요?]

"저 연희예요, 언니."

[어, 그래. 이제 곧 촬영 시작할 모양이던데 어디니?]

"그게 정미 언니가 다쳐서 구급상자를 찾으러 호텔에 왔거든요. 그런데 아무리 찾아도 없기에 혹시 어디에 있는지 알고 계신가 해서요."

[아! 그거? 아마 시후 씨가 가지고 있을걸? 어제 손 다쳤다며 구급상자 가져간 사람이 시후 씨였거든.]

반갑지 않은 이름에 돌연 미간이 굳었다.

적어도 촬영이 끝나기 전까지는 결코 부딪치고 싶지 않은 사람이었는데. 이렇게 맞닥뜨리게 되는 건가.

"네, 알았어요. 이따가 봐요, 언니."

[응, 서둘러서 와라.]

김시후의 룸을 찾는 동안 여러 차례 망설임이 교차했다.

교만한 남자의 치근거림을 다시 한 번 참아내야 하는 것인가. 아니면 이대로 촬영장으로 내려가 다른 사람에게 떠넘길 것인가.

두 개의 생각이 머릿속에서 씨름을 벌이더니 드디어 한쪽으로 내려앉았다. 김시후의 룸을 찾아가는 쪽으로 무게 비중이 쏠린 것이다. 며칠간 비교적 점잖았던 그의 태도를 떠올려 본다면 그를 대하는 게 그리 끔찍하지만은 않을 거란 생각도 들었다. 시작이 안 좋았을 뿐이지, 이런 만남이 아니라 상미로부터 세뇌—모델계의 꽃미남이라고 했던가—를 당하고 나서 그를 만났더라면 지금과는 전혀 다른 상황이 되었을지도 몰랐다.

나름대로 반감을 털어내려 애쓰는 동안 김시후의 룸에 도착했다.

똑똑.

문을 두드리자, 생각보다 빨리 김시후가 모습을 드러냈다. 새벽 촬영을 끝내고 휴식을 취하는 중이었는지 약간 나른한 기색이었다.

"이런, 안으로 들어와요."

뜻밖의 상황에 대한 반가움이 김시후의 얼굴에 떠올랐다.

"아니요, 구급상자를 찾고 있었는데 여기에 있을 거라고 들었어요. 휴식을 방해해서 미안한데 구급상자 좀 건네주시겠어요?"

"아, 난 또. 무슨 바람이 불었나 했더니만 그래서였군? 그러잖아도 마침 어제 다친 손에 붕대를 감으려고 했는데 연희 씨가 좀 도와주면 되겠네."

거짓말이 아님을 강조하듯 들어올린 오른손에는 정말로 붕대가 감겨져 있었다. 하지만 그의 룸 안으로 발을 들여놓을 만큼 경계심이 풀리지는 않았다. 그녀의 망설임을 읽어낸 김시후는 촬영할 때에나 볼 수 있었던 입가에 미소를 띠며 어깨를 으쓱댔다.

"뭐, 내키지 않으면 나 혼자라도 붕대 감으면 되니까……. 그때까지 여기서 기다릴 테면 기다리고."

어떻게든 룸 안으로 이끌어내려는 기색이 보였다면 몰라도, 이래도 그만 저래도 그만이라는 무신경한 모습의 김시후를 보자 연희는 자신이 지나치게 과민 반응을 보이는 건 아닐까 싶은 생각이 들었다. 그의 말대로 그녀는 신인—비록 이 광고 한번으로 그칠 테지만—이고, 주변에는 신인부터 잘나가는 기성 모델들까지 널렸을 텐데 뭐가 아쉽겠는가. 한번 재미 삼아 수작을 걸어본 것일 수도 있는데 말이다.

"좋아요, 그럼 제가 붕대를 감아드릴게요."

"그래 주면 고맙고."

룸에 들어가 그의 손에 붕대를 감아주는 동안, 김시후는 그런대로 깍듯한 태도였다. 그때처럼 몸 전체를 더듬듯이 훑어보는 시선만 아니었다면, 그에 대해 안 좋았던 첫인상쯤은 버릴 수도 있었을 것이다. 잘난 체하는 것까지는 봐줄 수 있었는데……. 아무리 안 좋은 버릇이겠거니 여기려 해도 여전한 그의 시선에 불편해진 연희는 어서 붕대를 감아주고 여길 나가겠다는 생각만이 간절해졌다.

김시후의 룸에 괜히 들어왔다는 후회를 하기 시작한 건 붕대를 다 감고 난 직후, 정확히는 구급상자를 가져가려 손을 뻗은 순간이었다.

"오늘 마지막 촬영이고 하니 뭔가 기념하고 싶은데, 어때?"

전신을 훑는 불쾌한 시선이 재현되고 있었다.

"저는 충분히 거절했다고 생각합니다만."

"대개 여자들은 두 번 정도는 애교 삼아 튕긴다고 하더군."

연희는 유종의 미를 생각해 최대한 감정을 자제하며 차분히 대답했다.

"그렇다면 저는 '대개'의 경우에 속하지 않는가 보네요. 두 번이 아니라 세 번, 네 번이라도 싫으니까요."

"여전히 도도한 척하기는!"

시후는 말이 끝남과 동시에 연희의 몸 위로 올라탔다. 시후는 자신의 성난 일부를 들이대며 그녀의 두 손을 머리 위로 잡아 올렸다. 그녀가 발길질을 하자, 더 가까이 남성을 밀착시키며 욕망에 찬 신음을 내질렀다.

"어때? 이래 봬도 나, 많은 애들한테 검증 받았거든. 오히려 한 번하고 나면 좋아라 매달리게 될걸?"

치마를 입고 있었지만 그의 중심이 불러일으키는 혐오감은 조금도 반감되지 않았다. 연희는 자신의 몸부림이 남자를 더 흥분시킨다는 것을 깨달으며 반항을 멈췄다. 그리고 냉기가 묻어나는 목소리로 자신의 의사를 다시 한 번 확고히 했다.

"절대 그럴 일 없으니 그 자만심 좀 버려주시죠."

"아니, 인심이 그렇게 박해서야 쓰나? 한 번은 내가 서비스 차원에서 그냥 해줄게."

김시후가 바지를 끌어내리는 순간 연희는 가슴 밑에서부터 차오르는 두려움에 등골이 서늘해졌다. 상대가 선우혁이든 김시후든 결론은 하나로 모아지는 행위임에 분명한데도 이렇게 다를 수 있다는 것이 놀랍기도 했다.

"선우혁 그 인간보다 훨씬 잘해줄게. 아니, 하고 나면 내가 훨씬 낫다는 걸 알게 될 거야. 그건 장담하지. 크크."

김시후가 선우혁을 입에 담자, 두려움과 불안함으로 둔해졌던 이성이 맑아졌다.

"훗."

연희는 열 마디 말보다 차가운 비웃음 한 번을 선택했다.

그리고 그 비웃음은 꽤나 효과적으로 먹혀들었다. 연희의 바람대로 시후의 자존심을 정확히 건드린 것이다.

"뭐야, 그 웃음은?"

그의 험악한 물음에도 연희의 눈빛만큼은 여전히 비웃음을 잃지 않았다. 연희는 다시금 선명한 비웃음을 내보이며 자신이 생각해도 놀랄 만한 말을 내뱉기 시작했다. 아마도 그것은 다른 사람도 아닌 선우혁에 대한 모욕을 참을 수 없었기 때문이리라.

"많은 사람들한테 검증 받았다는 것치고는 너무 형편없어 보여서요."

"뭐, 뭐라고?"

"그리고 싫다는 상대를 굳이 강간까지 하려는 저급함이 불쌍해 보일 정도거든요."

김시후의 표정이 얼어붙었다.

짝!

시후는 여자의 차가운 시선 앞에서 주눅이 든 자신의 물건을 내려다보며 뒷걸음질을 쳤다. 이런 경우는 처음이었다. 아무리 그가 싫어도 힘으로 제압하기만 하면 결국 받아들이게 될 거라고 생각했는데. 젠장! 저 여자는 그를 대놓고 비웃었다. 여자의 뺨을 때린 것은 자신인데, 정작 그 손에 맞은 게 자신인 것 같은 느낌이 들었다. 차라리 싫다고 앙탈을 부렸다면, 다른 계집애들처럼 그랬다면 그대로 가져 버렸을 텐데!

시후는 침대 밑에 조그맣게 비어져 나온 가방 꾸러미를 보며 다시금 분노를 되새겼다. 연희만 그의 뜻대로 따라준다면 저 가방 속에 들어 있는 비디오테이프는 조금 더 오랜 시일이 지나고 나서 희주에게 전해줄 생각이었다. 마지막 촬영인 오늘, 스태프들이 룸을 비운 틈을 타서 훔쳐 낸 선우혁의 개인적인 필름까지도.

그것은 희주가 계획한 치명적인 무기였다. 며칠 전 시후는 촬영 스케줄을 파악한 후, 선우혁이 없는 시간에 그의 룸으로 들어가 교묘히 카메라를 설치해 놓았었다. 연희와 선우혁, 두 사람 사이를 갈라놓을 수 없게 되자 희주가 차선책으로 강요한 것이었는데, 처음에 시후는 꼭 이렇게까지 해야 하나 싶어 몇 차례나 망설이길 반복했었다. 하지만 이제는 생각이 바뀌었다. 이렇게 모멸감을 뒤집어쓴 이상, 받은 대로 갚아줘야 직성이 풀릴 것만 같았다. 애초에 원인을 제공한 희주에게도 화가 났지만 무엇보다 연희를 향한 분노가 크게 치솟았다.

'젠장! 두고 보자고. 반드시 뭉개놓고 말 테니까!'

시후의 눈빛이 야멸치게 빛났다.

시후가 당황한 틈을 타 연희는 재빨리 구급상자를 들고 일어섰다. 그에게 뺨을 맞은 것이 분했지만 어서 빨리 이곳에 벗어나고 싶은 마음을 앞지를 정도는 아니었다. 잰걸음으로 그의 룸을 빠져나왔을 때, 이것이 호텔과 맺는 두 번째 악연이라는 생각에 연희는 쓴웃음을 지었다.

이 년 전에 어머니 전혜은 여사가 무턱대고 끌어다 쓴 사채로 인해 일 년 전에는 호텔에서 강간을 당할 뻔하고, 지금은 연예인이랍시고 자아도취에 빠져 있는 남자에게 강간을 당할 뻔했다. 하지만 장소가 호텔이라는 점만 같을 뿐, 그에 대처하는 자신은 그때와 많이 달라져 있었다. 아무래도 그때는 처음 겪는 일이라 더 당황했을 것이고, 지금보다 어렸으며, 세상 물정에 어두웠기 때문이라는 등등의 이유를 갖다 붙인다 해도 충분치가 않았다.

상미로부터 변태성욕자나 강간범의 퇴치법을 전해 들은 적은 있었지만 그걸 실제로 행동에 옮길 수 있는 대담성은 오늘의 절반에도 미치지 못한다. 누구보다 자신이 잘 알고 상미도 알고 있는 사실이었다.

그렇다면 하나의 이유밖에 없었다.

선우혁에 대한 자각.

그 순간에도 느끼고 있었지만, 생각을 정리한 지금에도 역시나 답은 같았다.

땡—!

때맞춰 엘리베이터가 도착했다.

그러나 다행이라며 안도한 것도 잠시, 다급한 기색이 역력한 선우혁을 발견하는 순간 연희는 가슴이 철렁 내려앉았다. 그녀의 부어오른 뺨을 바라보는 그의 눈빛이 노도같이 일렁이고 있었다. 살기마저 느껴지는 분노.

"망할, 김시후 녀석!"

연희가 말릴 새도 없이 그의 걸음은 김시후의 룸으로 향했다.

혹시나 닫혀 있길 바랐던 김시후의 룸은 그녀가 나올 때처럼 열려 있었고, 선우혁은 룸의 한가운데 앉아 있는 김시후를 단번에 일으켜 세웠다. 김시후의 얼굴이 공포로 얼룩졌다. 비굴해지는 눈빛.

그러나 선우혁은 김시후를 향해 거센 주먹을 날렸다.

"안 돼요!"

선우혁의 허리를 끌어안으며 연희가 달려드는 순간, 펑—! 하고 플래시가 터지기 시작했다.

스튜디오 인디고의 분위기는 한마디로 침통했다.

마지막 몇 컷은 찍지도 못한 상태로 귀국한 그들을 기다리고 있었던 건 치명적인 스캔들.

'카리브 해의 난투극' 이라는 제목 아래 선우혁, 고윤하, 김시후 이 세 남자의 연인으로 소개된 연희는 실명만 밝혀지지 않은 상태로 험난하게 왜곡된 기사의 희생물이 되었고, 선우혁은 친하게 지내온 고윤하와의 우정을 저버리고 그의 연인과 놀아난 방탕한 포토그래퍼, 고윤하는 과거에 방송국 PD로부터 연인을 빼앗긴 사연부터 친형처럼 믿어온 선우혁과 사랑하는 연인으로부터 배신당한 일이 한꺼번에 거론되면서 비운의 배우로 설명되었고, 김시후는 두 남자에게 만족하지 못한 성연희에게 유혹당하고 만 순진한 모델로 묘사되고 있었다.

문제는 거기서 그치지 않았다.

선우혁이 연희를 개인적으로 찍었었던 필름과 누군가—필름을 훔쳐 간 범인과 동일인물이라고 짐작되는—가 자신들의 방에 설치해 놓은 비디오카메라로 인해 세상으로부터 매장당할 위기에 처해 버림으로서 사태는 한층 악화되었다.

사실 선우혁은 기사에 실린 스캔들쯤 조금도 두렵지 않았다.

스캔들도 그 무엇도 시간이 지나면 진실만 남은 채 그밖에 모든 것들은 사람들의 기억에서 잊혀질 테니까. 그녀만 상처받지 않을 수 있다면 자신은 얼마든 저들의 기사에 밟혀줄 용의가 있었다.

하지만 그들이 사랑을 나누었던 장면들이며 사진들이 노출되었을 경우, 가장 치명타를 입는 쪽은 빌어먹게도 성연희였다. 어떤 개방적인 문화가 사람들에게 주입된다 하더라도 여자의 성(性)에 관한 한 지독한 보수주의를 무너뜨리기 힘든 나라가 바로 이곳 대한민국이기 때문이다. 그것은 선우혁이 이 세계에 몸담은 짧다면 짧은 사 년이라는 시간 동안의 경험으로 내린 결론이다. 사진과 비디오카메라가 공개되었을 때 연희 또한 씻을 수 없는 멍울을 가슴에 담고 살아가게 될 것임은 너무도 자명한 일이었다. 그 생각에 이르자 움켜쥔 주먹에 힘줄이 불거져 나왔다. 제길, 절대 그렇게 되도록 놔두지 않을 테다!

다행히도 연희는 스캔들에 대해서만 알고 있을 뿐, 아직 사진이나 비디오카메라에 대해서는 모르고 있는 상태였다. 박희주의 협박에 굴복한다면 영원히 비밀에 붙여지게 될 이야기였다.

"일주일. 기간을 주겠어. 나와 함께 결혼을 하겠다고 언론에 공개하면 지금까지 모든 일은 덮어둘 수 있어. 추잡한 스캔들도 음해성 가십 거리로 전락할 테고. 명심해 둬, 당신의 결정에 따라 이 것은 폐기될 수도, 유포될 수도 있다는 것을."

박희주는 그녀가 가지고 있던 복사본 테이프와 인화한 몇 장의 사진들을 그에게 건네주었다.

박희주의 독기 오른 표정을 보면서, 선우혁은 그녀의 협박이 사실임을 인정해야만 했다. 김시후도 이 일에 관련되어 있을 거란 확신이 강하게 들었지만, 그녀의 수중에 있을 사진과 테이프 때문에 함부로 움직일 수도 없는 노릇이었다. 사생활 침해라는 죄목을 들이대며 도리어 박희주를 협박해 보는 건 어떨까 하는 생각도 들었지만 그 역시 위험하기는 매한가지였다. 이제까지의 박희주의 성격으로 보건대, 그녀를 고소해 승소한다 해도 아마 형량을 받는 그 순간까지 누군가를 사주해서라도 자신이 말한 것을 행동에 옮긴다면 모를까, 절대로 이 협박을 포기하지 않을 것이 분명했기 때문이다.

선우혁은 조용히 눈을 감았다 떴다.

어느 쪽이든 피 흘리게 될 가슴이었다.

만약에…… 어쩌면 짧은 시간 동안 연희와 교감을 나누지 않았더라면 이기적인 욕심을 부렸을지도 모르겠다. 하지만 그녀가 망가지는 꼴을 보면서까지 도박을 하기엔, 그녀를 너무 깊이 담아버렸다.

"후……!"

모든 것을 가라앉게 만드는 한숨.

'또다시 성연희 결핍증에 시달리게 되는 건가?'

결정을 내린 선우혁은 가장 먼저 고윤하에게 전화를 걸었다.

선우혁과 고윤하, 이 두 남자가 공동 기자회견을 갖게 된 것은 이튿날 오후였다. 두 남자가 모습을 드러내자 기자회견장을 메웠던 소란스러운 분위기는 찬물을 끼얹은 듯 조용해졌다. 혹독한 스캔들을 치르고도 여전히 포커페이스를 유지하는 선우혁과 약간 긴장한 기미가 엿보이는 고윤하를 주시하는 기자들의 눈빛이 예리하고 날카로웠다. 조금의 거짓이라도 발견하면 가차없이 물고 늘어질 태세였다.

두 사람의 대략적인 설명을 들으며 첫타를 끊은 건, 문제의 스캔들 기사를 작성했던 그 기자였다.

"그럼 그 기사가 오보라는 겁니까?"

이에 답한 것은 선우혁이었다.

"네, 유감스럽게도 그렇습니다. 기사에 실린 내용들 모두 터무니없이 각색되어 보도되었더군요."

선우혁의 대답에 기자가 언짢은 기색을 보이며 잠시 헛기침을 했다. 기자의 항변이 이어지기도 전에 그 틈을 노린 다른 신문사의 기자가 질문을 던져 왔다.

"하지만 선우혁 씨는 그동안 스캔들이 터지면 진실 여부에 상관없이 이렇게 기자회견을 갖지 않는 분으로 유명한데, 어떤 심경의 변화가 있으셨던 건 아닙니까?"

"사실 다른 때와 같았다면 기자 분의 말씀처럼 저는 또 한 번 방관 자세를 취했을지도 모릅니다. 그렇지만 옆에 앉아 있는 고윤하 씨가 스캔들에 언급된 여성분과 곧…… 약혼을 할 계획이기 때문에 이런 방법을 취할 수밖에 없었습니다."

기자회견장을 채우던 공기가 순식간에 묘하게 돌변했다. 다들 고윤하와 성연희의 결별을 예상하고 있었는데 때 아닌 약혼 소식에 너나 할 것 없이 어안이 벙벙해진 기색이었다. 믿을 수 없었지만, 고윤하가 고개를 끄덕이며 수긍을 하고 나선 이상 믿지 않을 수도 없는 노릇이었다.

"실례지만 그 여성 분에게 가지고 있는 선우혁 씨의 감정에 대해 여쭈어도 괜찮겠습니까?"

분명 모종의 계획이 있으리라고 의심하는 듯한 눈빛으로 맨 처음 질문을 던졌던 기자가 다시 질문을 던져 왔다. 선우혁은 역시나 냉정한 태도를 보이며 침착하게 말했다. 그러면서도 한편으로는 너 따위에게 내 감정은 한 톨만큼이라도 보여줄 수 없다는 듯 거만한 눈빛으로 기자를 제압했다.

"언젠가 인터뷰에서 사진을 찍을 때 가장 중요시 여기는 것 중 하나가 피사체와의 정서적인 교감이라고 말한 적이 있습니다. 고윤하 씨의 예비 약혼녀와도 작품을 위해서 유대관계를 형성하긴 했지만 기사에서 보도된 것과는 전혀 다릅니다. 그녀는 누가 보아도 아름답고 매력적이며 사랑스러운 여성입니다. 그런 피사체의 영혼을 카메라에 담고 싶어하는 욕심은 포토그래퍼라면 누구나 가질 거라고 생각합니다. 하지만 이대로라면 다음 시즌을 촬영할 모델과도 이 같은 스캔들이 터질지도 모르겠단 우려도 드는군요."

아마도 고윤하와 성연희의 약혼 소식 탓인지, 불신의 눈빛을 보내던 처음과는 달리 기자들은 선우혁의 말을 믿는 눈치였다.

"친동생처럼 지내오던 고윤하 씨가 먼저 결혼식을 거행하게 될 것 같은데…… 그렇다면 앞으로 선우혁 씨의 결혼 계획은 어떻게 되는지 대답해 주실 수 있겠습니까?"

"……저 또한 결혼을 앞두고 있고, 이런 일로 기자회견을 갖게 된 것에 대해 제 연인에게 미안한 마음을 가지고 있습니다."

"먼저 결혼 소식 축하드립니다. 상대가 누군지 여쭈어도 되겠습니까?"

선우혁은 잠시 멈칫했다.

필름과 테이프를 들이대며 협박하던 박희주의 요구대로라면, 바로 지금이 그녀가 자신의 예비 신부임을 알려야 할 때였다. 그런데도 선불리 그녀의 이름을 담지 못하는 건, 아직도 가슴 한켠을 꼭 쥐고서 놔주지 않는 성연희에 대한 마음 때문이었다. 그리고 언젠가는 성연희를 자신의 신부라고 공식 석상에 밝히게 될 날이 오지 않을까 꿈을 품었던 얼마 전이 떠올랐기 때문이다.

"상대는……."

"그건 아직 극비로 부치고 싶은데요?"

느닷없이 끼어든 윤하의 말에 기자들의 관심이 윤하에게로 쏠렸다.

"왜인지 이유를 여쭈어도 되겠습니까?"

"이게 직업적인 천성에 기인한 것인지도 모르겠지만…… 아직까지는 저와 제 연인의 약혼 소식에 주목해 주셨으면 하는 욕심입니다. 저의 약혼 소식만으로도 충분한 대서특필감이라고 여기고 있었는데, 아닙니까?"

좌중에는 한바탕 웃음바다가 일었다.

"물론 고윤하 씨의 약혼 소식은 특종 중에서도 특종이지만 기자들 역시 직업적 천성 때문에 어쩔 수 없나 봅니다. 아무래도 지금은 말씀해 주시기 곤란한 것 같으니 선우혁 씨의 결혼 날짜가 빨리 잡히기만을 학수고대하겠습니다. 그리고 고윤하 씨, 이 자릴 빌어 약혼 소식 축하드립니다."

"감사합니다. 날짜를 잡는 대로 여기에 계신 기자 분들, 한 분도 빠짐없이 초대할 테니 꼭 참석해 주셨으면 좋겠습니다."

고윤하의 인사를 끝으로 기자회견은 마무리되었다.

윤하는 사람들의 시선이 없는 곳으로 조용히 선우혁을 이끌었다. 화려한 느낌의 기자회견장과는 달리 건물 안쪽 구석에 위치한 초라한 휴게실에는 아무도 없었다. 선우혁은 여전히 무표정한 얼굴로 자리에 앉아 담배를 피우기 시작했다. 한참 동안 두 남자는 말이 없었다. 침묵하는 윤하와 늘어나는 담배꽁초가 몇 개째인지도 모를 만큼 연신 피워대는 선우혁은 서로에게 시선조차 맞추려 들지 않았다. 매캐한 담배 연기가 휴게실을 가득 채웠다. 윤하는 곧 선우혁이 길게 내뱉는 담배 연기 속에 감추고 싶은 기나긴 한숨이 깃들어 있다는 것을 깨달았다.

"후회하지 않을 자신 있냐고 묻지 않겠다고 말했어, 난."

"……."

"그러니까 나중에 가서 다른 말 하지 마."

"……."

연이은 선우혁의 침묵에 윤하는 신경질적으로 욕설을 내뱉었다.

"연희, 인디고에서 내보내. 그리고 다시는…… 따로 만나는 일 없었으면 좋겠어."

그제야 선우혁이 담배를 입에서 떼어냈다. 잠시 동안이나마 깊어지는 듯했던 눈매가 다시 혼탁해졌다.

이틀 전에 만났을 때, 선우혁은 거두절미하고 연희를 부탁한다고 말했었다. 아주 중요한 뭔가를 잃어버린 듯 지독히도 공허한 눈빛을 하면서.

순간 윤하는 '왜'인지 이유를 물어야 한다는 걸 알았지만 그러지 않았다. 선우혁과 연희의 이별은 스캔들이 터졌을 때에도 전혀 짐작하지 못했다. 선우혁의 성격상 언론이 뭐라고 떠들어대든 연희와의 사랑을 그대로 밀고 나갔을 텐데, 대체 무슨 일이 그로 하여금 그런 결정을 내리게 한 것일까.

윤하는 궁금해 미칠 지경이었지만 목구멍까지 올라온 질문들을 도로 삼켜 버렸다. 연희와 다시 시작하게 될 수 있을 거란 상상이 염치없는 욕심을 불러일으킨 것이다. 물론 그가 물어온다 해도 결코 대답을 들려줄 기세가 아니었지만. 그래서 이렇게 말했었다.

"연희와 약혼 발표를 할게. 나머진 형이 알아서 대답해."

이것은 기회였다. 그러니까 다른 건 보지 말고 그 기회만 잡으면 되는 거다.

연회장에서 연희가 누군가를 마음에 담아두고 있었다는 이야기를 했을 때 그 상대가 선우혁이라는 추측을 하면서도 포기가 안 되었던 건, 연희에 대한 감정이 정리되지 않았기 때문이다. 솔직히 선우혁과 성연희의 교제 사실을 알게 된 그 이후에도 그녀에 대한 감정은 그대로 남아 있었다. 스캔들이 터지기 직전까지 연희를 포기하고 싶지 않은 마음 때문에 많이 괴로웠었다. 그래서 연희가 돌아오는 대로 따로 만나 기회를 달라고 할 작정이었다. 때마침 터져 준 스캔들이 아니었어도 적어도 한두 번쯤은 그랬을 터다.

연희는 착하니까 자신이 이름뿐인 후원자 노릇을 하는 동안만큼은 뿌리치지 못할 거란 비겁한 가정을 수도 없이 많이 했었다. 상대가 선우혁이기 때문에 포기해야 한다는 생각을 안 해본 건 절대 아니었다.

선우혁과의 인연 자체가 그에게는 기적이나 다름없었다.

선우혁이 아니었다면 지금의 이 자리까지는 언감생심 꿈도 못 꾸었을 게 분명했고, 그런 일 관계를 떠나 두터운 친분만으로도 소중하고 감사한 사람이었다. 그럼에도 선우혁과 성연희 두 사람을 함께 연결 지어 생각하면 분하고 배신받은 느낌보다 버림받은 공허함에 스스로를 주체할 수가 없었다.

정하는 그런 그의 심리 상태를 보며 이렇게 비난했었다.

"처음부터 끼어든 사람은 당신일지도 모른다는 생각 안 해봤어? 선우혁, 그 사람과 함께 작업해 본 적도 없고, 얼굴도 마주친 적은 없지만 얘기는 들어서 알아. 사람 몹시 가리고 사귀기 쉬운 타입도 아니라고. 그런 사람이 가까운 누군가한테 뭔가를 부탁했다고 쳐. 그랬을 땐 그만한 이유가 있는 법이야. 그 사람의 성격대로라면 직접 했어야 마땅했는데 그럴 수 없는 어떤 이유 때문에 부탁을 했겠지. 당신의 착각대로 얼렁뚱땅 소개를 시켜준 게 아니라."

그래, 그랬을 수도 있겠다는 생각, 수도 없이 해왔다.

하지만 처음부터 알았다면 모를까, 이제 와 알게 된 사실이라면 그게 무슨 소용이란 말인가. 정말 그랬다면 애초부터 연희와 연인으로 발전하는 일 따위도 없었을 테지만, 이미 관심 이상의 선을 넘어버렸는데 어떻게 되돌리느냔 말이다.

그렇다면 연희의 감정은 어떻게 할 거냐는 물음이 그를 괴롭혀댔지만 방법이 없지는 않았다. 시간을 두고 자신에게 기울게 만들면 되니까. 어차피 선우혁도 그보다 먼저 만났기 때문에 형성된 감정이라면 더 더욱 자신에게로 마음을 향하게 만들 자신이 있었다.

윤하는 보다 확고한 어조로 말하며 휴게실에서 일어났다.

"난 형한테 어떤 이유도, 무엇도 듣지 않을 거야. 기자회견장에서 형이 했던 말이 진심인지 역시 묻지 않을 거야. 일 년 전에 왜 나한테 그런 부탁을 했던 건지, 그때 연희에 대한 형의 감정이 어떤 거였는지, 나는 모른 체할 거야."

"연희는 내일부터 나오지 않아도 돼."

그날 밤, 스튜디오가 거의 문을 닫을 때쯤 나타난 선우혁은 둘만 남게 되었을 때, 건조하게 말을 건넸다. 연희는 자신이 잘못 들은 건 아닐까 싶은 눈으로 다시 한 번 그를 바라보았다. 어쩐지 좋지 않은 불길한 예감에 온몸이 차갑게 식어버리는 것만 같았다. 손끝으로 밀려드는 초조함에 연희는 어느덧 경련을 하고 있었다.

아니죠? 아닌 거예요. 내가 잘못 들은 거예요. 그렇죠?

스캔들이야 난생처음 겪는 일이라 기분이 나쁘지 않았다면 그거야말로 거짓말일 테고, 약간은 불쾌했다. 하지만 그뿐, 이 일로 인해 선우혁과의 관계가 달라진다는 생각은 단 한 번도 해본 적이 없었다. 그래서 말도 안 되는 기자회견을 전해 들으면서도 그가 설명해 줄 때까지 차분히 기다려 준 것이다. 그런데 내일부터 나오지 말라니 이 무슨 청천벽력 같은 말일까.

터지기 일보 직전인 그녀의 눈빛을 응시하던 그가 재차 강조했다.

"그리고 앞으로 인디고에는 오지 않는 편이 서로에게도 편할 거라 생각된다."

"우리가…… 왜 그래야만 하죠?"

떨려나오는 음성을 가다듬으려 했지만 소용없었다.

"기자회견장에서 말했던 대로야."

연희의 두 눈이 충격으로 커다래졌다.

스태프들의 걱정스러운 눈빛에도 태연할 수 있었던 건 그를 믿어서였는데! 그 기막히고도 어처구니없는 두 남자의 기자회견 장면을 보면서도 웃지 않은 건 화를 내지 않은 건, 그것이 사실이 아님을 알고 있기 때문이었다.

등을 돌리는 그의 모습을 보며 연희는 드디어 분노를 터뜨리고 말았다.

"피사체와의 정서적 교감? 그럼 이제까지 저와 나눈 모든 게 그거였나요?"

찌를 듯 높은 언성에도 그는 뒤돌아보지 않았다. 연희는 성난 걸음으로 그를 앞질렀다.

"거짓말이라는 거 다 알아요. 그 스캔들에 내가 상처받을까 봐 그러는 거라면 걱정하지 않아도 돼요. 당신만 곁에 있으면 되니까."

"다시 말하지."

선우혁의 눈빛은 전에 없이 무척 차가워져 있었다. 그의 표정이며, 어조…… 모든 게 낯설다.

"이제부터 인디고에서 널 만나는 일은 없었으면 해. 솔직히 이제 그런 스캔들, 지겨워졌거든. 작업에 방해를 끼치면서까지 너를 곁에 둘 정도로 아끼지는 않아. 어쩌면 그게 바로 네가 듣고 싶어 하는 이유일지도 모르겠군. 비난한다면 비난을 받고 사과를 원한다면 사과를 하지. 하지만 그건 네가 가장 원치 않아할 걸 알기 때문에 미안하다는 말은 하지 않겠어."

분노로 달아올랐던 연희의 뺨이 순식간에 얼어붙었다.

거짓말이라 치부해 버리기엔 너무도 선득한 어조에 가슴 한구석이 서늘해졌다. 면전에 대고 완벽하게 선을 긋고 몰아내는 그의 태도가 비참하리만치 서글펐고 씁쓸했다. 연희는 등을 돌린 채로 개인 작업실로 들어가는 그를 보며 더 이상은 아무 말도 건네지 않았다. 적어도 지금은 어떤 식으로든 대화가 불가능하다는 걸 은

연중에 깨달았기 때문이다. 그의 말을 믿는 건 아니었다. 단지 궁금했다.

무엇이 그를 이렇게 몰아붙이고 있는 것일까.

스캔들? 아니었다.

분명 그녀가 모르거나, 지나친 게 있었다. 그게 무얼까 찬찬히 되짚어 생각해 보니 기자회견에서 그가 했던 말이 섬광처럼 귓가에 파고들었다.

"……저 또한 결혼을 앞두고 있고, 이런 일로 기자회견을 갖게 된 것에 대해 제 연인에게 미안한 마음을 가지고 있습니다."

그래, 결혼할 여자가 있다고 했지. 기자회견장에서 하도 황당한 말들만 늘어놓기에 새겨듣지도 않았었다. ……어쩌면 사진 속의 그 여자와 관련이 있는 걸까?

그와 행복한 순간에도 혹처럼 따라다녔던 여자의 존재가 일순 커다랗게 자리를 넓혀왔다. 생살을 파고드는 듯한 둔중한 고통에 이를 악물었다. 그 고통에 생채기를 더하듯 반갑지 않게 떠오르는 그것은 한눈에도 사진을 소중히 여기던 그의 눈빛. 몹시 사랑하는 연인을 향한 거라 단정 지어도 이상하지 않을 정도였던 애잔함이 자꾸만 마음에 걸렸다.

"당신한테 그 사진에 대해 묻지 않은 건, 당신을 향한 내 믿음의 배려였어요. 근데 차라리 그때 물어봤더라면 그 혹을 이렇게 키웠을까 후회가 돼."

인디고에 나오지 말라던 그의 말보다도, 그녀가 방해가 된다던 그의 말보다도, 얼굴도, 형체도 모르는 의문의 여인에 대한 생각으로, 연희는 흔들리고 있었다. 스캔들에도 굳건했던 믿음이 불안함으로 젖어가고 있었다.

윤하는 짜증에 가까운 한숨을 들이켜며 휴대폰을 노려보았다. 벌써 몇 번째인지도 모른다. 기자회견을 가졌던 일로 인해 몹시 화가 난 연희는 약혼에 대해서는 물론 다시 만나자는 그의 고백을 가차없이 거절하며 그의 연락을 피하고 있었다. 심지어 그의 후원조차도 사양하겠다는 의사를 건네며 강경한 태도를 보이기까지 하니, 윤하로서는 그저 막막하고 답답할 따름이었다. 이렇게 화를 내리라곤 생각도 못했는데.

솔직히 연희와의 시작이 쉬울 거란 기대는 하지 않았다. 하지만 연희가 선우혁으로부터 이별을 통보받은 지금은, 어쩌면 가장 다가서기에 쉬운 적기일지도 몰랐다. 그런 생각으로 조금이나마 가능성을 걸고 다가서려는 거였다. 사람이란 동물은 상처받았을 때,

가장 나약해지기 마련이니까.

"젠장!"

조연 배우의 잦은 NG로 인해 잠시 휴식을 취하던 중, 윤하는 계속 부재중인 전화를 노려보며 욕설을 내뱉었다. 그의 신경질적인 태도를 다른 쪽으로 오해한 문제의 조연 배우가 움찔거리며 고개를 숙였다. 조감독이 시계를 쳐다보며 점심시간을 외쳤다.

툭.

어깨에 내려앉는 손이 있었다. 정하가 알 만하다는 얼굴로 윤하의 곁에 다가와서 말을 건넸다.

"윤하 씨, 보고 싶은 것만 보려고 듣지 마."

"소정하, 주제넘은 참견은 듣고 싶지 않아. 낄 데, 안 낄 데 가려가며 끼어들어."

윤하는 여전히 휴대폰으로 시선을 고정시킨 채 쏘아붙였다.

"아니, 왜 주제넘은 참견이겠어! 당신, 나로 인해 피해의식 가지게 되었잖아. 그래서 그 고약한 피해의식으로 여러 사람까지 망치게 생겼는데 그 끝을 뻔히 알면서 모른 체하라고?"

"그만 하라고 했지!"

분통을 터뜨리며 자리에서 일어서자 사람들의 시선이 자신에게로 모아지는 것을 느꼈다. 윤하는 정하를 싸늘하게 노려보며 식당 쪽으로 걸음을 옮겼다. 적어도 정하가 그의 뒤에서 툭 내던진 그 한마디를 듣기 전까지는, 그의 걸음은 분주히 식당 쪽을 향하고 있었다.

"기다리겠단 말, 나도 더는 하지 않아. 왜냐고 물어봐 줄래?"

"……."

그날 이후 병실에서의 일을 언급하지 않았기도 했고, 그 후 연희와의 결별, 뒤이은 스캔들 때문에 정하의 고백을 잠시 잊고 있었다.

"지친 게 아니라, 당신한테 질렸거든. 최소한 예전에는 이렇게까지 추하진 않았어. 아직 인사도 건넨 적 없지만 연희 씨, 같은 여자로서 정말 안됐단 생각이 든다. 두 남자 사이에서 얼마나 기가 막힐까. 연희 씨가 당신이랑 선우혁 씨 장단에서 놀아나는 꼭두각시 인형이니?"

"스캔들을 막으려면 그에 걸맞는 특종거리가 있어야 했어."

약간은 누그러진 어조로 말하며 윤하는 얼굴을 쓸어내렸다. 연희의 의사는 눈곱만큼도 물어보지 않은 채 단독적으로 기자회견을 가진 일이 이렇게 피곤한 복병을 낳게 될 거라곤 생각지도 못했다.

"당신, 그 스캔들의 내막에 대해서는 알고 있어?"

정하야말로 알고 있다는 뉘앙스를 팍팍 풍기고 있어서 윤하는 도리어 궁금해졌다.

정하는 얼마나 알고 있는 것일까. 선우혁에게 물어볼 기회가 있었음에도 외면했다고는 차마 밝힐 수 없었다. 자신을 바라보는 정하의 시선이 얼마나 혐오스러워질지 굳이 확인하고 싶지 않았기 때문이다.

정하는 그의 표정에서 아니라는 대답을 읽어내며, 자그마한 녹취 테이프를 하나 꺼내 보였다. 어젯밤, 기획사를 통해 알게 된 오유빈과의 술자리에서 얻어낸 수확은 상상 이상이었다. 오유빈은 뮤직비디오 데뷔를 앞둔 신인으로 예전부터 알고 지낸 김시후와 술 약속이 있다며 정하를 초대했었고, 이에 정하는 어쩌면 김시후에게서 스캔들에 대한 정보를 들을 수 있지 않을까 하는 생각에 약속 장소에 모습을 드러냈다. 이미 오유빈을 만나기 전에 한차례 거나하게 술을 마셨는지 김시후는 거의 곤죽이 된 상태로 놀라운 사실을 술술 불어대기 시작했고, 정하는 혹시나 마련했던 녹음기를 작동시켜 그의 목소리를 빠짐없이 녹음기에 담았다. 핸드백 속에 소형 녹음기가 작동되고 있는 건, 김시후는 물론 오유빈도 눈치 채지 못했다.

모든 전말을 듣고 난 후, 정하는 이 테이프를 가져야 할 사람은 선우혁이나 성연희가 아닌 고윤하라는 결론을 내렸다. 그가 과거에 대한 반발심을 딛고 일어서지 않는 한은 정하 자신과 어떤 시작을 하더라도 어긋날 수밖에 없다. 그녀의 생각과는 정반대로 전개될 경우 윤하와 끝나는 것은 물론, 나머지 두 사람에게도 돌이킬 수 없는 결과를 낳게 될 상당히 위험한 도박이었지만 정하는 믿기로 했다. 자신이 사랑하는 남자 고윤하가 그녀와의 이별에 무너지지 않고 아름답게 재기를 한 것처럼, 이번에도 그 기대를 저버리지 않을 것임을 말이다.

"이게 뭐야?"

윤하는 조그마한 테이프를 들어올리며 가늘게 눈을 좁혔다. 이것이 스캔들의 내막을 쥐고 있는 열쇠란 뜻인가?

"이걸 어떻게 하든지 간에 결정은 당신 몫이야. 마음대로 해."

알 수 없는 대답만 들려주며 걸음을 떼던 정하가 다시 그와 눈을 마주쳤다.

"그런데 하나만 묻자."

"뭐?"

"연희 씨한테 당신이 후원자가 아니라는 거 사실대로 털어놓았니?"

윤하의 얼굴이 굳어졌다.

"형이 아직 알리길 원치 않아해."

자신이 생각해도 참 빈약한 핑계라는 생각이 들었지만, 정하는 알았다는 듯 고개만 끄덕였다. 그녀의 얼굴에 실망스러움이 떠오르기 시작한 건 그 다음이었다.

"그래. 그건 선우혁 씨의 뜻이라고 치자. 그럼, 그 후원자를 빌미로 연희 씨를 옭아매려 했던 것도 알고나 있을까?"

"닥쳐! 옭아매긴 누가 옭아맸다고 그래?"

"내가 판단하기에 연희 씨는 당신 이성으로 안 보거든. 그건 아마 당신도 알고 있을 거라 생각해. 그런데도 당신은 후원자라는 거죽뿐인 이름으로 연희 씨 옆 자리를 고집하려 하고 있잖아. 연희 씨라면 그 고마운 후원자를 모질게 내치지도 못할 테니까. 당신, 거기까지 계산 마치고 들이대는 거 아니었어?"

"웃기지 마! 애초에 형만 아니었으면 그 자린 처음부터 내 거였다고!"

발끈하며 내뱉었지만 정하는 그대로 무시하며 가던 걸음을 옮겼다.

윤하의 시선을 등진 정하의 얼굴에는 후회보다 짙은 처연함이 번져 가고 있었다.

얼마 전 그녀와 동거를 했었던 PD를 우연찮게 만났었다. 옛 연인이었던 고윤하가 상대 배역이라는 소식을 들었다며, 지금이라도 두 사람이 좋은 매듭을 지었으면 좋겠다는 인사를 건네는 남자의 표정은 어딘지 과거와는 달라 보였다. 제 욕심만 채우기 바빴던 탐욕스러운 눈빛에는 이해와 아량이, 예민해 보이던 얼굴선은 둥글게 완화된 것이 꼭 신체적인 변화 때문만은 아닌 것 같았다. 근본적으로 성격이 달라졌달까?

고인 물처럼 변하지 않는 게 사람인가 싶다가도, 유수처럼 흐르며 변화하는 것이 또한 사람인 모양이었다.

"그때, 그 사람은 현실이었고, 당신은 이상이었어."

필요에 의해서라면 몸을 거래수단으로 이용하는 것이 이 바닥의 현실이었고, 사랑하는 연인과의 가난한 연애가 아름답게 완성되길 바라는 것은 갓 데뷔를 앞둔 신인들조차도 기대하지 않는 이상이었다. 연인을 두고도 기꺼이 몸을 허락하는 경우가 비일비재한 곳이 바로 여기였다.

정하는 생활비가 떨어져 기본적인 의식주조차 하루하루가 불투명했던 과거를 떠올렸다. 그 과거와 맞바꾼 것이 그때의 현실.

'당신은 이해할 수 없겠지만, 난 현실을 선택할 수밖에 없었어.'

윤하가 자신에게 돌아오지 않는다 해도 좋았다, 그가 잘못된 길을 고집하지만 않는다면.

스캔들의 정체를 알고 나서도 변하지 않는다면 정말로 그를 단념하겠다고 생각하며 정하는 식당 구석에 비어 있는 자리를 찾았다. 테이프를 맡긴 일이 조금은 불안했지만 애써 초조함을 접었다.

녹취한 그 테이프를 그가 적재적소에 사용하게 되기를.

정하가 떠안겨 주다시피 한 녹취 테이프를 유심히 바라보던 윤하는 점심 식사라는 것도 잊은 채 지금 당장 재생하기로 결정을 내렸다. 밴에 올라타 녹취 테이프를 꺼냈다. 플레이 버튼을 누르는 순간 들려오는 목소리는 그들의 스캔들에 함께 휘말렸었던 김시후의 것이었다. 술을 잔뜩 퍼마신 탓인지 발음이 상당 부분 풀려 있음에도 단번에 알아챌 수 있었다.

**—씹. 누굴 바보로 아나?**

**—왜? 무슨 말이야, 오빠?**

김시후의 욕설에 그와 술을 마시는 일행 중 한 명으로 추측되는 여자가 물어왔다. 주변에 간간이 들려오는 목소리에는 정하도 끼어 있었는데, 아마도 그녀가 직접 김시후의 목소리를 녹음한 모양이었다. 종종 대화가 끊길 때마다 김시후의 옆에 있을 것으로 추정되는 여자에게 뭔가를 더 물어보라고 지시하는 아주 희미한 목소리 역시 정하의 것이었다.

**—박희주 말이야. 그게 이번에도 날 또 뒤통수치려고 하잖아. 언론에다 대고 그따위로 떠들어놓고 나한테 조금도 미안해하지 않을 년이지만, 더는 못 봐주지.**

—박희주? 그 여자 꽤 유명한 모델 아니야? 근데, 그 여자가 뭐라고 했길래?

—꼴같잖게 나를 바보로 만들었어. 선우혁은 탐나는 상대랍시고 다치지 않을 만큼만 기사로 때려주고, 고윤하와 성연희는 약혼설로 스캔들 무마되었는데, 나는 졸지에 강간미수범이 됐다 이거지.

그리고는 또 한 번 거친 욕설을 늘어놓으며 술잔을 들이켜는 듯했다.

—협박? 이제는 내가 할 거야. 씹! 비디오테이프랑 필름이랑 전부 다 내 수중에 있는데 못할 게 뭐냐고!

순간 실내에 고요한 정적이 맴돌았다. 그 정적을 깨뜨리며 정하가 직접 물어왔다.

—비디오테이프랑 필름이라뇨?

다행히도 정하를 경계하지 않은 듯 김시후는 그것의 정체에 대해 신나게 떠들어대기 시작했다. 술에 너무 많이 취한 탓인지, 아님 정말 모르고 있어서인지 정하가 과거 윤하의 연인이었다는 자각이 없어 보였다. 알았다면 지금처럼 섣불리 불지는 못했으리라.

—아, 왜 그거 있잖아. 몰래카메라 같은 거. 필름은 무슨…… 선우혁이 개인적으로 성연희를 찍은 거였다나 뭐라나. 암튼 그런 것 같고, 이번에 인디고랑 일하기 전에 계약 맺자마자 박희주가 협박을 해왔거든. 내가 그동안 저질렀던 실수들 조목조목 들이대면서 알량한 푼돈까지 쥐어주면서 그러대? 성연희 얼굴값 할 테니까 적당히 즐겨보라고. 직통으로 선우혁한테 보여주면 좋겠다고 하면

서, 그게 안 되겠으면 몰래카메라라도 설치해서 그 테이프을 자기한테 건네라고 하더라구. 그래서 내친김에 몰래카메라를 떼어낼 때 가방 안에 있던 필름도 슬쩍했지.

—그래도 두 사람이 각자 다른 룸을 썼을 텐데, 그럼 두 곳 다 설치해 놨단 얘기예요?

—아니, 아니야. 언론에는 인디고 스태프들이 하나같이 다 짜고 말하는 바람에 내 말이 먹혀들지 않았지만, 둘이 같은 룸을 썼었어. 그럼 뻔한 거 아니야?

윤하는 잠시 정지 버튼을 눌렀다.

세상에! 정하의 충고를 들으며 나름 뉘우치고 있는 중이라고 여겼는데 아니었나 보다.

선우혁과 연희가 몸까지 나눠 가졌을 걸 상상하니 숨이 턱하니 막혀오는 기분이 든다. 정하의 짐작대로 다른 누구도 아닌 자기 자신이 두 사람 사이에 끼어든 것을 인정해야만 했지만, 그게 생각만큼 쉽지가 않았다.

'하, 그래서였군.'

차츰 그 내막이 어떤 건지 가닥이 잡히기 시작했다.

촬영까지 시간이 얼마 남지 않았다. 나머지 내용을 듣기 위해 플레이 버튼을 눌렀다.

—어쨌든 그 원본 내가 가지고 있거든. 귀국하자마자 박희주한테 준 건 필름에서 인화한 사진 몇 장이랑 복사본 테이프 몇 개뿐인데 멍청하게도 내가 원본을 준 거라고 믿고 있더라 이 말이지. 하하하. 나머지 필름은 따로 인화하려고 개인 암실에 놔두고 왔다

니까 또 금세 간이라도 빼줄 것처럼 살갑게 굴기에 오늘 가짜 필름 넣어서 우편으로 보냈어. 아직 전화가 없는 걸 보니 확인도 안 한 모양이더라고.

—하지만 그 여자가 그 복사본을 또 복사할 수도 있는 거잖아.

이번에는 김시후의 상대편 여자가 물어왔다.

—그래, 당연히 알고 있지. 그래서 아는 동생한테 부탁해서 남아 있던 복사본까지 모조리 싹쓸이했다니까. 그 녀석, 요즘 오딜리어에서 띄워주려는 신인인데, 마침 희주하고도 친한 편이어서 종종 희주가 머무는 오피스텔에 놀러간다고 하더라고. 그 녀석도 내색을 못한다 뿐이지 희주를 끔찍이 싫어하거든. 그래서 돈 쥐어주면서 부탁 좀 했더니 흔쾌히 해주더라고. 내 예상대로 오피스텔에 있었다나 봐. 크크. 아마 나중에 공테이프인 걸 알고 나면 선우혁한테도 죽어날걸?

—박희주가 선우혁한테? 왜?

—아, 정말! 너 바보 아니냐? 아까 말했잖아. 씹. 박희주가 선우혁한테 눈독 들인다고. 그래서 그 비디오테이프랑 필름으로 협박했나 그럴 거야. 보아하니 선우혁, 끔찍이도 성연희를 위하던데? 제 한 몸 희생해 성연희 인생 구제하려고 박희주 협박에 그대로 넘어갔을 거야. 그런 비디오테이프가 공개되면 망치는 건 여자 인생이지 남자겠어?

—하긴.

—근데 그게 공테이프인 걸 알면 선우혁 성격에 얌전히는 안 넘어가 줄 거다 이 말씀! 며칠 전에는 박희주의 압력에 못 이겨 기자

회견까지 가진 마당이었으니 호되게 당하고 남지. 하하하하.

—그럼 결혼하네 어쩌네 운운한 것도 박희주가 시킨 거겠네?

김시후가 긍정의 뜻으로 흥얼거렸다.

—나야 뭐, 세 연놈들 고루고루 골탕 먹이는 셈이니까 이제부터 구경만 하면 된다고! 같잖게 날 무시하던 선우혁이랑 건방지게 고고한 척했던 성연희, 아쉬울 만하면 비겁하게 약점을 들쑤시면서 이용만 해버리는 박희주까지. 아니, 아니야. 이럴 게 아니지. 이번에는 내가 협박을 해볼까?

드르르, 툭.

녹음 테이프는 여기까지였다.

윤하의 표정이 심각하게 굳었다. 일이 생각보다 크게 번질 것만 같은 불길한 예감이랄까. 무엇보다 저 필름과 비디오테이프를 압수하는 게 우선이었다. 윤하는 그대로 밴을 몰았다. 당장 들러야 할 곳은 김시후의 소속사. 녀석의 거처를 알아내야만 했다. 섣불리 경찰서로 갔다가는 일이 더 커질 거란 생각에서였다. 비록 경찰이라고 하더라도 비디오테이프나 필름들이 그들의 손을 타게 되는 건 어쩐지 내키지가 않았다.

"어어! 야! 고윤하!"

사이드미러로 매니저가 발을 탕탕 구르며 외쳐 대는 게 보였지만 윤하는 창밖으로 손을 흔들며 전력 질주를 했다.

또각또각!

통로를 울리는 구두굽 소리가 신경질적이었다.

그 소리가 문에 다다랐을 때 즈음, 문이 열리는 굉음과 함께 박희주가 모습을 드러냈다. 그녀를 기다리기라도 한 듯 고요하게 홀로 스튜디오 내부를 지키고 앉아 있던 선우혁이 의자 쪽으로 손짓했다.

"약속이 다르잖아?"

표독스레 힐난하는 목소리에도 선우혁은 무표정을 바꾸지 않았다.

희주는 최대한 분을 가라앉히며 그의 맞은편에 앉았다. 기자회견을 가질 때 자신의 이름을 거론해 주길 바랐는데, 남자는 끝까지 자신의 이름을 입에 담지 않았다. 기회가 있었는데도 그녀의 요구를 들어주지 않은 건 그녀와의 결혼 의사가 없다는 것이 분명했다. 언제쯤이면 자신을 보아줄까? 희주는 자신을 마음에 담지 않으려 하는 남자가 야속하고 원망스러웠다.

"자기가 말하지 않으면 나라도 단독적으로 인터뷰를 가질 거야. 내 말 무슨 뜻인지 알지?"

남자의 서늘한 눈빛에 희주는 저도 모르게 어깨를 움츠렸다. 희주의 조바심은 점점 그 정도를 더해가고 있었다.

성연희와의 격렬한 정사가 담긴 비디오테이프를 본 뒤라 그런지 더 빨리 이 남자를 자신의 것으로 하고 싶었다. 과거 그와 사귀었던 몇 달간 단 한 번도 관계를 가진 적이 없었기에 그가 꽤 자기관리에 철저한 모양이라며 금욕적인 생활을 이해하려 했건만, 그런 생각이 우스울 정도로 비디오테이프 하나에 담긴 횟수는 넘칠 정도로 많았다. 또한 그녀에게 보여준 열정 역시 비교가 안 될 정도였다. 자신과는 미지근한 입맞춤도 하는 듯 마는 듯했던 선우혁이 여자를 그토록이나 뜨겁고 사랑스럽게 보듬을 수 있다는 사실에 날카로운 질투심이 일었다. 비디오 속에서 보여지는 그의 손길, 입맞춤, 강하게 파고드는 몸짓은 전부터 희주가 꿈꿔왔던 모든 것이었다. 이제부터는 그녀만의 것이다. 희주는 탐욕스럽게 눈을 번뜩였다. 다시는 성연희가 그를 탐내지 못하도록 어서 결혼을 발표해야만 했다.

"결혼 발표는 조금 더 기다렸으면 싶은데?"

"이유는?"

희주는 실망감을 감추며 물었다.

"스캔들을 의식해서 그러는 걸로 비쳐질 테니까. 이미 고윤하 쪽에서 약혼식을 발표한 마당에 이쪽에서도 발표를 해오면 누가 봐도 작위적으로 보여."

그럴듯한 설명이었지만 받아들이고 싶지 않았다.

무엇보다 그 사기꾼 같은 김시후 때문에라도 빨리 식을 치러야만 했다. 협박을 하면서 선우혁에게 건넨 비디오테이프를 제외하고 나머지는 모두 공테이프였다. 분명 그 전날 확인했을 때까지만 해도 멀쩡했는데 아무래도 김시후 녀석이 장난을 치고 있는 것 같았다.

'그 기사에 대한 보복이겠지?'

스캔들이 일단락지어지면서 성연희, 선우혁, 고윤하, 김시후 이 네 사람에 대해 언론은 또 다른 태도를 보였다. 성연희는 학생이면서도 틈틈이 자신의 숨은 재능과 끼를 발산하는 매력적인 여성—아마도 향수가 출시되면서 광고로 인한 효과도 있었던 것 같다—이라고 평했고, 선우혁은 자신의 일에 혼신을 다하는 과묵한 남성으로, 고윤하는 자신의 감정에 솔직한 젠틀맨으로, 김시후는 자신의 지위를 이용해 여자 모델들에게 성(性)을 강요하는 문란한 모델로 이야기하고 있었다. 즉 김시후에 대한 평가만이 눈에 띄게 비우호적으로 뒤바뀐 것이다.

물론 희주는 그것에 대해 눈감고 있지만은 않았다. 김시후에 대한 기사가 그렇게 나가지 못하게끔 따로 손을 쓰려 했지만, 카리브해의 난투극에 대해 스태프들이 이구동성으로 김시후의 성추행을 거론했기 때문에 막을 도리가 없었던 것이다. 그런데 그걸 제멋대로 오해하고 감히 자신을 가지고 놀려고 하다니! 무엇보다 선우혁이 이 사실을 알게 될까 봐 가슴이 조마조마했다. 그래서 선우혁과의 결혼을 더 서두르려는 것이었다.

그러나 한편으로는 선우혁을 자꾸 궁지로 몰아붙여서는 역효과만 낳을 것 같단 불안한 예감이 들기도 했다.

"그럼 결혼은 언제쯤 발표할 생각인데?"

희주는 넌지시 물음을 던졌다.

그를 협박하는 일은 그녀에게도 자존심 상하는 일이었다. 마음을 가지고 싶은 남자이기 때문에 강압적인 태도는 되도록 취하고 싶지가 않았다.

"빨라도 육 개월 뒤였으면 좋겠군. 그밖에 날짜는 네가 정하도록 해."

자신의 결혼식인데도 관심이 없다는 식의 선우혁의 태도에 희주는 또 한 번 상처를 입고 말았다. 희주의 눈에 냉기가 스쳤다. 좋아. 그렇다면 양보하지 않겠어!

"육 개월은 너무 늦어. 삼 개월, 아니, 두 달 안에 끝내는 게 좋을 것 같아. 날짜는 며칠 중으로 잡아서 알려줄게. 인터뷰 역시 내가 약속을 잡아놓을 테니까 나중에 또 봐."

예상했던 대로 선우혁은 무표정하게 그녀의 말을 듣기만 했다.

희주는 심통을 부리고 싶은 걸 꾹 눌러 참으며 스튜디오를 나섰다. 그 마음, 어떻게든 내게로 향하게 만들 거야, 꼭! 언제까지 무표정, 무신경할 수 있는지 두고 보겠어!

각오를 다지며 휴대폰을 꺼내 들었다. 그녀의 손이 재빠르게 김시후의 번호를 눌러댔다. 한순간 독기가 차 오르는 눈빛이 서늘했다. 김시후를 만나 계산할 게 아직 남아 있었기 때문이다.

'……이상해.'

새벽 두 시. 연희는 그래선 안 되는 줄 알면서도 무턱대고 스튜디오 인디고의 내부에 발을 들여놓았다. 과제를 위해 찍었던 필름을 찾기 위해서이기도 했지만 그동안 정들어 버린 이곳이 그립기도 하고, 무엇보다 선우혁의 체취를 느낄 수 있지 않을까 하는 기대감 때문이었다.

그런데 스튜디오 내부는 조용하고 어두웠지만 입구에 들어서면서부터 뭔가 이상하단 느낌을 지울 수가 없었다. 스태프들이 있을 리는 없고 선우혁이 이 시간에 남아 있을 리는 더 더욱 없다. 그가 있다면 스튜디오에 불이 켜져 있을 테니까.

문득 스튜디오 내부를 모두 밝힐 필요는 없겠단 생각에 통로 쪽과 연결된 가운데 스위치를 켰다. 어차피 암실에 갈 것이기 때문에 이 정도만 되어도 충분했다. 그런데 통로의 빛을 벗어난 어둠 속, 자세히 말해 방문객들이 오면 잠시 쉬어갈 수 있도록 마련한 티 테이블의 맨 구석진 곳에서 희미한 인기척이 느껴졌다.

……누구?

흠칫 놀란 상태에서 연희는 어둠 속으로 한 걸음, 한 걸음 발을 내디뎠다. 통로의 빛은 테이블이 있는 곳까지 뻗치진 못했지만 어슴푸레한 윤곽이 역광인 듯 시야에 들어왔다. 누군가 분명히 있다.

"누구세요?"

"……."

다른 때 같았으면 겁을 집어먹고도 남았을 상황이었지만 이상하게도 두려운 마음이 일지 않았다. 연희는 걸음을 앞당겼다.

"선우혁…… 당신이에요?"

"……."

좀 더 가까이 다가간 연희는 놀란 숨을 들이켰다. 선우혁이 맞았다.

"왜 대답하지 않았어요?"

그는 여전히 고개를 수그린 채 그녀에게 시선을 옮기지도, 아무런 대꾸도 하지 않았다. 일자로 굳게 다문 입술을 보니 침묵만을 고수할 모양이다. 그녀가 없는 동안 무슨 안 좋은 일이 또 생긴 건 아닐까? 주위를 둘러싼 어둠보다 더 어둡게 내려앉은 그의 표정이

상당히 낯설었다. 어쨌든 간에 며칠 만에 보게 된 그의 모습인데.

"이 시간엔 어쩐 일이에요? 술 마셨어요?"

그에게서 술 냄새가 희미하게 묻어났다.

"……가."

들릴 듯 말 듯 작은 음성. 하지만 그녀는 분명히 들었다.

그래, 그가 다신 인디고에 오지 말라고 했었지.

"왜 그래요? 무슨 일 있었어요?"

"신경 쓰지 말고 가."

이번엔 좀 더 큰 목소리로. 역시나 그녀에게는 시선도 주지 않았지만 그의 눈썹이 어렴풋이 꿈틀거리고 있었다.

"……선우혁 씨."

연희도 좀 더 크게 불렀다. 그리곤 그에게서 감지되는 냉기를 애써 무시하며 한 발자국 다가가 그의 어깨에 손을 얹으려 했다.

"가라구! 가! 내 말 안 들려? 상관 말고 어서 가."

고개를 쳐듦과 동시에 격한 그의 음성이 쏟아져 나왔다. 매섭게 뿌리치는 그의 손길에 그녀의 가슴이 서걱, 소리를 내며 부서져 내렸다. 연희는 입술을 한번 굳게 깨물었다가 풀었다.

"좋아요. 가드리죠. 귀찮게 해서 정말 미안해요."

최대한 감정이 실리지 않은 음성으로 대꾸하며 연희는 등을 돌렸다. 부서진 가슴 한쪽이 심하게 뛰고 있었고 두 눈은 부옇게 흐려져 스튜디오 전체가 물에 잠긴 것처럼 보였다. 비로소 제대로 된 내침을 당한 기분이었다. 그에게서 스튜디오에 나오지 말라는 믿기 힘든 말을 들었을 때에도 이렇진 않았는데……. 무참히 짓이

져진 마음을 돌아보며 연희는 서글프게 웃었다.

그때 선우혁의 팔이 그녀를 돌려 세웠다.

"읍!"

그가 입술을 포개왔다.

갑작스러운 입맞춤이었지만 연희는 당황스럽지 않았다. 아플 정도로 거칠게 휘감아 올리는 그의 혀를 빨아들이며 그의 머리칼 속으로 손을 집어넣었다. 납작하게 짓눌린 가슴을 감아쥐는 그의 손길이 어느 때보다 서툴고 다급하게 느껴졌다.

"내가, 내가…… 벗을게요."

그녀의 대답을 수긍한 듯 그가 뻗었던 손을 거두었다.

연희는 떨리는 손으로 블라우스 맨 위 단추로 손을 가져갔다. 하나, 둘……. 단추가 끌러지면서 보여지는 쇄골에 그의 눈빛이 미세하게 흔들렸다. 셋, 넷, 그리고 다섯……. 눈부시도록 뽀얀 젖가슴이 벌어진 블라우스 사이로 움푹 수줍은 골이 드러났다. 그 모습을 놓치지 않은 그의 숨소리가 훅, 거칠게 흩어진다.

그가 거친 손길로 미처 끄르지 못한 단추를 뜯어냈다. 단추 하나가 바닥에 떨어지는 소리가 들렸지만 연희는 움직일 수 없었다. 다급하게 브래지어를 밀어 올린 선우혁의 입술이 단번에 정점을 빨아 당겼기 때문이다.

전희는 그리 오래가지 않았지만 상관없었다. 그녀도 너무나 간절히 원했기에 치마조차 벗겨내지 않고 곧바로 들어오는 그를 거리낌없이 받아들였다. 그와의 결합이 가져오는 환희가 너무도 반가워 연희는 위로, 더 위로 엉덩이를 들어올렸다. 그가 허리를 붙잡아 세차게 부딪쳐 왔다. 남자의 거센 힘에 자그마한 그녀의 몸이 속절없이 흔들렸다. 거침없이 밀고 들어오는 그를 느끼며 곧 절정이 멀지 않았음을 예감했다. 그의 호흡이 점점 짧게 끊어진다. 진퇴를 거듭하는 속도 역시 남자의 호흡을 따라 더욱 빨라졌다. 이윽고 급속도로 체온을 달궈내는 쾌락이 서로의 입에서 터져 나왔다.

"하아……!"

산란하는 폭발.

그녀를 가진 지 얼마 되지 않아 무섭게 일어서기 시작하는 중심부위를 느끼며 선우혁은 소파에서 내려오려고 했다. 오늘따라 자제심을 잃어버리게 되고 욕망이 치솟는 이유는 지금이 그녀와의 마지막임을 깨달았기 때문이다. 앞으로 느끼지 못할 그녀의 감촉, 숨결, 열정을 비축이라도 하듯 소유하려는 것이다.

'웃기는군.'

선우혁의 입가에 옅은 비웃음이 걸렸다.

그런 얕은 방법으로 치우될 성연희 결핍증이 아닌 것을 알잖나. 공연히 소용없는 짓으로 그녀마저 망치려 들지 마.

하지만 그의 상태를 읽어낸 연희는 그의 것을 손에 쥐었다. '괜찮으니까 날 가져요' 라고 말하는 눈빛. 그처럼 자신 또한 원한다는 눈빛으로 그를 자극했다. 연약한 입구에서 느껴지는 그녀의 뜨거운 감촉에 귀두가 더욱 빠근하게 곤두섰다. 선우혁은 거세게 허리를 밀고 들어갔다. 이번 한 번만 더, 라고 되뇌며 허리 놀림을 재개했다. 일부러 욕망일 뿐이라는 것을 강조하기 위해 애무 없이 거친 삽입만 반복했다. 그의 육욕에 그녀가 어서 빨리 질려 버리도록.

하지만 그녀는 겁내지 않았다. 하염없이 그를 받아내기만 했다. 폭력에 가까울 정도로 강한 삽입을 수차례 받아내며 그를 감싸 안았다. 그럴수록 선우혁은 더욱 거칠게 그녀를 가졌다. 그녀의 한쪽 다리를 어깨에 들어올려 더 가까이 그녀의 비부를 채워 나가면서도 정작 그의 마음만은 그녀의 가슴에 채워주지 않았다. 그런데도 여자는 불평불만없이 수컷의 본능만 충족시키려는 그에게 모든 것을 내어주고, 또 내어주기만 했다.

몇 차례인지도 모를 정사를 가지고 나서 먼저 곯아떨어진 건 역시나 성연희였다. 여전히 그녀의 깊은 곳에 잠겨 있는 남성을 빼내 조심스럽게 그녀를 자신의 품 안에 눕혔다. 거의 의식을 잃은 것처럼 깊이 잠에 취한 그녀를 보며 선우혁은 그녀의 몸 곳곳을 제 혀로 치유해 나갔다. 미안해, 미안해. 미안하다.

평소와 다르게 유난히 거칠었던 어젯밤. 그의 몸짓에서 연희는 무수한 이별의 말들을 읽어낼 수 있었다. 하지만 그럼에도 어쩌면 아니지 않을까 가졌던 희망은, 눈을 뜬 아침 그의 얼굴을 보면서 무너져 내리고 말았다. 사실 아직도 그가 언론에 공개한 말들을 믿을 수 없었다. 이해할 수 없기도 했다. 모든 이유와 변명을 차단하고 헤어짐만 요구하는 그의 눈빛을 보며 단 하나의 가정이 떠올랐다.

"혹시…… 하나만 물어볼게요."

그는 가만히 듣고만 있었다.

"사진 속의 그 여자 때문에…… 저와 헤어지려는 건가요?"

"……!"

그가 고개를 번쩍 쳐들어 강렬한 시선으로 그녀를 쳐다보았다. 지켜보는 이조차 숨을 멎게 할 만큼 처절하고 저릿한 감정의 편린이 새카만 동공 속에 웅크리고 있었다. 그런 그의 시선을 보자 연희의 가슴이 까닭없이 두근거렸다. 그리고 짓이김을 당한 것처럼 몹시 아프기도 했다. 하지만 그것이 무슨 뜻인지 살피기도 전에 그는 다시금 시선을 바닥으로 내리꽂았다. 긍정이란 뜻이겠지, 아마도.

"당신 곁에 있는 동안 사람들이 말하는 행복이라는 것, 그 사랑이라는 것을 나눌 상대가 나였으면 욕심 부렸었어요."

"……."

"근데 그게 아니었나 봐요. 그 사실을 왜 그렇게도 인정하기 싫었는지…… 모르겠어. 어쩌면 나도 박희주 씨처럼 못난 고집을 부리고 있을지도 모른다는 생각이 불현듯 들었어요. 그래서…… 마지막으로 물어봤던 거예요. ……가세요. 그녀와 함께여야만 행복할 수 있는 거라면…… 더는 붙잡지 않을게요."

그녀와의 사랑은 차마 입에 담지 못했다. 사랑은 자신의 몫으로만 남겨두고 싶은 이기심 때문이었다.

연희는 유독 춥고 매서운 바람을 맞으며 스튜디오를 나섰다. 끝내 손 내밀어주지 않는 그를 보며 정말로 이별했음을 실감했다. 다시 돌아본 스튜디오 인디고는 그녀의 뺨을 때리는 바람처럼, 그녀의 가슴처럼 차갑고 황량해 보였다.

그럼에도 어쩌면 다시 오지 못할 이곳을 많이 그리워하게 될 것만 같았다.

서럽게 품어버린 사랑이 더없이 가슴을 시리게 만드는 아침, 연희는 젖은 눈으로 이별을 인정했다.

연희가 가고 텅 빈 스튜디오 안.

선우혁은 하릴없이 몇 대째 담배만 태우고 있었다. 담배 연기가 실내 공기를 자욱하게 채워갔다. 선우혁은 초점없는 눈으로 연희의 마지막 모습을 떠올렸다. 슬픔으로 무너져 내리는 중에도 여전히 아름다웠던 모습.

허허로운 한숨이 그의 입가에 내려앉았다. 머리는 그렇게 했어야 하는 거라며 그를 다독였지만, 가슴은 그의 잔인함을 힐난하고 있었다. 지켜주고 싶었다면서 도리어 씻을 수 없는 상처를 안겨준 건 바로 자신이었노라고. 차라리 처음부터 그녀 앞에 나타나지 말았어야 했다며 그를 몰아붙였다.

그리고 그 비난이 극을 향해 갈 즈음, 핸드폰 벨소리가 요란하게 울려대며 정적을 깨뜨렸다.

발신인은 고윤하.

선우혁은 시선을 돌렸다. 받고 싶지 않았다. 윤하로부터 듣게 된 연희의 이름을 듣고 싶지 않았다. 하지만 그 냉담한 무시에도 불구하고 벨소리는 끊임없이 울려대고 있었다. 선우혁의 손이 제멋대로 뻗어나가 핸드폰을 열어젖혔다.

선우혁과 헤어지고 나서, 연희는 지독한 감기 몸살을 앓았다. 아마도 그날 아침 차갑게 휘몰아치던 바람 때문이 아니었을까. 그렇듯 그녀가 아팠을 때, 언론 또한 심한 몸살을 앓았던 모양이다. 며칠 앓고 나서 상미로부터 전해 들은 소식은 실로 엄청난 것이었다.

[세상이 거의 발칵 뒤집혀졌었지. 말도 마, 아주 대단했다니까. 김시후도 그렇고 박희주도 그렇고 보석금을 많이 낸다고 해도 거의 가망이 없다는 거 같은데. 일반인이라도 끔찍한데 이미 얼굴이 팔릴 대로 팔린 연예인들이 뒤에서 호박씨를 깠다고 생각하니까 너무 찝찝하더라고.]

"그게 무슨 말이야? 알아듣게 좀 설명해 봐."

처음엔 연예인, 그것도 자신이 알고 지낸 사람들이라 궁금했을 뿐이다. 하지만 차츰 이야기가 진행될수록 연희의 얼굴은 창백해져갔다.

[상대가 누군지는 모르겠는데 무슨 포토그래퍼라고 하던데? 박희주가 김시후를 사주해서 협박을 했었대…….]

상미의 말을 전해 들을수록 온몸의 피가 차갑게 식어가는 것이 느껴졌다.

피해자에 관한 실명은 비공개 처리되어지긴 했지만, '유능한 포토그래퍼'라고 불리는 피해자는 생각할 필요 없이 선우혁이었다. 박희주의 비뚤어진 집착의 대상이 될 만한 상대 역시 선우혁이었으니 상미가 한창 열을 올리며 들려준 이야기는, 전부 다 그의 이야기인 것이다.

비디오테이프며 필름이며, 스캔들 조작, 강간 사주 등 온통 이해가 가지 않는 일들이 그를 중심으로 해서 벌어졌다고 했다. 다행히 그의 사생활이 담겨 있는 비디오테이프와 필름은 외부에 유출되지 않은 채 폐기되어졌고, 스캔들을 조작했던 일 역시 그런대로 원만하게 일단락 지어졌다고 했다.

'스캔들?'

자신이 아팠던 사이에 선우혁에 관한 스캔들이 있었는지 인터넷으로 검색을 해보았지만, 아무리 뒤져도 찾을 수 없었다. 가장 최근의 기사는 그녀와 고윤하, 김시후와의 기사밖에 없었다.

'설마…… 나도 그 일에 연루되어 있는 것일까?'

그랬다고 가정할 때, 기자회견을 가지고 나서부터 달라진 선우혁의 행동은 충분히 수긍이 갔다. 그러나 문제는 그 다음에 있었다. 비디오테이프와 필름, 강간 사주에 대해서는 그녀와 일치하는 부분이 전혀 없었던 것이다. 그래서 서툰 기대를 걸 수가 없었다. 그가 사랑하는 여인이 자신일 거라고 기대를 걸기엔 며칠 전의 이별이 너무나 사무쳤다.

거의 삼십 분에 걸친 전화 통화가 끝나고 제일 먼저 선우혁에게 전화를 걸었지만 전원은 꺼져 있었다. 스튜디오 인디고 역시 전화를 받는 사람은 아무도 없었다. 정미도 다른 스태프들도 통화 연결이 되지 않았다. 나머지 한 곳이 섬광처럼 떠올랐다.

'그렇다면 그의 오피스텔엔…….'

연희는 오피스텔을 찾아가기에 앞서 선우혁에 관해 올라온 인터넷 기사들을 조목조목 클릭하기 시작했다. 많고 많은 기사 중에 그녀가 고른 내용은 다음과 같았다.

〈김시후의 녹음 테이프가 공개되면서 세인들의 관심은 다시 한 번 세 사람에게로 모아졌다. 반면에 며칠에 걸친 공방전은 이제 겨우 진정되는 기미를 보이는 듯하다.

먼저 이번 일의 가장 큰 피해자인 포토그래퍼 S 씨는 며칠간 보여준 모습 그대로 초연한 자세로 사태 해결에 앞장섰고, 녹음 테이프에서 실명이 삭제 처리된 문제의 여인에 대해서는 역시나 함구하는 태도를 보였다.

기자: 문제의 비디오테이프와 필름들은 공개되지 못하도록 처분했다고 들었다. 사실인가?

S: 사실이다.

기자: 증거가 확보되면서 박희주, 김시후 쪽에서 공개적인 사과를 할 예정이라고 들었다. 이에 대한 당신의 심경을 듣고 싶다.

S: 이번 일에서 가장 큰 피해자는 내가 아니라 그녀다. 따라서 저들이 용서를 구해야 하는 상대도 내가 아닌 그녀다. 그리고 나 또한 그녀에게 용서를 빌어야 하는 입장이다.

기자: 왜 그녀에게 용서를 빌어야 한다고 생각하는가? 많은 사람들은 당신과 그녀를 한데 묶어 똑같은 피해자로 보고 있다.

S: (잠시 동안 침묵이 이어졌다)곁에 있으면서도 그녀가 위험에 처한 사실을 모르고 있었다. 세상에 유포될지도 모르는 그 필름들을 개인적인 추억의 일부로만 여겨온 나의 경솔함은 비난받아 마땅하다. 그녀가 난도질당하는 일이 없도록, 세상에 노출시키지 않으려 주의했지만 결국 그 일에 가장 앞장선 것은 나 자신이 되어버린 꼴이다. 저들에게는 내가 피해자일지 모르나, 그녀 앞에서는 나도 똑같은 가해자일 뿐이란 생각이 든다.

기자: 그렇다면 저들과 타협할 의지는 전혀 없는 것인가?

S: 그렇다. 아마도 그녀의 성품으로는 이들에게 모질게 대처하는 나의 방식을 못마땅해할 게 분명하지만, 이미 흉기를 들이댄 이상 어떤 경우에도 타협은 받아들이지 않겠다. 그동안 함께 일해온 정리(情理) 역시 염두에 두고 있지 않을 것이다. 지난 며칠이 진상 규명을 위한 시간이었다면, 이후는 순리대로 처리하는 시간이 될 것이다.

기자: 오딜리어 측 이야기로는, 피해 보상금으로 뉴욕에 아틀리

에를 마련해 주는 것은 물론 금액 또한 당신이 요구하는 액수를 그대로 들어줄 예정이라고 한다. 솔직히 그 정도로 제시한 조건이면 흔들릴 만하지 않은가?

S: 다시 말하지만 그녀를 두고 흥정하는 일은 절대 없다. 그동안 금전적인 혜택없이 사진을 찍어오며 단 한 순간도 불편하다고 여겨본 적이 없었다. 따라서 그들이 제시하는 금액이 얼마이든 결정을 번복하지는 않겠다.

기자: 인터뷰에 응해주어 감사하다. 마지막으로 그녀에게 하고 싶은 말이 있는가?

S: (또 한 번 침묵이 이어졌다)그녀를 직접 보지 않은 상태에서 하는 말은 어떤 식으로든 변명이 될 수밖에 없다. 그녀와 나를, 그리고 이번 일에 관련한 모두를 지켜봐 주신 분들께 죄송하고 감사할 따름이다.〉

다음 페이지에는 박희주와 김시후에 대한 인터뷰도 수록되어 있었다.

〈모델계의 꽃이자 여왕으로 불려도 손색이 없을 정도였던 모델 박희주는 며칠 새에 몹시 초췌한 얼굴이다. 때문에 그동안 (주)엔터테인먼트 오딜리어의 간판이었던 그녀의 모습을 기억하는 많은 이들은 이날, 인터뷰에 응한 박희주를 보면서 놀라움을 금치 못했다. 녹음 테이프가 공개되기 전까지만 하더라도 결백을 주장하던 그녀는 이제 덤덤한 표정으로 죄를 시인하고 있다. 그럼에도 여전히 오만함을 잃지 않은 모습이 그녀다웠다.

기자: 네티즌들을 비롯한 많은 이들이 당신의 이중성에 대해 심한 유감을 표하고 있다. 항간에서는 아직도 당신이 뉘우치고 있는 것 같지 않다는 지적을 해오고 있다. 그 소문이 사실인가?

박희주: 사실이다. 나는 조금도 미안함을 느끼고 있지 않다.

기자: 공개적인 사과를 취할 거라는 소식을 들었는데 생각이 바뀐 것인가? 만약 그렇다면 왜 생각이 바뀌었는지, 어째서 그들에게 미안함을 가지지 못하는 것인지 이유를 말해줄 수 있는가?

박희주: 나는 처음부터 사과할 거란 의사를 내비친 적이 없다. 공개적인 사과에 대한 내용은 순전히 오딜리어 측의 일방적인 발표일 뿐이다. 그리고 많은 이들이 나의 행동에 대해 실망하고 비난을 하고 있다는 걸 알지만, 나는 결코 이 일을 후회하지 않는다.

기자: 아직 법의 심판이 남아 있지만 당신은 지탄받아 마땅한 잘못을 저질렀다. 사과하는 자세조차 내보이지 않는다면 당신은 더욱 불리해질 수밖에 없다. 지금 그 발언을 정정한다거나 취소할 의향은 없는가?

박희주: 없다. 설령 기회가 다시 주어진다 해도 나는 그대로 행동했을 것이다. 그 방법 외에는 내가 사랑하는 남자를 가질 도리가 없을 테니까. 다만 후회가 되는 것은 그 사람의 가슴에 사랑이 아닌 상처를 남긴 것뿐이다.

기자: 그렇게 자신이 한 일에 대해 떳떳하다면 왜 처음부터 진실을 말하지 않았나? 내막이 밝혀질 거란 생각은 전혀 하지 못

했나?

박희주: 언젠가는 밝혀질 일이라고 예상은 하고 있었다. 그런데도 거짓말을 했던 건, 좀 더 시간을 끌고 싶었기 때문이다. 사랑하는 남자가 혹시나 마음을 바꿔 한 번쯤은 나를 바라봐 주지 않을까 하는 미련을 가지면서 말이다.

기자: 진심으로 남자를 사랑한다면, 그 사람이 진정 원하는 바를 존중해 주어야 하는 것 아닌가?

박희주: 아니, 내 생각은 그렇지 않다. 사랑한다면 무슨 수를 써서라도 가져야 한다. 사랑하기 때문에 포기한다는 것은 내게는 나약함으로밖에 설명될 수 없다.

기자: 이번 일을 계획하면서 포토그래퍼 S 씨 외에도 김시후에게도 협박을 가했다고 들었다. 사실인가?

박희주: 그렇다. 하지만 그건 대단할 것 없는 협박이었다. 평소 김시후는 거의 상습적으로 상대 모델들과 문제를 일으켜 왔고 그 뒤치다꺼리는 늘 오딜리어의 몫이었다. 때문에 내가 그렇게 공공연히 지난 행적을 상기시킬 때면 자연적으로 김시후가 자신을 컨트롤할 거라 여겼다. 협박한 건 사실이지만 의도했던 목적은 나 하나만을 위한 것이 아니었다.

기자: 일이 이렇게 된 것에, 이런 일로 인터뷰를 하게 된 것에 다시 한 번 유감을 표한다. 마지막으로 전할 말이 있는가?

박희주: 어쩌면 이것을 끝으로 공인의 신분으로 많은 사람들을 대할 일은 없을 듯하니 다음을 기약하지는 않겠다. 그리고 나에 대해 적잖은 실망을 했을 여러 사람들에게도 사과하지는 않겠다.

이것이 나의 본모습이고 어쩌면 죗값을 치르고 난 후에도 변하지 않을 테니 마음에도 없는 말로 또 한 번 실망을 안겨주고 싶지 않다.〉

김시후와의 인터뷰는 보다 간략했다.

〈김시후는 앞서 진행한 인터뷰에서의 두 사람보다 눈에 띄게 불안한 기색이었다. 자신은 그저 협박받은 대로 행동했을 뿐이며, 어쩔 수 없었다는 말을 두서없이 늘어놓는 김시후로 인해 인터뷰는 중간 중간 맥이 끊어졌다. 녹음 테이프에 담긴 목소리가 자신이 아니라며 부인했던 처음과는 달리 몇몇 연예인들의 증언이 있고 난 지금은 회한 섞인 표정으로 자신임을 시인하고 있다.

기자: 이번 일은 박희주로부터 사주 받았을지 모르나, 동료 연예인들을 강간했던 그 이전의 행적들이 밝혀지면서 문제가 더욱 커지고 있다. 그에 따른 심경을 듣고 싶다.

김시후: 지난 일들은 몹시 후회하고 있다. 즐긴다는 목적으로 시작된 것이 강요로 이어지면서 동료 연예인들의 가슴에 멍을 남긴 것은 입이 열 개라도 할 말이 없다. 늦었지만 이 자릴 통해 죄송한 마음을 전한다.

기자: 형량으로 친다면 당신이 박희주보다 적을 거란 예상이 압도적이었지만 사회적인 파장으로 볼 때 그리 가볍지만은 않을 거란 의견으로 대세가 기울고 있다. 당신 또한 박희주를 협박하려 한 것으로 알고 있는데 여전히 박희주만의 잘못이라고 여기나?

김시후: 물론 내게도 잘못은 있다. 첫째는 박희주에게 약점을 잡혔을 때 내 잘못을 시인하지 않고 은닉하는 것으로 무마시키려 했던 점이고, 둘째는 잘못된 일임을 알면서도 박희주의 협박에 응한 점이다. 그 과정에서 그동안 박희주에게 쌓였던 울분이 터져 도리어 박희주를 협박하려 했던 것은 마지막 궁지에 몰려 어쩔 수 없이 취하게 된 행동이었다. 억울하면서도 차라리 이렇게나마 진실이 밝혀진 것이 속 시원하다. 적어도 이제는 박희주의 협박에서 벗어난 셈이니까.

기자: 어떤 쪽으로든 모두에게 가장 상처가 덜 남는 방향으로 일이 매듭지어졌으면 하는 바람이다. 마지막으로 전할 말이 있다면 듣고 싶다.

김시후: 비록 앙심을 품긴 했지만 이번 일의 피해자인 포토그래퍼 S 씨와 그의 연인에게 진심으로 미안하다. 그리고 다른 모든 분들께도 죄송하다.〉

기사는 여기까지였다.

선우혁의 모습은 실리지 않았지만 사진에 실린 박희주와 김시후의 모습은 이 믿을 수 없는 기사의 일면이 사실이라는 것에 강한 확신을 안겨주고 있었다. 박희주는 인터뷰에서 느껴지는 모습 그대로 도도해 보였지만, 며칠에 걸친 공방전 때문인지 눈가에 내려앉은 고뇌의 흔적은 숨길 수 없었고, 안색도 상당히 어두웠다. 김시후는 사진을 찍으면서도 두려움에 떨었는지 눈에 초점이 없었고, 어딘지 나사가 하나 풀린 사람처럼 보였다. 꽃미남이라는 타이틀이 무색해질 정도로 무너진 모습이 과연 김시후가 맞나 싶을 정도였다.

연희는 다시 한 번 박희주의 사진으로 시선을 옮겼다.

박희주의 행동은 이해할 수 없었지만 그 마음은 알 수 있을 것 같았다. 박희주에게 동정심이 결여된 분노를 가지지 않았다면 그건 거짓말일 거다. 하지만 그것이 다는 아니었다. 아마도 선우혁과 며칠 전 헤어짐을 가지지 않았더라면 자신 역시 기사 아래 무수히 달린 덧글들처럼 그저 단편적으로 소름 끼친다 잔인하다 여기고 말았을 테지만, 어떻게 해서든 지푸라기라도 잡는 심정으로 사랑마저 도마 위에 올려놓았던 그 행동들에 서글픈 처연함이 일었다. 그리고 또 한 사람, 김시후.

첫만남부터 맹목적인 혐오를 느꼈던 남자.

자신만의 비틀린 불신인지는 몰라도, 김시후는 인터뷰에서 보여준 것과는 달리 단지 이 사태를 어떻게든 비껴 나가려는 겉치레 그 이상도 이하도 아닌 모습으로 비쳤을 뿐이다.

연희는 기사로부터 시선을 거두며 인터넷 창을 닫았다. 김시후에 관한 한 더는 생각하고 싶지 않았다. 그럴 여력도 남아 있질 않다.

"후우!"

아직도 꿈의 연장선 같기만 한 일들에 머릿속이 둔탁해지는 느낌이었다.

'당신은…… 당신은 어떤 모습을 하고 있을까.'

인터뷰에서는 초연한 태도를 보였다고는 하나, 생채기로 가득한 가슴으로 아무런 내색도 하지 않았을 그의 심경을 떠올리니 명치끝이 아리고 답답해졌다. 고작 감기 몸살로 지난 며칠간 세상과 단절되어 있었던 자신이 몹시도 한심스러웠다. 그가 뭐라고 뿌리치든 어떻게든 그의 곁에 남아 힘이 돼주었어야 했는데!

연희는 서둘러 자리에서 일어났다. 어서 그를 만나야 했다. 하지만 며칠간 아팠던 초췌한 기색을 씻어내고 외출 준비를 거의 끝마쳤을 무렵, 어머니 전혜은 여사가 누군가를 몹시 반기며 연희의 이름을 불러왔다. 어머니가 그녀의 방문을 열자, 어쩌면 이 사건의 실마리를 알고 있을지도 모르는 고윤하가 그 옆에 서 있었다.

"연희야……."

어머니가 가고 나자 둘만 남은 그녀의 방 안에서 윤하는 약간 불안한 기색을 보였다. 그 모습을 보다 못해 입을 열려는 순간, 윤하가 바닥을 향했던 시선을 들어올려 그녀와 맞췄다. 고해성사를 하려는 듯한 그의 얼굴에 왠지 모를 불안함이 앞섰다.

"내가…… 얼마나 나쁜 놈이었는지 지금 얘기하지 않으면 안 될 것 같아."

"……그게 무슨 말이에요?"

"미안하다. 정말…… 미안해."

당장이라도 무너져 내릴 것만 같은 표정으로 그가 되뇌었다.

"윤하 오빠, 대체 왜 그러는 거예요?"

"처음부터 줄곧 네 후원자는 나도, 내가 등에 업고 있는 호연 장학재단도 아닌…… 바로 선우혁 형이야."

"거…… 짓말. 말도 안 돼. 지금 잘못 말한 거죠?"

연희는 절레절레 고개를 내저으며 그를 바라봤다. 선우혁에 관한 기사를 읽으며 콕콕 아리기 시작했던 명치끝이 더욱 그 통증을 더해가고 있었다.

"아니, 난 형한테 부탁 받은 게 다야. 외가 쪽에서 호연 장학재단을 운영한다는 사실을 어디서 듣고는 나한테 대리후원자 역할을 부탁해 왔어."

"왜! 왜요! 동정……."

"아니야, 그런 거. 형은 동정심으로 그런 부탁할 사람, 절대 아니야."

윤하가 말끝을 가로채며 아까보다는 차분한 어조로 설명을 이었다.

"바로 너의 그런 행동을 우려한 것이겠지. 장학재단이 아니었으면 그 어떤 후원의 손길도 마다했을 게 뻔하니까. 그래서 장학재단의 이름을 빌린 거야. 형은…… 나한테 후원자 노릇을 부탁하기도 전부터 널 각별히 여겨왔던 것 같아."

문득 연회장에서의 일이 오버랩되었다.

자신과 선우혁이 언제부터 사귀기 시작한 거냐는 정미의 물음에, 선우혁은 생각지도 못하게 그녀에게 첫눈에 반했노라고 대답했었다. 그때 분위기상으로도 그럴 수 없긴 했지만, 그의 대답이 하도 진지해 연희는 차마 반문할 수 없었다. 그렇다면 일 년 전 호텔에서 만날 당시부터 자신을 눈여겨 왔다는 뜻일까?

무수한 가정들과 의문이 뒤죽박죽 섞였지만 납득할 만한 마땅한 대답은 하나도 찾아내지 못했다. 연희의 마음은 더욱 조급해졌다. 가슴은 그저 두근거리지만은 않았다. 커다랗고 좁은 폭으로 급격히 뛰다가도 서늘해질 정도로 아릿아릿했다.

"그럼, 끝까지 숨기지 않고 이제야 진실을 밝히는 이유는 뭐예요?"

"형은…… 네게 알리는 걸 원치 않아했어. 그건 지금도 마찬가지일 거야."

잠시 한숨을 내쉰 후 윤하가 나머지 말을 털어놓았다.

"이건 순전히 내 결정으로 말하는 거야. 적어도 내가 후원자인 동안 연희 넌 날 매몰차게 거절하지 못할 테니까, 그점을 이용해서라도 네 마음을 내게로 돌리고 싶다는 욕심을 수없이 가졌었거든. 스캔들이 터지고 형이 널…… 부탁할 때까지도 정말로 그러려고 했어. 그런데 아무래도 내가 크게 잘못하고 있는 것 같아. 그래서 네게 사죄하기로 결심한 거야."

연희는 힘없이 자리에서 일어났다.

둑이 무너져 내린 것처럼 혼란스러웠다. 윤하의 고백도 놀라웠지만 자신을 짐짝 넘기듯 윤하에게 부탁했다는 선우혁의 이야기는 더 더욱 놀라웠다. 명치끝이 더욱 예리하게 아파왔다. 눈앞에 선우혁이 있다면 분이 풀리도록 그를 때리고 싶다가도, 안아주고 싶고, 황폐해진 가슴을 따스하게 보듬어주고 싶기도 했다.

"윤하 오빠나 선우혁 그 사람 모두에게 화가 난다면 저란 아이, 사람들에게 손가락질 받겠죠?"

"연희야……."

"하지만 그래도 화가 나. 날 이렇게 무력하게 만든 사람들에게 분노하게 된다구요."

연희가 성난 걸음으로 문 쪽으로 걸음을 옮기려 할 때, 붙잡듯 윤하의 목소리가 들려왔다.

"그리고……."

"……."

"너와 형, 두 사람이 만나기로 했다는 일 년 전의 그 약속. 고의로 그랬던 건 아니지만, 이 역시 사과할게. 미안해. 형이 촬영 때문에 약속 시간을 변경한다고 내게 전해달란 부탁을 했었어. 그런데 그날 갑작스럽게 영화 시사회에 초대되는 바람에 네게 전하는 걸 잊고 말았어. 만약…… 내가 변경된 약속 시간만 제대로 전해줬더라면 어땠을까 요즘 따라 부쩍 그런 생각이 들었어. 아마도 두 사람이 이렇게 먼 길을 돌아오는 일은 없었겠지? 정말…… 정말 미안해. 너와 형이 일 년을 손꼽아 기다린 약속이 그렇게 어긋나고 말았는데, 뒤늦게야 기억해 낸 나의 무심함을 용서해 줘."

연희는 대답 대신 힘겹게 웃어 보였다.

심플한 분위기를 위해 장식을 최소화한 커피숍에는 단조로운 느낌과 은은하게 맞아떨어지는 피아노 연주곡이 흐르고 있었다. 그러나 그런 평화로움은 때로 심각한 정서불안 상태를 야기하며 그 이상의 역효과를 불러일으키기도 한다.

구석에 앉아 초조하게 커피 잔을 올렸다 내렸다 하며 손끝으로 톡톡 테이블 모서리를 치고 있는 여자가 바로 그런 경우였고, 그 여자는 이곳에서 현석을 만나기로 한 성연희였다.

연희는 다시 한 번 시계를 들여다보았다. 4시 15분.

현석이 정한 약속 시간에서 무려 십오 분이 지난 상태.

그를 기다리는 사이 커피숍에 비치해 둔 신문이라도 읽는 게 나을 것 같아 집어오기는 했지만 결국 포기해 버렸다. 머릿속이 너무 복잡해 난독 증세마저 보이고 있었다. 신문 일면을 차지하고 있는 박희주의 거만한 표정에 무심코 눈길이 갔지만 다시 신문을 제자리에 돌려놓았다. 마치 현재의 자신을 비웃는 것처럼 보여 신경에 거슬렸다.

고윤하의 말에 따르면, 판결이 나야 확실해지겠지만 박희주는 최하 십 년 이상의 형량을, 김시후는 오 년 정도의 형량을 예상하고 있다고 한다. 그럼에도 죄를 뉘우치기는커녕 도리어 자신이 한 일에 대해 한 점 부끄러움없는 듯한 박희주의 태도 때문에 형량이 더 늘어나야 한다며 여론이 한층 비우호적인 방향으로 조성되고 있다고 한다. 그리고 김시후의 경우는 이번 일 외에도 과거에 동료 연예인들이 그에게 강간당한 일을 고소해 오는 바람에 별도의 처벌이 또 있을 예정이라고 한다.

기사를 보며 석연찮게 의심을 가졌던 대로, 김시후가 즐기는 목적으로 시작한 행동이라고 인터뷰에서 말한 것과는 달리 그에게 피해를 입은 연예인들이 하나같이 입을 모아 '처음부터' 강제적이었음을 밝힘으로서 더 커다란 파문을 일으키고 있더란 것이었다.

하지만 연희는 별다른 기분이 들지 않았다. 아까 인터넷으로 접한 기사보다 훨씬 빠른 소식을 전해 들으면서도 사건의 귀추에 대해 적극적인 관심이 일지를 않았다. 처음에는 놀랐다가 그 다음에는 화가 나고, 이제는 그들에게 동정심을 가지는 것이 고작이었다. 불과 두세 시간 전까지만 해도 그들에게 동정은 한낱 사치에 지나지 않다고 여겼건만, 끊임없이 언론에 난타당하는 모습을 봐서 그런지 뾰족하게 모서리가 진 가슴 한구석이 희미하게 무뎌지는가 싶더니 그 틈을 비집고 측은지심이 싹튼 모양이었다. 무엇보다 연희의 신경이 온통 선우혁에게 향했기 때문에 더 그랬는지도 모르겠다. 연희는 아직도 충격에서 벗어나지 못하고 있었다.

후원자가 선우혁이었다니!

'왜…….'

선우혁은 왜 그렇게까지 하면서 그녀를 도와주려 했던 것일까. 그것도 일 년 전 호텔에서 한 번 지나쳤을 뿐인 그녀에게.

지축을 뒤흔드는 듯한 두근거림은 자신에 대한 선우혁의 감정을 엿본 염치없는 기쁨이었지만 섭섭함과 원망도 그에 못지않았다. 그러면서도 한편으로는 자신과 윤하의 교제로 인해 숯처럼 새카맣게 타 들어갔을 그를 생각하면 가슴을 쥐어뜯어 놓은 것마냥 그저 시큰거리기만 했다. 보이지 않는 곳에서 고통을 삭였을 그의 모습에 어서 빨리 그를 만나고 싶은 마음이 간절해졌다. 지금도 선우혁은 그녀가 모르는 곳에서 상처로 벌어진 제 가슴을 혼자서 감당하고 있을 텐데.

그렇다면 그가 사랑한다던 그 여인은 어떻게 된 것일까?

혹시 윤하라면 알고 있지 않을까 싶어 헤어지기 직전에 머뭇대며 물었지만, 사건과 후원자 일을 제외한 나머지 상황에 대해서는 전혀 모르는 눈치였다. 그래서 마지막으로 비디오테이프가 연희 자신과 관계된 것인지 물었지만 이 또한 대답을 들을 순 없었다. 뭔가 숨기려는 듯한 윤하의 눈빛 속에서 그가 대답을 알고 있다는 느낌을 받았지만, 그의 태도가 워낙 강경해 재차 물어볼 수 없었다. 아무리 강요해도 대답할 수 없다는 무언의 눈빛은 오직 선우혁을 통해서만이 들을 수 있다고 말하는 것 같았다.

그러나 선우혁을 만나는 건 수월치가 않았다. 윤하는 정말로 그의 행방을 모르는 기색이었고, 대답을 들려줄 만한 선우혁 역시 연락이 두절된 상태라 답답하기 그지없었다. 그때, 딱 한 사람 선우혁을 가장 잘 알고 있을 현석이 떠오른 건 너무도 다행스러운 일이었다.

간절한 바람이 통했는지 현석은 전화를 받았고, 그녀가 자신에게 전화를 걸어온 이유가 무엇 때문인지 알겠다는 투로 약속 시간과 장소를 말해주었다.

"늦어서 미안해. 많이 기다렸지?"

깊이 생각에 빠진 탓에 현석이 다가오는 소리도 듣지 못했다. 현석은 어딘지 피곤해 보이는 얼굴로 종업원에게 주문을 넣고 있었다.

주문한 메뉴가 나오고 현석이 커피를 몇 모금 들이켰을 무렵, 연희는 참았던 이야기를 꺼냈다.

"선생님…… 아니, 선우혁 씨가 진짜 제 후원자였다는 사실을 전해 들었어요."

현석은 가만히 고개만 끄덕였다. 알고 있었다는 투였다.

"그런데 이해가 가지 않는 건…… 그전에 고작 한 번 만났을 뿐인 저한테 그런 호의를 왜 베풀었느냐는 거예요. 첫눈에 반했다고는 하지만 그때는 서로에게 반할 만큼 충분한 시간도, 상황도 아니었기 때문에 뭔가 다른 이유가 있을 거라고 생각하고 있거든요……."

"연희 씨, 똑똑하다고 생각했는데 정말 바보야. 알아?"

현석이 말을 가로채며 커피잔을 테이블에 내려놓았다. 지켜보는 연희마저 무안함이 일 정도로 답답하다는 얼굴이었다.

"그게 무슨 말씀…… 이세요?"

"연희 씨, 일 년 전에 선우혁 만났을 때 아무런 감정이 없어서 다시 만난 지 한 달도 안 되어 그렇게 빨리 사귈 수 있었던 거야? 난 둘이 전부터 서로 좋아해서 가능했던 거라고 생각하는데, 그게 아니었나 보지?"

일순 얼굴에 열기가 느껴졌다.

그러나 현석은 여기서 그치지 않았다.

"그래, 기억이 안 난다는데 그게 뭐 잘못이겠냐만. 연희 씨, 정말로 아무것도 기억하지 못하는 거야? 여기서부터는 주제넘은 오지랖이지만, 내가 알기로 선우혁이랑 연희 씨, 일 년 전의 만남이 초면이 아니었어."

찻잔이 깨질 듯 요란한 소리를 내며 접시 위로 내려앉았다. 연희의 손은 물론 테이블보에도 커피가 쏟아져 짙은 고동빛 얼룩을 만들어내고 있었다. 연희는 종업원이 종종걸음으로 다가와 테이블을 닦아낼 때까지도 멍하게 굳어 있기만 했다. 아무래도 오늘은 윤하의 고백으로 충격이 그치지 않을 모양이었다.

연희는 떨림이 그득한 목소리로 다시 천천히 물었다.

“그, 그런…… 저와 그 사람이 언제부터 알고 있었다는 거죠?”

현석의 대답을 기다리는 동안 가슴속 두근거림이 다시 시작되었다.

언제? 대체 언제부터였을까?

아무리 기억을 들춰내도 단서는 떠오르지 않았다. 그저 귓가에 이명이 들릴 정도로 커다란 박동 소리만이 연희의 머릿속을 채우고 있었다.

“그건 선우혁한테 직접 물어봐. 연희 씨가 이렇게나 눈 뜬 장님일 줄은 정말 몰랐어. 아니면 선우혁 그 녀석이 바보인지도 모르지. 그래 뭐, 내가 볼 땐 내 친구 녀석이지만 바보 맞아. 그러니까 윤하한테 그런 부탁을 해서 스스로 무덤을 팠겠지. 속은 속대로 앓아가면서.”

“무슨 말씀이신지 잘 이해가 안 돼요. 선우혁 씨, 오래전부터 사랑하는 사람 있었다고 들었는데…… 제가 잘못 알고 있는 건가요?”

현석이 잠시 소리 내어 웃어 보였다. 무척이나 허탈한 그런 웃음이 안타까움을 말하고 있었다.

“그래? 그럼 그런가 보네. 예전에 다른 여자를 만나면서 잊으려고 노력했던 것 같은데 연희 씨가 말하는 사람이 그 사람이 아닐까 싶네.”

연희는 손을 꼭 움켜쥐었다. 그리고 손을 펴보았다. 손톱에 생채기가 나서 울긋불긋한 손바닥이 보였다. 아마 자신의 가슴도 꼭 쥐었다 놓은 이 손처럼 생채기가 있지 않을까. 선우혁에게 다른 여자가 있을 거란 짐작과 그 짐작을 확인하는 것에는 고통의 깊이가 달랐다. 그녀가 모르는 시간이었다 해도 그에게 다른 여자가 있었을 거란 생각은 상상조차 하고 싶지 않았다.

그녀의 모습을 보며 현석은 묻지도 않은 나머지 말들을 다시 늘어놓기 시작했다.

"처음 한두 번은 그럭저럭 만나는가 싶다가도 오래가지 못하고 하나만 보겠다고 발버둥치는 꼴이 보기에도 딱했지. 정말로 그 여자를 깊이 사랑한 건지 아닌지는 내가 대답할 수 있는 일이 아닌 것 같아. 그건 연희 씨가 직접 물어보라구."

마치 퍼즐 놀이를 하고 있는 것 같았다. 아니, 자신만 모르고 다른 사람들은 모두 알고 있는 듯한 기분에 연희의 인내심은 바닥을 향하고 있었다. 그가 자리에서 일어났을 때, 연희는 고개를 내저으며 아프게 중얼거렸다.

"저와 그 사람, 언제부터 만났는지 기억하려 해도 도무지 떠오르질 않아요."

"다른 건 나도 모르겠어. 그치만 이거 하난 확실히 알지."

"……."

"선우혁의 마음의 동정(童貞)을 깨뜨린 여자가 성연희라는 것."

결정적인 대답은 피한 채 현석은 자리에서 일어났다.

들으면 들을수록 점점 알 수 없는 말이었다.

현석을 만나면 궁금했던 의문들을 풀 수 있을 거라 여겼는데 그

반대였다. 더 복잡하고 답답하고 궁금했다. 연희의 두 눈동자가 파랑을 일으키며 위태하게 흔들렸다.

언제 그와 만났던 것일까?

호텔에서 말고, ……그럼 아버지의 사업이 부도나기 전이었을까?

그렇다면 그 또한 그녀의 약혼 소식을 알고 있을 가능성이 컸다. 효창물산이 건재할 당시 아버지 성현철과 관계되었었던 주변의 인물들이 주마등처럼 스쳐 갔다. 하지만 그 수많았던 인사들과의 만남 중에 시원스럽게 떠오르는 얼굴은 단 한 명도 없었다. 선우혁의 본명이라고 했던 임현우라는 이름 또한 기억에 존재하지 않았다.

연희는 자근자근 손톱을 깨물며 고개를 내저었다.

심연처럼 깊숙한 미궁 속으로 빠져 버린 기분이었다. 지독한 만취 상태에서조차 느껴보지 못한 고약함에 연희의 얼굴 위로 짙은 수심이 드리워졌다. 딱 한 번 선우혁의 오피스텔에서 필름이 끊겼을 때에도 이 정도까지는 아니었는데…….

답답함이 동반한 불안, 초조, 두려움이 그녀를 더욱 단절된 궁지로 몰아넣고 있었다.

현석과 헤어지고 나서 연희의 걸음이 향한 곳은, 다시는 올 수 없을 거라 여겼던 스튜디오였다. 그를 만나지 못할 거란 건 알고 있었지만 선우혁을 만날 수 없는 지금, 선우혁을 가장 가깝게 느낄 수 있을 만한 곳은 딱 한 곳 여겼기 때문이다.

"말도 안 돼!"

입구에 들어서자 연희의 걸음이 놀라움으로 굳어졌다.

스튜디오 인디고는 텅 비어 있었다.

조명도 장비도, 암실도 처음부터 없었던 것처럼 완벽하게 비어 있었다. 그 모습들이, 앞으로 선우혁과의 영원한 단절을 뜻하고 있는 것만 같아서 그와 이별을 했을 때보다 더한 불안감이 가슴을 옥죄어왔다. 영원히 그와 끝이라는, 생각하고 싶지도 않은 불길한 예감에 자박자박 걸음을 옮기며 남아 있을 흔적을 찾아다녔다. 그러다가 우뚝 연희의 시선이 한곳에 멎었다.

모든 것이 비어 있지는 않았다.

딱 하나, 사진액자만큼은 개인 작업실 구석을 차지한 채 댕그라니 놓여 있었다. 언제 인화를 새로 했는지 액자를 감싸고 있는 종이도 달랐고, 액자의 모양도 달랐지만 연희는 그때 그 사진이라는 것을 직감적으로 깨달았다.

종이를 벗겨내는 손은 서툴게 빠르다가도, 머뭇거리듯 움직임이 느렸다. 역시나 그때처럼 흑백으로 드러나는 운동화를 보면서 연희의 가슴은 천근만근 뛰기 시작했다. 액자의 중간쯤 종이가 벗겨지면서 드러난 그것은 낯익은 디자인의 드레스. 사진이 흑백이기 때문에 기억이 더디게 찾아왔지만 분명히 눈에 익은 드레스였다.

'설마, 설마…….'

차츰 빨라지는 손의 움직임에 별안간 경련이 더해졌다.

점점 커다랗게 울려대는 심장박동을 느끼며 연희는 두 눈을 질끈 감은 채로 액자에 남아 있던 나머지 종이들을 벗겨냈다.

그리고.

"하아……!"

그녀를 그렇게도 괴롭혔던 그 사진 속엔 삼 년 전의 자신이 환하게 웃고 있었다.

"이봐요, 성연희 씨. 아무래도 당신이 가야 할 방향은 이곳이 아니라 저 식장 쪽일 것 같은데?"

"저를 알고 있군요."

"당신의 옷차림을 보고도 모를 수 있는 사람이 있을까? 못 본 걸로 할 테니 그만 식장으로 갑시다."

"좋아요. 당신이 나를 못 본 걸로 해주세요. 하지만 내가 가려는 방향은 그쪽이 아니니 막진 말아주세요. 부탁이에요."

마지막엔 이렇게 말했었지.

"지금이 바로 내 인생에 있어서의 결정적 순간이에요."

항상 기억해 내려 애썼지만 결코 떠올리지 못했던 남자의 모습이 완벽하게 기억을 파고드는 순간, 연희는 무너지듯 자리에 주저앉았다.

후두두둑.

떨어지는 물방울에 사진액자의 유리가 젖어들었다. 자신의 미소에 환하게 답하던 그의 미소가 보인다. 그녀의 결정적 순간을 카메라에 담게 해달라던 그의 목소리가 귓가에 울린다. 담벼락에서 뛰어내릴 때 그녀를 감싸 안았던 그의 체취가 코끝을 스쳐 온다. 사진 액자의 유리는 계속 젖어들고 있었다. 연희는 그것이 눈물이란 걸 그제야 알아버렸다.

당신도 이런 기분이었을까? 행방불명된 자신의 흔적을 찾는 당신 가슴도 이리 공허했을까?

"그동안 옆에서 지켜보면서 말하지 않은 당신이 더 나빠."

하지만 무엇보다 가장 나빴던 건, 그런 그를 한 번도 알아채지 못한 자신이었다.

곁에 두고도 몰랐던 그녀가 가장 어리석고 가장 한심했다. 연희의 흐느낌은 어느덧 점점 커져만 가고 있었다.

헤어지려는 이유가 사랑하는 여자 때문이냐고 물었을 때, 그가 왜 그런 눈빛을 했는지 이제 이해할 수 있을 것 같았다. 다 줄 듯이, 다 안다는 듯이 헤어짐을 받아들이던 자신의 모습이 그렇게 부끄러울 수가 없었다. 결국 그의 사랑을 의심한 것은 자신이면서.

"사진이 너무 형편없어서 우는 거야?"

이 목소리는……!

"아니면 그때 인화하는 걸 허락해 주지 않아서 아직도 슬퍼하는 건가?"

연희의 어깨가 굳어졌다. 선뜻 뒤돌아보기가 겁났다.

정말로 그일까?

만약 환청임을 확인하게 되면 더는 감당할 수 없을 것만 같았다. 그러면서도 환청일지도 모르는 그의 목소리에 심장은 미친 듯이 널뛰고 있었다.

"이제는 화가 나서 보고 싶지도 않다 이건가?"

등 뒤에서부터 허리에 팔을 두르는 그의 손길이 전해져 왔다.

그의 체취가 후각을 자극했다. 한쪽 어깨에 턱을 올려놓는 그의 움직임에 비로소 환청이 아님을 깨달았다. 그의 숨결이 목줄기를 타고 아래로 내려가자 쌓였던 불안감이 일시에 분산되었다. 정말로 선우혁이 맞아. 틀림없어.

고개를 돌려 직접 확인하고 싶었지만 선우혁은 꽉 잡고 놓아주질 않았다. 아마도 이대로 그녀를 느끼고 싶어하는 것 같았다. 지금 그녀가 그를 느끼듯.

그의 혀가 쇄골에서부터 턱 아래, 뺨까지 올라와 길고도 부드럽게 눈물방울을 핥아내렸다.

"왜…… 오피스텔에서 마주치던 날…… 사실대로 말하지 않았어요?"

연희는 가느다랗게 끊어져 나오는 목소리로 물었다. 그의 혀와 숨결이 주는 감각은 여전히 그녀를 몽롱하게 만들었다.

"기억해 주길 기다렸다고 하면 대답이 될까?"

"호텔에서도 이미 알고 있었겠죠?"

"……."

침묵에서 긍정을 읽어낸 연희가 홱 몸을 돌려 원망스레 그를 노려보았다.

"나 참 바보였어요. 그쵸?"

"오해하지 마."

"당신은 모를 거예요. 당신이 누군가를 오래전부터 가슴앓이해 왔다는 말을 정미 언니에게서 듣고는 당연히 사진 속의 인물일 거라고 생각했어요. 게다가 당신은 내가 액자를 깨뜨렸을 때 인화를 하겠다고 했는데도 가차없이 거절했었죠. 그만큼 누구에게도 보여주기 싫을 정도로 소중하니까, 더 건드려선 안 된다고 다짐했었는데. 하아, 그게 나였단 말이에요?"

"미안해. 이 사진이 널 그렇게 괴롭힐 걸 알았다면 진작 치웠을 거야."

선우혁은 무척 놀란 얼굴이었다.

"아뇨, 당신의 사랑을 믿지 못했으니 내 잘못이 더 커요."

"자학하지 마. 의심할 수밖에 없는 정황이었잖아."

입맞춤을 원했지만 그는 정작 입술은 놔두고 목덜미를 빨아들이며 속삭였다.

"그런데 오래전부터 가슴앓이를 해왔다는…… 정미 언니 말이 정말 사실이에요?"

"왜 안 믿겨져?"

웃을 듯 말 듯한 목소리.

"네."

급기야 그가 커다랗게 웃음을 터뜨리며 그녀를 끌어안았다. 그리고 길고도 깊은 입맞춤을 시작했다. 그의 입맞춤에 온몸의 감각이 되살아나는 것을 느끼며 연희는 눈을 빛냈다.

"참, 그러면 라이카를 선물한 이유가……."

"빙고."

그들이 처음 만나던 날, 연희가 인용한 앙리 까르띠에 브레송의 말. 결정적 순간.

브레송은 평생 동안 소형 라이카만을 사용한 사진작가로도 유명했다. 그걸 기억하고서 일부러 라이카를 선물했다니. 가슴이 더 할 나위 없이 뭉클해졌다. 연희는 서툴지만 격정적으로 그의 입술을 훔쳤다.

"내가 사랑한다고 말한 적 있었나요?"

갑자기 선우혁이 으스러질 듯 세차게 그녀를 끌어안았다. 초콜릿처럼 중후한 어둠이 깃든 그의 눈동자가 아름답게 반짝이고 있었다.

"사랑해, 성연희."

"사랑해요, 선우혁 씨."

연희는 눈물을 글썽이며 말했다.

격정보다 뜨거운 사랑이 두 연인의 가슴을 충만하게 채워 나갔다.

이제, 과거를 추억하는 것은 더 이상 선우혁에게만 남겨진 몫이 아니었다. 그녀와 함께 과거를 나누어 가지게 된 이 순간, 형언할 수 없는 감동이 그를 설레게 만들고 있었다. 다시 삼 년 전으로 되돌아간 것처럼 눈이 부셨다. 결정적 순간을 되찾은 그녀의 모습은 적어도 그에게만큼은 세상에서 가장 아름다운 피사체였다. 언젠가 그가 그토록 염원했던 소원이 드디어 이루어진 것이다.

격하게 밀려오는 감정을 이기지 못한 나머지 연희는 살짝 두 눈을 감았다.

선우혁은 오늘을 끝으로, 삼 년 동안 앓아온 성연희 결핍증을 일시에 완치해 버렸다.

# 에필로그

화보 촬영으로 준비된 낡은 지프차.

그 안에서 잠시 휴식을 취하고 있는 두 남녀는 얼마 후면 개봉될 영화 '의혹'의 주인공 고윤하와 소정하였다.

정하는 오늘따라 부쩍 안절부절못하는 기색이었다.

즉흥적으로 말할 때라면 모르지만, 뭔가 결심을 하고 말을 준비하면 늘 어색하게 머뭇대기 일쑤인 그녀의 특이한 성격은 극히 소수만 알고 있는 이야기로 그중 하나에 속하는 윤하는 조용히 곁눈질하며 그녀를 살폈다. 이제 그녀로부터 훈계를 들을 일은 없는 듯한데 그녀에게서 풍기는 분위기가 어째 심상치 않다.

정하가 짧게 헛기침을 터뜨렸다.

"언젠가 당신이 그랬지? 어차피 인생이란 한편의 다듬어지지 않은 영화에 불과하다고. 그렇다면 당신의 남은 필름 속에 날 끼워주는 건 어때? 나와…… 다시 한 번 영화를 찍어보지 않겠어?"

윤하는 엷게 미소를 지었다.

그래서 그렇게 긴장했었던 거였군.

확실히 정하다운 프러포즈였다. 그러잖아도 곧 있을 시사회 때 분위기를 봐서 말할 참이었는데 그녀가 먼저 선수를 친 것에 대해 은근한 장난기가 발동하려 했다. 그러나 그는 이내 진중하게 마음을 다잡았다. 그건 힘들게 꺼낸 그녀의 진심에 대한 예의가 아니다.

"미안해. 너와 다시 시작하는 건 아무래도 힘들 것 같아."

정하의 안색이 눈에 띄게 어두워졌다. 하지만 표정과는 달리 최대한 태연한 어조를 가장하며 그를 타박하기 시작했다.

"그렇게 금방 거절해 버리면 어떡해! 아무리 당신이나 나, 가릴 것 없는 사이라지만 너무하잖아."

"미안. 네 기분을 상하게 할 뜻은 없었어. 네가 프러포즈를 하지 않더라도 내가 따로 이야기를 할 생각이었거든. 그런데 네가 불쑥 먼저 말을 해버리니까 얼떨결에 정리되지 못한 채로 대답하고 말았어."

"그럼 거절이 아니란 뜻이야?"

"아니……. 난 아직 과거를 극복하지 못한 상태고, 그 상태로 너를 대하면 그때보다 더욱 악화일로를 걷게 될지도 모르거든."

정하는 이해할 수는 없지만 애써 받아들이려는 기색으로 그의 말을 가만히 듣기만 했다.

"하지만 그때 병실에서 했던 기다린다는 말이 유효하다면…… 좀 더 나중에 우리 다시 생각해 보는 건 어떨까 해."

"윤하 씨!"

정하의 얼굴에 놀라움을 뛰어넘은 반가움이 서렸다.

윤하는 신중한 표정으로 차분하게 다음 말을 이었다. 가능하면 그녀가 너무 기대를 가지지 않도록. 그녀가 상처받지 않도록.

"나는 여전히 불완전하기 짝이 없는 놈이고, 어쩌면 앞으로도 달라지지 않을지도 몰라. 그렇지만 이번에야말로 과거를 제대로 극복해야겠다는 결심이 섰어. 그전에 네게 먼저 다른 좋은 상대가 나타난다면 어쩔 수 없지만 지금처럼 내게 따끔한 충고도 일삼으며 편한 친구로 언젠가를 기다려 줄 수 있다면, 그때 가서 시작이란 걸 해보자."

"그래, 그럼 그러도록 해."

정하의 눈빛이 더욱 깊어졌다.

"……프러포즈를 받아들이지 않은 것에 대해 섭섭하지 않다면 거짓말이겠지만, 그래도 보다 안정을 되찾은 당신의 말을 듣고 있으니 훨씬 믿음이 가네."

"고마워."

"고맙긴 뭐가?"

한쪽 눈썹을 치켜 올린 정하의 표정에 윤하는 의자에 깊숙이 몸을 기대며 나직하게 대답했다.

"두루두루. 솔직히 네 충고 아니었으면 난 아직도 아집을 버리지 못했을 거야. 이렇게 결심을 가지게 된 것도 다 네 덕분이라고 생각해."

"후후, 철들었네."

"응. 그런가 봐."

지프차 안에서 그들은 머리를 맞대고 키득거렸다.

바깥에서 그 광경을 지나치지 않은 조감독이 윤하의 매니저를 그쪽으로 끌어당겼다.

"두 사람, 요즘엔 덜 싸우는 것 같지 않아?"

"아무래도 그렇죠?"

매니저 지훈이 솔깃하게 중얼거렸다.

"아휴, 징글징글하게 싸우더니 이제 좀 살 것 같긴 하네."

생각만으로도 피곤하다는 듯 고개를 절레절레 내젓는 조감독의 모습에 지훈은 멋쩍게 웃었다. 영화가 막바지 촬영에 돌입하면서 초반과는 달리 의젓해진 윤하의 태도를 두고 스태프들은 한층 편하게 여기는 눈치였다. 지훈의 눈가에 안도 섞인 흐뭇함이 어렸다. 녀석, 그렇게 웃는 것 정말 오랜만이란 거 알고 있으려나?

"라면 좋아해요?"

"아니, 별로."

아직 말리지도 않은, 반쯤 젖은 머릴 하고서 연희가 차에 올라타자마자 바로 물은 말이었다. 큰 기대를 한 건 아니었지만 오늘 먹게 될 음식이 라면이라니, 선우혁은 실망감을 감추지 못하고 퉁명스레 대답했다.

다른 날도 아니고 오늘은 그들의 정식 첫 데이트가 아니던가.

그의 바쁜 스케줄 때문에 지난 휴일 이후, 너무나 기다려 왔던 데이트의 시작을 라면집에서 시작하고 싶은 생각은 눈곱만큼도 없었다. 스캔들이 정리되면서 스튜디오 인디고는 당분간 현석에게 맡겼고, 선우혁은 뉴욕에 아틀리에를 준비하느라 빠듯한 하루하루를 보내고 있었다. 그 외에도 한 가지 더 보탠다면, 얼마 후 비공개로 치르게 될 결혼식 준비 때문에 정신이 없기도 했다. 연희와 선우혁은 뉴욕으로 가기에 앞서 일부 지인들만 초대한 자리에서 조촐하게 결혼식을 올릴 예정이었다.

그 과정에서 윤하는 연희와의 약혼 파기를 발표함으로서 언론의 관심을 또 한 번 받는 것보다 시간이 지나면 자연히 잊어지게 될 방법을 선택해 최대한 두 사람의 사생활을 보호하고자 했고, 정미를 비롯한 스튜디오 스태프들은 이 결혼 소식을 철저히 비밀에 붙였다. 하지만 종종 집요하게 선우혁의 소식을 물어오는 기자들 때문에 골치를 썩는 모양이었다.

"이런! 라면 싫어하는 사람도 있었군요. 하지만 거길 가면 생각이 달라질 걸요?"

싫다는 그의 대답에도 불구하고 연희는 그다지 개의치 않는 듯 끝까지 라면집을 고수할 기세였다.

"위치가 어디야?"

"인천이에요."

"오늘은 휴일이라 그러잖아도 도로가 복잡할 텐데 꼭 인천을 가야겠어?"

선우혁의 내키지 않는 음성에 연희는 살풋 미소를 지으며 대꾸했다.

“일단 가보자구요. 도로가 복잡한 건 평일이라고 다르지 않아요. 혹시 알아요, 운이 좋아 삼십 분 안으로 도착할지?”

고속도로를 이용하면 출퇴근 시간을 제외하고는 서울에서 인천까지는 그리 멀지 않은 편이다. 그럼에도 선우혁은 한일 자로 입매를 굳히며 차에 시동을 걸기 시작했다. 차 안에 그가 늘상 이용하던 방향제 대신 싱그러운 과일향의 샴푸 냄새가 들어찼다. 머리카락을 손가락에 돌돌 감았다가 풀었다가 반복하는 연희는 언젠가 발랐던 립글로스를 발랐는지 딸기 향도 은은하게 풍겼다. 지루하게 차가 막힐 텐데 그녀의 젖은 머릿결이 인천에 닿을 때까지 마르지 않았으면 좋겠다는 엉뚱한 생각을 하며, 깊게 숨을 들이마셨다. 굳어졌던 그의 입매가 부드럽게 늘어졌다.

이윽고 도착한 인천.

그녀의 바람이 먹혀들었는지 고속도로는 생각보다 한산했고 도착하기까지 사십 분도 채 걸리지 않았다.

연희가 그를 이끌고 간 곳은 골목 골목을 거쳐 들어간 그곳은 한눈에 봐도 썩 들어가고 싶은 마음이 일지 않는 허름한 음식점이었다. 그래도 최소한 작고 아담하며 깔끔해 보이는 분식집이길 바랐는데. 금방이라도 무너져 내릴 것만 같은 저 지붕이라니.

그는 가게의 문을 열려는 그녀를 즉시 막아서며 물었다.

“연희 네가 말한 라면집이 여기었어?”

그 말속엔 꼭 여길 가야겠냐는 짜증까지 같이 담고 있었다.

“네, 맞아요. 작년에 애들이랑 엠티 갔을 때 들렀는데 맛이 꽤 좋았거든요. 그렇게 서 있지 말고 어서 들어가자구요."

그의 불퉁한 태도를 싹 무시해 버리며 연희가 그의 옷깃을 잡았다.

선우혁은 어쩔 수 없는 한숨을 푹 쏟아내며 그녀의 뒤를 따라 들어갔다. 그래, 오늘은 첫날이니까 양보해 주지.

겉모습처럼 내부도 누추할 거라 여겼던 그의 예상과는 달리 음식점의 내부는 그런대로 아기자기하고 괜찮았다. 좁다란 공간이며 작은 의자, 작은 식탁……. 체구가 웬만큼 큰 사람은 왔다 갔다서서 움직이기 불편할 정도로 낮은 천장이었지만 그것은 도리어 음식점 특유의 아늑함을 더해주어 정감마저 느끼게 해주었다. 그리고 무엇보다 그의 눈길을 끄는 건 사방에 벽이란 벽마다 도배하다시피 붙여져 있는 사진이며 메모지였는데, 이곳에 얼마나 많은 사람들이 애착을 가지고 드나들었는지 한눈에 느껴지는 부분이었다.

"어때요? 보기보단 그래도 아늑한 편이죠?"

연희가 그의 앞으로 의자를 내주며 방긋 웃었다.

"뭐…… 그런데 여기 이것들은 다 뭐야?"

선우혁은 좁쌀만한 글씨부터 크고 굵직굵직하게 매직으로 칠해 놓은 벽면의 글씨들에서 시선을 떼지 못했다. 이걸 죄다 손님들이 했단 말인가.

"음, 일단 주문부터 먼저 할게요."

그녀는 라면 두 개와 찬밥 두 공기를 주문하더니 작은 대접에 단무지를 담아왔다.

"라면 먹으면서 저기 붙여진 내용들을 읽는 것도 꽤 재밌어요. 스티커 사진이나 폴라로이드 사진, 영화 예매표…… 찾아보면 얼마나 많은데요."

"그럼 혹시 여기 어디에 연희 너도 이런 걸 붙여놨어?"

"몇 번은. 왜요? 메모지 있는데 한 장 드릴까요?"

"아니, 됐어."

선우혁은 뭔가 말을 더 하려다가 다시 고개를 내젓더니 벽 쪽으로 시선을 돌렸다.

얼마 지나지 않아 라면이 테이블 위로 차려졌다. 냄새도 냄새였지만 고춧가루를 풀어놓은 것처럼 새빨간 라면 국물은 충분히 식욕을 자극하고도 남았다. 얼큰한 국물을 중간중간 들이키며 꼬들꼬들한 라면 면발을 씹어 넘기는데, 라면을 그다지 좋아하지 않던 선우혁조차도 정말 맛있다고 느껴질 만큼 여기 음식점의 라면 끓이는 솜씨는 꽤 괜찮았다. 아니, 훌륭했다.

부우웅…….

갑자기 테이블 위에 올려놓아 둔 연희의 휴대폰이 짧게 진동했다. 연속적으로 진동하지 않는 것을 보니 아마도 문자 메시지 같은 게 도착한 모양이다. 벌써 면을 다 건져 먹었는지 국물에 찬밥을 말아 넣던 연희가 수저를 내려놓고 휴대폰을 집어 든다.

"후훗."

휴대폰 액정을 확인한 연희의 입가에 잔잔한 미소가 물렸다.

그 미소에 돌연 문자 메시지를 보낸 상대방이 궁금해진 그는 제일 먼저 윤하를 떠올렸다. 요즘 윤하 녀석은 고약한 취미에 맛들인 상태다. 선우혁을 약 올린답시고 틈만 나면 연희에게 엉겨 붙어 그의 부아를 건드리곤 하는 게 바로 그 취미였는데, 이제는 연희마저 그걸 즐기는 눈치였다.

"안 먹고 뭐 해? 다 식잖아."

"아, 네. 먼저 들어요. 천천히 먹어도 되잖아요."

그의 핀잔을 들은 체 만 체하더니, 연희는 다시 휴대폰으로 시선을 준다.

"저기 말야. 아까부터 내내 궁금했는데, 윤하 녀석하고도 여기에 왔었어?"

날이 선 그의 음성에 흠칫 놀란 연희는 그를 한동안 관찰하다가 입을 뗐다.

"그럼요. 윤하 오빠가 오히려 저보다 더 좋아하는 눈치였어요."

선우혁은 아무런 대꾸 없이 다시 라면을 젓가락질하지 시작했다. 연희가 짓궂기까지 한 얼굴로 싱글거리고 있는 건 꿈에도 모른 채.

거의 골이 났다고 해야 옳은 저 표정.

연희는 요즘 그의 무표정 속에서 언뜻언뜻 드러나는 표정을 캐치해 내는 재미에 빠져 본의 아니게 윤하의 장난을 거들어주고 있었다. 라면집은 학교 동기들과 와본 것이 전부다. 그러나 그 사실을 알려주기엔 뚱하게 굳어 있는 선우혁의 표정이 자꾸만 흥미를 자극해서 저도 모르게 즉흥적인 대답을 내뱉고 말았다.

"넌 이럴 때 거짓말을 하는 게 예의란 걸 정말로 모르는 거야, 아니면 알면서 모르는 척하는 거야?"

울컥울컥. 거의 투정에 가까운 어조로 선우혁은 구시렁거렸다.

이제는 윤하 녀석보다 그의 새침한 예비 신부가 더 미워지려고 했다. 결혼 날짜를 받아놓은 후부터는 부끄럽단 이유로 그녀에게 손가락 하나 까딱하지 못하게 만드는 통에 그의 정직한 몸은 벌써 며칠째 욕구불만으로 똘똘 뭉쳐 있는 상태였다. 이럴 줄 알았으면 결혼식을 올릴 때까지 기다리겠다는 부탁은 들어주지 않는 건데.

"거짓말을 해야 하는 거였어요?"

저 표정이 날 더 미치게 한단 말이지. 알아? 네가 그렇게 두 눈 동그랗게 뜨고 날 바라보면, 난 한 가지 생각밖에 떠오르지 않는다는 걸?

하지만 선우혁은 차마 그 말을 입에 담지 않았다. 바지 앞섶을 볼록하게 부풀리며 존재를 알리는 그의 물건은 말보다 확실한 뜻을 드러내고 있었다. 달콤하면서도 결코 달갑지 않은 고문이 다시금 시작되려는 모양이다.

"됐다. 생각없어. 갑자기 입맛이 달아났어."

뭐 씹은 표정으로 수저를 내려놓자 연희가 얼른 그의 라면 그릇을 가로챘다.

"그럼 저 주세요. 음식 남기는 거, 되게 나쁜 습관이에요."

"이걸 너 혼자 다 먹으려고?"

"그렇지 않으면 여기에 저 말고 또 누가 있나요? 나참, 라면 면발만 붓는 줄 알았는데 사람 얼굴도 똑같이 퉁퉁 부어서는……."

똑부러지게 되물으며 열심히 수저를 놀리는 연희의 모습은 얄미워 보이기까지 했다. 좀 말랐다 싶은 몸매여서 음식을 가릴지도 모르겠다고 여겼었는데 그 생각은 기우에 지나지 않았던 듯 연희는 복스러워 보일 정도로 맛있게 잘 먹고 있었다. 앞으로 살 좀 찌워야겠어. 뭐, 의외로 굴곡있는 몸매였지만, 하고 은밀히 덧붙이며 그는 방금 전 간신히 몰아냈던 그녀를 향한 달뜬 욕망을 또다시 상기시키고 말았다.

차 안에서부터 줄곧 그의 머릿속을 어지럽히며 따라다녔던 키스. 좀 더 진실된 표현으로 설명하자면 미치도록 그녀를 갖고 싶은 열망.

그녀가 립글로스로 더욱 촉촉하게 반짝이는 입술을 작게 오므리며 차창에 기대 콧노래를 흥얼거릴 때, 그녀를 덮치지 않기 위해 얼마나 인내했는지 모른다. 실제로 차의 신호가 파란불로 바뀌지만 않았더라면 충분히 덮치고도 남았을 일이었다.

불현듯 선우혁은 여기가 어디인지 더 이상 따질 필요 없이 무작정 행동에 옮기고 싶어졌다. 사실 지난 휴일부터 잘 참아오지 않았는가. 저 말랑한 입술을 입가심으로 원했다, 지금 당장!

곧 라면 국물까지 모조리 비운 뒤 물을 마시는 연희에게로 바짝 다가가 한 손으로 그녀의 허리를 휘감았다. 갑작스런 접촉에 연희의 두 눈이 휘둥그레졌다. 보다 가깝게 끌어당기자 그제야 그의 속셈을 눈치 챘는지 질겁하며 뒤로 물러나 세차게 도리질을 한다. 그녀의 얼굴이 방금 전에 먹은 빨간 라면 국물보다 더욱 새빨갛게 달아올랐다.

"그만! 가까이 다가오지 말아요. 여기가 어디라고! 대체 자각이 있는 사람이에요?"

"맞아. 아무래도 난 자각 따위 없는 놈인 것 같아."

선우혁은 좀 더 밀접하게 다가왔다.

그들이 자리한 비좁고 구석진 위치는 앞으로 벌어질 두 사람의 행위를 가려주기에 안성맞춤이었다. 주춤주춤, 등이 벽에 닿아 더는 물러설 공간이 없다는 것을 느낀 연희가 그를 힘껏 뒤로 밀었다.

"하기만 해봐요! 경고하겠는데 여기서 조금만 더 다가오면, 다신 데이트 같은 거 없을 줄 알아요!"

그녀의 입술 위로 남자의 입술이 포개어지기 직전, 연희는 필사적으로 막아서며 말했다. 아슬아슬하게 그의 입술이 그녀에게로 내려올 준비 중이어서 서로의 입김이 교차되고 있었다. 연희는 함박만큼 커다래진 눈망울을 좌우로 굴리며 주변을 살폈다. 여차하면 앞으로 다신 이 라면집을 못 오게 될 정도로 얼굴을 붉히는 사태가 벌어질지도 몰랐다. 암실에서든 엘리베이터에서든 장소를 가리지 않는 남자였으니, 어찌 보면 그와 약속을 정한 것 자체가 화근의 시초인지도 몰랐다.

"쿡. 제법 세게 나오는데?"

얼굴이 붉으락푸르락해서는 씩씩거리는 연희의 모습마저도 환장하게 예뻐 보인다는 투였다.

"내 말이 우스워요? 지금 내가 한 말, 절대 농담이 아니라구요!"

"알았어. 결혼식도 올리기 전에 오늘이 마지막 데이트가 되는 건, 나도 원치 않거든? 자, 이제 라면도 다 먹은 것 같으니 그만 자리에서 일어나도록 하자구."

연희는 그래도 마음이 놓이질 않아 자리에서 일어나는 동안에도 그를 매섭게 노려보았다. 얼마간의 금욕적인 생활 때문에 그가 힘겨워한다는 건 알고 있었지만 이건 좀 지나쳤다. 아무래도 오늘, 저녁 코스로 영화관에 가기로 한 약속은 취소해야 할 모양이다. 이 기세대로라면 영화 보는 것은 고사하고 극장 안에서 밀회를 가질 것이 뻔하니까.

"맛있게 잘 먹었습니다. 수고하세요."

연희는 후다닥 인사만 건넨 후 라면집을 빠져나왔다.

그들의 티격태격하는 모습을 흥미롭게 지켜보던 음식점 주인이 연희의 어깨 너머로, 둘이 아주 잘 어울린다며 다음에도 꼭 찾아오라는 인사를 했다.

길 건너 편의점에서 음료수를 사들고 온 선우혁이 차에 올라타 그녀에게 캔 녹차를 하나 건넸다. 연희는 조수석에 앉아 말없이 녹차를 한 모금 들이켰다. 깔끔하게 입 안에 감도는 녹차 향 때문인지 뜨거운 라면을 먹느라 더워진 체온이 시원하게 가라앉았다.

"극장 가기로 한 건 취소예요."

연희는 볼멘소리로 중얼거렸다.

"그래, 잘 생각했어. 안 그래도 그러자고 할 생각이었거든."

의외로 순순한 그의 대답에 경계심을 가지며 고개를 갸우뚱거렸지만 그는 별다른 말이 없었다. 이제 이대로 직진하기만 하면 고속도로 입구가 보일 것이다. 갈 때처럼 이번에도 차가 막히지 않았으면 좋겠는데……. 돌연 말이 없어진 그를 이상히 여기며 곁눈질을 하는데 그가 한적한 골목 쪽으로 차를 몰았다. 뭐 하는 거냐고 묻기도 전에 차의 시동이 꺼진다.

"……안 되겠다."

한숨같이 되뇌는 그의 말에 힘겨움이 묻어난다.

"응? 뭐가요?"

"아무래도, 도저히 안 되겠어."

"대체 무슨 말이에요?"

"나…… 정말 많이 참았거든? 이번엔 연희 네가 좀 참아줘야겠어."

말이 끝남과 동시에 조수석이 홱 뒤로 젖혀진다. 다가오는 남자의 얼굴이 욕망으로 붉게 상기되어 있었다. 허리 부근에서 느껴지는 남자의 상징이 그가 미처 말하지 못한 나머지를 알려주고 있었다. 연희는 아연하게 굳어진 얼굴로 그의 어깨를 밀어냈다. 그러나 주책 맞게도 쿵쿵쿵 뛰고 있는 그녀의 가슴은 그녀 또한 그의 손길이 그리웠음을 확연하게 깨우쳐 주고 있었다. 스멀스멀 퍼져오는 열기에 마음 한구석이 약해졌다.

하지만 차 안에서 그런다는 게 몹시도 당황스러웠다.

차라리 극장에서 하는 편이 나을지도 모른다. 짙게 선팅되었다고는 하지만 이건…… 너무 위험하다!

"안 돼요! 기다려 준다고 말했었잖아요!"

"미안. 결혼식까지는 기다리려고 했는데 제어가 안 돼. 만약 삼 분 뒤에도 네 생각이 달라지지 않으면 거기서 멈출게. 그건 반드시 약속하지."

그가 입술을 부딪쳐 왔다.

연희는 안간힘을 다해 그를 밀어내며 애원했다.

"오피스텔에 도착할 때까지, 아니, 인천을 벗어날 때까지만이라도 조금만 참아요. 제발!"

여기까지였다.

이후부터는 어떤 말도 할 수 없었다. 그에게 입막음을 당한 채 속절없이 그의 손길을 느껴야만 했다. 그냥 처음부터 약속 장소를 그의 오피스텔로 했으면 이런 스릴을 맛보는 일은 없었을 텐데, 라는 후회가 들었지만 감질나게 성감대를 자극하는 선우혁으로 인해 그것도 잠시뿐이었다. 온몸을 간질이는 숨결에 솜털이 곤두섰다. 가슴의 정점을 그의 입가에 내맡긴 채 연희는 서서히 끓어오르고 있었다.

……일 분, 이 분, 그리고 삼 분.

"그만…… 할까?"

탁하게 쉬어버린 음성으로 약 올리는 남자를, 연희는 사납게 흘겨보았다.

"멈추기만 해봐요!"

두 남녀가 무아지경에 빠졌을 즈음, 차의 뒷자석에는 얼마 전 상미가 선우혁을 인터뷰한 학교 신문이 펄럭이고 있었다. 메인 기사의 문구는 교내 여학생들의 심금을 또 한 번 울렸더란 소문이 일 정도로 무척 로맨틱했다.

〈앙리 까르띠에 브레송이 말했었죠, 결정적 순간이라고. 제 인생의 셔터가 눌러진 순간이 그녀와의 만남에서 기인했으니, 제게 있어 결정적 순간은 그녀를 처음 만난 삼 년 전이라 할 수 있습니다. 그리고 그녀는 제 삶에 빛을 투과시켜 주는 단 하나의 소중한 렌즈이기도 합니다.〉

한순간에 찾아온 빛.
그 빛을 서로에게 가슴에 아로새기고 인화시키는 것.
그럼으로 인해 인생이란 필름이 소박하고 찬란해지는 것.
그것은 선우혁과 성연희가 정의 내린 사랑이었다.

안녕하세요. 이예린입니다.

이제 무더웠던 여름도 지나가고 선선하게 불어오는 가을바람에, 문득 겨울을 준비해야겠다는 생각이 듭니다. 벌써 겨울이라니 너무 빠른 듯도 싶지만 왠지 올해에는 겨울이 금방 다가올 것만 같은 예감입니다.

아주 오래전에 서너 차례 쓰다가 포기했던 글이 하나 있습니다. 기대치는 높은데 따라주질 못해 하루하루가 슬럼프였었죠. 중반쯤 썼을 무렵에야 그 글을 소화해 내기엔 역부족이란 판단을 내리게 되어 좀 더 나중을 기약하고 접게 되었는데, 그때 스스로를 시험대에 올려놓으며 시작한 글이 바로 『관능의 연인』이었습니다. 슬럼프에 지친 저를 위로하기 위한 목적도 있었지요. 그래서 『관능의 연인』은 제가 쓴 다른 글들 중에서도 유독 '즐기기'의 성향이 짙은 편이에요.

그렇게 해서 쓰게 된 이 글은 이 년 전 온라인에 연재했을 당시, 정말 뜻하지 않게도 분에 넘치는 사랑과 애정 어린 질타를 받았습니다. 사실 몇 번의 출간 기회가 있었음에도 수락하지 않은 이유는 바로 그 때문이었습니다. 보내주신 사랑에 연재했을 때보다 더 발전된 글로 보답해 드리고 싶었거든요. 수정 아닌 개작을 수차례 거듭하면서 더러는 많이 지치기도 했지만, 그럴 때마다 감상글과 리뷰, 따끔한 조언들을 다시 찾아 읽으며 각오를 다졌습니다. 늦었지만 그분들께 진심으로 감사드립니다.

연재 때 한 번, 개작하면서 한 번, 이번에 출간하면서 한 번.

그렇게 해서 『관능의 연인』은 총 세 번 쓰게 되었습니다. 두 번째 개작했던 글은 원본과는 다르게 많이 잔잔했고, 지금 출간하게 된 세 번째 글은 내용은 전혀 다르지만 느낌은 최대한 원본에 가깝게 되살리려 노력했습니다만, 초반에 호텔에서 만나는 장면이라든지 엘리베이터 안에서 일어나는 에피소드는 원본에서 가지고 왔습니다. 두 번, 세 번에 걸친 개작 기간 동안 원본의 즉흥적이기만 한 분위기에 가볍지만은 않은 뭔가를 더해주고 싶은 욕심이 사실은 가장 컸습니다. 쓰는 제 자신에게는 하나의 도전이 되어버린 글이지요. 고작 세 번 쓴 것을 가지고 도전을 운운하기가 부끄러울 정도로 일고여덟 번은 물론 열 번도 넘게 수정하신 선배 작가님들도 계시지만, 첫 출간작보다 그리고 연재작과 두 번째 개작한 원고보다 재미있게 읽으셨다면 그 이상으로 더 바랄 게 없겠다는 과분한 욕심을 가져봅니다.

이제, 고마운 분들께 인사를 드릴 차례네요.

아직 출간도 안 되었을 때부터 서점에서 『관능의 연인』을 찾아주셨던 호돌이님, 저 지금 무척 긴장하고 있습니다. 부디 마음에 드셔야 할 텐데, 님의 당근과 채찍 기다리고 있을게요. 미남님, 새작품 기다리고 있겠습니다. 멋진 글로 또 한 번 저를 감동시켜 주실 거라 믿고 있습니다. 노랑이님, 제게 처음으로 희망의 날개를 달아주신 분. 언젠가는 저도 님의 날개를 달아드릴 수 있기를 학수고대하고 있어요. 세 분 모두 사랑합니다.

우려했던 만학을 누구보다 진심으로 격려해 주었던 영은 언니, 고마워.

마감이 끝날 때면 늘 입을 호사시켜 주었던 친구 진숙, 고마워. 네 덕분에 캘리포니아 롤에 흠뻑 빠지게 되었어.

얼마 전에 장학금을 받은 미선 언니, 왜 이렇게 연락하기가 힘든지, 무소식이 희소식이라 믿겠습니다. 이번에도 장학금 타셨겠죠?

그리고 다 늙어서 학교 생활에 쫓기느라 몇 차례 마감을 어겼음에도 너그러이 이해해 주신 청어람 식구분들. 문혜영 부장님, 김규진님, 이종민님, 저의 상냥한 담당이신 한지윤님 정말 감사합니다. 덕분에 학교를 다니면서도 부담없이 편안하게 작업할 수 있었습니다.

혹시 연재가 끝난 이 년 동안 기다려 주신 분이 계신다면 그분께도, 카페 식구 분들께도, 비공개 블로그의 식구 분들께도, 연재 당시 제게 커다란 힘을 실어 주셨던 여러 님들께도 감사드립니다. 혹시 그때 연재만 저질러 놓고 미처 완결 짓지 못한 칠 년 만의 고백을 기다리시는 분이 계신다면 조금만 더 기다려 주십사 부탁드릴게요. 『관능의 연인』 출간 이후의 순서가 연작 시리즈가 아닌 칠 년 만의 고백이 되어야 마땅하지만, 아직 손볼 게 많은 상태라 차마 벌거벗은 채로 세상에 내놓을 수가 없을 것 같습니다. 죄송해요.

어머니, 세상에서 가장 사랑하는 분. 감사합니다!

끝으로 이 글을 읽어주신 모든 분들께 깊은 감사 인사 전합니다. 행복하세요!

—이예린 드림.